대구대학교지역문화연구총서 ⑨

대구·경북 현대 시인의 생태학

대구대학교지역문화연구총서 ⑨

대구·경북 현대 시인의 생태학

조 두 섭

도서출판 역락

 이 책을 구상하는 계기가 된 것은 이른바 월북시인 이병철에서부터였다. 이미 지난 이야기지만 1980년대는 문학이 정치의 한복판에서 세상을 뜨겁게 달구던 시기였다. 이때 그 열기의 한가운데 있던 임화와는 또 다른 모습의 이병철을 만났다. 그의 시는 뜨거우면서도 오싹했다. 그는 유가적 지사 같기도 하고 다른 한 편으로는 혁명적 투사 같기도 하였다. 계급주의와 유가적 기품, 이 이질적인 두 층위가 함께 하는 그의 시를 어떻게 이해할 지 난감했다. 나는 당돌하게 그에게 물음을 던졌다. 조선문학가동맹의 전위시인 이병철, 당신에게 어울리지 않는 유가적 기품이란 무엇인가. 그의 대답은 간단했다. 자신의 삶을 꼼꼼하게 뒤져보라는 것이었다. 당시 그에 대한 이야기는 확인되지 않은 사실이 풍문으로 떠돌며 상상이 덧붙여지거나 사실의 한 부분이 잘려나가기도 하던 때라 그의 삶을 사실 그대로 확인하기란 쉽지 않았다.

 마침 영양 지역의 문학을 정리하는 기회를 가지게 되었다. 영양은 주민이 2만 명 정도의 경북 북부지역의 소도시이다. 그렇게 작은 지역의 문학을 정리하면서 놀란 것은 두 가지였다. 하나는 인구에 비하여 문인이 어느 지역보다 많았다는 것이다. 오일도·이병각·조지훈·조세림·조애영·이병철·이문열 등 뿐만 아니라, 오늘날 지역에서 묵묵히 활동하고 있는 시인들을 함께 헤아려, 과장한다면 한 사람 건너면 문인을 만날 수 있을 정도였다. 다른 하나는 지역 주민들조차 시인 이병철을 잘 모르고 있었다는 것이다. 그가 월북이라는 금기의 선을 넘어선 시인이었기에 이러한 사정은 당시 학계에서도 마찬가지였다. 해방기 조선문학가동맹의 전위시인 정도로 알려졌을 뿐 전기적 사실조차도 분명하게 보고되어 있지 않았다. 그가 1918년 영양군 석보면 출생이라는 등 확인 되지 않은 사실들이 그것이다. 일단 그를 새롭게 총체적으로 정리해야겠다는 생각으로 일을 시작했지만 그 작업은 오래도록 진척되지 않고 제자리에 있었다.

그렇다면, 그 반대로 북한에서 단서를 찾을 수 있을 것이라는 가정아래 북한의 문학 기관지『조선문학』을 뒤졌다. 그러자 마침「휴가를 두고」(『조선문학』, 1957년 1월호)라는 시에서 그에 대한 실낱같은 단서가 잡혔다. 그 시 가운데 남쪽 출신의 노동자가 휴가를 앞두고 갈 수 없는 고향을 그리워하며 땅바닥에 낙서하는 그곳이 현실적인 그의 고향이라 일단 판단되었다. 그 실오리 같은 단서를 가지고 제적 등본을 떼자 그의 모습이 희미하게 드러났다. 1921년 6월 9일 영양군 입암면 병옥리 94번지에서 아버지 이하구와 어머니 류희의 삼남으로 출생하였다는 사실이 그것이다. 이를 기초로 하여 수소문하니 친인척들을 쉽게 만날 수 있었다. 그분들의 증언과 해방기의 작품과 북에서『조선문학』에서 발표한 작품을 중심으로 전기적 사실을 정리할 수 있게 되었다. 당시 북에서 작품 활동을 하던 그가 남한에서 또 다른 모습으로 다시 살아난 것은 그의 개인사를 넘어서 우리 역사적 비극이었다. 이것을 바탕으로 하여 발표한 논문이『우리말글』(1999)의「이병철 시 연구」였다.

문제는 왜 책머리에서 이병철에 대해 이렇게 장황하게 이야기하느냐 하는 것이다. 이병철을 연구하다보니 같은 족문의 시인 이병각이 들추어졌다. 더 나가다 보니 이병철이 이원조의 영향을 받았고 이병각이 이육사의 영향을 받았다는 사실을 확인할 수 있었다. 이 연쇄는 오늘날에는 찾아볼 수 없는 지역적 현상으로 경북 북부지방의 가문과 가문간에 대대로 이어져온 세교에 의한 문학적 연대라 할 수 있다. 그들은 모두 유가적 출신의 당대 진보적 계급주의적 문학가라는 생태적 공통점을 갖고 있다.

그런데 경북 북부지방 가문중심으로 맺어진 시인들은 과연 자생적이었을까 하는 의문을 가지게 되었다. 그 중심에 있던 이육사가 백기만과 연결되어 있었다는 사실을 확인했다. 이육사는 백기만과 함께 영천 백학학교에서 함께 생활한 바 있다. 당시 백기만은 이미 3·1 학생운동을 주동한 바도 있고 일본 유학체험이 있었기 때문에 사유 지평이 서구 근대성에 닿아 아나키즘을 포회한 진보적 청년이었다. 이육사의 진보적 경향은 백기만의 이러한 관계와 무관하지 않을 것이다.

이병각과 이육사를 조사하다보니 영양 주실 한양 조씨 집성촌의 조애영·조세림·조지훈 시인 등이 그들의 맞은편에 있었다. 이들은 이육사를 중심으로 하는 가문파와 또 다른 문학 생태적 군집이라 할 수 있다. 그것은 일본유학을 다녀온 선대 조헌영의 영향을 받아 자생적으로 형성된 유가적 규율을 중시하는 가문파라는 점 때문이다. 이육사 중심의 가문파와 조지훈 중심의 가문파는 문학적 생태학의 좋은 사례라 할 수 있을 것이다. 또 대구를 중심으로 도시적 감수성을 가진 이상화·백기만·이장희·이상백 등의 일본 유학파도 있다. 이들은 표면적으로 서구 근대성이 그들의 주체를 구성하는 타자라는 점에서 경북 북부지방의 가문파와 구별된다. 그러나 그들의 이념의 진보성 내면을 규정하는 무의식과 같은 규율이 보수적이라는 점에서 경북 북부지방의 가문파와 다르지 않다. 이 책은 이러한 문학적 생태학을 밝혀 서구와 또 다른 한국문학의 고유한 층위를 밝혀내려는 의도에서 지역 문학을 매개항으로 하여 출발되었다.

생태학이란 소박하게 말한다면 자연계에서 생물들이 그들 상호간에 그리고 자연환경과 어떻게 상호작용을 하며 살아가느냐를 밝히는 학문으로, 즉 자연계에서 생물들이 살아가는 방법을 연구하는 분야이다. 이 책은 생태학의 원론적 의미를 크게 벗어나지 않는다. 그러나 인간사회는 생물적인 경쟁을 하면서도 문화적으로 상호 소통한다는 점에서 생물들과 다른 생태적 관계를 갖고 있다. 따라서 이 책에서 관심을 갖는 것은 문학이 인간 소통의 문법으로 기능하는 그 관계의 문학적 생태학에 있다.

우리는 자신의 의지대로 사고하고 행동한다고 하지만 사실 눈에 보이지 않는 문법에 따라, 아니면 그것을 역동적으로 구성하여 사고하고 행동하고 있다. 그 문법을 재생산하는 담론이 문학적 생태학이다. 따라서 문학적 생태학이란 타자의 문법에 의하여 구성되어지고 또 타자의 문법을 역동적으로 구성하는 관계를 밝히는 것이다. 이병철의 북한 체제적인 시에 나타나는 유가적 사유는 이러한 문학적 생태학으로 설명될 수 있을 것이다. 그는 북한의 이념을 내재화된 유가적 문법으로 읽고 있었다는 것이다.

이 책에서는 문학적 생태를 일본유학파·가문파·토박이파·탈지역파로 나누어 그 문법이 작동하는 방식과 주체형태를 중심으로 하여 지역문학의 특징을 밝히려고 하였다. 이러한 지역 문학의 성격을 밝히려는 의도는 궁극적으로 한국문학의 특징을 밝혀보겠다는 과한 욕심에서 시작되었다. 우리는 지금까지 서구 문예사조 중심에 얼마나 다가갔느냐를 따져 그 잣대로 우리 문학을 평가했다. 선행 연구자들은 역사의 현실적 조건에서 당대 문학의 문법을 충실하게 따졌다기보다는 서구 문학이론을 얼마나 세련되게 모방했는가 하는 점만을 따졌다. 중요한 점은 서구 문학에 얼마나 일치하였느냐 하는 점이 아니라 서구 문학과의 차이 그 자체가 한국문학이 갖고 있는 고유한 층위라는 점이다.

한국문학은 한국문학의 자체의 고유한 생태학이 있고 그 안에 작동하는 고유한 문법이 있다는 것이다. 이러한 나의 가설을 논리적으로 해명하는 일은 힘에 부치는 것이었지만 내 학문적 위치를 점검하는 기회가 되기도 했다. 무어라 해도 이 책을 가로지르는 나의 관점은 변함이 없다. "인간은 자신의 역사를 만들어 가지만 자신이 바라는 꼭 그대로 만드는 것이 아니다. 인간은 스스로 선택한 환경 속에서가 아니라 이미 존재하는, 주어진, 물려받은 환경 속에서 역사를 만들어가는 것이다"라고 하는 마르크스 말은 나의 연구에 보탬이 되기도 했다. 이 책의 부족한 점은 독자들이 보태어 읽을 것이고 모자람은 독자들이 기워서 읽을 것이다.

이 책은 2005년도 대구대학교 인문과학연구소의 연구지원을 받아 발간하게 되었다. 대구대학교 인문과학연구소에 감사의 뜻을 표한다. 희준이와 함께 할 수 없는 시간은 훗날 그가 이 책에서 발견할 것이고 그 가치는 그가 판단할 몫이다.

2006. 2
내리 연구실에서
조 두 섭

차 례

지역 시인의 생태학 탐색

서 론

지역 시인의 생태학 탐색

　이 책은 대구·경북지역 시인들의 주체 형태를 탐색하여 지역 시인의 생태학적 지형도를 작성하려는 의도에서 출발한다. 한국 시문학의 문법에 따라서 지역 시문학을 읽자는 것이 아니라, 그 반대로 지역 시문학의 생태학적 지형도를 마련하여 한국 시문학을 읽을 수 있는 문법을 발견하는 것이 궁극적인 목적이다.

　이 문제에 접근하기 위하여 먼저 지역 시문학을 통시적으로 간략하게 조감하는 것이 필요하다. 1917년 이상화·백기만·이상백이 씨 뿌린 동인지 『거화』에서 발아한 지역 시문학은 1920년대에 이상화·백기만·이장희·오일도·윤복진·이근상·최해종이 그 밭을 가꾸었다. 1930년대에는 『무명탄』[1)]·『문원』[2)] 동인들과 함께 이육사·이병각·조지훈·조

---

1) 1930년 1월 김천에서 발행된 동인지이다. 편집 겸 발행인은 김천의 진록성으로 되어 있으나, 실제 편집은 예종환과 조경환이 맡아서 하였다. 『무명탄』은 조선문예협회의 기관지를 표방하며 신인들이 의욕을 갖고 기성문단에 도전하였으나 1호로 종간되었다. 동인으로 김병호·조종현·윤동허·안병선 등이 참여하였다.
2) 1937년 대구에서 이윤기·신삼수가 편집 발행한 동인지로 이윤기·신삼수·김소엽·김동환·홍효민·백신애·박유상·최병문·장원도 등이 작품을 발표하였다.

세림·이호우·이효상·이윤수·이설주·김동리·윤백 등이 영역을 넓혔
고, 1940년대 해방기는 『죽순』3)·『건국공론』4)·『민고』5)·『무궁화』6)
등 진보적 동인지와 보수적 동인지가 양립한 이념의 시대였다. 1950년
대에는 『신태양』7)·『시와 시론』8)·『시와 비평』9)·『전선시첩』10) 등을
중심으로 하여 전시문단이 형성되었고, 1960년대에는 전후 문단이 새롭
게 재편되면서 백기만·박목월·유치환·김춘수·신동집·이설주·이효
상·이윤수·박훈산·전상렬·김종길·허만하·김윤식 등이 지역 시문학
을 한 단계 높였다. 1970년대에는 『에스프리』·『자유시』·『문학경부선』·
『시예』·『맥』·『순수시대』 등의 신세대 동인들의 진입으로 세대교체가
이루어졌으며, 1980년대는 『형상』·『분단시대』·『오늘의 시』·『낭만시』·
『모국어』·『자연시』 동인지에서 『대구문학』에 이르기까지 전대의 성취를
다양하게 계승 발전시킨 시문학의 부흥기였다.

　이처럼 이상화와 백기만을 시작으로 하여 지역 시인들은 한국 현대시
를 개척하고 일구는 데 기여한 바가 크다. 그러나 이 점을 앞세워 지역
시인들의 한국 시사에서의 공과를 논하자는 것이 아니라, 지역 시인을 매
개하여 한국 시문학의 새로운 시각을 마련하고자 하는데 있다. 그 과제는
한 세기 동안 활동한 시인들의 생태학적 지형도를 작성함으로써 더 분명

---

3) 1946년에 이윤수가 창간하여 6·25 전쟁 후 정간되었다가 1970년에 복간되어 현재 윤
　장근에 의하여 계속 발간되고 있는 동인지 형식의 시 전문지이다. 이 동인지를 통하여
　김춘수·신동집·김요섭·김동사·이영도 등단하였다.
4) 1945년 해방 직후에 대구에서 발행된 진보적 잡지로 편집 겸 발행인은 강태영이다.
5) 1946년 대구에서 창간된 진보적 잡지로 편집 겸 발행인은 최용이다.
6) 1945년 해방 직후 대구에서 발간된 종합잡지이다.
7) 1953년 유주현이 편집한 『신태양』은 6호까지 대구에서 발행하였다.
8) 이 동인지는 유치환을 중심으로 1952년 대구에서 발행되었다. 참가 동인은 유치환·김
　윤성·설창수·김춘수·구상 등이다.
9) 1955년 대구에서 이영일·김윤환·허만하 등이 참여한 동인지이다.
10) 종군시집으로 이윤수가 편집하였다. 1집에 서정주·조지훈·박목월·구상·김기완·이
　윤수·이효상·이호우·김윤성·박화목의 종군시와 이선근의 서문이 있다. 2집에는 이
　효상·이용상·김사엽·신동집·김진태·이윤수·김동사·최광열·나운경·윤운강의
　종군시와 이효상의 서문이 있다.

하게 파악될 것이다.

지역 시문학의 생태학은 담론이 분할하고 배제하며 구성하는 시인의 주체형태11)를 체계화하는 것이다. 지역 시인은 담론이 작동하는 방향에 따라서 일본유학파·가문파·토박이파·월북파·탈지역파12)로 나눌 수 있다. 일본유학파의 담론은 현해탄 건너 인식 지평에 닿아 있는 당대 지식인들을 뜨겁게 달아오르게 한 서구 근대성이다. 이와 대조적으로 가문파의 담론은 가문에 내재화된 엄숙하고 무서운 규율13)의 법도이다. 토박이파의 담론은 무의식적으로 일상적 삶을 지배하는 지역의 오랜 전통 문화이다. 월북파의 담론은 사회주의 이데올로기다.14) 이에 비하여 탈지역파의 담론은 지역의 이념적 경향이나 전통에 대응되는 중앙문화이다.

다시 그 내부를 규정하면 일본유학파와 탈지역파가 지역 사회의 역사적 조건을 벗어나고 훨씬 앞질러 가는 담론이라는 점에서 동일하다. 그러나 일본유학파가 서구 근대적 담론의 동일화인데 비하여 탈지역파는 중앙과 지방이라는 경계선을 해체하여 중앙 담론의 동일화라는 점에서 차이가 있다. 또 가문파와 지역파의 담론이 지역을 토대로 하고 있다는 점에서 공통점을 갖고 있다. 그러나 가문파가 특정 가문의 전통적 법도에의 동일화인 데 비하여, 지역파는 특정가문을 넘어서 보다 포괄적인 것으로

11) 이 책에서 주체는 존재하는 실체가 아니라 타자에 의하여 구성된다는 관점에서 시작한다. 주체를 구성하는 타자는 일본유학파에게 있어서는 서구 근대성의 담론이다. 이에 비하여 가문파에는 가문의 전통적 법도이다.
12) 지역 출신 시인들 가운데 지역을 벗어나 중앙문단에서 성과를 거두었거나 거두고 있는 시인들이 있다. 이들이 과연 지역시인이냐 하는 문제를 해결할 수 있는 항이 '탈지역파'이다. '탈지역파' 시인의 범주는 지역에 몸담고 있으면서 중앙문단에서 활발하게 활동하는 시인과 지역 출신으로 지역에서 활동하다가 지역을 떠나 중앙문단에서 활동하고 있는 시인을 모두 포괄하는 것이다.
13) 이육사는 가문의 담론을 '무서운 규모'라는 은유로 사용하고 있다. 그 '규모'는 본보기가 될 만한 규범으로서 주체를 구성하는 타자이다. : 이육사, 「계절의 오행」, 『조선일보』, 1938. 12. 24.
14) 대구·경북지역의 월북파는 이병철·윤복진·이원조 등이다. 이병철과 윤복진은 월북하여 북한에서 왕성하게 활동하였다. 저자는 지역 월북시인 연구를 진행하고 있어서 이 책에서는 제외하였다.

지역 사회의 내재화된 규율에의 동일화라는 점에서 차이가 있다. 물론 이러한 공통점과 차이점이 서로 부분적으로 겹쳐지거나 또 더 넓게 포괄될 수도 있다. 이러한 담론은 일본유학파와 탈지역파의 주체들을 개인적 주체로 구성하고, 가문파와 토박이파의 주체들을 상호 관계적 집단적 주체로 구성한다. 그래서 일본유학파와 탈지역파는 서구 근대의 개인적 주체라 할 수 있고 가문파와 토박이파는 전근대적 간주관적 주체라 할 수 있다.

중요한 문제는 지역 시문학에 이러한 동일화의 주체형태로만 구성되는 것이 아니라는 것이다. 여기서 이 책의 입점이 분명하게 된다. 일본유학파나 탈지역파들의 근대성의 내면을 들여다보면 진보성만이 있는 것이 아니라는 것이다. 이러한 관점에서 이 책의 과제는 다음과 같이 구체화할 수 있다.

첫째, 지역의 일본유학파 시인을 검토함으로써 1920년대 초기 한국시가 서구의 주변 문학이라는 지금까지 고착된 논리를 새롭게 할 수 있다는 것이다. 지역 시문학뿐만이 아니라 한국 시문학을 개척한 이상화는 당대 아나키즘을 포회하고 카프에서 활동한 진보적 시인이었다. 아나키즘은 체제 저항적이고 진보적 서구 근대성의 이데올로기이다. 그의 초기 상징주의적 시도 당대의 입장에서 본다면 진보적인 담론이다. 그가 포회한 아나키즘과 상징주의는 다름 아닌 절대 개인의 자유를 최고의 가치로 존중하는 하나의 이념이다.

그런데 문제는 이상화가 이러한 진보적인 아나키즘과 상징주의를 한다고 하면서도, 절대 개인보다 상호관계적인 '융화'를 더 강조한다는 데 있다. 그가 강조하는 "융화는 개성까지 소멸시키는 그 희생에서만 획득할 수 있다"[15)는 것으로 주체와 타자가 상호관계적인 유가적 사유이다. 그 융화의 "진실한 미묘(美妙)는 혼합과 이존(離存)이 되어야만 비로소 그 약동을 볼 수 있는"[16) 것이다. 여기서 개성의 소멸은 "소아에서 대아로 옮

---

15) 이상화, 「방백」, 『개벽』 63호, 1925. 11.

김을 의미하는 것이고 혼합에서 이존을 한단 말은 대아에서 소아로 옮김
을 의미함이다."17) 이상화가 말하는 '융화'는 만물이 존재하고 운동하는
데 준칙이 되는 보편적 이치 또는 법칙이다. 이 법칙을 관념화된 용어로
말한다면 도(道)이다. '융화'는 인간과 자연, 주체와 타자, 이성과 감성으
로 나누는 이원적 구조를 부정한다. 따라서 '융화'는 어느 한 편이 다른
한 편에 대한 폭력적 지배를 정당시하는 서구의 근대 절대적 개인적 사
유가 아니라, 그것은 상호관계를 중시하는 유가의 인식론에서 비롯된 것
이다.

　일본 유학파 백기만도 이상화와 마찬가지로 아나키즘을 포회한 당대
민족운동을 하던 진보적 시인이었다. 그는『금성』의 상징주의적 문맥에
있는 시인이었다. 그런데 그는 상징주의와 아나키즘 맥락 속에 있음에도
불구하고 아주 이질적인 유가적 '시언지(詩言志)'18)와 대동사회를 주장하
였다. 대동사회는 초월적인 세계를 본체로 하는 것이 아니라 인간을 본체
로 하고 있다는 점에서 상징주의와 구별된다. 그 사유의 핵심은 만물이
연속적이면서 독자적인데도 불구하고 그 본체가 인간이라는 것이다. 백
기만이 '생활 가운데 진선미'19)를 발견하고 실천해야 한다고 주장하는
그 진선미는 초월적인 세계가 아니라 인간을 본체로 하여 상호 감응하는
현실을 공유한 진선미이다. 따라서 그에게는 서구 상징주의자들과 같은
초월적 진선미도 없고 선험적인 진선미도 없다. 오직 생활 가운데서 상호
감응하는 상대적인 진선미만 있을 뿐이다.

　이상화와 백기만 시에서 이러한 고유한 시적 사유의 층위를 밝힘으로
써 한국 초기시가 서구 문예사조를 일방적으로 재생산한 것이라는 관점
에서 평가하는 기존 연구를 새롭게 해석할 수 있을 것이다. 사실상 지금

---

16) 위의 글.
17) 위의 글.
18) 김두한 편,『백기만 전집』, 대일, 1998, p. 90.
19) 백기만,「공연히 울고 싶흐니다」,『개벽』, 1924. 10.

까지 이상화·백기만 시는 서구 상징주의적 이미지에 환원되거나 그 이미지가 조작하는 방향에 따라서 그 의미가 평가되어 왔다.

둘째, 가문파 시인을 검토함으로써 한국 계급주의 시의 성격을 규정할 수 있다는 것이다. 이병각과 이병철은 모두 퇴계학파의 중심 인물인 이현일의 후손으로 전통적인 유가적 가문의 시인이다. 이병각은 1930년대 후반 카프 해산 이후에 계급주의 시인들이 붕괴된 자신들의 내면과 주체성을 재건하려고 하면서도 시를 포기하는 상황에서 사회주의 리얼리즘을 주장하는 진보적 시인이다. 이병철 역시 해방공간의 역사적 격변기에 조선문학가 동맹의 좌익 전위시인이다.

문제는 그들이 유가적 가문의 내재화된 전통적 규율과 아주 이질적인 진보적 계급주의가 함께 할 수 있었던 것이 무엇인가 하는 점이다. 이병각과 이병철의 계급주의 시는 유가적 고전 작품에서 민을 위하여 위정자들을 질책하는 위민사상과 맥을 같이 하는 것이라 할 수 있다. 그것은 유가적 경전으로 규정하지 않은 시중적 합리성이다. 유가에서 합리성은 외부에서 주어지는 불변의 절대적 기준에 의하여 판단되는 것이 아니라 주어진 현실 상황에 직면하여 판단하는 가변적인 것이다. 아주 보수적이라 하는 유가에서도 이처럼 그 내부에서 허용되는 진보성이 있다. 이병각과 이병철을 계급주의자로 추동한 것은 계급주의 자체라기보다는 이러한 유가의 시중적 합리성으로 설명할 수 있을 것이다.

가문파 시인 가운데 이육사는 이들과 다른 모습을 하고 있다. 그는 김원봉이 조직한 테러 조직인 의열단원으로 중국 국민정부 군사위원회의 전투적인 간부 훈련반 과정을 이수하고 김원봉과 함께 계급혁명을 꿈꾸면서도 계급주의를 비판한다.[20] 그는 의열단원이면서 테러를 부정하고 계급혁명을 꿈꾸면서도 계급혁명을 비판한다. 이 양면성은 그가 바탕으로 하고 있는 유가적 사유에 의한다면 모순이라 할 수 없다. 유가에서는

---

20) 「조선 사상범 취조 기록」의 '이활 심문 조서'(1934)의 문건에서 발견된다.

자신이 하고자 하는 대로 하여도 법도를 넘어서지 않아야 한다. 그 법도
가 「계절의 오행」에서 스스로 '무서운 규모'21)라고 은유적으로 말한 가
문의 규율이다. 의열단원으로 계급혁명을 꿈꾸고 민족운동을 하였지만
그의 시는 과격하지 않고 균형감이 잡혀 있는 것은 이러한 유가적 규율
때문이라 할 수 있다.

셋째, 통일 문학을 준비하는 단계에서 남북한 문학을 아우를 수 있는
단초의 한 가닥을 대구·경북 지역 시에서 찾아보자는 것이다. 6·25 전
쟁이 일어나자 이선근·조지훈·이효상·박목월·구상·이호우·김윤성
등이 문총구국대를 조직하여 종군하며 『전선시첩』을 발간하였다. 이 반
대편에 월북하자마자 곧 남으로 종군한 지역 시인인 이병철의 「포화의
나날』이 있다. 이러한 종군시들은 각각의 지배이데올로기에 호명되어 전
쟁의 당위성과 전장으로 나아갈 것을 선전·선동하며 분단을 고착시킨
작품들이다.

문제는 이러한 작품 속에 분단을 가로질러 그 속에 흐르는 탈지배이데
올로기적 담론이 무엇인가 하는 것이다. 그것은 우회적으로 이렇게 말할
수 있다. 해방기를 거쳐 6·25 전쟁기 우익 시인과 좌익 시인 모두는 그
들의 저항 논리가 그들의 삶을 지배하는 내재화된 규율에 포섭되어 되어
있었다는 사실을 모르고 있었다는 것이다. 월북하여 남으로 종군한 이병
철의 종군시에서 지배이데올로기로써 지울 수 없는 유가적 사유가 극명
하게 남아 있는 점이 그것이다. 이병철의 종군시에서 이데올로기 층위를
벗기고 나면 그 자리에 드러나는 것은 그의 삶을 지배하는 내재화된 유
가적 규율이다. 남북의 지배이데올로기적인 분단문학을 넘어서는 탈지배
이데올로기적 문학사는 이러한 내재화된 규율의 시적 사유가 무엇인지를
찾아내는 것에서부터 시작되어야 할 것이다.

넷째, 4·19 문학의 근원을 자유당 독재 정권에 저항한 이호우와 김

---

21) 이육사, 앞의 글.

윤식의 2·28 시에서 찾아보는 것이다. 이호우는 자유당 정권에 의하여 「바람 벌」이 반공법에 저촉되었다 하여 기소되었고, 김윤식은 2·28 대구 학생운동 현장 시 「아직은 체념할 수 없는 까닭」으로 당국의 수배를 받았다. 시인에게 감시와 처벌은 문학적 성취와 무관하다. 그러나 분명한 것은 4·19의 충격에 사로잡혀 들뜬 수사적 찬탄과 다른 차원에서 이들의 시는 검토되어야 할 것이다. 그것은 시인들이 침묵하던 자유당 독재 정권에 맞서 정치적 금기를 넘어서게 추동한 담론이 무엇인가 하는 것이다. 그것은 이호우와 김윤식의 2·28 시의 핵심으로, 4·19 문학의 한 시원으로 문학사에서 자리매김되어야 할 것이다. 문제는 정치가 문학을 압도하던 시대에 어느 누구도 자유당 정권에 맞서지 않은 상황에서 그들을 정치적 금기의 선을 넘어서게 한 체제 저항적인 담론이 아주 보수적인 유가적 담론이라는 것이다.

　다섯째, 지금 현재의 시들과 지난 날 시들의 차이를 점검해 보자는 것이다. 민중적 관점의 하종오 시와 시적 상상력을 극대화한 송재학의 시가 지역의 다양한 시적 스펙트럼의 양극에 자리하고 있다. 이 양극의 시들을 살펴봄으로써 지역 시를 가늠할 수 있다는 판단에서 이 두 시인을 선택하였다. 문제는 이들이 지향하는 이념의 차이에도 불구하고 하종오의 민중적 시와 송재학의 시적 상상력을 극대화한 시는 진보적이라는 관점에서 본다면 결코 다르지 않다는 것이다. 그런데 문제는 하종오 시를 면밀하게 검토하면 이상화·백기만·이육사·이병각·이병철과 마찬가지로 진보적 이념을 지향함에도 불구하고 그의 시적 사유를 지배하는 내재적 규율이 유가적 질서 속에 작동하고 있다는 점이다. 이것이 대구·경북 시의 한 특징이며 곧 민중시의 한 특징이 될 것이다.

　이와 같은 다섯 가지 문제의식에서 출발한 이 책은 대구·경북지역 시인들에 집착하는 것이 아니다. 그것은 대구·경북 지역 시인의 시적 사유 체계가 곧 한국 시문학의 한 특징이라는 점을 밝히려는 의도에서다.

내면의 발견과 유가적 초월

일본유학파

내면의 발견과 유가적 초월

1. 백기만의 격의(格義) 상징주의 시

1.1. 문제의 제기

백기만은 주지하다시피 한국 근대시 형성과 전개의 한 축을 담당한
『금성』의 핵심 시인이다. 그는 『금성』동인으로 활동하기 전에 이미 『개
벽』에 「가엾슨 청춘」·「고별」·「예술」 등을 발표하였고 다른 한편으로
대구 3·1 학생운동을 주동하며, 아나키스트 정우영과 함께 진보적 운동
을 한 시인이다. 그가 이처럼 다면적인 마스크를 갖고 있었음에도 불구하
고 백철·조연현·정한모·김용직이 지적하였듯이 그의 활동은 『금성』에
초점이 모아져 있다.[1]

---

[1] 여덜뫼, 「신춘문단 총관」, 『개벽』, 1925. 5.
박종화, 「9월시단」, 『조선문단』, 1925. 10.
백 철, 『조선신문학사조사』, 수선사, 1948, p. 419.
조연현, 『한국현대문학사』, 현대문학사, 1957, p. 457.
양주동, 「낭만시대의 고우들」, 『중앙』, 1964. 3.

『금성』은 종합동인지 『백조』·『폐허』와 최초의 시동인지 『장미촌』에
이어 구성원들이 개성적인 활동을 전개한 본격적인 시 전문지다. 양주
동·유엽·백기만·손진태 등이 모두 와세다 대학 외국문학 전공자라는
점에서, 또 그들이 보들레르·말라르메 등 서구 상징주의 시에 매료되어
있었다는 점에서 『금성』 동인은 다른 어느 동인보다도 호출메커니즘의
성격이 강하다. 즉 동인 자체가 그들을 일정한 방식으로 불러내어 그들의
문학적 행위를 동일하게 규정하는 담론구성체라는 것이다.

담론구성체는 미셸 푸코가 제기하여 라클라우/무페에 이어 페쇠가 분
명하게 개념을 정리하였듯이 그것은 주체를 일정한 방향으로 구성하는
기제이다.2) 물론 『금성』의 담론구성체는 그들이 규정한 문학적 전망의
상징주의다. 그들이 규정한 문학적 전망이란 새로운 것이 아니라 『폐허』
와 『백조』의 연장선상에 있는, 그것은 서구 상징주의를 재생산한 세기말
데카당스 풍조이다.3) 그래서 지금까지 문학사에서 『금성』을 서구 상징

이상오, 「백기만」, 『한국일보』, 1969. 8. 17.~19.
정한모·김용직, 『한국현대시 요람』, 박영사, 1974, pp. 279~281.
정한모, 「한국현대시의 흐름」, 『한국대표시 평설』, 문학세계사, 1983, p. 27.
김용직, 『한국근대시사 1』, 새문사, 1983, pp. 250~314.
조동일, 『한국문학통사 5』, 지식산업사, 1994, p. 169.
김두한 편, 『백기만 전집』, 대일, 1998 ; 김두한에 의하여 백기만의 생애와 작품이 정리
되어 그의 문학을 총체적으로 탐색할 수 있게 되었다.

2) Michel Pecheux, 『Language, Semantics, and Ideology』, pp. 111~113.
3) 양주동은 『금성』 동인 시절 자신이 몰두하던 상징주의 문학에 대하여 후일 이렇게 말하
였다. 그 내용을 요약하면 다음과 같다. ㉠ 쿠리야가와 하쿠손 씨의 『근대문학』은 내게
아주 별천지요 요지경·만화경이었다. ㉡ 거기서 나는 글자 그대로 현기증을 일으킬 만
큼 황홀한 지경에 빠졌다. ㉢ 나는 허다한 사조도 사조려니와 우선 '새문자' 배우기에 여
념이 없었다. ㉣ 내가 그 책에서 배운 '새말'들은 어느 것이나 내게 '경이의 감'을 주었지
마는 지금에도 특히 기억되는 것은 Fin de Siecle(세기말), Tour d´ivoire(상아탑)
및 데카당(decadent)이란 참으로 매력 있는 새 프랑스어 단어였다. 양주동의 후일담을
요약하면 새로운 문학 사조에 황홀하게 빠졌는데 그 가운데 가장 인상적인 사조가 상징
주의라는 것이다. 그런데 여기서 주목할 점은 그 경이적인 사조의 마력에서 벗어나고 보
니 자신들이 하던 상징주의 시가 상징주의가 아니었다라는 부정이다. 그렇다면 그가 규
정한 상징주의는 서구 상징주의 자체가 아니라 그 자신이 규정한 담론이라는 것이 된다.
: 양주동, 『문주반생기』, 신태양사, 1955, p. 38.

주의의 재생산이라는 동일화로 규정하는 데 이견이 없었다. 이러한 논리는 서구 상징주의를 자명한 것으로 받아들여 재생산하는 주체를 의심 없이 용인하는 단선적인 동일화에 기댄 것이다. 호출메커니즘의 이러한 동일화에 대하여 폐쇠가 물질적 과정의 효과로 생산되는 주체 망각이라 지적한 것처럼, 『금성』도 일방적으로 서구 상징주의 재생산이라는 동일화로 설명할 수 없는 다양성을 내재하고 있다.

지금까지 연구자들은 이 점을 주목하며 서구 상징주의와 동일화되는 과정의 간극을 구체적으로 밝혀내었다. 부연한다면 1920년대 상징주의 시에 대한 지금까지 연구는 문예사조적 · 비교문학적 · 해석학적 · 개별 시인 연구 등의 영역에서 정교하게 서구 상징주의의 수용과 모방의 실상을 실증적으로 밝혔다는 데 의미가 있다. 이러한 성과에도 불구하고 지금까지의 연구가 지닌 문제점은 서구 상징주의를 재생산한 동일화 담론으로 규정하는 서구 환원주의의 한계를 벗어나지 못한다는 데 있다. 즉 선행연구자들이 서구 상징주의의 중심에 대한 주변의 모방기라는 동일화를 전제로 하였기 때문에 서구 상징주의와 동일화 과정의 차이를 모자람과 미급함으로 규정하였다는 것이다. 그 차이는 모자람이 아니라 그 자체가 하나의 시적 사유이다.

최근에 초기 연구자들에 대한 총체적 반성을 시도한 논의에서 1920년대 초기 시에 대한 재해석을 가능케 하였다.4) 그것은 당대 문학을 서구 문예사조 틀로서 일방적으로 재단해 온 연구 관행에 대한 비판이다. 이러한 비판을 넘어서 문제의 본질은 우리 상징주의 시의 고유한 문화적 상상력의 층위가 무엇인가 하는 점을 구체적으로 구명하는 데 있다.

여기서 이 글의 과제가 명확하게 된다. 그것은 1920년대 상징주의 시를 서구 문예사조의 수용이라는 관점으로 읽고 평가하는 동일화의 가치

---

4) 정종진, 『한국현대시의 이론』, 태학사, 1994.
   조영복, 『1920년대 초기 시의 이념과 미학』, 소명출판사, 2004.

척도를 재고하는 것이다. 앞으로 백기만 시를 검토하는 과정에서 밝혀지 겠지만 서구 상징주의라는 기표에 고정시킨 기의가 사실은 서구 상징주 의 담론이 아니었다. 불교가 중국으로 전파되었을 때 중국인들이 기존에 가지고 있었던 자신들의 사유체계로 재구성한 격의(格義) 불교처럼, 그들 에게도 상징주의를 재구성하는 고유한 담론이 있었다. 이 점을 간과한다 면 지금까지 『금성』이 서구 상징주의에 동일화하였다라는 관념화된 도식 적인 연구를 넘어설 수 없다. 그래서 필자는 백기만 시가 『금성』의 서구 상징주의와 동일화 과정에서 재생산되는 차이를 주목할 것이다. 그 차이 가 서구 상징주의 동일화라는 담론을 재구성하는 백기만 시의 고유한 사 유체계의 본질일 것이다.

백기만이 "구미(歐米)의 조박(糟粕)으로 문학 사명을 다한 것으로 생각 한다면 과담(過談) 이외에 아무것도 아닙니다"[5]라고 『금성』 동인으로 걸 맞지 않게 예외적인 발언을 한 것을 여기서 되짚어볼 필요가 있다. 구미 의 문학을 실체가 아니고 빈껍데기라고 한다면 자신의 문학을 규정하는 또 다른 본질이 있다고 하는 것이 된다. 요컨대 그것은 백기만이 자신을 구성하는 상징주의 담론구성체를 재구성하는 또 다른 무엇이 있다는 것 이다.

신세대 상징주의 시인을 자처하던 그에게 그것은 그가 포회하던 아나 키즘 담론일 수 있다. 그런데 그는 상징주의와 아나키즘 맥락 속에 있음 에도 불구하고 아주 이질적인 유가적 '시언지(詩言志)'[6]를 주장하였다. 이 러한 점으로 판단한다면 상징주의와 아나키즘, 그리고 유가적 사유의 다 양한 담론을 최종심급에서 결정하는 무의식과 같은 것이 유가적 담론이 라고 할 수 있다. 백기만의 이러한 다층적인 사유는 알튀세르의 이데올로 기 호출이라는 단일한 주체 구성의 명제를 극복할 수 있는 폐쇄의 비동

---

5) 김두한 편, 『백기만전집』, 대일, 1998, p. 79. 이하부터는 『전집』이라고 표기하고 그 쪽 수를 밝힌다.
6) 『전집』, p. 90.

일화7)로 설명되는 것이다. 페쇠에 따른다면 백기만의 유가적 담론은 이 질적인 담론을 통합하여 역동적으로 구성하는 최종심급의 담론이다. 즉 그에게 유가적 담론은 상징주의와 아나키즘 담론을 분할하고 재구성하는 문제틀이라는 것이다. 이 문제틀은 서구 상징주의 시를 격의(格義)하는 사유체계이다.

백기만 시에서 이러한 고유한 층위를 밝혀 서구 문예사조의 일방적 재생산이라는 관점에서 평가하는 기존 연구를 새롭게 해석할 수 있는 시각을 마련하자는 데 이 글의 목적이 있다. 사실상 지금까지 우리의 상징주의 시는 서구 상징주의 이미지에 환원되거나 그 이미지가 조작하는 방향에 따라서 그 의미가 평가되어 왔다. 이에 우리 상징주의 시가 서구의 주변 문학에 지나지 않다는, 지금까지 연구의 주변적 논리를 전도하면서 서구 중심에 주변이라는 차별이 아니라 차이로써 우리 상징주의 시를 이해하자는 것이다. 백기만 시를 통하여 그 고유한 한 층위를 탐색하는 것이 이 글의 목적이다. 이 목적은 서구 상징주의 시가 우리 상징주의 시를 대신하여 말하고 표상한 그 실상을 밝히자는 것과 다르지 않다.

1.2. '꿈'의 의식(儀式)과 '양심'의 강령(綱領)

『금성』창간호 첫머리에는 동인들의 작품을 게재하기에 앞서 당시 유행하던 '꿈'을 소재로 한 작품「기몽(記夢)」(扉)이 올려져 있다. 이 작품은 창간호 첫머리에 올려놓은 의도나 '비(扉)'라고 작품의 성격을 분명하게 밝힌 의도로 볼 때, 『금성』의 문을 여는 서시라 할 수 있다. 비유하자면 이 작품은『장미촌』동인들이 고뇌의 마을에 들어와 자신들의 손에 의하여 문학의 싹을 틔우고 길러서 장미꽃 같은 문학의 꽃을 피우겠다는 선언에 해당하는 것이다. 『장미촌』동인들이 그러했듯이 『금성』동인들도

---

7) Michel Pecheux, 앞의 책, pp. 111~113.

상아탑·통곡·환몽·종소리·신비와 같은 '꿈'으로 자신들이 하고자 하는 문학을 규정하였다. 물론 '꿈'은 시적 화자의 말로 한다면 "새벽안개 속에 깊이 감추어진 대지 위의 고고한 성루 위에서 천상의 종소리가" 들려오는 환몽적인 상징주의에 대한 열망일 수 있다. 그 '꿈'은 신비한 영혼의 세계, 피안의 세계, 형이상학적 진실에 대한 동경일 수 있다. 또 그것은 퇴폐 혹은 데카당스일 수 있다.

이러한 독해는 서구 상징주의에 동일화 담론으로서, 작품의 맥락을 배제하였다는 데 문제점이 있다. 언어의 의미는 맥락 의존적이다. 다 같은 언어라도 누가 말하는가, 누구에게 말해지는가, 그 언어가 놓이는 시공간이 어디인가라는 담론의 조건에 따라 상이한 의미를 내포한다. 따라서 '꿈'은 상징주의 자체에 대한 열망일 수 있지만 담론의 조건에 따라서 또 다른 의미로 읽어낼 수도 있을 것이다.

『금성』을 조직한 배경과 활동 목표가 무엇인지를 밝힌 창간호의 「육호 잡기」의 문맥에다가 '꿈'을 올려놓으면 그 의미가 구체적으로 드러난다. 「육호 잡기」에서 밝힌 핵심은 "퇴폐하고 황막한 우리의 예원, 거기다가 산일잡박한 우리의 예원, 이를 다시 개척하고 향상시켜 번영케 하며, 통일적으로 모아 새로운 예원을 만들자."[8]고 하는 문학에 대한 신념이다. 퇴폐하고 황막한 우리 예원을 개척하겠다는 신념의 출발점은 물론 문학이다. 그러나 자신들이 아니고는 할 수 없다는 선구자적 긍지와 자부심은 욕망이다. 이러한 선구자적 긍지와 자부심은 당시 새로운 사회를 꿈꾸던 진보적 운동가들의 열정에 등가하는 이념과 다르지 않다.

이 열정과 신념이 사라졌을 때, 그들은 "지금 읽어보면 유치하기 그지 없으나, 당시로서는 대단한 '상징시'로 여겼던 것"[9]이라고 고백하게 된다. '대단하다'라는 레토릭은 수사가 아니라 주체를 구성하는 욕망이다.

---

8) 「6호 잡기」, 『금성』 창간호, p. 48.
9) 양주동, 앞의 책, p. 41.

즉 그것은 자신이 아니고는 할 수 없다고 스스로를 대단한 존재로 여기는 자부심이 구성한 담론이라는 것이다. 따라서 서구 상징주의란 조선 문단을 개척할 수 있다고 추동하던 선구자적 열정과 신념이 함께 하는 그들의 이념이라 할 수 있다.

식민지 시대 이러한 열정과 신념은 경우에 따라서는 혁명가로서의 다른 측면이기도 하다. 『금성』을 함께 꾸려가던 양주동이 백기만을 '혁명아'10)라고 불렀듯이, 그는 3·1학생운동 주동자로 수형 이후11) 당시 고학으로 일본 유학을 하며 진보적 운동에 관여하였던 시인이었다.12) '혁명아'란 대구학생운동 이력만을 말하는 것이 아니다. 아나키스트 정우영·황석우 등과의 아나키즘 범주에 있는 진보적 사상운동을 말하는 것이다.13)

정우영은 1910년 중반 일본으로 건너가 일본인 아나키스트 오코타 쇼지로·하세가와 시쇼·하야미 나오조 등과 교제하며 아나키즘 세례를 받은 아나키스트다. 아나키스트에서 다시 그는 김약수·원종린 등과 북성회에서 활동한 공산주의자다. 또 조선노동공제회 잡지 『공제』 편집부에서 조선노동공제회 강연 연사로, 노동야학 강사로 진보적 사상을 전파하는 데 앞장 선 사상가이다.14)

---

10) 『금성』 2호, 『잡기』, p. 112.
11) 경상북도 경찰부 편, 『고등경찰 요사』, 1934, p. 24.
　　윤보현, 『영남출신독립운동 약전』, 광복선열추모회 간, 1961, pp. 33~34.
　　국사편찬위원회, 『한국독립운동사』, 1970, pp. 292~293.
　　대구경북광복회, 『대구경북 항일독립운동사』, 신흥인쇄소, 1991, pp. 105~110.
12) 백기만, 「문단풍토기」, 『인문평론』, 1940. 4.
13) 위의 책.
14) 1920년대에 사회주의 사상 단체인 북성회에서 활동한 정우영의 본명은 정태신이다. 그의 이력을 간략하게 정리하면 다음과 같다. 그는 안동소학교, 기호학교를 졸업하고 보성전문학교에 재학하다가 일본으로 건너가 조선인 친목회를 조직하고 아나키즘 사상에 접하였다. 그 후 다시 일본으로 건너가 사회주의 사상단체인 사까이오 코스모스구락부와 타까쯔의 효민회에 출입하면서 사회주의 사상을 본격적으로 학습하고 김약수 등과 코민테른과 북성회에 관여하였다.
　　강만길·성대경 엮음, 『한국사회주의운동 인명사전』, 창작과비평사, 1996, p. 443.

백기만은 『금성』 동인으로 활동하기에 앞서 정우영과 함께 웅변 협회를 조직하고 이끌어나간 바가 있었다. 웅변 협회는 안창호 · 이광수의 계몽 차원이 아니라 정우영을 중심으로 아나키즘 연장선상에 있는 진보적인 사상운동의 일환이었다. 이러한 정우영에 대하여 백기만은 "동일한 목표, 공통한 이상, 유사한 사상, 상린한 처지 등으로"15) 사상적 운명을 같이하던 동지였다고 고백한 바 있다. 아나키스트 시인 황석우도 백기만과 사상적으로 교류하며 조선 시인 협회 살림살이를 함께 꾸렸다. 황석우가 그러했듯이 백기만에게도 상징주의는 문학이면서 동시에 자신이 상상하는 사회를 구현할 수 있다는 확신을 가지게 하는 진보적 이념의 정서적 등가물이었다.16)

백기만의 지사적 욕망을 추동하는 것이 무엇인지 여기서 분명해지는데, 그것은 상징주의에 대한 문학적 열정과 아나키즘의 진보에 대한 열망이다. 이 두 가지가 한 자리에 할 수 있었던 것은 상징주의와 아나키즘이 다 같이 공유하는 이상주의적 성향 때문이라 할 수 있다.

그러나 이 둘 사이의 차이는 분명하다. 상징주의자들에게 현실은 진실이 아닌 것, 그렇기 때문에 그들은 고려될 가치가 없는 것으로 여겨 오직 초월적인 이데아를 주목한다. 이에 비하여 아나키스트들에게 현실은 고려될 가치가 없는 것이 아니라 마땅히 고려되어야 하는 것으로 여겨 그들은 현실에 끝없이 저항한다. 이러한 상이점이 있음에도 불구하고 상징주의와 아나키즘이 서로 충돌하지 않는 이유는 이상주의적인 열망이 함께 하고 있기 때문이다. 그 열망은 주술적 기도이다.

이호룡, 『한국의 아나키즘』, 지식산업사, 2001, p. 115.
조영복, 『1920년대 초기시의 이념과 미학』, 소명출판사, 2004, pp. 209~211.
15) 백기만, 앞의 책.
16) 황석우의 상징주의와 아나키즘의 연속성에 대하여서는 다음 글을 참조하였다.
조두섭, 『한국근대시의 이념과 형식』, 다운샘, 1999, pp. 76~88 참조.

모든 물체와 모든 현상을 잇게 하신 창조자여!
나는 지금 인생의 환이고 또 참인 꿈에서 깨어 그 꿈을 그리며
내 생명을 밧은 후 처음 경건한 마음으로 당신을 대합니다.
그리고 내 영은 끗도 모르고 한도 업는 그의 춤추는 노리 터로
고요히 파동 치는 한밤의 그윽한 곡조를 따라 눈물에 흘너갑니다.

그 꿈은~내 가슴을 만족과 깃븜에 북밧치게 하든 그 꿈으,
-그이의 부드러운 흰 팔이……
-그이의 영과 내 영이, 그이의 육체와 내 육체가
법열에서~안이 한 혼이 강하게 파동 굴게 떨엇습니다.

이것은, 사람이 말하는 허무한 꿈이오이다.
그러나 허무치 안타는 인생은 그 무엇일가요!

이 꿈은-
법열-보다 더 큰 법열에서 떨게 하든 이 꿈은
인생의 모든 현상의 구경을 체험케 하든 이 꿈은
아, 나에게는 가장 진실한 생의 토막이리다.

꿈이어! 눈물겨운 꿈이어!
현실이상의 현실인 꿈이어!
잔물결에 흐르는 아름다운 달빗이어!
인간의 모든 성스러운 찬미로서도 오히려 부족한 꿈이어!
원컨대 청회색의 나의 생을 홍록의 꿈으로 빗나게 수 노다 주소서

▸▸▸ 「꿈의 찬미」 전문

　　백기만이 『금성』 창간호에 발표한 「꿈의 찬미」는 자신의 꿈이 이루어
지기를 간구하는 한 편의 기도이다. 그렇다고 그 '꿈'은 어떤 종교에 자리
하고 있는 것이 아니라 그것은 '아직 의식(意識)되지 않은 것'과 '아직 이
루어지지 않은 것'[17)에 대한 열망이다. 이 때문에 그 꿈은 남녀의 육신

과 영혼이 한 순간 파동 치는 환영에 불과한 허무한 꿈과 다르다. 그 꿈
은 현실 이상의 현실이자 인생의 모든 현상의 구경을 체험케 하는 가장
진실한 법열보다 더 큰 법열이다. 그래서 꿈은 퇴폐나 허무로 비판할 것
이 아니라 찬미해야 한다는 것이다.

이러한 꿈은 주술적인 기도와 같은 신념에 의해서 야기되는 열망을 함
께 하기 때문에 꿈속에서 자신을 분명하게 자각하고 있다. 꿈은 형이상학
적 진실의 재현이 아니라 자신의 열망의 표현이다. 꿈은 의식 속에서 꿈
이 실현되도록 추동하는 타자이다. 이런 특징으로 본다면 꿈은 아직 의식
(意識)되지 않는 것을 상상하는 상징주의와 아직 이루어지지 않는 것을
꿈꾸는 아나키즘의 이념이 함께 하고 있다는 것을 알 수 있다.

여기서 꿈의 성격이 분명하게 되는데, 그 꿈은 자신으로부터 자신을
발견하고 일정한 방향으로 몰입케 하는 주술적인 의식(儀式)18)이라는 점
이다. 꿈의 과정을 따라가다 보면 자기도 모르게 그 꿈이 만들어내는 담
론에 빠져드는, 즉 꿈은 자신을 일정한 방향으로 최면을 거는 의식(儀式)
이 되는 것이다. 따라서 꿈은 정서의 단순한 분출구가 아니라 새로운 자
신을 구성하는 하나의 정서적 매개물이다. 여기서 그가 터잡고 있는 서구
상징주의와 갈라지는 지점이 있게 된다. 백기만의 꿈은 플라톤 사상에 그
기원을 두고 있는 서구 상징주의처럼 종교로 대치될 수 있는 절대자에
대한 일치나 형이상학적 진실의 미메시스가 아니기 때문이다. 또한 환몽
의 초월적 세계의 환기를 하는 매개물도 아니다. 자신은 모든 현상의 구
경을 체험하는 주체이다.

이 차이는 인간을 중심으로 하는 아나키즘의 사유 때문이기도 하지만,

---

17) Ernst Bloch, 박설호 역, 『희망의 원리』, 솔, 1993, p. 337.
18) 임태승, 『동아시아 미학의 두 흐름』, 심산, 2004, p.104 참조.
　　이 점을 블로흐의 식으로 해명한다면 이렇다. 꿈은 '울타리 밖에서 구경하는 자'이다. 마
　　치 서커스를 구경하는 소년처럼 수동적으로 꿈꾸며, 우리의 욕망을 심리적으로 승화하
　　는 자가 아니다. 꿈은 우리로 하여금 어떤 욕망을 실현토록 충동한다.

보다 근본적으로는 중국 문학이론가 주광잠이 중국 상징주의 시론을 논하면서 도연명의 무릉도원을 현실적 세계로 설명한 유가적 사유와 무관한 것이 아니다. 유가적 사유의 핵심은 초월적인 세계를 본체로 하는 것이 아니라 인간을 본체로 하고 있다는 점이다.[19] 다시 말한다면 유가적 사유에 의한다면 만물은 연속적이면서 독자적인데, 그 본체가 인간이라는 것이다. 백기만의 여러 글에서 '생활 가운데 진선미'[20]를 발견하고 실천해야 한다는, 그 진선미는 초월적인 세계가 아니라 그것은 인간을 본체로 하여 상호 감응하며 상대적으로 존재하는 것이다.

따라서 그에게는 상징주의자들과 같은 초월적 진선미도 없고 선험적인 진선미도 없다. 오직 생활 가운데서 상호 감응하는 상대적인 진선미가 있을 뿐이다. 그래서 꿈은 현실과의 연속성을 갖고 있는 기도의 형식이 된다. 첫 행에서 "모든 물체와 모든 현상을 잇게 하신 창조자여!"라고 하는 '창조자'는 절대자가 아니라 주술적인 기도의 발화를 가능하게 하는 관습적 대상이다. 그것은 기도의 내용이 형이상학적 절대자와 일치를 희원하는 꿈이 아니라 자기 개조를 희원하는 주술적 기원이라는 점에서도 쉽게 확인된다.

여기서 그가 왜 주술적인 기도의 형식과 꿈을 일치시켰는가 하는 이유가 있게 된다. 진보적 운동을 하던 그가 현실적 실천의 한계를 잘 알고 있기에 꿈이 뒷받침되지 않고서는 상상하는 사회가 구현될 수 없음을 자각한 것이다. 그 '꿈'은 자신의 처한 상황에 개의치 않고 자신을 마음껏 형이상학적 진리에 이르게 할 수 있는 '기도'이다.

백기만이 상징주의에서 발견한 것은 바로 지금 여기로부터 형이상학적 진리에 자신을 확대할 수 있는 무한한 상상력이다. 이 상상력이 아나키즘 이념이 추동하는 힘에 의하여 열광의 기도로 전이된 것이다. 이 기도가

---

19) 吳曉東, 『象徵主義与中國現代文學』, 安徽敎育出版社, 2000, pp. 47~59.
20) 백기만, 「공연히 울고 싶흐니다」, 『개벽』, 1924. 10.

꿈의 형식을 갖고 있다는 점에서 몽환적 분위기에서 피안의 세계를 찾으려는 상징주의적인 신비주의로 볼 수도 있다. 그가 분명하게 자신의 꿈을 생의 구경을 탐색하는 것이라고 밝히고, 또 꿈이 기도의 형식을 갖고 있다는 점에서 상징주의자들의 몽환적인 꿈과 구별된다. 생의 구경을 탐색하는 기도는 자신을 긴장시키는 의식(儀式)이고, 실현 가능한 무엇을 추구하고 전진해나가도록 하는 의식(儀式)이다. 또 꿈의 기도가 주술적인 상징주의의 형식과 유토피아에 대한 아나키즘의 열정이 함께 하고 있더라도 자신을 내재화하고 있다는 점에서 그것들과 구별된다. 그것은 자신에 의하여 자신을 내재화하고 그것에 의하여 행동하게 하는 유가적 사유가 개입되었다는 것이다.

따라서 백기만의 시의 형식을 결정하는 꿈은 자신을 괄호 안에 묶는 판단중지의 현상학적 초월이거나 형이상학적 세계를 지향하는 상징주의적 초월이 아니라 그것은 자신을 타자로 되돌아보고 자신을 정위(正位)로 되돌아오게 하는 의식(儀式)으로서의 초월이다. 다시 말하자면 꿈은 무엇을 추구하고 전진해 나가도록 하는 초월의식(儀式)으로서 현실에 회귀하는 유가적 초월이라는 점에서 그것들과 변별된다.

여기서 하나의 일반화가 가능하게 된다. "님과 나와 단둘이 일홈 몰을 나라에 다다르는" 꿈이나, "가장 아름답고 오랜 것은 꿈속에서만 있어라"라고 노래한 당대 시인의 꿈은 퇴폐가 아니다. 지금까지 꿈을 퇴폐적 · 몽환적이라고 비판한 것은 초월에서 현실로 되돌아오는 현실공유를 간과하였기 때문이다. 게다가 초월적 세계를 상정하고 있다고 하더라도 그것의 궁극은 서구 상징주의처럼 형이상학적 진실의 일치가 아니라 인간을 본체로 하고 있다는 점을 간과하였기 때문이다. 그렇다면 그 다음의 문제는 그 의식(儀式)을 거행하는 강령(綱領)이 무엇인가 하는 점이다.

> 한길에서 어엽분처녀와 옷깃을씨처지날 때
> 두눈이 마조치며 가슴에 불이붓거든

사람아! 너의무릅을 아낌업시꿀어라

"미의 결정이신 그대여! 사랑하여주소서!" 네 가슴의 참소래를 부르지저라.

도덕은 이것을 비웃나니라!

그러나 예술은 사랑하느니……

먼길을 가다가 배가곱흘때

과원의 과실이 닉어잇거든

사람아!너의 두팔을 훨신뻗처라

"한우님의 선물은 맛이조하라!" 네 마음의 참소리를 부르지저라.

법률은 이것을 죄라하니라!

그러나 예술은 사랑하느니……

예술은 참소리-사람의 참소래는 예술이다.

도덕과 법률은 사람이 맨드는 것-사람의 마음을 약하게하는 것이다.

예술은 가장 강하고 자유로우며 심절히 눈물을 알고 감사를 아는 사람의 마음그림자이다.

예술은 애와 미의 본체-영의양식이다-팡이 유일무이한 육치의 양식인 것처럼……

×   ×   ×

우리 생의 씨는 예원에서 바다 다시 예원으로 돌아가느니……

우리의 절식된 설음도 넘치는 우슴도 예원에서 예원으로……

우주는 큰 예원이다

들라 사람아! 밤낮에 쉬잔는 그의 창조곡의 하-모니-를!

너이의 찾는 진실한 천국이 여긔 잇나니-그 문을 힘차게 주다려라!

▶▶▶「예술」 전문

이 작품은 상징주의와 아나키즘의 메타 시이다. '예원'은 형이상학적 진실의 상징계이고 도덕과 법률과 강제와 통제가 없는 아나키스트들이 상상하는 이상세계이다. 아름다움과 사랑의 본체로서 영혼의 양식이 있는 형이상학적 진실의 세계를 상징한다는 점에서 '예원'은 상징주의적이고, 그 '예원'이 참소리에 의하여 구성된다는 점에서 아나키즘적이다. 이 점은 상징주의의 초월적 상상력과 아나키즘의 현실적 상상력이 함께 하는 백기만의 특징적인 시적 사유이다. 그렇지만 '예원'의 은유로 사용된 '진실한 천국'이 상징주의자들이 말하는 초월적인 세계와 일치하는 것이 아니다. '천국'은 '참소리'에 의해서 가능한 인간의 희로애락이 있는 현실 세계로서, 개체들이 독자성을 가지면서 상호 연속적으로 조화를 이루는 아나키스트들이 이상적으로 상상하는 공동체에 더 가깝다. 이러한 상호 주관적인 시적 사유는 초월적인 세계를 본체로 인정하지 않고 인간을 본체로 하는 유가적 사유와 무관한 것이 아니다.

이 작품에서 중요한 것은 천국과 같은 '예원'에 이를 수 있는 '참소리'가 아나키즘의 출발점이 되는 양심이라는 것이다. 도덕은 인간의 사랑을 관념화하고 법률은 인간의 근원적 생명을 외면한다. 그러나 예술은 미의 본체이고 영혼의 양식으로 형이상학적 진리를 구현할 수 있는 것이다. 이러한 상징주의적 사유 한 편에는 형이상학적 진리를 구현할 수 있는 양심이라는 아나키즘적인 사유가 이 작품에는 함께 한다. 이 작품에서 백기만이 강조하는 것은 이상적 사회를 상징하는 '예원' 자체가 아니라 예원에 다다르는 방법이다. 이상 사회는 도덕과 법률에 의하여 실현되는 것이 아니라 인간의 양심에 의하여, 즉 내적 동기인 '참소리'에 의하여 가능하다는 것이다. 이런 관점은 양심을 행동의 강령으로 삼는 아나키즘의 원리를 메타한 것이다.

아나키스트들은 양심에 의하여 인간에 군림하는 도덕 법률뿐만 아니라 모든 강제와 통제를 거부한다. 법률 자체를 부정하는 것이 아니라 강제로 인간을 분할하고 배제하는 제도적 권력을 거부하는 것이다. 마찬가지로 종교 자체를 부정하는 것이 아니라 권위적인 종교권력을 부정하는 것이다. 이처럼 "네 마음의 참소리를 부르지저라."고 하는 것은 자신의 감정과 양심을 자신의 것이 될 수 없게 하는 그 자체를 부정하는 것이지 무조건 모든 것을 부정하는 허무주의자가 아니다. 그는 자신의 양심에 의하여 '가장 자유로운' 사회 예원을 꿈꾸는 이상주의자이다. 따라서 그에게 '예술'은 자신을 새롭게 구성하는 '꿈'과 동일한 정서적 의식(儀式)이고, 그것을 규정하는 강령은 도덕과 제도와 규범을 초월하는 양심이다. 이 두 개의 축에 의하여 그는 사랑과 미의 본체에 다다를 수 있다고 한다. 그 사랑과 미의 본체가 되는 이상세계는 개인적이고 일회에 그치는 욕망의 세계가 아니라 근원적인 생명의 세계이고 영원한 불변의 세계이다. 자신이 구성한 이러한 신념에 의하여 그는 "너이의 찾는 진실한 천국이 여긔 잇나니-그 문을 힘차게 뚜다려라!"고 타자를 추동한다. 이것은 어떤 관념에 의하여 구성된 신념이 아니라 자신의 양심에 따른 아나키즘적 실천이다. 그 양심은 개조를 목표로 하는 것이 아니라 새로운 사회 구성을 위한 일종의 조건이다.

이렇듯 백기만은 새로운 사회를 상상한다. 그것은 자기완성을 위한 것이지만 그것이 세계의 완성을 위한 일종의 조건이라는 데서, 상징주의와 차별화되는 경향성을 가지고 있다. 이 경향성은 아나키즘에 자리하고 있는 "모든 꼴사나운 놈들은 한주먹에 치우자"는 『거화』, "가문 여름에 물업서 갈나진 논바닥 가튼 조선"이라는 『저주의 눈』의 현실인식이다. 따라서 상징주의는 동일화 과정에서 아나키즘이 규정한 현실성으로 인하여, 아직 의식(意識)되지 않은 것을, 그리고 아직 실현되지 않는 것을 상상력을 통해서 발견하는 상징주의는 꿈이고 아나키즘의 양심은 강령이 되는 것이다. 그래서 그의 꿈은 황당한 꿈이 아니라 자기 개조의 의식(儀式)으로서 양심의 강령에 의하여 기능하는 경향성을 갖고 있는 이상주의적인 꿈이다.

1.3. 상호주관성의 원리와 대동사회의 꿈

백기만 시를 구성하는 원리는 상징주의의 초월적 의식(義式) 꿈과 아나키즘의 양심의 강령이라는 것이 밝혀졌다. 이 의식과 강령은 자기 개조에 초점이 맞추어지는 것이다. 물론 자기 개조의 배후에는 조선의 문단을 개척할 수 있다는 선구자적 욕망과 아나키즘적인 이념이 함께하고 있는 것이다. 중요한 점은 그가 신사조 상징주의와 진보적 사상 아나키즘에 매혹되었다 하더라도 두 축으로 삼고 있는 의식(儀式)과 강령이 유가의 예악과 경의(經義)라는 두 패러다임과 다르지 않다는 것이다.21) 즉 주술적인 기도와 꿈의 형식은 예악의 원시적 의식(儀式)과 다르지 않고 양심은 경의(經義)의 근원이 되는 강령과 다르지 않다. 따라서 문제는 백기만이 상징주의와 아나키즘 범주에 있는 당시 진보적인 지식인임에도 불구하고 유가적 패러다임을 근간으로 하고 있었다는 점이다.22)

상징주의와 아나키즘이 가장 쉽게 만날 수 있는 지점은 절대적인 차원의 세계를 상정하는 것이다. 인간의 자유를 구속하는 모든 강제로부터의 자유를 꿈꾸는 아나키즘과 가상으로부터 탈주를 꿈꾸는 상징주의 모두 절대적 세계를 상상한다. 그러나 백기만이 이들로부터 차용한 의식(儀式)과 강령은 그러한 절대적 세계에 이르게 하는 것이 아니라 자신을 내재화하여 세계와 상호 관계를 맺는 유가적 문제틀이다. 따라서 그의 시에 나타나는 신비·환몽·꿈·주술적인 이미지는 주체의 내재화라는 유가적 의식의 차원으로 이해되어야 한다. 또 이러한 감정은 작품『예술』에서 살펴본 바와 같이 난세의 음악으로 인간의 마음을 산란하게 하는 정성위음(鄭聲衛音) 같은 음기(淫氣)가 아니다.

이렇듯이 백기만은 상징주의와 아나키즘을 하겠다고 하였지만 유가적 사유로부터 자유롭지 않았다. 그는 진보주의자로 자처하면서도 유가적

---

21) 임태승, 앞의 책, p. 16.
22) 이러한 예는 우리의 정치적 현실에서도 찾을 수 있다. 금장태가 "밖에서 외국인의 눈으로 보면 북한의 사회주의 체제도 유교적 사회주의라고 일컬을 것이고, 그 동안 한국의 문민정부가 추구해온 개혁정책도 유교적 개혁으로 비쳐질 것이다."라고 한 주장이 그것이다.
금장태, 『한국유학의 탐구』, 서울대학교 출판부, 1999, p. 1.

시의 근본이 되는 시언지(詩言志)에 전거하여 그러한 시인이 되어야 한다
고 주장하였다. 그는 "시인은 뜻이 고결한 사람이다. 시언지(詩言志)라는
말이 있거니와 뜻이 비천하고는 시인이 되지 못한다. 시인은 생각이 순수
하지 않으면 쓰지 못한다. 그러므로 시경(詩經) 3백 편을 한 말로써 설명
하면 '사무사(思無邪)'라고 해야 할 것이다."[23]라고 거침없이 유가적 입장
을 표명하였다. 시언지(詩言志)는 동양 시론의 중요한 전통인데, 이는 주
지하다시피 시를 통하여 시인의 사상을 표현하는 것을 가리켰던 것으로
다분히 유가의 형이상학적 도와 밀접하게 관련되어 있다. 백기만이 말하
는 시언지는 이와 같은 원론적 의미를 넘어서 시는 "정감이 시인의 마음
속에서 움직여 말로 표현 된 것"이라는 지(志)가 정서의 맥락 속에 있다
는 것이다. 그것은 지(志)와 정(情)을 동일한 것으로 간주하는 후기 시언
지의 의미에 가깝다. 즉 그것은 "자신의 마음속에 담겨 있으면 정(情)이
되고 이 정(情)이 움직이면 지(志)가 되니 결국 정과 지는 하나이다."[24]
라는 공영달의 의미와 유사하다.

　그렇다면 상징주의와 아나키즘, 그리고 이것들과 이질적인 유가의 담
론이 어떻게 함께 할 수 있었느냐가 문제가 된다. 이 점은 페쇠의 초담론
으로 이해가 가능하게 된다. 페쇠에 의한다면 이질적인 여러 복수 담론을
하나로 구성하는 중층적 결정의 최종 심급으로 기능하는 그런 초담론이
있다는 것이다.[25] 상징주의 · 아나키즘 · 유가의 담론이 함께 하는데, 이
들을 최종심급에서 결정하는 것이 유가의 담론이라는 것이다.[26] 여기에
서 백기만의 시적 사유가 형이상학적 주체에 환원되는 서구 상징주의와

---

23)『전집』, p. 90.
24) 이병한 편저,『중국 고전시학의 이해』, 문학과지성사, 1992, p. 329.
25) Peter V. Zima, 허창운 · 김태환 역,『이데올로기와 이론』, 문학과지성사, 1996, p.
　　292.
26) 백기만을 추동하던 상징주의는 그의 후일담에서 분명하게 드러나 있다. 그 내용을 요약
　　하면 당시 확고한 문학관을 가지고 어떠한 이즘에 충실한 문인은 드물었다고 보며 그들
　　이 상징주의자다 리얼리스트다 하는 것은 지금 와서 볼 때 그러하다는 것 뿐이다. ;『전
　　집』, p. 82.

변별되고 절대 개인을 상정하는 아나키즘과도 갈라지는 지점이 있게 된
다. 당시 신세대 시인들은 상징주의와 새로운 진보적 사상이 묘약이라고
믿고 그것에 취했지만, 사실 그들에게 무의식과 같은 유가적 담론이 작동
하고 있었다.

상징주의와 유가적 사유체계는 이질적이다. 그럼에도 불구하고, 근본
적인 핵심이 현상에서 본질을 탐색하여 일치를 목적으로 하는 상징주의
와, 우주 만물이 생성하는 본질을 도(道)라고 규정하고 그것과의 일치를
꿈꾸는, 즉 도(道)가 형이상(形而上)[27]이라는 사유구조는 연속적인 면이
있다. 그것은 『주역』의 본질을 함축하는 대목에 있는 "고개를 들어 하늘
에서 상(象)을 살펴보고, 고개를 숙여 땅에서 법(法)을 살펴본다"라는 팔
괘(八卦) 역시 서구 상징주의처럼 우주의 규칙을 기호로 추연(推衍)한다는
점에서 알 수 있는 것이다. 주역의 핵심이 우주의 원리를 상징적 기호로
추연하여 체도(體道)를 목적으로 하고, 상징주의도 만상의 현상과 본질이
조응하여 일치를 목적으로 한다는 점에서 연속적이라는 것이다.

그런데 유가적 사유의 핵심인 형이상학은 상징주의의 현상과 본질처럼
주체와 초월적 존재의 관계가 아니다. 형이상학의 도는 초월적이거나 선
험적인 것이 아니라 모든 존재에 상대적으로 존재하는 현실적 실체이다.
도는 상징주의의 이데아와 같이 아무나 느낄 수 없고 단지 영감을 가진
자만이 직관으로 느낄 수 있는 초현실적 신비가 아니다. 도는 객관과 주
관의 상호 작용과 반응에 의하여, 누구나 체득할 수 있는 것이다. 따라서
도는 주관적인 감정으로 표현될 수 있는 것이 아니고 또한 형이상학적
진실을 미메시스하는 것도 아니다. 오직 주관과 객관의 상호 소통에 의하
여 체득되는 것이다. 그래서 도는 초월적 존재의 신비가 아니라 체득되어
야 하는 당위적인 실체이다. 이런 차이점으로 하여 상징주의 시인은 초월
적 존재의 비밀을 해석하는 자가 되고, 유가적 시인은 우주 만물과 상호

---

27) 是故形而上者謂之道, 形而下者謂之器, 「계사 상」, 『주역』, 제 12장.

소통하여 도를 체득하는 자가 되는 것이다.28)

상징주의 문학을 하겠다고 드러내놓고 선언한 『금성』 창간호에는 상징
주의와는 아주 이질적인 백기만의 작품 「청개고리」가 있다. 이 작품은 말
미에 밝혀 놓았듯이 구전되어 오는 유가 덕목의 하나인 효를 주제로 한
청개구리 설화이다. 이 작품을 백기만이 『조선시인선집』에 자신의 대표
작으로 재수록한 것으로 보아 이에 대한 애착을 짐작할 수 있다. 이 작품
이 다른 시편보다 시적으로 탁월하지 않는데도 굳이 재수록한 이유는 마
지막 연에 노출된 유가적 가치에 대한 자신의 믿음일 수 있다. 작품 전체
의 맥락을 통하여 본다면, 이 가치는 자식에게 부모에 대한 일방적 순종
을 강요하는 윤리가 아니다. 이 가치는 가정 혹은 공동체의 조화를 강조
하는 간주관성의 균형과 조화이다. 조화는 타자를 주체의 욕망으로 환원
하는 동일화가 아니라 주체와 타자의 차이를 인정하는 것이다.

『현대평론』에 발표한 '아내에게' 라는 부제가 붙은 시 「아름다운 달」도
「청개고리」와 같은 계열의 작품이다. 이 시에서 시적 화자는 달을 바라보
며 아내에게 다짐한다. 님(아내)은 달, 나는 달 보고 우는 조그만 벌레이
고, 달을 감도는 구름이라는 소박한 은유로서, "바다가 다르고 산이 평지
되어도 그대 사랑하는 마음 안 변할 것을" 다짐한다. 아내에게 남편의 이
런 맹세는 신파조라 할 수 있다. 그러나 자신의 내면에서 도덕적 확신의
근원을 바탕으로 남편으로서 당당하게 책임을 다하려는 인간론은 신파조
가 아니라 신념이다. 이 두 작품에서 그가 전달하려는 메시지는 유가적
윤리 자체가 아니다. 인간이란 당위 · 도덕 그 자체인데 이것이 부정될 때
인간 역시 부정된다는 것이다. 인간을 존중하기 위해서는 이러한 덕목이

---

28) 중국의 문학이론가 유약우는 상징주의와 유가의 형이상학적 관계를 보들레르와 유협을
비교하면서 이렇게 말하였다. "보들레르의 이론에서 자연의 비밀과 혼돈된 말은 시인의
해석을 기다린다. '시인이란 무엇인가? 만약 번역자가 아니라면 은호 판독자인가?' 유협
의 이론에서는 자연이란 해석이 필요 없으며, 시인은 자발적으로 자연의 도를 밝히며,
그 자신의 무늬와 자연의 무늬를 제시한다." : 유약우, 이장우 역, 『중국의 문학이론』,
명문당, 1994, p. 143.

부정될 수 없다[29]는 것이다. 주체와 타자의 차이를 인정하며 함께 조화를 이루는 이러한 간주관성은 그의 시적 구성 원리이기도 하다.

> 훌륭한 그이가 우리집을 차저왓슬 때
> 이상하게도 두뺨이 타올으고 가슴이 드근그렷습니다
> 허나, 나는 아모말도 업시 바느질만 하엿습니다
> 훌륭한 그이가 우리집을 떠날 때에도
> 여전히 그저 바느질만 하엿습니다
> 허나, 어머니, 내가 무엇을 그이에게 선물하엿는지 알으시나요?
>
> 나는 그이가 도라간뒤에 뜰압 은행나무 그늘에서
> 달콤하고도 부드러운 노래를 불넛습니다
> 우리집 작은 괴는 봄볏을 흠뻑안고 나무가리 엽헤안저서
> 눈을 반만감고 내 노래 소리를 듯고 잇섯습니다
> 허나, 어머니, 내 노래가 무엇을 말하엿는지 누가 알으시릿가?
>
> 저녁이되야 그리운 붉은 등불이 만흔 꿈을 가지고 왓슬때
> 어머니는 젓먹이를 잠재이려 자장가를 부르며 아버지를 기다리시는데
> 나는 어머니 방에 잇는 조만 나의 책상에 고달핀 몸을 실니고
> 뜻도 업는 내 책을 보고 잇습니다
> 허나, 어머니께서는 내가 지금 책에서 무엇을 보고 잇는지를 몰으시리다
>
> 어머니, 나는 꿈에 그이를 보앗습니다
> 흰옷을 입고 초록띄를 드리운 성자갓흔 그이를 보앗습니다
> 그 흰옷과 초록띄가 엇더케 내 마음을 흔들엇는지 누가 알으시릿가?
> 오늘도 은행나무 그늘에는 가는 노래가 떠돕니다
> 괴는 나무가리 엽헤서 어제갓치 조을고요
> 허나, 그 노래는 느진 봄바람처럼 괴롭습니다
>
> ▸▸▸「은행나무 그늘」 전문

---

29) 함재봉, 『탈근대와 유교』, 나남, 1998, p. 261.

이 작품의 '나'(여성)에 대응되는 '그이'(남성)는 형이상자이면서 인간이
고, 성자이면서 연인이다. 그이와 만나는 시공간은 현실이지만 일치를 이
루는 시공간은 꿈속이다. 이런 감미로움과 엄숙의 이미지는 상징주의의
신비주의적 사유와 유가의 현실적 사유이기도 하다. 이런 이중적인 사유
에도 불구하고 이 시를 지배하는 것은 유가적 사유이다. 그이가 우리 집
을 찾아오면 나는 두 뺨이 달아오르고 가슴이 두근거린다 그이가 돌아간
뒤에 뜰 앞 은행나무 그늘에서 그를 생각하며 노래를 부른다. 이런 애틋
함에도 불구하고 나는 그와 현실적으로 아무런 정감을 나누지 못한다. 그
가 우리 집을 찾아왔을 때 사랑을 속삭이는 것도 아니며, 떠나갈 때도 이
별의 정을 나누는 것이 아니다. 그저 여성의 맡은 바 소임인 바느질만 할
뿐이다. 다만 그이가 돌아간 뒤 은행나무 그늘에서 노래로 애틋한 사랑을
표현할 뿐이다. 그에 비하여 그는 나를 사랑하고 있지만 어떤 애정 표시
도 하지 않는 성자처럼 근엄한 완결된 인간이다. 그에게 애틋한 사랑의
노래를 보내지만 그는 응답하지 않는다. 그래서 나는 더 괴롭고 그이를
그리워하게 된다. 이러한 이미지는, 여성은 여성다워야 하고 남성은 남성
다워야 한다는 차별화를 구획 짓는 유가적 이미지다. 마찬가지로 '나의
붉은 두 뺨', '두근거리는 가슴', '부드러운 노래' 등의 여성 이미지와, '성
자 같은 그이', '흰옷과 초록 띠' 등의 거룩함·위대·우뚝름·군자의 이
미지는, 남성과 여성을 분할하는 유가적 담론이다.

이런 관점에서 이 작품은 유가의 남성 중심주의라고 비판 받을 수 있
다. 이 비판의 배후에는 주체에 의하여 세계의 폭력적 지배를 정당시하는
절대개인을 상정하는 이성주의의 입장이 있다. 그러나 백기만은 이러한 절
대 개인을 상정하지 않는다.

나와 그이는, 어느 한 편에 의하여 다른 한 편을 강제적으로 환원하는
것이 아니다. 그렇다고 이 작품에서 유가적 이미지는 윤리적 덕목 자체를
강조하는 것이 아니다. 나와 그이가 조화롭게 일치하는 관계, 이것은 세

계와 주체의 시적 일치이기도 하다. 그 순간은 내가 그이를 만나는 황홀한 감정에 도달하는 시간이다. 이 황홀감은 단순한 황홀감이 아니라 그이와 내가 하나로 조화롭게 관계를 맺을 때의 감정이다. 이것은 개체들이 우주 내에 서로 내적으로 연속적이면서도 독자성을 갖고 있는 감응이다. 나와 그이는, 음양 관계처럼 독자성을 갖고 있으면서 작용과 반작용을 하고 있다. 그러면서 나와 그이는 고요히 꿈속에서 만나는 것처럼 그러한 황홀한 일치를 꿈꾼다. 이 시에서 전달하는 메시지는 유가의 재도적(載道的) 문학도 아니고, 그렇다고 연정의 애틋함도 아니다. 나와 그이가 조화롭게 일치하는 것과 같이 만물이 그렇게 상호 교응하는 이질적인 것의 조화와 공존이다. 그러하지 못하기 때문에 나는 괴로운 것이다. 나는 그이를 통하여 그이는 나를 통하여 자아의 생명적 존귀함을 구현하는 것이다. 이 작품에는 이러한 상호 주관적인 유가적 이미지가 상징주의의 신비적 유현성의 이미지로 전이된 것이다.

이처럼 상징주의가 당대 새로운 풍조였다고 하더라도 결국 그것은 서구 상징주의로 설명할 수 없는 유가적 사유가 개입된 격의 상징주의이다. 당시 시인들이 현실적 쾌락은 일시적 환각에 불과하기 때문에 진정한 생명과 기쁨의 삶을 찾아야 한다30)고 하였지만 그들이 찾아야 할 기쁨과 생명의 세계는 서구 상징주의에서 말하는 초월적 세계가 아니라 현실을 공유하고 있는 유가적 초월적 세계이다. 그 초월은 자아의 생명적 존귀함을 구현할 수 있는 자기 자리로 돌아감이다. 따라서 그들이 서구 상징주의를 해야 한다고 시대적 풍조에 들떠 있었지만 사실은 유가적 담론이 그들의 상징주의를 재구성하고 있었던 것이다.31)

---

30) 박종화, 『영원한 승방몽』, 『백조』 1호, 1922, p. 57.
31) 이 문제는 오늘날로 전이하여 생각할 수 있다. 포스트모더니즘 사조의 특징은 다원화이다. 포스트모더니티가 오늘날 우리의 사유를 규정한다고 믿지만 우리의 심층에는 유가적 담론이 자리하고 있다. 이것은 월드컵 경기 때 모두가 붉은 옷을 입고 하나 되는 것은, 유가적 존재론의 핵심인 간주관성 때문이다. 즉 나의 존재는 타자에 의해서, 그와 연관 속에서 파악되는 것이다. 붉은 옷을 동일하게 입은 존재는 개별적인 존재가 아니라

소타고 도라오는 목동의 피리소래가
사양에 물들닌 옥수수밧 넘으로 가늘게 들니더니
그 소래 그치자 해떠러지고
산촌에 여름밤이 물가티 밀어온다

저녁은 마을에 가장 질거운 때일다
머슴들은 거적자리를 끼고 이약이 벗을 차자
어슬렁 어슬렁 하구 밧그로 모아들고,
아이들은 여름저녁의 부드러운 깃붐을 안고
술취한 곰색기 가티 날뛰고 잇다,
더위에 눌녀 움쯕 못하든 나무닙까지도
지금은 시원한 바람에 웃줄그리도다.

나는 물오른 풀닙흘 깨물며
노래하는 아이떼를 지나, 흙내나는 농부와 옷깃을 스처,
물깃든 아낙네의 살향내가 남은 우물가를 지나,
멍든 가슴을 만저주는 달콤한 저녁을 마시며
아모 생각업시 황혼의 길을 건일고 잇다.

차차 이집저집 첨하에 원시적 초롱이 내어걸린다,
그리고 울도 없는 집 마당에는 늙은이들이
끗업는 담소에 질거워한다,
아아, 평화롭다, 오직 태고정이 흘을뿐이다,
욕심도 업고 미움도 업고, 어제도 업고 래일도 업는
산촌은 산과 함께 어둠에 잠기려하도다.

▸▸▸「산촌 모경」 전문

저녁 무렵 산촌은 상징주의자들이 환기하는 저녁노을에 싸인 신비스런 피안의 세계이거나, 어떠한 강제도 없는 아나키스트들의 소망하는 공동

상호 관계적인 존재에 의해서 확인되는 존재이다. 이것으로 포스트코더니티 사회에서도 우리의 심층에는 유가적 담론이 엄연히 자리하고 있다는 것을 확인할 수 있다.

체이면서, 그에 상응하는 유가적 이상 사회의 대동사회일 수 있다. "별이 빛나는 창공을 보고, 갈 수가 있고 또 가야만 하는 길의 지도를 읽을 수 있던 시대는 얼마나 행복했던가?"[32] 하고 루카치가 꿈꾸던, 그곳이라 불러도 무방한 산촌은 타자와 자아의 구별이 없고 그 사이의 어떤 균열도 없으며 고통도 부재하는 총체성이 지배하는 형이상학적 고향이다. 이처럼 담론의 조건을 달리하여 읽어도 산촌은 새로우면서도 친숙하며 어둠이 짙어질수록 등불이 더 환하게 밝아오는 세계다. 그리고 산촌은 무덥지만 시원하며 소란스러우면서도 고요한 세계다.

이러한 읽기는 상징주의·아나키즘·유가적 사유의 세부적 이념 차이를 사상(捨象)하고 그 큰 줄기가 궁극적으로 자아와 세계가 조화롭게 일치를 이루는 이상세계를 상정한다는 점을 전제로 한 읽기 방식이다. 이렇게 세부적 이념 차이를 사상하고도 읽기가 가능한 것은 근본적으로 산촌은 세계와 자아가 일치를 이루어 통전하는 서정시의 세계이기 때문이다. 그래서 이 작품은 상상하는 세계와 일치를 이루기 위하여 거행되는 의식(儀式)인 꿈이 생략되어 있다. 정확하게 말한다면 꿈이 생략된 것이 아니라 현실과 꿈이 조화롭게 일치를 이루어 그 둘이 가장 이상적으로 조화롭게 일치를 이룬 상태다.

흙내 나는 농부와 살 향내 나는 아낙네들이 구별되지 않고, 타자와 자아의 경계인 울타리조차도 없으며 인간과 인간뿐만 아니라 자연과 인간이 하나가 되는 산촌은 아나키스트 크로포트킨이 상상하는 가장 이상적인 사회와 일치한다. "아나키스트가 이상적이라고 생각하는 사회는 그 구성원의 모든 호혜적인 관계가 법에 의해서나 권위에 의해서가 아니라 오로지 사회구성원 사이의 상호동의 및 사회적 습관이나 전통의 집적에 의해 자율적으로 규제되는 그러한 사회이다."[33] 그 사회는 어떤 권위나 지

---

32) 루카치, 반성완 역, 『소설의 이론』, 심설당, 1985, p. 29.
33) Peter Kropotkin, 『Modern Science and Anarchism』, The Essential Kropotkin, Liverright, 1975, p. 55.

배가 아니라 자연적이고 본질적인 것에 의하여 구성된 세계다. 아나키스트 크로포트킨이 말하는 이러한 완결된 사회를 "욕심도 업고 미움도 업고, 어제도 업고 래일도 업는" 세계인 산촌으로 압축하고 있다. 그 산촌은 어떤 지배적인 권위도, 그렇다고 어떤 가식이 지배하는 세계도 아니다. 석양에 어둠이 물같이 밀려오고 노을이 지고 산과 함께 어둠에 잠기면 등불이 내걸리는, 자연계의 순환원리에 따라 운행되는 세계다. 그래서 "아모 생각업시 황홀의 길을 건일고 잇다"고 말하게 된다. '아무 생각이 없다'는 것은 '아직 의식되지 않은 것'이나 '아직 이루어지지 않은 것'에 대한 몰각이 아니라, 아예 그러한 의식이 필요 없는 태고와 같이 세계와 자아가 하나로 된 이상적인 사회이기 때문이다. 그러한 이상적인 사회는 밀려오는 어둠에 의하여 가려지게 되지만 집집마다 등불을 내어 거는 그 행위에 의하여 다시 모든 생명체들이 본래의 모습으로 되살아나게 된다. 등불과 마을 사람들의 내면의 불빛은 서로 뚜렷하게 구별되지만 이들은 결코 서로 다르지 않기 때문에 "아아, 평화롭다"라는 영탄이 있게 된다. 이 영탄은 자아와 세계가 본질적으로 다르지 않고 아나키스트들이 강령으로 삼는 양심과 행위가 서로 일치함을 말해주는 하나의 지표이다.

또 한편으로 "아아, 평화롭다, 오직 태고정이 흘을 뿐이다."라고 영탄하는 산촌은 상징주의자들이 희구하는 보다 본질적인 근원의 세계, 피안의 세계를 가리키는 것으로 읽을 수 있다. 산촌은 현실적으로 존재하는 세계인 것 같지만 실제로 존재하는 현실 세계가 아니다. 산촌은 "욕심도 업고 미움도 업고, 어제도 업고 래일도 업는" 지상의 욕망과 시공간을 초월한 피안의 세계이다. 이에 대하여 산촌은 피안 세계의 암시적 환기가 아니라 소박한 서경적 공간의 재현이라고 말할 수도 있다. 그러나 산촌의 서경은 단순하게 서경에 그치는 것이 아니라 그 서경을 통해 인간의 욕망 지상의 시공간을 초월한 그 이상적인 세계를 환기하는 데 있다. 즉 산촌은 어둠이 내리는 그 순간에 지상과 피안의 구별이 사라지고 보다 본질적인 근원의 세계를 암시하는 시공간이 된다. 어둠이 몰려들어 등불이 내어걸리는 산촌의 몽환적인 분위기는 탈현실적인 세계에서 본질적인 진리를 찾아내려는 상징주의자들의 속성을 그대로 드러낸 것이다. 지상의 욕망을 지우는 것이 어둠이라면 피안의 세계를 밝히는 것이 등불이다. 따라서 산촌은 어둠이 현실적인 인간의 욕망을 지워버리고 원시적 초롱이 밝힌 태고의 감정이 흐르는 피안의 세계이다. 산촌은 피안 세계의 미메시스가 아니라 피안 세계의 등불로 상징되는 표현이다. 따라서 산촌은 현실적 시공간을 초월한 영원한 세계, 어둠의 죽음과 빛의 부활을 상징하는 초월적 세계로 볼 수도 있다. 아나키즘에 연속적이던 그가 이처럼 밝음을 지워버리고 어둠 속에서 진리의 세계를 찾으려는 신비스런 태도는 상징주의자들의 속성을 그대로 따른 것으로 볼 수 있다. 그러나 이러한 현실초월은 현실 속에서 불가능한 실체의 세계를 인위적으로 구현해 보려는 상징주의자들의 강렬한 열망으로도 볼 수 있다.

그러나 그는 분명하게 유가적 관점에서 "시인은 인간의 올바른 길을 찾고 아름다운 세계를 만들려고 애쓰는 사람이다."라고 규정하였다. 그가 이상적으로 삼고 있는 시인의 역할을 다시 그의 말로 부연한다면 그것은 "도폐문상(道弊文喪)한 탁세(濁世)를 광정(匡正)하는 회천(回天)"[34]이다. 회천이란 범박하게 말하면 세상을 이치에 맞게 바로 잡아 이상사회를 이룩하는 것이다. 그가 말하는 "욕심도 업고 미움도 업고, 어제도 업고 래일도 업는" 이상사회는 『예기』에 나오는 천하위공(天下爲公)의 대동사회와 일치한다. 『예기』에 전하는 대동사회는 이렇다. "땅에 버려진 재화라도 사적으로 저장할 필요가 없었다. 힘이 몸에서 나오지 않음을 싫어했지만 반드시 자기 한 몸만을 위해서 힘을 쓰지 않았다. 이런 까닭에 남을 해치려는 음모도 생겨나지 않고, 도적이나 난적이 생겨나지 않았다. 그러므로 집집마다 대문을 걸어 잠그지 않고도 편안하게 살 수 있었으니, 이런 세

---

34) 『전집』, p. 90.

상을 대동사회라고 한다"35) 즉 웅십력(熊十力)이 이를 간명하게 그 정
곡을 찔러 정의하였듯이 대동사회는 '사심이 제거된 사회'36)이다.

『예기』의 이러한 이념을 구체적으로 형상화한 작품이라 하여도 지나치
지 않을 만큼 욕심도 없고 울도 담도 없는 평화로운 산촌은 대동사회와
일치한다. 이 작품의 대동사회적 성격은 "욕심도 업고 미움도 업고, 어제
도 업고 래일도 업는, 아아 평화롭다"라는 구절 속에 집약되어 있다. 그
곳은 농부와 아낙네들이 현실 여건에 따라 노동이 분업화된 사회이고 노
동과 여가가 조화를 이루며 욕심 없이 재화의 소유와 분배가 공동으로
이루어지는 균평(均平)한 사회이다. 도적이 없어 울도 담도 없고 구성원
들이 서로 사랑하며 속이는 일이 없는 사회이다.37) 상호 믿음과 화목으
로 법적 강제가 필요 없는 평화로운 사회다. 즉 산촌은 공의(公儀)가 구
현되는 조화로운 공동체이다.

이러한 대동사회는 아나키스트들이 상상하는 이상적 사회와 다르지 않
다. 그러나 아나키스트들이 상정하는 사회는 절대 개인의 자유를 실현하
여야 한다는 이름 아래 다분히 타자를 배제할 수 있는 사회이다. 이에 비
하여 대동사회는 상호성을 바탕으로 하는 간주관적 공동체다. 즉 아나키
스트들이 절대적 개인의 자유를 강조하는 반면에 유가들은 상호관계를
중시한다. 이러한 대동사회의 모습은 산촌에 잘 드러나 있는데, 그것은
인간과 자연, 인간과 인간이 서로 내적으로 연관이 되어 있으면서도 그
하나하나는 독자성을 가지고 있는 간주관성이다.

이 작품의 핵심인 "아아, 평화롭다"는 단순한 영탄이 아니다. 그 감정
은 어둠과 등불, 농부와 아낙네, 인간과 자연, 낮과 밤, 지주와 머슴이
가장 조화롭게 감응하는 상태의 감정이다. 즉 그것은 주체의 욕망을 절제

---

35)「禮運」,『禮記』.
36) 熊十力,『原儒』, 洪氏出版社, 1980, p. 67.
37) 陳正炎·林其錟, 이성규 역,『중국의 유토피아 사상』, 지식산업사, 1993, pp. 122~
    131.

함으로써 가능한 타자와의 감응(感應)에 의하여 가장 조화로운 일치를 이룬 감정이다. "아아 평화롭다"하는 영탄은 규범의 내재화를 통하여 세속의 앙금을 해소한 심리적 안정을 확보한 감정이다. 그것은 자신이 하고자 하는 대로 하여도 법도를 넘어서지 않는 자유의 경지에 다다랐을 때 자연스럽게 터져나오는 감정이다.[38]

그러나 천하위공(天下爲公)의 대동사회와 일치하는 '산촌'은 식민지 공간에서 현실적으로 존재하는 사회가 아니다. 모든 세속의 앙금이 해소되어 "아모 생각 업시 황혼의 길을 건일고 잇다"고 말하는 안정된 감정도 식민지 지식인의 행복한 정서가 아니다. 그것은 꿈속에서만 가능한 달콤한 감정이다. 그래서 "산촌은 산과 함께 어둠에 잠기려하도다."라고 하는 두려움이 있다. 어둠이 상징하는 심리적 위기감은 행복한 꿈이 깨어날 것을 예감하는 자의 두려움이다. 따라서 산촌은 그가 열망하는 이상적인 대동사회를 선취한 하나의 꿈이다. 그가 꿈꾸는 이상사회는 과거에 있었던 이상적 공간이 아니라 미래에 마땅히 있어야 할 당위적 사회이다.

"아아 평화롭다"라고 하던 '산촌'은 꿈에서 깨어났을 때 저녁노을과 등불 속의 신비스럽고 공동선을 추구하는 조화로운 공동체가 아니라 저주와 환멸의 공간이 된다. 그 감정은 「산촌 모경」에 대응되는 작품 「저주의 눈」에 여실히 드러나 있다.

> 나는 날마다 서울의 거리를 건일며
> 이 사각 눈의 행렬이 꾸물그림을 본다
>
> 오-가문 녀름에 물 업서 갈나진 논바닥 가튼 조선!
> 오-치운 겨울날 개천에 바려진 식은 밥덩이 가튼 조선!
>
> 사각진 저주의 눈!

---

38) 임태승, 앞의 책, p. 105.

저주의 사각 눈이 이러케 말한다―
고통의 지옥 삼중의 쇠사슬에 얽매인 조선이
나를 못하게 한다 정녕코 못살게 한다
인저는 생명의 환희도 구할 수 없고
인생의 영광도 차즐 수 업구나
그러면 오― 그러면 최후의 닛발을 갈고
한줌 남은 피나마 흘녀나 보고 죽자

▸▸▸「저주의 눈」 2-4연

　평화로운 산촌이란 사실 반어적 수사인데, 사실 그것은 "오-가문 녀름
에 믈업서 갈나진 논바닥 같은 조선", "오-치운 겨울날 개천에 버려진 식
은 밥덩이 가튼 조선"이다. 그 조선은 인간의 생명을 유지하는 데 가장
근원이 되는 물과 밥도 버려지고 모든 온기가 사라져버린 시체와 같은
공간이다. 그래서 "고통의 지옥 삼중의 쇠사슬에 얽매인 조선이/ 나를 못
살게 한다"고 괴로워한다. "인제는 생명의 환희도 구할 수 업고/ 인생의
영광도 차줄 수 업구나"하고 희망과 꿈마저 사라졌다고 탄식한다. 다시
"그러면 오-그러면 최후의 닛발을 갈고/ 한줌 남은 피나마 흘녀나보고 죽
자"고 자신을 다시 추스르며 다짐한다. 이렇게 「산촌 모경」과 「저주의 눈」
은 꿈과 현실, 이상적 세계와 식민지 공간, 조화로운 공동체와 저주의 공
간으로 나누어져 한 쌍을 이루는 작품이다. 두 작품의 관계는 "고통의 지
옥 삼중의 쇠사슬에 얽매인 조선"을 변화시키는 촉매작용을 하는 효모처
럼 '산촌'이 기능한다는 데 있다. 즉 그것은 겨울날 개천에 버려진 식은
밥덩이 같은 저주의 식민지 조선의 현실에 대항하는 상상적 공동체가 산
촌이라는 것이다. 따라서 균평한 공유를 통하여 공동선을 추구하는 상상
적 공동체 '산촌'은 과거에 있었던, 그리고 현재에 존재하는 사회가 아니
라 오직 마땅히 있어야 하는 당위적 사회이다.
　결국 백기만이 상상하는 사회는 '산촌'으로 상징되는 대동 사회로서 서

로 상호관계를 가지면서도 독자성을 가지고 상호 감응하는 조화로운 세계이다. 이 상호주관성 원리가 그의 삶의 원리이고 시적 원리가 되는 것이다. 백기만은 상호주관성이 당위·가치 그 자체라고 믿었고 이것이 부정될 때 인간 역시 부정되고 그가 꿈꾸는 사회도 실현될 수 없다고 믿었다. "최후의 닛발을 갈고/ 한줌 남은 피나마 흘녀나보고 죽자"고 자신을 추동하는 것은 자신의 삶의 원리가 압축된 대동사상일 것이다. 대동사상은 학생운동을 하던 그가 제국주의 논리인 사회진화론을 극복하고자 하는 박은식의 「유교 구신론」, 신채호의 「유교 확장에 대한 논」 등으로부터 영향을 받아, 정우영과의 관계 속에서 아나키즘적 경향으로 나아간 것으로 볼 수 있다. 그렇다면 상징주의적 담론과 아나키즘적 담론은 대동사회를 구현하기 위한 탐색 과정 중에 있었던 사유들이라고 할 수 있다.

조선문단을 개척하겠다는 선구자적 욕망과 상징주의에 대한 열광, 그리고 식민지 학생운동은 결국 대동 사회를 꿈꾸는 맥락에 놓여 있는 것이다. 따라서 대동 사회의 꿈은 식민지 모순 극복과 이상사회 지향이라는 두 가지 이상을 동시에 내포하고 있는 것이다. 유가적 전근대적인 담론이 백기만을 구성하였다고 하기보다는 인간 삶의 가장 근본적인 진실을 가장 정화된 상태로 구현하려는 자신의 이상이 유가적 담론을 재구성한 것이라고 볼 수 있다. 백기만은 정치적으로는 아나키스트, 문학적으로는 상징주의자이었지만 이것을 최종 심급에서 결정하는 담론은 간주관적 유가적 담론이었다.

1.4. 결 론

백기만에 대한 연구 결과의 의미를 정리한다면 다음과 같다. 1920년대 상징주의 시를 서구 문예사조 수용의 동일화 관점으로 읽고 평가하는, 기존의 가치 척도를 재고할 수 있는 하나의 관점을 마련하였다는 점이다.

지금까지 선행 연구자들은 1920년대 상징주의 시에 대하여 수용과 모방
이라는 측면에서 그 실상을 구체적으로 밝혔다. 이러한 선행 연구의 의미
를 역으로 생각한다면 우리 상징주의 시가 서구 상징주의를 재생산한 동
일화라는, 즉 주변으로서 서구 중심에 집착하였다는 비판을 함께 하는 것
이 된다. 백기만을 통하여 살펴보았듯이 상징주의라는 기표는 동일하지
만 주체가 구성하는 담론의 의미는 결코 동일하지 않다는 것이다. 따라서
문제의 본질은 서구 상징주의에 동일화되지 못한 불일치가 무의식적이든
의식적이든 간에 1920년대 우리 시인들이 상징주의라는 기표에 고정시킨
기의라는 데서, 그 자체가 담론 조건이 된다는 것이다. 백기만의 상징주
의 시에 기능하는 주체와 객체가 상호 감응하는 유가적 사유가 그것이다.

상징주의와 유가적 인식체계가 이질적인 것임에도 불구하고 상징주의
수용과정에서 현상에서 본질을 탐색하여 일치를 목적으로 하는 상징주의
와, 우주 만물이 생성하는 본질을 도(道)라고 규정하고 그것과의 일치를
꿈꾸는 유가적 사유구조가 연속적이라는 점을 백기만의 시를 통하여 살
펴보았다.

즉 백기만은 상징주의자들이 만상의 현상과 본질이 조응하여 일치를
이루는 그것을 우주의 원리를 상징적 기호로 추연하여 체도(體道)를 목적
으로 하는 유가적 사유와 동일시하였다고 할 수 있다. 여기서 말하는 체
도(體道)는 윤리적 차원의 문이재도(文以載道)가 아니라 상징주의의 조응
(照應)에 대응되는 주관과 객관이 상호 관계하는 감응(感應)을 말하는 것
이다. 그러나 조응과 감응은 상호일치라는 유사성보다 초월과 독자적 결
합이라는 점에서 이질성이 더 많다. 백기만은 상징주의의 초월을 유가적
감응으로서 격의(格義)하였는데, 그것은 감응 과정의 초월이다. 그것은
세계와 상호 감응하는 과정에서 이탈하여 자신을 타자화하여 되돌아보는
초월이다. 진보적 운동을 하던 그가 목표하는 바는 현실 안에서만 끝없이
참여함으로써는 결코 이루어질 수 없다는 것, 그래서 상징주의에서 발견

한 것이 초월의 의식(儀式)이다. 그 초월의 시적 의식(儀式)이 꿈이고, 그 강령이 아나키즘의 양심이다. 그래서 그의 상징주의적 시는 주술적 기도의 형식의 이상주의적 경향이라는 특징을 가지게 된다.

백기만은 새로운 사회를 상상하였다. 그것은 자기완성을 위한 것이지만 자기완성이 세계의 완성을 위한 일종의 조건이라는 데서 경향성을 가지고 있다. 이 경향성은 아나키즘에 자리잡고 있는 현실인식이다. 따라서 그의 상징주의는 그것과 동일화 과정에 아나키즘이 규정한 현실성으로 인하여 아직 의식(意識)되지 않은 것을, 그리고 아직 실현되지 않는 것을 상상력을 통해서 발견하는 정서적 의식(儀式)이다.

결국 '산촌'으로 상징되는 대동사회는 서로 상호관계를 가지면서도 독자성을 가지고 상호 감응하는 조화로운 세계이다. 이 상호주관성 원리가 그의 삶의 원리이고 시적 원리가 되는 것이다. 백기만은 상호주관성이 당위·가치 그 자체라고 믿었고, 이것이 부정될 때 인간 역시 부정되고 그가 꿈꾸는 사회도 실현될 수 없다고 믿었다. 그렇다면 백기만에게 있어 상징주의적 담론과 아나키즘적 담론은 대동사회를 구현하기 위한 탐색 과정 중에 있었던 사유들이라고 할 수 있다. 조선의 문단을 개척하겠다는 선구자적 욕망과 상징주의에 대한 열광, 그리고 식민지 학생운동은 결국 대동 사회를 꿈꾸는 맥락에 있는 것이다. 유가적 사유는 인간 삶의 가장 근본적인 진실을 가장 정화된 상태로 구현할 수 있다는 그를 추동하는 담론구성체이다. 백기만은 정치적으로는 아나키스트, 문학적으로는 상징주의자이었지만 이것을 최종심급에서 결정하는 담론은 간주관적 유가적 담론이었다.

백기만의 상징주의적 시를 탐색한 결과에 의하여 서구 문예사조로 우리 상징주의 시를 단순히 재생산 관점에서 평가하는 지금까지의 연구결과를 새롭게 해석할 수 있는 시각이 마련되었다. 그것은 우리 상징주의 시가 서구의 주변 문학에 지나지 않다는 지금까지 연구의 주변적 논리를 전도하면서 서구 중심에 주변이라는 차별이 아니라, 차이로써 우리 상징주의 시를 이해할 수 있는 유가적 담론의 층위이다. 그것은 식민지 지배에 대한 저항 담론으로서 유가적 담론이 갖는 의미이다. 즉 그것은 '산촌'으로 상징되는 자연과 인간이 상호 감응하는 삶, 균평과 공유를 통한 공동체의 조화, 개인의 절욕으로서 공동선을 추구하는 대동사회에 대한 열망이다. 그 열망이 하나의 '꿈'에 지나지 않는다고 하더라도 대동사회를 꿈꾸는 백기만의 유가적 사유 자체가 식민지 지배에 대한 대항 담론으로서 의미가 있다고 할 수 있다. 대동사회를 꿈꾸는 과정에 놓여 있는 담론이 상징주의 피안의 세계이고 아나키즘의 양심이다.

2. 이상화 상징주의 시의 아나키즘과 연속성

2.1. 문제의 제기

이상화 시를 한가운데 놓고 1920년대 상징주의 시의 아나키즘과 연속성을 탐색하려는 근본적인 문제의 출발점은 다음과 같이 세 가지로 집약된다. 첫째, 1920년대 상징주의 시를 서구 문예사조의 수용이라는 관점으로 읽고 평가하는, 그 가치 척도를 재고하자는 점이다.

서구 문예사조로 당대 상징주의 시를 평가한다면 문학적 성취는, 서구 중심에 비교되는 주변의 미급함이라는 당연한 결론에 이른다. 그런데 중심에 다다르지 못하는 미급함, 그 자체가 오히려 서구와 다른 한국 상징주의 시의 본질일 수 있다. 이것은 서구 상징주의 미학이 한국 상징주의 시를 환원하여 온, 지금까지 연구자들이 망각하고 있었던 서구 동일자 논리로부터 탈주함으로써 가능하다. 즉 서구 상징주의라는 중심에 대해 주변이라는 차별을 차이로서, 그 차이가 한국 상징주의 문학의 요체라는 것이다.

이 문제의 본질은 한국 상징주의 시가 일본을 통하여 수용한 서구 상징주의와 다르다는 점을 밝히는 것이 아니라 한국 상징주의 시의 생산구조를 밝히는 데 있다. 한국 상징주의 시의 본질은 차차 구체적으로 밝혀지겠지만, 영혼의 상태를 동경하는 환상적 신비적 이상주의가 아니라 당시 시인들이 상징주의를 생활의 차원으로 이해하였듯이, 그들에게 상징주의는 문학을 넘어서 하나의 담론이다. 아나키스트들과 마르크스주의자들이 상징주의 시를 발표한 사실에서 이러한 점은 충분히 확인되는 점이다. 아나키스트들과 마르크스주의자들은 시인이 아니라 운동가이다. 그렇다면 그들에게 상징주의는 단순히 영혼의 상태를 동경하는 문예사조로서의 상징주의가 아니라, 그것을 넘어서 그들을 구성하는 담론의 정서적 등가물이라고 하는 것이 더 타당할 것이다.

여기서 한국 상징주의가 서구 상징주의의 문예사조 차원에 있는 것이
아니라, 주체를 일정한 방향으로 구성하는 담론 차원에 있는 것을 알 수
있게 된다. 그렇다면 한국 상징주의 시는 서구 상징주의 시와 문예사조
측면에서 비교할 것이 아니라 담론을 분할하고 구성하는 담론으로서, 즉
시적 주체를 구성하는 체계를 검토함이 마땅할 것이다. 이러한 한국 상징
주의 시는 서구 상징주의 시에 미급한 것이 아니라, 상징주의 시를 구성
하는 담론의 차이에서 오는 한국 상징주의 시의 독특한 산산방식일 뿐이
라는 것이 이 글에서 주목하는 과제의 하나이다.

둘째는, 1920년대 상징주의 시가 서구 문예사조와 다른 층위에서 그
들을 구성하는 담론이 무엇인가 하는 점이다. 이것은 앞에서 제기한 문제
를 구체화할 수 있는 방법으로서 한국 상징주의 시의 생산구조가 무엇인
가 하는 점이다. 이 문제의 핵심은 최근에 역사학계에서 새롭게 보고된[39]
1920년대 초기 당대 지식인을 추동하던 중심 사상이 아나키즘이었다는
점을 고려함으로써 분명하게 된다. 호출 메커니즘을 인용하지 않더라도,
일종의 시대적 약호 같은 당대 아나키즘이 진보적 문학운동을 하던 시인
들과 결코 무관하다고는 할 수 없기 때문이다.

한국 상징주의 시인들은 대부분 아나키스트였듯이 아나키즘 담론에 자
신들을 배치한 것이 자명하다. 이러한 관점을 보다 분명하게 하기 위하여
서, 담론이 동일한 언어체계를 서로 다르게 말하는 방식이라고[40] 이 책
에서는 그 범주를 한정하여 사용한다. 언어를 담론 차원에서 본다면 자율
적인 언어조직이 객관적 의미를 생산한다는 것은 순수한 입장이 된다. 이
순수한 입장을 떠나서 이 책에서는 상징주의와 아나키즘 문학을 담론 차

---

39) 이호룡,『한국의 아나키즘』, 지식산업사, 2001, p. 81.
40) 강내희,「언어와 변혁」,『문화과학』, 1992. 겨울호, p. 33.
    D. Macdonell,『Theories of Discourse』, Basil Blackwell, 1987, pp. 11~14.
    Michel Pecheux, 앞의 책, pp. 97~121.

원에서 그것을 구성하는 담론구성체에 주목할 것이다.[41]

담론구성체는 인식된 대상을 일정한 방향으로 의미를 구성하는 체계이다. 이 체계에 의하여 보이지 않던 것이 보이게 되고, 보이던 것이 보이지 않게 된다. 다시 말한다면 담론구성체는 주체가 대상의 의미를 생산하는 체계이자 동시에 주체를 구성하는 체계이다. 따라서 담론구성체는 담론의 의미 생산에 간여할 뿐만 아니라 시적 주체 차원에서도 기능한다. 담론 차원에서 상징주의 시를 주목하는 의도가 여기에 있는데, 그것은 한국 상징파 시인들 사이의 개별성과 공통점을 밝히려는 것이다.

셋째는, 1920년대 한국 상징주의 시의 변모에 대한 연구가 없었다는 문제를 되짚어서 그 변화의 지형도를 마련하려는 의도이다. 1920년대 상징주의 시는 수용과 전개가 동시에 이루어진 한국적인 특수한 사정에도 불구하고 그 과정에도 다양한 변화가 있었다. 그런데도 지금까지 한국 상징주의 시에 대한 연구는 주요한·황석우·김억·백대진 등 상징주의 수용자에 한정되어 연구되었다. 상징주의 수용자에 이어 상징주의 시가 분화되어 가는 다음 단계의 상징주의 시에 대한 연구에 의하여 한국 상징주의 시의 본질이 분명하게 드러날 수 있을 것이다.

상징주의가 갖고 있는 유토피아적 세계의 열망이라는 문제틀이 당대 지식인들에게는 아나키즘 담론의 이상주의와 구별되는 것이 아니었다. 이상화를 예로 든다면 그의 시는 상징주의·민족주의·계급주의·낭만주의가 함께 한다. 그렇다면 이러한 이질적인 이데올로기를 함께 구성하는 요체가 무엇인가를 밝혀야 될 것이다. 동일한 시인의 이질적인 담론이 함께 하는 경우에서, 또 상징주의가 아나키즘, 계급주의의 이상주의와 함께 하다가 다시 아나키즘으로 전이되어 가는 과정에 대한 연구도 없었다. 이 책에서는 이러한 문제를 제기하면서 상징주의가 수용되어 다양한 이데올

---

41) 강내희, 앞의 글, p. 33.
   D. Macdonell, 앞의 책, pp. 11~14.
   Michel Pecheux, 앞의 책, pp. 97~121.

로기와 혼효되고, 다시 다양한 이데올로기로 분화되어 가는 그 과정을 탐색할 것이다.

이러한 문제 해결을 위한 효율성을 제고하기 위하여 다음과 같은 방법을 채택하였다. 먼저 분석 대상 시인을 이상화와 연속선상에 있는 황석우·권구현을 함께 선정하여 분석하였다. 이들은 모두 이상화와 마찬가지로 일본유학 과정에서 상징주의와 아나키즘의 세례를 받았다는 점뿐만 아니라, 황석우의 흑도회, 이상화의 기역당, 권구현의 흑우회 등에서 활동한 아나키스트로서 상징주의 경향을 함께 한다는 공통점이 있다. 그러나 외형적으로 흡사해 보이는 그들 사이의 차이점을 주목하여, 그것이 상징주의 시의 특징이라는 것을 구체화하려는 의도에서이다.

황석우가 아나키스트로 상징주의를 수용하고, 이상화는 상징주의와 아나키즘·계급주의에까지 연결되어 있다는 점에서, 그리고 권구현은 상징주의와 아나키즘이 분화되어 가는 지점에서 계급주의자들과 논쟁을 거치면서 상징주의를 넘어 아나키즘 문학을 분명히 한다는 점에서 선정하였다. 이것은 1920년대 자체 내에서 상징주의와 아나키즘의 연속성의 변화를 살펴보기 위해서이다. 다음으로 담론구성체 개념은 단순히 푸코를 계승한 페쇠의 개념으로서 주체의 사유와 실천을 특정한 형태로 제약하는 문제틀이라는 입장에서 이들의 작품을 분석하였다. 이 문제틀에 의하여 아나키즘 담론이 추동하는 정서적 등가물이 상징주의라는 설명이 가능하게 된다. 즉 아나키즘적 담론구성체는 절대 자유의 문학적 실천 양태가 상징주의이고 그러한 실천을 강제하는 규칙이 유토피아적 사유라는 것이다. 따라서 1920년대 전반기 문학텍스트를 담론의 관점에 의하여 상징주의와 아나키즘의 연속적인 이론을 정리하자는 것이 아니라 대상 시인들의 작품을 구체적으로 분석하여 이론을 도출하는 것에 중점을 둔다.

2.2. 황석우 : 아나키즘의 상징주의와 상징주의의 아나키즘

2.2.1. 상징주의와 새로운 주체 찾기

황석우는 주요한·김억과 더불어 상징주의 시를 수용하고 개척한 시인이다. 황석우를 검토함으로써 상징주의 수용기의 한국 상징주의 시의 면모가 밝혀질 것이다. 문제는 황석우 시를 서구 상징주의를 그대로 재생산하는 동일화 기제로만 읽을 수 없다는 것이다. 황석우는 상징주의 시인이면서 동시에 흑도회의 아나키스트였다[42]는 사실을 주목하면 문제는 달라진다. 아나키스트로서 상징주의 작품활동을 아무런 갈등 없이 동시에 병행하였다는 것은 상징주의가 아나키즘 차원에 있다는 것이다. 즉 황석우에게 상징주의는 문예사조로서의 서구 상징주의가 아니라 자신을 구성하는 담론이다. 그렇다면 상징주의가 아나키즘 운동차원이든지 아니면 개인적 욕망차원이든지 이 문제는 먼저 그에게 상징주의가 무엇인가 하는 물음에서 시작되어야 할 것이다. 다시 말한다면 그가 주어진 국면 내의 입장에서 상징주의를 분절하여 구성하는 독자적 체계가 무엇인가 하는 것이다. 이 물음은 황석우 개인적인 것이면서 나아가 1920년대 초 한국근대시를 구성하는 체계를 밝힐 수 있다는 점에서 중요하다.

한국 상징주의는 식민지 시대적 분위기에 의하여 암울, 절망과 영탄, 현실에 대한 저주, 그리고 도피적 열망의 표현이라는 것은 문학사에서 문제없이 받아들여지고 있다. 그런데 그러한 태도의 원인이 무엇인가 하는 점에 대해서는 아직 일치점을 찾지 못하고 있다. 초기 문학사가들은 3·1운동의 실패라는 식민지 현실에서 비롯된 것으로 그 원인을 지적했다. 이에 대하여 김흥규는 시대적 상황이 아니라, 초기 시단의 중심시인들이 지닌 중산층 지식인으로서의 특질 때문이라 했다. 이 논리는 3·1운동 이전의 절망과 영탄의 시적 현상을 설명할 수 있는 근거도 되고, 또 그

---

42) 이호룡, 앞의 책, p. 201.

상상력의 구조를 밝혔다는 점에서 의미가 있다.43)

　그러나 중산층 지식인이 새로운 시대에 적극적으로 더처할 이념을 확보하지 못했다는 지적이 황석우에게도 그대로 적용될 수 있을까 하는 점은 문제로 남는다. 그는 일본 고학생 동우회를 이끌어가며 흑도회의 아나키스트로서 확고한 이념을 확보하고 있었기 때문이다. 따라서 문제는 황석우가 아나키스트면서 상징주의 시인이었다는 점은 이 두 담론을 구성하는 구성체가 동일하다는 것에 있다. 상징주의와 아나키즘이 동일한 차원에 있었다는 것은 상징주의와 아나키즘이 서로 혼효되었다는 의미가 아니라 상징주의와 아나키즘을 최종 심급에서 결정하는 어떤 담론구성체가 있다는 것이다. 즉 상징주의와 아나키즘의 최종 심급의 담론이 의미를 구성할 뿐만 아니라 주체를 구성하는 데 간여한다는 것이다. 이러한 주체 형태가 극명하게 드러나 있는 것이 그의 창작 시론 「시화」(詩話)이다. 왜냐하면 「시화」 자체가 상징주의 분절체계로서 기능하는 담론구성체이기 때문이다.

　황석우의 시론은 「시화」(『매일신보』. 1919. 9. 22~10. 15)・「조선 시단의 발족점과 자유시」(『매일신보』. 1919. 11. 10.)・「일본 시단의 2대 경향」(『폐허』 창간호. 1920. 7.)・「최근의 시단」(『개벽』 5호. 1920. 12.)・「시작가로서의 포부」(『동아일보』. 1922. 1. 7.) 등이 있다. 이 가운데 그의 다표적인 본격 창작 시론은 「시화」다. 「시화」는 『매일신보』 현상 모집에 선외로 뽑힌 평론으로, 한국 평론 현상모집의 효시가 되는 것이다. 이미 「시화」 이전에도 백대진44)과 김억에 의하여 서구 상징주의 시론이 『태서문예신보』

---

43) 김흥규, 『문학과 역사적 인간』, 창작과비평사, 1980, p. 221.
44) 백대진은 「최근의 태서 문단」(『태서문예신보』 4호, 1918.)에서 상징주의에 대한 개념 소개에 그치고 있다. 예를 든다면, "상징이라 함은 분해하기 어려운 종합일치의 상태에 있는 바 어떤 관념을 일음이니 어떠한 賢察家이든지 명백히 말하기 어려운 바 진리의 정수를 가장 많이 먹음어 있는 독창 인상을 운율적 암유로써 발표하는 것 됨을 일컬음이올시다."라고 주장하고 있어 상징에 대한 개념을 말라르메・모러아스 등의 관념 상징 이론에서 그대로 차용하고 있음을 알 수 있다.

에 수용되기도 하였다. 하지만 김억의 상징주의 소개는 우에다 빈(上田敏) 과 쿠리야가와 하쿠손(廚川白村)에 기댄 번안한 글이고, 백대진의 글은 개론적인 상징주의 소개에 지나지 않는 것이다. 그러나 황석우의 「시화」는 상징주의 창작시론이라는 점에서 백대진의 개론적인 글과 김억의 서구 상징주의를 무비판적으로 수용한 시론과 다르다.45)

황석우의 상징주의 시론 「시화」를 살펴봄으로써, 왜 그가 상징주의를 선택하였는가, 또 상징주의를 어떤 관점에서 읽고 있는가, 상징주의는 그에게 무엇인가 하는 점이 해명될 것이다. 이를 위하여 먼저 「시화」를 의미 단락별로 나누어 보기로 한다. 「시화」는 시인의 위치, 시의 맛, 시의 회화적 요소, 시의 음악적 요소, 상징파 시의 특징, 시의 언어, 시의 사상, 시작의 태도, 명상, 시인의 임무, 영감 등 열 한 개의 의미 단락으로 나누어진다. 이 열 한 개의 의미 단락을 지배하고 있는 핵심은 시인의 개성적인 리듬의 '영률(靈律)'과 '신의 궁전'이라는 용어에 있다. 영률은 그가 언어를 '인어(人語)'와 '영어(靈語)'로 구별하여, 일상의 언어에 대응되는 시어를 영어라는 독창적인 용어를 선택해 표현한 데서 시작된다. 영어는 '인간과 신의 교섭에만 쓰이는 언어'이자 '천재', 곧 시인이 아니면 이해할 수 없는 언어'이다. 시인은 영어로 신과 이야기를 나누며, 동시에 이 영어를 지상의 인간에게 해독하는, 신과 인간을 소통시키는 매개자이다. 그러므로 신과 인간을 연결하는 중개자인 시인은 신과 대좌하여 영어로 소통하는 영광을 가진 자로, 그가 신과 소통한 내용이 곧 시라는 것이다. 영어는 이데아의 세계, 신의 세계, 신비의 세계를 드러내는 언어라 할 수 있다.

세균보다도 세미한 신의 목소리를 시인이 영어로 광도(壙圖)하는 것이 시적 표현이다. 시인이 광도하는 시의 표현과 기교는 단지 영률의 정돈에 지나지 않는다고 했다. 이에 대한 설명은 영률의 율에 나타나 있는데,

---

45) 김영철, 『한국근대시론고』, 형설출판사, 1988, p. 312.

'율'을 '기분의 식목(識目)'이라는 개념으로 나아간다. '기분의 식목'이란 본질적인 상태의 정서적 기미를 아는 것이라 하겠다. 그렇다면 영률이란 신이 영어로 말하는 정서적 기미, '신홍(神興)'의 유로를, 시인이 포착한 정서라 하겠다. 신홍의 유로는 낭만주의자들이 말하는 정서의 자유로운 유로와는 성격이 다르다. 그것은 어디까지나 시인의 생리적인 호흡에 의하여 자연스럽게 울리는 시인의 개성적인 리듬이다. 물론 이 리듬이 자유시의 리듬이라는 것으로 이어지는 것은 당연하다. 신홍의 식목은 자연적으로 이루어지지 않고 시인의 일상과목인 명상에 의하여 신의 궁전에 들어가 신과 대좌한 시인만이 그 신홍의 기미를 알 수 있다.

이러한 「시화」의 핵심은 시인이 현실의 속악한 세계를 벗어나 신의 궁전에 들어가 자신의 세계를 건설해야 한다는 것이다. 신의 궁전은 이데아의 세계이며, 시인이 도달하여야 할 이상세계이다. 그것을 가능하게 하는 것이 '영어'·'영률'인데, 즉 시인은 독창적인 언어와 개성적인 리듬으로서 그것에 의하여 신의 궁전에 들어갈 수 있다는 것이다. '영률'이 인간 본연성에서 우러나오는 리듬이라는 점에서, 그것은 인간 본연성에서 우러나오는 양심의 소리와 다르지 않다는 점에서, 개인의 자유·개성·양심을 강조하는 아나키즘 담론과 겹쳐져 있다. '영어'도 타자의 표상체계로부터 탈주한 시인만이 가질 수 있는 독창적인 언어라는 점에서 아나키스트들이 강조하는 절대적인 존재의 행위와 다르지 않다. 이 들은 모두 궁극적으로 이상세계에 이르기 위한 기제로서, 도달하여야 할 세계가 아나키즘의 유토피아적 세계와 일치하는 것이다.

아나키스트 황석우에게 상징주의와 아나키즘이 이처럼 서로 구별되는 것이 아니라 상징주의는 아나키즘의 정서적 등가물이라는 것을 알 수 있게 된다. 백철이 "열탕같이 덥고 뜨겁다"고 황석우 시를 평한 것은 바로 아나키즘 담론구성체가 그를 그렇게 추동한 것이라 할 수 있다. 따라서 황석우의 「시화」를 구성하는 담론은 유토피아적 세계에 대한 열망이고 자유시는 그 열망을 가능하게 하는 매개물이라 할 수 있다.

이러한 판단은 일면 옳을 수도 있겠지만 「시화」의 본질을 바르게 파악한 것은 아니다. 그래서 분명히 하여야 할 점은 '신의 궁전'이 서구 상징주의자들이 말하는 영혼 상태의 환상적 세계와는 거리가 있다는 것이다. 황석우가 "사람들은/ 진리와 멱붓잡고 싸흠하다가/ 힘붓처지게 되면/ 뒷손으로/ 신이란 건달을 불너/ 그 싸흠의 중재를 청한다/ 신은 곳 사람들의 싸흠을 말녀주고/ 추어주는 술잔이나 흐지부지 엇어 먹고/ 지내는 우주 최대의 낭인이란다."[46]고 규정하였듯이, 신은 '건달'이며 '낭인'에 불과하다. 이것은 보들레르의 「교응」의 환상적 신을 지상의 초라한 자리에 내려앉게 한 것이다.

이 관점으로 본다면 신의 궁전은 기독교 세계관에 기초한 상징주의자들이 말하는 인간의 지각을 초월하는 형이상학적 세계가 아니라 다만 속악한 현실 세계에 대응되는 자신의 이념이 구현되는 세계의 상징으로 볼 수 있다. 즉 신의 궁전은 어떤 유토피아적 세계 자체가 아니라 자기 안에 있는 자신을 새롭게 창조하는 순간에 마주하는 세계와 다르지 않은 것이다. 따라서 「시화」는 서구 상징주의 담론을 모방 재생산하는 시론이 아니라 '생의 확충'[47]이라는 아나키즘 담론구성체가 상징주의에 개입한 시론이라고 할 수 있다. 자신의 '생의 확충'은 삶이고 시인데, 그 세계는 자신을 새롭게 창조하는 순간에 열릴 것이다.

> 나는 본래 정치 청년의 한 사람이었습니다. 나의 어릴 적부터의 수양의 길은 법률과 정치과 학생이었습니다. 나는 곧 정치가로서 서려는 것이 나의 입신의 최고 목표였습니다. 그러나 나는 시를 쓰지 않을 수 없는 어느 큰 시름을 가슴 가운데 뿌리깊게 안어왔다. 그는 곧 나의 어렸을 때에부터 받아 온 모든 현실적 학대와 또 나의 가난한 어머니와 나를 위하여 희생되었던

---

46) 황석우, 「신」, 『청년시인 백인집』, 『조선시단』 5호, 1929. 4.
47) '생의 확충'은 황석우가 일본에서 함께 아나키스트 활동을 한 오스기 사카에(大杉榮)가 사용한 용어이다. 그 의미는 타자의 담론에 환원된 주체가 자신을 주체로 되찾는 방식이다.

나의 불행한 누이의 운명에 대한 설음이었다. 그는 마침내 나로 하여금 남
모르게 탄식해 울고 또는 성내여 현실사회를 저주하며 더욱 내 누이를 울려
가면서 모든 주위의 유혹과 경멸과 싸워가면서 시를 썼다.[48]

황석우의 위와 같은 솔직한 고백의 내면 풍경은 「시화」와 무관한 것이
아니다. 현실이 고통스러우면 고통스러울수록 유토피아적 세계를 약속하
는 입신의 목표는 더욱 또렷하게 된다. 지금 이곳에 대한 환멸과 혐오가
크면 클수록 유토피아적 세계는 더욱 선명하게 된다. 현실의 고통에 비례
해서 유토피아적 세계는 명징하고, 고통은 꿈으로 전치되면서 모든 현실
적 물음을 인정하지 않게 된다. 이처럼 황석우에게 시는 유토피아적 세계
를 가능하게 하는, 그 꿈의 궁전으로 들어갈 수 있는 현실적인 통로였다.

고학으로 입신을 꿈꾸던 아나키스트 황석우에게 상징주의의 유토피아
적 담론이 아나키즘과 겹쳐지는 것은 자연스러운 일이다. 그는 이러한
고백을 하기 이전에 현철과 신시의 몽롱체 논쟁을 할 대도, 「현문단의
해부」(『신민공론』, 1921. 6.)에서 시는 자신의 빈한함을 극복하기 위한 방
편이라고 말한 바 있듯이, 「시화」는 이러한 자신의 내면 풍경을 시론화한
것이라 할 수 있다.

그러나 중요한 것은 유토피아적 세계가 일상적 현실과 그것을 뛰어넘
는 초월적 이상세계가 아니라, 앞에서 말한 바와 같이 자신의 '생을 확충'
함으로써 열리는 자신의 세계라는 것이다. 그것은, 그가 '운명에 대한 설
음'에서 그것을 극복하기 위하여 시를 썼다고 하였듯이 자신이 저항하는
대상은 바로 자신이기 때문이다. 여기서 시가 "남모르게 탄식해 울고 또
는 성내여 현실사회를 저주하며 더욱 내 누이를 울려가면서 모든 주위의
유혹과 경멸과 싸워가면서 시를 썼다."는 고백에서 찾을 수 있는, 즉 '생
의 확충'을 가능하게 하는 매개물이 되는 것은 당연하다. 따라서 그에게
시는 영혼의 상태를 동경하는 상징주의 시가 아니라 '생의 확충'을 가능하

48) 황석우, 「서문」, 『자연송』, 박문서관, 1929, p. 16.

게 하는, 그것에 의하여 새로운 자신을 만나는 매개물이다.

아나키스트 황석우에 있어서 상징주의란 이미 아나키즘 차원에 있는 이데올로기화된 상징주의다. 즉 상징주의는 유토피아적 세계를 속령화하는 상징파의 욕망이 아니라 자기 안에 새로운 자신을 창조하는 아나키즘 이데올로기이다. 이데올로기는49) 정치적 이념체계로 이해하는 것이 일반적인 이해 방식이다. 그래서 대부분 이데올로기를 당파적 집단의 권력에 봉사하는 은폐된 교의로 정의한다. 또 한편으로 철학적 전통에서 이데올로기는 세계에 대한 우리의 지식과 관련되는 인식론으로 파악하기도 한다. 그러나 알튀세르는 이데올로기를 특정한 물질적 관행에서 형성된 풍부한 재현의 체계로 파악한다.

그렇다면 황석우에게 상징주의는 일련의 식민지 지식인의 특수 사회 형태에서 그가 불가피하게 현실 자체를 보게끔 조장하는 재현·인식·이미지 체계로서의 이데올로기라 할 수 있다. 즉 황석우의 상징주의는 유토피아적 사유의 아나키즘 담론을 구성한 것으로 자신이 자신을 새롭게 창조하는 순간에 마주치는, 그러한 진정한 자신의 이미지 체계로서 이데올로기이다. 그것이 우리 문학사에 있어서는 상징주의 시론의 수용과 자유시 개척의 선구적 업적으로 비쳐진 것이다. 이 점은 「장미촌의 향연」을 분석함으로써 더욱 분명하게 드러난다.

> 고독은 내 영의 월세계,
> 나는 그 우의 사막에 깃드려 있다.
> 고독은 나의 정열의 불토(佛土).
> 나는 그 우에 한 적은 장미촌을 세우려 한다.
> 그리하여 나는 스사로 그 촌의 왕이 되려한다
> 아아 나는 고독에 도라왓슬 때, 비로서
> 나의 지혜가 눈뜸을 알(認識)엇다.

---

49) 테리 이글튼, 여홍상 역, 『이데올로기』, 한신문화사, 1994, p. 2.

고독은 고통이 아니고, 나의 혜지에의
즐겁은 여명일다.
실노 고독은 신과 인과의 애의 경계,
이곳에 드러와야,
신의 감춘 손(秘手)을 쥠을 얻는다.
안일다, 고독 그 자신이 '애(愛)'일다.
신과 인과의 애(愛) 신인동체의
가장 합리적의 강하고, 정한 애(愛)일다.
아아 고독은 애(愛)의 절정일다
이우를 넘어서는 애(愛)가 업다.
아아 나는 이 우에 한 적은 장미촌을 세우려한다.

▸▸▸「장미촌」 전문

이 작품은 주지하다시피 현실의 속악한 세계를 벗어나 유토피아적 세계로 상징되는 장미촌과 같은 절대적 이상세계의 삶을 희원하는 내용이다. 이러한 내용은 "孤獨은 神과 人과의 愛의 境界"라는 구절에서 드러나듯이 「시화」의 이원론적인 세계관을 시적으로 형상화한 것과 다르지 않다. 시적 주체는 세계와 고립된 '고독'한 모습으로 나타나 있다. '고독'은 현실적 조건을 넘어서는 기제이며 현실과 시적 주체를 다른 차원에 존재하게 유도하는 인식론적 계기라고도 할 수 있다. '고독'은 상징주의 시론 「시화」에서 말하는 신의 궁전에 들어가기 위한 '명상'이자 아나키스트들이 인간의 본연성에서 우러나오는 양심의 소리를 들을 수 있는 시공간이다. 그래서 시적 주체는 고독은 고통이 아니고 "나의 혜지에의 즐거운 여명"이고, 또 "고독은 나의 정열의 불토"라고 고독을 찬양한다. 시적 주체가 현실 세계로부터 탈주하는 이러한 태도는 김억·주요한 등의 상징주의 시들에게서 흔히 볼 수 있는 것이다. 이 점에서 황석우 시가 당대의 일반적인 상징주의 시와 동일하다고 할 수 있지만, 시적 주체가 현실 세계로부터 적극적으로 탈주한다는 점에서는 다르다. 또 시적 주체가 현실로부터 탈주를 스스로 선택하고 유토피아적 세계에 대한 욕망이 가능하다고 하는 낙관적인 태도를 보이는 점도 다르다.

이러한 상징주의의 우울한 모습을 넘어서게 하는 것이 유토피아적 세계의 열망을 함께 하는 아나키즘 이데올로기이다. 김억·주요한 시의 시적 주체는 현실로부터 탈주를 괴로워하고 탄식하지만, 황석우 시의 시적 주체는 그 탈주가 "고통이 아니라 혜지에 눈을 뜨는" 각성으로까지 이해한다. 시적 주체가 현실로부터 탈출하는 궁극적 목표는 '장미촌'의 건설이다. 이것은 황석우의 아나키즘과 상징주의 담론의 전형을 보여주는 것이다.

'장미촌'은 박영희의 '꿈의 나라', 박종화의 '캄캄한 밀실', 이상화의 '나의 침실' 등의 이미지와 동일한 환상적 정서로 유토피아적 상상력의 모티브이다. 이들과 동일한 유토피아적 모티브라 할지라도 '꿈나라'·'밀실'·'침실' 등처럼 어둠과 연결되는 절망적 이미지가 아니라 '장미촌'은 꿈을 담보하는 이미지이다. 이것을 가능하게 하는 것은 아나키즘 이데올로기의 강렬함이다. 일상적 세계와 대립되는 장미촌과의 화해를 통해 시적 주체는 '고독'을 통하여 신과 인간의 경계를 넘나들며, 그 경계를 넘어서서 신과 손을 잡는 영광을 갖게 된다. 그것은 궁극적으로 시적 주체가 새로운 주체 찾기이다. 또 그것은 '고독'이라는 기제를 통하여 자기 자신 안에 유토피아적 장미촌을 건설하는 것이다. 그것은 '생의 확충'을 통한 자신의 진정성을 발견하는 것이다. 그런데 이러한 의미에도 불구하고 시적 주체가 신과 인간의 향연을 깊이 있게 함께 할 수 있는 '생의 확충'을 가능하게 하는 시적 주체를 제시하지 못하였다는 데 한계가 있다. 이것은 시적 주체를 추동하는 아나키즘 이데올로기의 강렬한 힘 때문이다. 이것에 의하여 현실적 시야는 확보되지 않고 그 열망에 의하여 현실이 가려지고 유토피아적 환상의 세계만 확대되는 것이다.

이 점은 당대의 상징파 시인들을 검토함으로써 더 분명하게 될 것이

다. 이것을 위하여 김억이 베를렌에, 주요한이 레니에와 폴포트에, 황석
우는 보들레르에 기댔는데, 이들의 작품이 그들의 시론과 겹쳤느냐를 먼
저 따져볼 필요가 있다. 이 점을 밝히기 위하여 그들이 각자 선택한 상징
주의 준거인물의 논리를 살펴보기로 한다. 김억이 준거한 베를렌은 정확
한 고사와 박학한 어휘들을 구사하는 파르나시스를 공격하면서 시는 자
연발생적인 감정을 유로해야 한다고 했다. 자연발생적인 감정은 낭만주
의자들처럼 성숙하지 못한 강렬한 감정의 토로가 아니라, 은은한 음악성
을 지닌 채 감미롭고 몽롱하게 인간의 영혼을 하늘나라로 이끌듯이 표현
해야 한다고 했다. 곧 그가 강조하는 것은 시의 음악성이다. 이러한 베를
렌의 '무엇보다도 음악을' 강조하는 시론에 맹종한 안서는 기계적인 정형
의 '격조시'에 도달하게 된다. 김억이 상징주의의 자유시에서 격조시로 변
화하는 것은 부유한 지식인들이 갖는 전아한 격식의 예로와 같은 적격의
이데올로기이다.

   그런데 황석우가 일관되게 주장하는 '영률'의 생리적 리듬의 자유시는
적격의 파괴로부터 끊임없이 새롭게 자신을 구성하는 아나키스트의 절대
부정의 이데올로기이다. 황석우의 상징주의는 자신의 주체를 새롭게 발
견하는 '생의 확충'으로서 아나키즘 이데올로기로 전이한 것이다. 따라서
그를 사로잡은 것은 서구의 환상적 상징주의가 아니라 아나키즘에 겹쳐
진 자기 확충의 유토피아적 이데올로기다. 이 이데올로기에 의하여 「장
미촌의 향연」에서 시적 주체는 확대되고 시적 대상의 시야는 가려지게
되는 것이다.

   이 논의를 더 전개하기 위하여 황석우와 김억의 개인사를 비교해 볼
필요가 있다. 김억은 평북 정주에서 유복한 지주이며 종가의 장남으로 태
어났다. 이에 비하여 황석우는 일찍 부모를 잃고 빈한한 고모에 의해 양
육되었다.50) 김억은 부유한 가정의 장손으로 게이오의숙 문과에, 황석우

---

50) 박인기, 전게서, pp. 233~242 참조.

는 고학으로 와세다대학 정경과에 유학한다. 김억이 오산학교에서 훌륭한 스승 춘원을 만난 데 비하여, 황석우는 보성학교에서 급진적 사상을 가진 학생으로 지목되어 퇴학 당한다.

두 사람의 상징주의와 만나게 된 시기를 비교하였을 때, 김억이 베를렌에게, 황석우가 보들레르에게 기댄 원인을 유추해낼 수 있는 가닥은 잡힌다. 베를렌의 시 「작시론」의 핵심은 감미롭고 몽롱한 음악성에 의한 환기나 암시이다. 김억의 감미롭고 몽롱한 영혼에의 지향은 유복한 자녀들이 가질 수 있는 데카당스다. 그런데 비하여 보들레르의 지상과 천상은 황석우 자신이 말하는 신과 인간의 세계로, '지금 여기'의 현실세계의 비참함과 대조되는 신의 궁전 '그곳'이다. 황석우는 이것이 자신의 생을 확충함으로써, 자신의 새로운 주체를 찾아 나섬으로써 가능하다고 믿었다. 이러한 황석우가 자신의 생을 확충할 수 있는 방법은 영어로 신의 궁전에 들어가듯이 자기 안에 새로운 자신을 창조하는 것이다. 그러므로 그에게 있어서 초월적인 중심에 가는 길은 김억처럼 아름다운 음악을 통해서 도달하는 것이 아니고, 오직 자신 스스로 자신의 주체를 창조함으로써 가능하다. 따라서 황석우의 상징주의는 자신의 '생을 확충'하여 스스로의 잠재적 가능성을 실현하는 시적 주체형태의 유토피아적 세계관이라는 것을 확인할 수 있다. 그러므로 상징주의는 자신 안에 새로운 주체를 세우는 시적 전략인 동시에 삶의 전략이다.

2.2.2. 아나키즘과 새로운 주체 세우기

이미 지적하였듯이 황석우는 상징주의 수용자이면서 일본에서 원종린 · 조봉암 · 박렬 · 김약수 · 오스기 사카에(大杉榮)와 함께 활동한 아나키스트다. 그는 1916년 자신이 일본에서 발행하던 사상 잡지 『근대사조』를 가지고 몰래 귀국하여 국내 학생들에게 배포하다가 체포되기도 한 이력이 있으며, 본격적인 아나키즘 운동은 원종린에 의해서 일본인이 조직한 코스모구락부에서 조봉암·김약수·오스기 사카에(大杉榮)와 교유하고 난 이후부터이다.51) 그러므로 황석우가 영향을 받은 아나키스트는 한국의 원종린과 일본의 오스기 사카에이다.

황석우에 의한다면 원종린은 일본인 아나키즘 단체 코스모구락부에 한국인 최초의 간사였는데, 일본에서 유학하던 중국 아나키스트 장지(張繼)에 비견될 만한 인물이다. 장지는 일본 유학중 아나키스트 고토쿠슈스이에 힘입어 에리코 말라스테스타의『아나키』, 아놀드 롤러의『총동맹파업』을 번역해 중국에 소개한 아나르코 생디칼리스트이다. 원종린·오스기 사카에의 사상도 주지하다시피 아나르코 생디칼리즘으로 이들과 공통점을 갖고 있다. 황석우는 이들과 함께 아나키즘을 한가운데 놓고 있었는데, 문제는 그가 상징주의를 '생의 확충'이라는 아나키즘 담론으로 구성한 것을, 다시 말한다면 아나키즘 이데올로기화한 상징주의를 왜 부정하느냐 하는 것이다.

아나키즘은 하버마스의 용어를 빌린다면 유토피아적 기획들을 현실적 조건에서 비판하는 '역사적 사유'와 현실적 조건을 넘어서는 행위의 대안과 가능성을 열어놓은 '유토피아적 사유'52)가 함께 하는 이데올로기이다. 그러나 아나키스트들은 유토피아적 사유와 역사적 사유를 함께 구성할 수 없다는 데 고민이 있다. 어느 한 편이 다른 한 편을 강조하거나 배제함으로써 유토피아적 세계에 대한 열망으로 치닫거나 현실에 대한 환멸로 귀착되기 때문이다. 아나키스트 황석우가 상징주의 시인임을 부정하는 것은 아나키즘 자체의 이러한 속성과 결코 무관하지 않을 것이다. 그가 "나는 그 우에 한 적은 장미촌을 세우려 한다/ 그리하여 나는 스사로 그 촌의 왕이 되려 한다"고, '고독'이라는 기제로서 '생의 확충'이 가능하다는 꿈이 현실적으로 불가능하다는 데서, 또 장미촌 같은 환상적 세계를

51) 황석우, 「인물단평 - 원종린」,『삼천리』, 1932. 10., p. 374.
　　　 이호룡, 앞의 책, pp. 125~126.
52) Jurgen Habermas, 이진우 역,『현대성의 철학적 담론』, 문예출판사, 1994, p. 6.

자신의 내부에서 찾을 수 없다는 것을 깨달았을 때 상징주의는 환멸로
바뀐다.

> ① 일부 說者側에서 걸풋하면 편자(황석우, 연구자 주)의 시를 상징시라
> 고 평하는 일이 종종 잇스나 아여 그런 誣評은 고지듯지 말어 주시라는 것
> 입니다. 편자는 본래가 그런 類의 시작은 시험해 본 일이 업습니다.53)
>
> ② 나더러 과거에 잇어서 신비적 상징주의에 철저해 왔다고 하나 그것은
> 나를 욕하랴는 전제로서 세우는 말이다. … (중략) … 나는 그런 오해를 바
> 들 작풍을 버린지가 오래다. 그런 작풍은 1920, 21년도의 사회운동전선에
> 나섯슬 째 이미 청산해 버리고 말앗다.54)

황석우는 단호하게 "자칭 시인이란 명목 하에서 뜻을 상징주의라 하고
서 시를 쓴 기억도 없다."55)고 상징주의 시인임을 부정하였다. 상징주의
시론을 수용하고 창작시론 「시화」를 쓴 상징주의 이론가이며 상징주의
시인인 것은 재론의 여지가 없는데도 스스로 애써서 자신이 상징주의 시
인인 것을 부정하는 이유는 무엇인가.

상징주의 시를 쓴 기억이 없다는 것은 상징주의 시를 쓰지 않았다는
것은 아니다. 앞에서 살펴본 바와 같이 그에게 상징주의 시는 창작 시론
「시화」에 분명하게 드러나 있듯이 유토피아적 세계에의 열망을 가능하
게, 생을 확충하는 정서적 등가물이다. 그런데도 황석우가 상징주의 시인
임을 부정하는 것은 자기 안에 새로운 자신을 세울 수 있다는 상징주의
에 대한 믿음이 깨진 현실적 좌절에서 오는 환멸이라 할 수 있다. 하나의
이데올로기에 대한 열광은 역설적으로 말해서 처음부터 환멸을 동반한다.

이처럼 그가 상징주의 시를 부정하는 것은 불완전한 현실에 대응되는
자신의 이념을 구현할 수 있는 새로운 주체 찾기에 대한 열망이 환상이

---

53) 황석우, 『조선시단』 2·3 합병호, 1928. 12., p. 83.
54) 황석우, 「'자연송'에 대한 朱君의 評을 詭讀하고서」, 『동아일보』, 1929. 12. 24.
55) 황석우, 「현대문단의 해부」, 『신민공론』, 1921. 6., pp. 32~36.

라는 것을 깨달았기 때문이라 할 수 있다. 여기서 그가 다시 아나키즘을
전면에 내세우는 이유가 분명해진다. 황석우가 상징주의 시인임을 부정
하는 것은 상징주의의 부정이 아니라 자기 안에 새로운 자신을 창조할
수 있다고 믿었던 "고독은 내 영혼의 월세계"(「장미촌 향연」)와 같은 상징
주의 기제에 대한 부정이다. 그리고 푸른 고양이가 자신을 향하여 던지는
"만일 네 마음이/ 우리들의 세계의/ 태양이 되기만 하면(「벽모의 묘」)" 같
은 새로운 주체를 찾을 수 없었기 때문이다.

그렇다면 왜 그가 이데올로기화한 상징주의 자리에 아나키즘을 전면에
표나게 내세웠느냐 하는 점이다. 그는 상징주의는 부정하였지만 상징주
의의 유토피아적 사유를 포기한 것은 아니다. 다시 말한다견 아나키즘 이
데올로기화한 상징주의에 아나키즘 이데올로기를 더욱 강화한 것이라 할
수 있다. 황석우에게 아나키즘이란 무엇인가 하는 것을 읽어낼 수 있는
자료는 아나키즘론이다.

그가 아나키즘 이론을 객관적인 시각으로 조망한 것이 『개벽』지에 일
본의 여러 사상을 소개한 「일본사상의 특질과 그 주조」의 내용이다. 그는
일본 사상의 4대 계보를 공산주의·무정부주의·인도주의·허무주의로
전제하고, 그 가운데 공산주의와 아나키즘이 양대 사조가 되는 것을 중시
하고 아나키즘을 그 한가운데 놓고 아나키즘사상을 해설한다. 그에 의한
다면 아나키즘은 "인간에 즉한 인간 개량, 현실에 즉한 현실개량의 기획"
이라는 점이다. 이것은 상징주의 시론에서 막연하게 찾아 나섰던 관념의
세계와는 달리 현실을 매개로 하고 있다는 점에서 차이가 난다. 그가 아
나키즘을 이해한 "인간에 즉한 인간의 개량, 현실에 즉한 현실개량"은 상
징주의로써 포획할 수 없는 영역이다.

자신의 생의 확충을 위한 기제로서 상징주의가 할 수 없는 인간과 현
실을 강화한 것이 바로 아나키즘이다. 그러나 그가 '개량'을 강조하고 있
다는 점에서 상징주의와 아나키즘이 함께 하는 유토피아적 관점을 포기

한 것은 아니다. 이 점이, 「일본사상의 특질과 그 주조」는 일본 아나키즘을 해설하는 성격인데도 불구하고 자신의 아나키즘에 대한 관점을 피력한 것임을 알 수 있는 부분이다. 일본의 아나키즘을 푸르동 계열의 사회적 아나키즘과 스트르너 계열의 개인적 아나키즘으로 대별하면서 대부분 스트르너 계열의 개인적 아나키즘이라고 밝히고, 그 사상의 핵심은 "자기 가치의 이상향을 건설"하는 데에 있다고 했다. 아나키즘을 "자기 가치의 이상향을 건설"로 파악한 것은 '장미촌'을 건설하겠다는, 아나키즘을 이데올로기화한 상징주의 주체 세우기의 상징주의와 다르지 않다고 할 수 있다. 그러나 자기 가치의 이상향의 건설이 "인간에 즉한 인간의 개량, 현실에 즉한 현실개량"에 기초하고 있다는 점에서 '장미촌'과는 구별된다. 그것을 반영한 작품이 「오전 회비(五錢會費)」 계열의 작품이다.

> 여보게 동무! 오늘은 어대서 모힐까?
> 오늘은 츨츨한 저녁 모스럼에 십전식만 가지고
> 액구갈보네 모주집에서 모혀보지 않으려나?
> 모주집은 우리들의 한 ○위안의 가장 즐거운 홀이 아니요 빠니까…
> 그곳은 우리들의 술잔 아래의 은근한 공동(共同) 입담소(立談所)이니까.
> 그것도 좋은 말이세, 그러나 더 묘안이 잇네.
> 이 불경기 한 때에 우리에게 십전도 벅찬 부담일세.
> 경비 적게 걸니는 곳으로 모히세, 저번 그곳이 좋을 줄 아네.
> 그곳 알겟지! ××의 무시룻떡집 마라!
> 그곳은 때만 잘 맞우어 가면 무윗보다 조용하니까!
> 그러한 떡집이야말노 우리들 무산 노동자의 이상적 집회장소요 회견소일세
> 짠지 냉수프(짠지 김치국)에 백수차 백미탕 커피를 얼마던지 마음대로
> 거쳐마실 수 잇지 않던가?
> 그곳은 우리들의 배 실속 차리는 밥 대신의 유일한 케익홀 백수차(白水
> 茶) 구락부(俱樂部)일세.
> 그곳은 자판 의자도 있고 새끼 금방석도 잇서,
> 마주 둘러 앉어서 이야기하기에는 아주 맞침 곳이지!
> 이야기를 위해서 이만치 좋은 곳이 없네.

이곳에서 담담한 백수를 마시면서 이야기하는 것은,
그 삿큼하고 텁적진은한 모주와 비지가 따를 맛이 아닐세.

▸▸▸「오전 회비」 전문

황석우는 「詩歌의 諸問題」56)에서 "오늘날 조선의 시대적 현실은 조선인의 詩歌에게 조선인의 특수한(…중략…)사상과 감정을 요구한다."며 "불타는 힘의 시를" 독자들에 요구하였는데, 이러한 계열의 작품이 「오전 회비」이다. 이 작품은 흑도회에서 활동하던 실제적 체험일 수 있는 것인데, 시적 주체가 '액구 갈보네 모주집'이란 집회 장소의 타당성을 설명하는 내용이다. 이 작품은 「장미촌의 향연」·「애인의 인도」·「벽모의 묘」 등에 공통적으로 사용하던 '영'·'고독'·'사랑'·'향연' 등의 관념적인 어휘가 사라지고 현실적인 생활 어휘가 등장하였다는 점에서 전기 시와 구별된다. 또, "끝없는 광야를 헤매는 맹인이로다"와 같은, 그가 집착한 주체 확대의 유토피아적 사유가 사라졌다는 점도 그러하다.

그런데 그가 '힘의 시'를 강조하고 있음에도 불구하고 「오전 회비」는 시적 주체의 분명한 시야는 드러나지 않고, 다만 어떤 비밀 집회를 기도하고 있는 그 집회의 장소에 대한 정보만 드러내고 있다. 시적 주체는 절실한 고민이 없다. 고민이 있다면 "이 불경기한 때에 우리에게 십전도 벅찬 부담"이라는 것이다. '집회'에서 논의될 본질이 아닌 부수적인 문제를 끝까지 시적 주체는 끌고 나가며 고민한다. 아나키스트로서 당면한 현실을 구체적으로 형상화하지도 새롭게 구성하지도 못한다. 다만 시적 주체는 '어디서 모일까' 하며 모임장소를 걱정한다. 이것은 물론 경제적인 이유 때문이기도 하다. 그렇다면 그 문제는 어디서 기인되는 무엇 때문인가 하는 근본적 문제를 현실 속에서 찾아야 할 것이다. 그런데도 시적 주체는 그가 무엇 때문에 모임이 절실한가 하는 근본적인 문제 보다 주변적인

---

56) 황석우, 「시가의 제문제」, 『조선시단』 8호, 1934. 9.

집회 장소의 분위기나 집회 장소의 음식 맛만 늘어놓는다.

이러한 행간의 본질적인 질문을 생략하는 것은 아나키즘 이데올로기가 시적 주체를 추동하는 강력한 힘 때문이 아니라 유토피아적 세계에 대한 시적 주체의 열망이 강렬했기 때문이다. 다시 말한다면 시적 주체의 열망에 의하여 시적 대상의 시야가 종속되었다는 것이다. 이것의 본질적인 문제는 그가 부정한 상징주의 시인이었던, 다시 말한다면 상징주의적 삶의 열망을 버리지 못한 것이라는 데서 찾아야 할 것이다. 황석우는 다른 이에게 아나키즘 시를 쓰자고, 또 스스로 쓴다고 하였지만 아나키즘 시를 쓴 것이 아니라 "여보게 동무! 오늘은 어디서 모일까" 하며 십전 회비를 걱정하는, 유토피아를 꿈꾸는 시를 썼다.

그가 상징주의 시인임을 부정하고 있지만 사실 앞의 「장미촌의 향연」에서의 '장미촌'이나 「십전 회비」의 '떡집'은 서로 다르지 않다. '장미촌'은 '나의 愚智가 눈뜨는 곳'이며, '떡집'은 '우리 무산노동자의 이상적인 집회 장소'로 '짠지 냉스프'와 '백수차'가 있는 곳이다. 둘의 공통점은 "자기 가치의 이상향을 건설"할 수 있는 유토피아적 사유의 산물이라는 점이다. 이것은 이데올로기화한 상징주의로서 아나키즘의 유토피아적 사유와 겹쳐지는 것이다.

여기서 분명히 할 것은 황석우를 사로잡은 것이 상징주의나 아나키즘의 이데올로기가 아니라 '생의 확충'인데, 그것은 자기 안에 있는 새로운 주체 찾기와 새로운 주체를 굳건하게 세우는, 자기 내부에 자기 가치의 이상향을 건설하는 것이다. 이것은 아나키즘 이데올로기가 아니라 황석우의 상징주의적 삶의 열망이다. 유토피아적 세계를 지향하는 상징주의적 기질이 그를 아나키스트로 추동하고, 그것이 상징주의 시인임을 부정하게 하였지만 결코 그는 상징주의적 열망까지 부정할 수 없었던 것이다. 환상적 '장미촌'은 현실적 '떡집'과 다르지 않은 것으로, 그가 자신의 '생을 확충'하여 다다라야 할 그의 상징적 거처였기 때문이다.

여기서 한국 상징주의 시를 구성하는 하나의 원리가 있게 되는데, 그
것은 아나키즘 이데올로기화한 상징주의라는 것을 설명할 수 있는 자
유·개성·양심으로 대신할 수 있는 '생의 확충'으로서 자신의 내부에 주
체를 굳건하게 세우기다. 이러한 유토피아적 세계의 열망은 1920년대
식민지 한국 아나키즘 운동을 하는 아나키스트들의 경우도 다르지 않다.
식민지 "한국 아나키스트들이 일본 제국주의에 저항한 것은 한국 민족 개
개인의 자유를 위한 것이었다"57)는 역사학계의 판단이 그러한 것이다.

이처럼 당대 아나키스트들을 사로잡은 것은 자신들을 절대 개인으로서
가능하게 하는, 즉 타자로부터 자신의 주체를 되찾아 자신의 내부에 자신
을 굳게 세우는 방식이 아나키즘이며 상징주의라는 것이다. 마찬가지로
황석우를 사로잡은 것은 상징주의와 아나키즘 이데올로기가 아니라 자신
의 이념을 구현할 수 있는 자신의 주체 찾기와 주체 세우기로서 삶에 대
한 열망이라 할 수 있다. 황석우가 상징주의 시인임을 부정했지만 그것은
오히려 자신이 상징주의 시인임을 강조하는 역설일 수 있다.

2.3. 이상화 : 상징주의와 아나키즘의 상호 역동적 구성

2.3.1. 주체의 확대와 현실의 분절

이상화는 상징주의 수용자가 아니라 황석우·주요한·김억 다음 단계
에 자리하는 상징주의 계승자이다. 상징주의 수용자들은 개인 간에 다소
의 차이가 있더라도 상징주의 담론구성체에 겹쳐진 주체형태라는 점에서
동일하다.

필자가 이상화를 주목하는 이유는 다음과 같다. 먼저 상징주의 수용자
들과 달리 그 다음 단계의 한국 상징주의 시의 생산구조를 밝힐 수 있다
는 점이다. 다음으로 그가 아나키즘을 표나게 세우지 않았지만 아나키

---

57) 이호룡, 앞의 책, p. 356.

과 상징주의가 겹쳐진 경우를 밝힐 수 있다는 점에서이다. 이것은 아나키
즘에 연속된 상징주의 시에 대한 역사에의 방향과 문학성을 탐색하기 위
한 의도이다. 그러나 이상화시가 처음부터 역사적 방향성과 문학성을 동
시에 획득하고 있었던 것은 아니다. 이미 여러 연구자들이 밝혔듯이 상징
주의 시의 특징을 선명하게 보여주는 「나의 침실로」58)를 살펴보더라도
그러한 점을 쉽게 알 수 있다.

　문제는 상징주의와 아나키즘이 그에게 무엇이었나 하는 것이다. 이점
은 「나의 침실로」에서 어느 정도 가늠할 수 있다. 이 시의 상징의 핵심은
'침실'의 이미지인데, 그것은 '가장 아름답고 오랜 나라'이고, '부활의 동
굴'이며, '어린애 가슴처럼 세월 모르는 곳'으로 상징주의자들이 갈망하는
환상적 세계이다. 황석우가 갈망하던 '장미촌'과 '침실'은 서로 다르지 않
은 유토피아적 세계이다. 그러나 '장미촌'이 형이상학적 밝은 이미지인 데
비하여, '침실'이 형이하학적 어두운 이미지라는 데서 서로 구별된다. 이
것은 황석우와 이상화가 상징주의 담론을 재생산하는 기제의 차이이다.
즉 상징주의 담론구성체에 자신을 동일화하느냐, 거리를 두느냐, 역구성
하느냐의 차이다. 그렇다면 황석우와 또 다른 이상화의 상징주의 담론구
성체를 생산하는 방식은 무엇인가를 밝혀야 할 것이다.

　우리가 잘 알고 있듯이 상징주의는 기표로부터 탈주함으로써 독자적
새로운 영역을 확보하는 상징에서 시작한다. 한국 아나키스트들이 전적
으로 영향을 받은 오스기 사까에(大杉榮)가 주장하는 조화로운 '해조(諧
調)'에 저항하는 '난조(亂調)'에 의해서 지상의 최대의 미가 탄생된다는 것
도 상징의 원리와 다르지 않다. '난조'와 같이 상징도 기의가 기표에 동일
화된 형식이 아니라 저항하는 형식이다. 기표에 고정된 '해조'는, 즉 사회
화된 상징은 기표가 기의를 자유스럽게 놓아두지 아니하고 구속한다. 다

---

58) 김　현 외, 『한국현대문학의 이론』, 민음사, 1972.
　　김준오 외, 『식민지시대 시인연구』, 시인사, 1985.
　　정한모 외, 『이상화의 서정시와 그 아름다움』, 새문사, 1986.

시 말한다면 기표는 자신이 사회화된 의미만큼의 힘으로 기의를 억압한
다. 기의는 기표의 이러한 억압으로부터 탈주함으로써 자신의 진정한 모
습을 드러낸다. 상징주의자들도 사회적 집단적 도그마로부터 탈출함으로
써 자신들이 추구하는 이데아의 세계를 발견한다. 상징주의자들이 추구
하는 이데아 세계를 발견하는 궁극적인 목적은 자신들의 세계를 그 속에
다 건설하는 것이다.

결국 그것은 절대개인으로서 존재하는 것이다. 1920년대의 대부분의
한국 상징주의자들도 이러한 목표를 갖고 전대의 규범으로부터 탈주를
적극적으로 시도하였다. 황석우가 「애인의 인도」에서 "나의 靈은 死의 번
개 뒤번치는/ 黑血의 하늘빛"이라며 "끝없는 광야를 헤매는 맹인이로다."
라고 한 것도 모든 것으로부터, 자신으로부터도 자유로운 절대개인으로
서 존재할 수 있는 주체를 찾기 위한 것이다. 이상화가 마돈나를 '나의
침실로' 오라고 재촉하는 것도 타자의 표상체계로부터 탈주하여 자신의
꿈을 실현할 수 있는 독자적 영역을 구축하는 것이다. 이것은 황석우에서
이미 살펴보았듯이 상징주의와 아나키즘이 구별되지 않은 점이다. 즉 절
대개인의 절대자유를 보장하기 위하여 아나키즘이 조직을 거부하듯이 상
징주의도 타자의 담론에 저항하여 탈주함으로써 자신의 독자적 세계를
건설하는 것이다.

「장미촌」에는 타자의 담론으로부터 탈주하여 장미촌을 건설할 수 있다
는 시적 주체의 믿음이 확고하다. 그러나 「나의 침실로」에는 타자의 담론
으로부터 탈주하여 나의 침실에 다다를 수 있다는, 그 가능성이 시간의
흐름에 따라 희박하므로 시적 주체는 초조하고 불안하고 절망적이게 된
다. 이것은 상징주의 담론구성체에 대한 주체의 기능하는 방식의 차이다.
황석우는 상징주의와 아나키즘을 동일화함으로써 굳건한 시적 주체를 세
운다. 그래서 상징주의 담론구성체를 명백한 것으로 받아들이고 있는 만
큼 유토피아적 세계는 선명하고 모든 행간의 물음은 생략된다. 즉 「장미

촌」·「애인의 인도」 등은 상징주의 담론구성체에 시적 주체의 담론이 겹쳐져 있다. 그런데 반하여 「나의 침실로」는 상징주의 담론구성체에 시적 주체는 그것을 역동적으로 구성한다. 그래서 「나의 침실로」에서 시적 주체는 자꾸 물음을 던지며 정황을 살피고 자신을 되돌아본다. 그리고 행간의 물음을 반추한다. 이것이 이상화가 상징주의 담론구성체에 역동적으로 기능하는 방식이다.

> 나가자! 집을 떠나서 내가 나가자! 내 몸과 마음아 빨리 나가자. 오늘까지 나의 존재를 지보하여준 고마운 은혜만 사례해두고 나의 생존을 비롯하러 집을 떠나고 말자. 자족심으로 많은 죄를 지었고 미봉성으로 내 양심을 시들게 한 내 몸을 집이란 격리사 속에 끼이게 함이야말로 우물에 비추이는 별과 달을 보라고 아무 짬 모르는 어린아이를 우물가에다 둠이나 다름이 없다. 이따금 아직은 다 죽지 않은 양심의 섬광이 가슴속에서-머릿속에 번쩍일 때마다 내 마음 반쪽엔 자족이 먹물을 들인 것과 그 남은 반쪽에 미봉-파먹은 자취를 오-나의 생명아-너는 얼마나 보았느냐?
> (…중략…)
> 아 그따위 것보다 나의 양심을 잃어버리지 않도록 애써야겠다. 그래서 나의 개성을 내가 가지고 살아야겠다. 양심 없는 생명이 무엇을 하며 개성 없는 사회를 어디다 쓰랴. 모든 생각을 한 뭉텅이로 만들 새 생명은 지난 생활의 터전이었던 내 몸의 성격을 반성함에서 비롯할 것이다. 이러한 양심에서 생겨난 반성은 곧 양심 혁명을 부름이나 다를 바가 없다. 이 길은 피할 수 없는 길이다. 나는 내 몸에게 이 길을 따라만 가자 빌어야겠다.59)

위의 인용문에서 이상화의 상징주의 담론구성체가 주체에 기능하는 방식이 어떤 것인가를 알 수 있다. '집'을 나가자고 하는 것은 기표로부터 탈주하는, 그리고 기표에 저항하는 상징의 담론이다. 이 탈주는 오스기 사까에(大杉榮)가 '해조(諧調)'로부터 탈주하는 '난조(亂調)'와 다르지 않다. '집'에 의하여 양심은 시들고 마음은 병질을 품고 움직일 수 없는 반신불

---

59) 이상화, 「출가자의 유서」, 『개벽』 57호, 1925. 3.

수가 되어간다며 '집'에 대하여 부정적인 면을 부각시키며 그곳으로부터 벗어나려 한다. 이 집은 자신의 존재를 지보(支保)하여 준 고마운 것이기도 하지만 양심을 시들게 하는 것이다. 그렇다면 '집'은 단순한 거처지가 아니라 그를 무엇으로 구성하는 타자의 담론이다. 즉 '집'은 진실을 배제하며 은폐하는 격리사(隔離舍)이다.

이상화가 타자의 표상체계로부터 탈출하려 하는 이러한 모습은 주요한 · 황석우 · 박종화 · 김억의 경우와 별반 다르지 않다. 대부분 시인들은 타자의 표상체계가 자신을 억압하기 때문에 그로부터 탈출하고자 하였다. '집'으로부터 탈주함으로써 격리사가 은폐한 양심의 소리에 따라 행동할 수 있게 된다. '집'이 타자의 담론이라는 것은 확실하지간 그것이 무엇이라고 구체적으로 말하지 않아서 알 수 없다. 그러나 '집'이 그의 양심을 시들게 한다고 한 점에서 어떤 관계 속에서의 당위이다. 즉 '집'은 그를 절대적 개인으로서 존재할 수 없게 하는 가족관계 내에서의 당위이다. 가족관계 내에서 개인은 절대적 존재가 아니라 간주관적인 존재이다.

여기서 탈주하는 것이 분명하게 되는데, 그것은 간주관적인 존재로서 절대적 개인으로서 탈주다. 이러한 이상화의 주장은 당시 동아시아 아나키스트의 사상적 지주라 할 수 있는 크로포트킨의 사상과 무관한 것이 아니다. 그 핵심은 가족 · 종교 · 국가와 같은 권위가 소멸하고, 개인의 자유와 욕구에 따라 생활하는 유토피아가 그것이다.[60] 이상화의 말로 한다면 타자의 담론은 어른들이 우물 속을 가리키며 어린아이에게 그 속의 별과 달이 진짜인 것처럼 오인하게 하는 것이다. 이러한 도인체계의 타자의 담론으로부터 탈주함으로써, 즉 집을 떠남으로써 양심은 생명으로 살아나게 된다. 양심의 섬광이 가슴과 머리 속에서 번쩍일 때마다 타자의 담론이 억압하고 배제한 것들은 생명을 되찾게 된다. 이러한 양심이 생명을 얻어서 살아난 것이 개성이다.

---

60) 조세현, 『동아시아 아나키즘, 그 반역의 역사』, 책세상, 2001, p. 41.

양심은 단순히 도덕적 행위나 선악에 관계되는 전인격적인 것이라기보다는 사회화된 의식이다. 그래서 양심은 볼 수 있는 것과 볼 수 없는 것, 그리고 말할 수 있는 것과 말할 수 없는 것을 분절하는 담론구성체에 겹쳐지는 착한 주체가 아니다. 이상화가 강조하는 '양심'이 황석우에게는 생략되어 있다. 여기서 황석우 시적 주체가 상징주의 담론에 겹쳐진 이유를 알 수 있게 된다. 즉 이상화가 자신을 지보(支保)하여 준 표상체계로부터 탈출하고자 숨 가쁘게 자신의 몸과 마음을 재촉하지만 거기에는 "오늘 다시 생각하여도 하늘을 보기 부끄러운 것은 나의 둔각(鈍覺)이었던 것이다"[61]라고 하는 '양심'이 함께 하고 있다는 점에서 다른 시인들과 차별화된다. 즉 타자의 표상체계가 자신을 억압하는 것은 다름 아닌 자신의 '양심'의 둔각 때문이기에, 이로부터 탈출하기 위해서는 먼저 자신의 '양심'으로부터 탈출하여야 한다는 것이다. 여기에서 주체로부터 탈주하는 시적 주체가 탄생하게 된다. 중요한 것은 인습의 표상체계로부터 탈출하는 주체가 자신을 기만하거나 현실과 타협하지 않기 위해서 주체는 죽음과 부활의 과정을 거쳐야 한다는 것, 그것이 '양심'이다. '양심'이 극명하게 나타난 작품이 「말세의 희탄」이다.

저녁의 피 묻은 동굴 속으로
아, 밋 업는 그 동굴 속으로
끗도 모르고
끗도 모르고
나는 걱구러지련다.
나는 파뭇치이련다.

가을의 병든 미풍의 품에다
아, 꿈꾸는 미풍의 품에다
낫도 모르고

---

61) 위의 글.

밤도 모르고
나는 술 취한 몸을 세우련다
나는 속 압흔 웃음을 비즈련다.

▸▸▸「말세의 희탄」전문

이 작품은 시적 주체가 자신마저 타자로 규정하여 그것으로부터 탈주하여 구극적 생명의 부활을 꿈꾸는 내용이다. 부활을 꿈꾸는 '동굴'은 시적 주체가 현실로부터 탈주하여 다다라야 할 새로운 유토피아적 세계이다. 박종화가 이 작품이 발표되자 "근래에 얻을 수 없는 강한 백열(白熱)된 쇠같이 뜨거운 오열(嗚咽)의 노래"[62]라고 찬사를 보낸 것은 간주관적 표상체계로부터 탈출하는 신선한 상징주의의 시적 주체를 보았기 때문이다.

그 반면에 후세 연구가들은 이 작품에 대해 자기 파괴의 도취에 빠진 형이상학적 거부의 반영웅,[63] 도피하여 돌아갈 시적 주체의 내면조차도 고통으로 얼룩진 동굴임을 고백하는 주제로서 죽음을 찬미하는[64] 작품이라고 비판한다. 이러한 비판은 시적 주체가 자신을 재구성하는 탐색의 태도가 바람직하지 않다는 데에서 기인한 것이다. 사실 시적 주체인 '나'는 현실에서 탈주하여 이에 대립되는 세계를 구축하고 그 안에서 화해를 모색하려는 자가 아니다. 또 아무것에도 얽매이거나 가로막히지 않으며 무한하게 뻗어나가 자신에 내재된 가능성을 실현하려는 주체도 아니다.

이 작품은 제목 자체가 종말론적이듯 전체 분위기도 비관적이고 현실 도피적인 이미지로 가득하다. 그뿐만 아니라 시적 주체는 현실을 탐색하려는 적극적 의지도 없이 개인적 표상체계라 할 수 있는 동굴 속으로 스스로 자신을 고립시킨다. 그는 자기실현이 불가능하자 오히려 동굴을 지

---

62) 박종화, 「嗚呼, 我文壇」, 『백조』 2호, 1922, p. 150.
63) 김준오, 「이상화론」, 『식민지시대 시인 연구』, 시인사, 1985, pp. 85~107.
64) 김홍규, 앞의 책, p. 239.

향함으로써, 현실 도피적인 주체 탐색을 시도한다. 박종화의 「사의 찬미」, 황석우의 「장미촌의 향연」, 박영희의 「꿈의 나라」도 이 경우와 다르지 않다.

그렇다면 문제는 타자의 표상체계로부터 탈출하는 새로운 주체가 다름 아닌 고립된 개인으로서 자신의 충동적 · 허무적 · 자기 파괴적 탄식에 빠져 있다는 데에서 찾아야 할 것이다. 대부분 연구자들은 '동굴'이나 '술 취한 집'을 왜곡된 삶의 공간으로 보고 시적 주체를 반영웅적, 부정적 자기동일성을 선택하는 도피적인 주체라고 비판한다. 이러한 지적은 타당하지만, 그 반대로 '동굴'을 자기 도피적인 세계가 아니라 자기 재구성을 위한 모색으로 생각할 수도 있다.

그러나 병적이고 감상적인 '술 취한 집'을 세우려는 곳과 '속 아픈 웃음'을 빚으려는 곳이 '가을의 병든 미풍의 품'일 때 구원을 받을 수 없는 심각한 상태에 이르게 된다. 왜냐하면 '가을'은 죽음과 노쇠를 상징하고, '병'은 죽음과 연결되는 이미지이기 때문이다. 하지만 후반부에 시적 주체가 지향하는 '동굴'이 '노쇠'와 '병'으로부터의 소생을 상징하는 '미풍'의 공간이라는 데서 죽음이 아니라 부활의 공간이게 된다.

전체적 구조로 보아도 이 작품은 죽음과 부활의 구조로 되어 있다. 앞 연의 '동굴' · '거꾸러짐' · '파묻힘'이 죽음의 태도라면 뒤 연의 '미풍' · '세움' · '빚음'은 부활의 이미지이다. 그러나 부활이 단순한 부활이 아니라 '술 취한 상태'의 도취를 통한 부활이라는 데 다시 문제가 있다. 죽음을 삶의 종결이 아니라 진정한 삶의 시작으로 생각하였지만, 시적 주체가 상정한 '술 취한 집'은 또다시 구원이 있을 수 없는 세계이다. 열망하는 새로운 세계도 결국은 무가치한 퇴폐적인 세계의 등가물이라는 데에서 심각하게 된다.

그렇지만 이러한 시적 주체의 태도는 양심이 전제되어 있다는 점에서 퇴폐적인 것만 아니다. 그것은 타자의 담론에 포위된 시적 주체가 타자로부터 탈주하기 위하여 '양심 혁명'65)을 단행하는 것이라 할 수 있다. 시적 주체가 자신을 기만하거나 현실과 타협하지 않기 위해서 죽음과 부활의 과정을 거쳐야 하듯이 새로운 세계에서 자신을 기만하거나 현실과 타협하지 않기 위해서 시적 주체는 죽음으로 부활을 기도한다고 할 수 있다. 이러한 죽음과 부활의 과정이 시적 주체가 주체를 재구성하려는 의식(儀式)이라는 데 있다. 그렇다면 시적 주체는 주관적 퇴행, 감정의 과다노출, 퇴폐적이라는 부정적 의미만 갖고 있는 것은 아니라, 현실에 대처하지 못하는 주체를 부정하고 다시 거듭나기 위하여 거행하는 의식(儀式)으로 볼 수 있다. 그것은 이상화가 자신에게 묻는 시대에 대한 자기 성찰의 양심에서 촉발된 것이다.

그러나 이러한 의미에도 불구하고 시적 주체는 양심을 토대로 하여 새로운 주체를 모색하지만 그 주체가 여전히 문제의 본질을 간과하고 있다는 데서 다시 심각하게 된다. 이 작품의 시적 주체는 교육 용어로 말한다면 문제아와 같은 주체이다. 문제아는 현실에 대하여 저항하고 탈주하려 하지만 그의 저항과 탈주가 문제의 본질을 벗어나 있다는 점에서 바람직하지 못하다.

즉 문제아의 저항이 문제의 본질에 개입하는 것이 아니라, 문제의 본질을 외면하고 있으므로 본질에 개입할 수 없게 되는 것과 마찬가지이다. 따라서 타자의 표상체계로부터 탈주하는 시적 주체가 자신의 세계를 확보하지 못하는 것은 당연하다. 그것은 이 시적 주체가 타자의 담론으로부터 벗어나야 한다는 「장미촌의 향연」의 경우와 같은 상징주의의 담론에 동일화되었기 때문이 아니다. 타자의 담론으로부터 탈주하는 주체는 자신으로부터 또 탈출하여야 한다는 강박관념에 의해서 시적 주체가 자신의 시야를 확보하지 못하게 된다. 그것은 '양심'이라는 내적 타자와 시적 주체는 상호 긴장하며 역동적인 기능을 못하기 때문이다. 그래서 이 작품

---

65) 이상화, 앞의 글.

에는 시적 주체의 감정이 고조된 목소리만 있고 내적 타자의 목소리는 없게 된다. 그리고 시적 대상인 동굴은 시적 주체에 종속되어 있다. 이러한 경우는 초기 대부분 시에 해당하는데, 「비음(緋音)」에서 '어두운 밤에서 어두운 꿈을 꾸는' 시적 주체도 양심의 본질을 파악한 것이 아니다.

이상화가 자신의 양심에 의한 성찰을 강조하고 있지만 이처럼 『백조』 단계에서는 아직 양심이 내적 타자로서 제 기능을 못하고 있다. 이 단계에서 양심은 관습적 표상체계의 주체로부터 탈주하는 주체의 양심일 뿐이지, 주체를 역구성하는 힘을 내장한 내적 타자로서 기능하는 단계에까지 나아가지 못한다. 그렇기 때문에 「나의 침실로」에서 "가장 아름답고 오랜 것은 꿈속에만 있어라."하는 자신의 말만 소중하게 된다.

사실 「나의 침실로」·「말세의 희탄」·「비음(緋音)」의 구조는 다르지 않다. "내 침실이 부활의 동굴임을 너는 알련만"하는 대목에서 단적으로 드러나는데, 그것은 동굴이 주체를 재구성하는 의식(儀式)의 공간이라는 점이다. 시적 주체가 타자의 표상체계로부터 탈주하여 새로운 주체를 구성하려 하지만, 타자로서 '마돈나'는 그 주체를 구성하는 역할을 하지 못하고 있다. 이 작품이 사랑을 노래하는 육감적인 시 그 이상으로 읽혀지지 않는 이유의 하나가 이것일 수 있다.

이상화는 당대의 인습적 표상체계로부터 탈주하여 새로운 시적 주체를 구성하지만, 그 주체가 시인의 열정에 환원되었다는 점을 한계로 지적할 수 있다. 이 한계는 이상화를 사로잡은 것이 상징주의가 아니라 그 자신을 구성하는 '양심'이라는 말이 된다.

2.3.2. 주체와 내적 타자의 역동적 구성

이상화는 아나키즘 단체인 기역당의 당원으로 활동한다. 그렇다면 다시 물음을 던져야 할 것은 이상화에게 '양심'이 무엇인가 하는 것이다. 일반적으로 양심은 선에 대한 긍정적 태도와 악에 대한 부정적 태도를 직접적으로 나타내는 인간의 생득적 능력을 말한다. 그러나 이상화가 양심을 '개성'과 '사회'를 하나 되게 파악하는 근원이라고 한 점에서 알 수 있듯이 그에게는 도덕적 개념 그 이상의 것이다. 그가 양심을 인간의 '개성'을 구성하는 요인으로 파악하고 있다는 점에서 데리다의 내적 타자의 개념으로 이해할 수 있다. 내적 타자는 주체와 대립적 관계를 말하는 것이 아니라 주체에 내재하는 구성적 요인으로서 타자이다. 그래서 그는 '양심'을 거꾸로 선 자신을 바로 세우는 혁명66)으로, 그것에 의하여 '역천'67)도 가능하다고 하였다. 이 '역천'이 자기 자신으로부터 탈주하는 시적 주체로서 이상화의 아나키즘 담론구성체이다.

그는 자신의 양심에 따라서 3·1 학생 운동을 백기만과 함께 주도하였고, 대구 아나키스트 단체인 기역당의 당원으로 활동하다가 체포 구금되기도68) 하였다. 따라서 그에게 '양심'은 도덕적 행위와 관계되는 전인격적인 것이기보다는 넓은 의미의 사회화된 의식이다. 이러한 점으로 본다면 그가 말하는 '양심'은 "아나키스트들이 인간 본성에서 우러나오는 양심의 소리에 따라 자유를 추구하고, 이에 방해가 되는 모든 권위와 권력에 맞서 싸우는"69) 아나키즘의 담론구성체와 다르지 않다. 즉 '양심'은 도덕적 차원이 아니라 인간 본성에서 출발하여 자신을 구성하는 사회화된 내적 타자이다.70)

이러한 아나키즘 담론구성체는 임화가 마르크스주의자 이전에 아나키스트였던 시절, 그에게서 참 시인을 발견하였다고 감격하는71) 상호소통

---

66) 위의 글.
67) 이상화, 「역천」, 『시원』 2호, 1935. 4.
68) 광복회 대구경북지부연합회, 『대구경북항일독립운동사』, 1991, p. 294.
69) 조세현, 앞의 책, p. 153.
70) 이 논문에서 사용하는 내적 타자는 데리다의 개념이다. 내적 타자는 실체의 개념이 아니라 동일 주체에 내재하며 주체를 구성하는 구성적 요인으로서 타자이다. 아나키스트들은 인간 본성에서 우러나오는 양심의 소리에 따라 자유를 추구했으며 이에 방해가 되는 모든 권위에 맞서 싸웠다. '양심'이 아나키스트를 아나키스트로 구성하는 내적 타자다.

의 매개이기도 하다. 즉 감격은 주체가 타자에 겹쳐지는 정서적 현상인데, 이것은 아나키즘 담론구성체의 동일화에 의해서 가능하다. 즉 그가 강조하는 '양심'은 도덕적 차원이 아니라 인간 본성에서 출발하여 자신을 구성하는 내부의 사회화된 아나키즘 담론구성체와 다르지 않다. 이 점을 고려한다면 3·1학생운동을 하며 아나키즘 단체인 기역당의 당원으로서, 그가 「말세의 희탄」·「비음」 등의 초기 작품들이 왜 '병적'이었는가 하는 점을 이해하게 된다. '병적'인 것 자체가 인간 본성에서 우러나오는, 예이츠가 말하는 '생명의 격앙지'에서 울려나오는 그 양심의 소리가 신음과 같은 것이기 때문이다. 따라서 이상화 시를 관통하는 것은 인간의 본연성에서 기인하는 아나키즘 담론의 '양심'이다.

이상화는 지금까지 대구 3·1학생운동에 가담한 사실로서 민족주의 시인으로, 카프에서 활동한 사실로서 계급주의 경향의 시인으로 각기 특징을 정리하여 왔다. 문제는 이 이질적인 담론을 함께 하는 것이 아나키즘 담론의 '양심'이라는 것이다. 이와 관련하여, 당시 주목받던 이상화가 왜 작품 발표를 중단했을까 하는 물음을 한 번 던져 볼 만하다. 물론 이는 이상화 개인적 문제일 수 있기 때문에 그리 중요하지 않다고 생각할 수도 있다. 그러나 당시 문단의 주류인 『백조』와 파스큘라에서 누구보다 왕성하게 우수한 작품을 발표하며 촉망받던 그가 작품 활동을 중단한 원인은 개인사를 넘어서 우리 문학의 전개와 무관하다고 할 수 없다. 이상화가 작품 활동을 중단하는 것, 그 자체를 역으로 생각한다면 당대 문학을 생산하는 하나의 구조일 수 있기 때문이다.

이상화가 『백조』에서 파스큘라로, 그리고 카프로 자리를 옮겨가는 이러한 과정은 서정양식 선택의 조건으로서 해명할 수 있다. 김윤식이 "백조의 데카당스는 일종의 예술적 저항이며 따라서 가장 데카당한 깊이에까지 도달한 시인일수록 가장 깊은 계급 혹은 저항 이데올로기로 이행할

---

71) 임화, 앞의 글, pp. 23~40.

수 있다."[72]고 도달한 결론이 그것이다. 그런데 문제는 "이상화가 계급 이데올로기를 선택했을 때, 그 이데올로기의 강도 혹은 경직성 때문에 시 장르를 포기하기에 이른다."[73]는 대목이다. 이상화가 시를 포기한 지점 이 바로 카프 1차 방향전환기였다는 점에서다. 그렇다면 이상화에게 1차 방향전환이란 무엇인가 하는 것은 다시 되물어야 할 것이다. 우리가 두루 알고 있듯이 카프의 1차 방향전환이란 다름 아닌 계급 담론의 동일화인 데, 그것은 개별 주체를 배제하고 계급 담론을 특권화시키는 문학의 정치 화이다. 문학의 정치화 단계에 있어서의 그들의 과제는 자신들이 지나온 『백조』와 파스큘라의 유미적 퇴폐적 담론으로부터 결별하는 것임은 말할 것도 없고, 카프 내부의 여타 담론을 분절하여 계급 담론으로 환원하는 것이다. 그런데 이상화는 카프의 맹원으로서 타자를 주체로 굳건하게 세 워야 할 이 단계에서 시를 포기한다는 데 문제가 있다. 카프의 맹원으로 서 시를 포기하는 것은 카프 담론의 동일성을 포기하는 것이다.

1차 방향전환기의 계급 담론은 앞에서 일본에서 수입한 타자의 담론이 다. 이것은 양심이 아니라, 다시 말한다면 이론적 반성이나 실천적 반성 이 생략된 이데올로기이다. 이 이데올로기는 개별 주체를 배제 은폐하고 계급 담론을 특권화한다. 이 단계에서 그가 "양심 없는 생명이 무엇을 하 며 개성 없는 사회를 어디다 쓰랴"라고 자신에게 물음을 던지는 것은 당 연하다. 하지만 카프 1차 방향전환에 의한 동일자의 담론은 이러한 물음 을 허용하지 않는다. 여기서 그는 "양심에서 생겨난 반성은 곧 양심 혁명 을 부름이나 다를 바가 없다. 이 길은 피할 수 없는 길이다. 나는 내 몸 에게 이 길을 따라만 가자"[74]고 자신을 내려치는 것은 당연하다. 자신에 게 양심의 길을 피할 수 없다고 단호하게 말하는, 이 자리에는 타자를 배 제하는 계급 담론이 자리할 수 없다. 그렇다면 『백조』에서 파스큘라를 거

---

72) 김윤식, 『한국근대문학양식논고』, 아세아문화사, 1980, p. 61.
73) 위의 책, p. 61.
74) 이상화, 앞의 글.

쳐 카프로 그를 추동한 것은 이데올로기가 아니라 그의 '양심'이라는 것이 된다. 양심은 다시 그의 말로 한다면 '역천'이다.

여기서 이상화 시의 아주 이질적인 것으로 양분되는 상징주의와 계급주의, 또 민족주의와 계급주의를 함께 아우를 수 있는 단서가 마련된다. 그가 카프의 맹원이었던 사실과 민족운동을 한 이력은 표면적으로 매우 이질적인 것이지만 그것을 추동하는 근본적인 것이 '양심'이었다는 점에서 동일하다. 따라서 이상화를 추동하는 것은 민족주의와 계급주의의 이데올로기가 아니라, 자신의 구성적 요인으로서의 '양심'에 의하여 이질적인 이들이 상호 소통하게 되는 것이다. 상징주의와 아나키즘이 상호 소통할 수 있는 것도, 본성에서 우러나오는 소리에 따라 유토피아적 세계를 추구하며 이에 방해가 되는 모든 것에 맞서 저항하는 양심이다.

그런데 문제는 양심이 기능하는 방향에 따라서 시가 달라진다는 것이다. 앞서 살펴본 「말세의 희탄」은 시적 주체가 자신의 양심에 따라 거듭 태어나기 위하여 동굴 속으로 파묻혀야 한다고 하면서도 시적 대상을 고려하지 않음으로써 자신의 감정만 고조되어 있다.

이것은 시적 주체가 타자의 표상체계로부터 탈주하여야 한다는 그 자체에 너무 급급하였기 때문에 객관적 시야를 확보하지 못한 것이다. 즉 시적 주체가 자신의 양심을 너무 강조함으로써 시적 대상이 자기 양심에 종속되는 것이다. 따라서 아나키스트들에서 흔히 발견되는 사례와 같이 '양심'이 이상화 시에서도 본질적인 진리와는 거리가 먼 독단적인 오류에 빠질 수도 있는 것이다.

그 예가 「말세의 희탄」의 시적 주체가 타자의 표상체계로부터 탈주하여 유토피아적 세계를 건설하여야 한다면서도, "저녁의 피무든 동굴속으로/ 꽃도 모르고 나는 걱구러지련다", 또 "낮도모르고/ 밤도모르고/ 나는 술취한집을 세우련다"고 거침없이 말하는 경우이다. 이것은 시적 주체가 자신의 양심을 시적 대상에게 고려하지 않음으로써 이러한 결과를 가져

온 것이다. 그래서 우리들을 새로운 세계로 정신을 고양시키지 못하고 시적 주체의 탄식에 젖어들 뿐이다. 그런데 「가장 비통한 기욕」·「빈촌의 밤」·「금강 송가」·「조선병」·「통곡」·「빼앗긴 들에도 봄은 오는가」 등의 시적 주체는 자신의 감정을 막힘 없이 분출하면서도 시적 대상과 긴장관계를 유지한다.

이렇게 시적 주체의 시야를 확보하는 것은 내적 타자인 '양심'이 시적 주체와 시적 대상과 역동적으로 기능함으로써 가능한 것이다. 중요한 것은 아나키즘과 상징주의가 서로 겹쳐지는 유토피아적 세계에 대한 자유의 의지가 양심이라는 것이다. 이러한 측면에서 시적 주체가 어떻게 재구성되는지를 그의 대표작 「빼앗긴 들에도 봄은 오는가」를 통하여 살펴보기로 한다.

> 지금은 남의 땅-빼앗긴 들에도 봄은 오는가?
> 나는 온몸에 해살을 밧고
> 푸른 한울 푸른 들이 맛부튼 곳으로
> 가름아 가튼 논길을 따라 꿈속을 가듯 거러만간다.
>
> 입술을 다문 한울아 들아
> 내 맘에는 내 혼자 온 것 갓지를 안쿠나
> 네가 끌엇느냐 누가 부르드냐 답답워라 말을 해다오.
>
> 바람은 내 귀에 속삭이며
> 한 자욱도 섯지마라 옷자락을 흔들고
> 종소리는 울타리 너머 아씨가티 구름 뒤에서 반갑다 웃네.
>
> 고맙게 잘 자란 보리밧아
> 간밤 자정이 넘어 나리든 곱은 비로
> 너는 삼단 가튼 머리를 감았구나 내 머리조차 갑븐하다.
>
> 혼자라도 갓부게나 가자

마른 논을 안고 도는 착한 도랑이
젓먹이 달래는 노래를 하고 제 혼자 엇게 춤만 추고 가네.

나비 제비야 깝치지 마라
맨드램이 들마꽃에도 인사를 해야지
아주까리 기름을 바른 이가 지심매든 그들이라도 다 보고 싶다.

내 손에 호미를 쥐여다오
살찐 젓가슴과 가튼 부드러운 이 흙을
발목이 시도록 밟어도 보고 조흔 땀조차 흘리고 십다.

강가에 나온 아이와 가티
짬도 모르고 끗도 업시 닷는 내 혼아
무엇을 찾느냐 어데로 가느냐 웃어웁다 답을 하려무나.

나는 온몸에 풋내를 띄고
푸른 웃슴 푸른 설움이 어우러진 사이로
다리를 절며 하로를 것는다 아마도 봄 신령이 접혔나 보다.
그러나 지금은—들을 빼앗겨 봄조차 빼앗기것네.

▸▸▸「빼앗긴 들에도 봄은 오는가」전문

주지하다시피 이 작품을 이끌어 가는 핵심은 봄을 맞이하는 기쁨에 들판을 '걸어간다'라는 시적 주체의 행위에 있다. 시적 주체를 추동하는 것은 봄을 맞이하는 기쁨이라 할 수 있지만 궁극적으로는 '푸른 하늘 푸른 들이 맞붙은 곳'이라는 유토피아적 세계에 대한 열망이라 할 수 있다. 불행하게도 유토피아적 세계는 타자에 환원된 세계다. 그래서 봄을 맞이하는 신명과 그것이 불가능할 것이라는 회의의 정조가 함께 하게 된다. 이질적인 정조는 하늘과 대지가 하나로 결합되지 못하는 데서 기인한 것이다. 하늘은 순결을 간직하고 있는 푸른 영혼인데 반하여 들판은 짓밟히어 상처받은 육신이다. 식민지시대 조선이라는 국가 형태는 상실되었지만 민족혼은 아직도 간직하고 있다는 당대 현실의 상징이다. 그래서 하늘과 연결되는 햇살·바람·종다리·나비·제비 등의 이미지는 밝고 동적이며 자유스럽지만, 대지와 연결되는 논길·울타리·도랑·들ᄆ꽃·젖가슴 등의 이미지는 울타리가 함축하고 있듯이 타자에 은폐되고 부자연스러운 이미지들이다. 하늘과 대지의 화해를 위하여 시적 주체는 노력하지만 서로 '입술을 다문' 채 침묵하고 불화의 관계를 극복하지 못한다.

그러나 하늘과 대지가 완전히 불화의 관계로만 되어 있지 않다. "고맙게 잘 자란 보리밭아/ 간밤 자정이 넘어 나리던 고운 비로/ 너는 삼단 같은 머리를 감았구나, 내 머리조차 가쁜하다"라는 대목에서 하늘과 대지를 연결하는 매개물인 '비'에 의하여 화합의 세계를 이루었을 때 '머리조차 가쁜하다' 한 심리상태를 갖게 된다. 이것이 시적 주체가 지향하는 세계이고, 또 이 작품이 지향하는 핵심 세계이다. 이와 같이 하늘과 대지의 화해가 '자정이 넘어' 아무도 보지 못하는 가운데 비밀스럽게 이루어지는 것은, 「나의 침실로」의 은밀한 시공간과 무관하지 않은 상징주의의 요소로 볼 수 있다. 그러나 '머리조차 가쁜하다'는 상태가 오인인 것을 깨닫는다. 즉 하늘과 대지의 화해가 어둠 속에서 은밀하게 이루어진다는 점에서 시적 주체는 만족하지 못하고 들판을 걸어가는 행위는 계속된다.

시적 주체는 하늘과 대지가 하나로 되는 세계를 꿈꾸며 들판을 달려가지만 그것이 쉽게 이루어질 수 없다는 데서 울분이 있게 된다. 그렇다고 하더라도 시적 주체는 들판을 "발목이 시도록 밟어도보고 조흔쌈조차 흘리고십다"고 다짐하며 "혼자라도 갓부게나 가자"고 자신을 재촉하며 '걷는다.' 중요한 것은 시적 주체가 양심의 독단의 오류에 빠질 것을 경계하고 있다. 자신의 독단에 빠질 것을 염려하며 "강가에 나온 아해와가티/ 쌈도 모르고 끗도업시 닷는 내혼아/ 무엇을찾느냐 어데로가느냐 웃어웁다 답을하려므나"하고 자신의 영혼에까지 물음을 던진다. 또, 그것은 들판을 헤매다가 "아마도 봄신령이 접혓나보다"하고 자신이 행동에 물음을 던지며 스스로 대답을 마련해 보기도 한다.

시적 주체는 흔들리면서 앞으로 나아가며 자신의 행동을 은폐하거나 과장하지도 않고 다만 양심에 따라 행동한다. 시적 주체는 그를 추동하는 이데올로기를 시적 대상에 대한 고려도 없이 관념을 과장하거나 또 감정을 고조하지 않는다.

이것은 양심이라는 내적 타자가 기능함으로써 가능하다. 즉 황석우의 「장미촌의 향연」의 감정을 과장하는 시적 주체도 아니고, 자신의 「말세의 희탄」의 절망적인 시적 주체도 아니다. 이상화에 있어 그것은 신명이 있으면서 머뭇거리고, 뒤를 되돌아보면서 앞으로 나아가는 시적 주체이다. "지금은 남의 땅─빼앗긴 들에도 봄은 오는가?"라고 문제를 던지는 시적 주체는 어떤 완결된 이념이나 신념으로 단언하지 않고 또 그것을 누구에게 강요하지도 않는다. 다만 "지금은 남의 땅"이라는 현실 인식과 "빼앗긴 들에도 봄은 오는가?"라는 주관적 물음을 나란히 병치시켜 놓을 뿐이다. 그리고 시적 주체가 시적 대상을 전유하여 획일화하거나 자신에 종속시키지 않고 상호 구성하려고 한다.

시적 주체는 자신의 행동과 인식(2, 4, 6, 8, 10 연)에 대하여 시적 대상에게(3, 5, 7, 9 연) 계속하여 물음을 던진다. 시적 주체는 시적 대상을 자신에 종속시키지도 자신의 이념에 환원하지도 않고 다만 시적 대상을 고려하여 자신의 구성적 관계로 자리하게 한다. 이것을 가능하게 하는 것은 들판을 신명처럼 걸어만 가는 시적 주체에게 "어디로 가느냐?" 하며 물음을 던지는 내적 타자이다. 시적 주체의 신명과 내적 타자의 회의의 간극만큼 이 작품의 시야는 확보된다. 이러한 시야는 앞서 살펴본 「말세의 희탄」에서 시적 주체가 내적 타자를 일방적으로 이끌어가기 때문에 내적 타자가 자리할 틈이 없는 경우와 다르다.

이러한 분석을 통하여 볼 때 중요한 점은 시적 주체의 시야를 확보하

게 하는 내적 타자가 이 작품에서 기능하고 있다는 것이다. 그런데 내적
타자가 시적 주체를 역구성하여 새로운 시점을 확보하는 데까지 나아가
는 것은 아니다. 그러나 시적 주체에 내재하는 구성적 요인으로서의 시적
타자가 또 다른 시점을 확보하고 있다는 점에서 황석우의 상징주의 시와
다르다. 상징주의 이념을 조급하게 드러낸 황석우 시의 시적 주체가 감정
을 과장한 경우와 다르다. 또 상징주의 시론으로 강제적으로 환원한 「장
미촌의 향연」과 같은 동일화시가 아니다. 즉 시적 주체와 시적 대상이 아
무런 차이가 없이 동일화된 유토피아적 세계를 지향하는 황석우 시와 다
르다.

중요한 점은 이상화 시의 시적 주체는 타자가 갖고 있는 주체성을 인
정하지 않고 전유하려는 자가 아니라 "네가 끌었느냐 누가 부르더냐 답답
워라 말을 해다오"하며 자신이 은폐한 존재를 내적 타자에 의하여 밝혀내
려 한다. 그런데 시적 주체를 역구성하는 이러한 내적 타자는 이상화 초
기 시에서부터 드러나는 것은 아니다. 초기는 주체로부터 주체가 탈출하
는 데 급급한 나머지 내적 타자의 시야를 확보하지 못한다. 초기 시적 주
체는 후기에 오면서 내적 타자를 발견함으로써 극복된다. 그러나 내적 타
자가 시적 주체와 상호 구성적 관계를 맺지 못한 점을 한계로 지적할 수
있다. 그렇다고 하더라도 이상화 시가 당대 황석우가 발견하지 못한 내적
타자의 시야를 확보하고 있다는 데 의미를 갖게 된다. 그러므로 이상화
상징주의 시의 요체는 양심이라는 기제에 의하여 시적 주체가 확보하는
이상주의적 시야와 시적 대상의 현실적 시야가 역동적으로 구성된다는
점에 있다. 이 역동성이 그가 아나키스트 단체인 기역당의 당원으로 활동
하면서도 아나키스트의 환상에 빠지지 않은 것은 양심이라는 균형감각이
라 할 수 있다. 이 전형 감각은 내재화된 유가적 규율과 무관한 것은 아
니다.

2.4. 권구현 : 상징주의와 아나키즘의 분화

2.4.1. 주체의 신명과 구경적 세계

지금까지 황석우와 이상화의 작품을 통하여 1920년대 초기 아나키즘과 연속선상에 있는 상징주의 문학의 두 가지 양상을 살펴보았다. 황석우·이상화와 또 다른 갈래의 문제적 시인이 아나키스트 권구현이다. 그는 황석우의 유토피아적 사유, 이상화의 역사의식과 연결되어 있지만 그들의 경우와 다르게 카프 방향전환자들과 논쟁하며 아나키즘 문학을 1930년대까지 치열하게 밀고 나간 시인이다. 상징주의의 거장 베를렌이 파리콤뮨의 투사로서 활동한 사실도 같은 예이다. 그가 자신의 시집을 『흑방의 선물』이라고 이름을 붙인 것이나 자신을 '흑성'이라고 이름하여 부른 것도 아나키스트임을 표나게 드러내려고 한 의도였다. 이런 점에서 그는 황석우·이상화보다 아나키스트로서 자신을 분명하게 세운 시인이다. 여기서 권구현이 일본 유학시절 아나키스트 오스기 사까에(大杉榮)에 호출 당한 것이나 흑우회에 관여한 행적은 재론할 필요가 없다.

권구현의 본질적인 문제는 황석우의 '고독', 이상화의 '양심'을 매개로 하여 절대적 존재를 탐색하는 아나키즘과 또 다른 아나키즘 문학에서 상징주의적인 요소를 찾을 수 있다는 점이다. 그것은 권구현이, 공산주의자 정태신[75]이 황석우와 함께 아나키스트로서 『장미촌』 동인으로 상징주의 시를 발표하고[76], 아나키스트에서 공산주의자로 변신한 정백이 『백조』 동인으로 활동한 당대 분위기와 무관한 것이 아니라는 것이다. 1920년대 초기 당대 지식인을 추동하던 중심 사상이 아나키즘이었다[77]는 점을 고려함으로써 문제는 분명하게 된다. 호출 메커니즘을 인용하지 않더라

---

75) 이호룡, 앞의 책, pp. 183~185 참조.
76) 조영복, 「1920년대 초기 사회주의 사상가들의 시와 그 성격」, 『우리말글』 21집, 2001. 8. 참조
77) 이호룡, 앞의 책, p. 81.

도, 일종의 시대적 약호 같은 당대 아나키즘이 진보적 문학운동을 하던 시인들을 사로잡을 수 있었기 때문이다.

그러나 권구현을 문제 삼아야 할 이유는 황석우 경우와 다른 상징주의 수용단계의 아나키즘과 연관성을 넘어 상징주의가 새로운 국면을 맞이하는 지점을 살필 수 있다는 점과, 또 이상화 이후의 상징즈의와 아나키즘이 상호 관련하는 점에 있다. 즉 권구현의 문제성은 상징주의 수용단계부터 카프 방향 전환 이후까지 상징주의와 아나키즘 문학의 관련성을 찾을 수 있다는 점이다.

여기서 권구현이 이상화처럼 카프의 맹원이었다는 점을 상기할 필요가 있다. 이상화는 카프 방향전화기에 시를 포기하는 데 반하여, 권구현은 작품 활동을 계속하며 카프에 대응하는 아나키즘 문학론을 발표하였다. 이런 이유가 권구현이 이상화와 다른 자리에 있게 하는 것인데, 그것은 카프에 의하여 그의 문학이 배제되었다는 것이다.

박영희에 의한다면 권구현의 아나키즘 시집 『흑방의 선물』이 카프 방향전환기에 돌연히 나타난 것으로 당시에는 단형시 같은 것은 돌아보지도 않던 목적의식이 듬뿍 차있는 분위기 속에서 그의 시는 대단히 기이한 존재였다. 그래서 아무도 관심을 갖지 않았는데, 그 가장 큰 이유의 하나가 권구현이 계급주의자가 아니라 아나키스트였기 때문이었다[78]는 것이다. 계급주의자가 아니라 아나키스트였기 때문에 주목하지 않았다고 말하는 대목에서 알 수 있듯이 지금까지 권구현은 문학사에서 배제되었다. 방향전환이라는 말 자체가 함축하고 있듯이 앞의 담론을 분절하고 새로운 담론을 구성하는 것이다.

그런데 그들이 배제한 문학의 그 자체 문제를 떠나서 한국문학사 속에서 기능한 상호 구성적 관계는 간과되어서는 안 될 것이다. 방향전환자들이 배제한 아나키즘 문학에 의하여 그들 문학의 존재가 더 분명하게 되

---

78) 박영희, 「한국현대문학사」, 『사상계』 68호, p. 85.

었다는 점은 결국 권구현이 그들의 타자로서 기능한 점을 인정하는 것이다. 이것은 카프 해산 후에 임화79)가 카프의 전과정을 되돌아보는 자리에서 자신의 담론을 타자의 담론으로 이해하는 장면에서 극명하게 드러나는 차이성이다. 임화가 발견한 차이성이란 자신들이 지금까지 은폐한, 그러나 엄연히 자신들의 내부에 존재하는 문학이다. 이것은 카프에 의하여 배제된 권구현의 아나키즘 시가 상징주의의 유토피아적 세계와 결코 무관하지 않은 점이다. 그러나 황석우·이상화와 현격하게 차이점이 있다. 하지만 권구현은 황석우의 고독, 이상화의 양심에서 비롯하는 속악한 현실과 유토피아적 세계라는 상징주의의 이분법에서 결코 벗어나지 않는다. 그보다 더 중요한 것은 황석우의 '고독'과 이상화의 '양심'이라는 주체의 본연성에 기초하고 있다는 점에서, 또 그 본연성의 가치를 절대화한다는 점에서 공통점을 갖고 있다. 그것을 분명히 할 수 있는 작품이 「주악」이다.

　　　동모여
　　　들으라 들으라
　　　저 주악을
　　　무한한 생명력의
　　　행진곡을 아뢰는
　　　저 장엄한
　　　대자연의 주악을

　　　오 동모여
　　　저 주악의 조자를 따라
　　　춤추며 노래하자
　　　생의 영광을—
　　　서로서로 붓들고
　　　춤추며 노래하자

　　　　　　▸▸▸ 「주악」 전문

---

79) 임화, 앞의 책, pp. 23~40.

작품 「주악」은 대자연의 질서와 조화를 상징적으로 일컫는 음악이다. 인간도 "생명력의/ 행진곡을 아뢰는/저 장엄한/ 대자연의 주악을(……) 저 주악의 조자(調子)를 따라/ 춤추며 노래하자."는 것같이 그렇게 자연스럽게 살아야 한다는 것이다. 이 작품은 권구현의 초기작품으로 아나키즘 시의 전형적인 것이라 할 수 있지만 황석우의 「애인의 인도」·「장미촌의 향연」, 이상화의 「말세의 희탄」·「비음」 등의 유토피아적 세계를 지향하는 상징주의 시와 무관한 것은 아니다. 그것은 한국 상징파 시인들이 파악한 상징주의를 개성·자유·이상주의로 집약할 수 있기 때문이다. 권구현에게 자유·개성·양심 등은 이미 생의 확충 속에서 지상의 미를 볼 수 있다고,[80] 그를 호출한 오스기 사카에(大杉榮)의 생명의 가치를 절대화하는 아나키즘 담론에 포획되어 있다.

그 담론에 의하면 뛰고 춤추고 노래하는 행위는 환락의 세계에 도취가 아니라 시적 주체 내부의 새로운 자신을 발견하는 영적 체험과 같은 행위이다. 그래서 춤과 노래는 자연에 대한 예찬이 아니라 인간 본연적인 생명으로 자신을 유도하여 그 본질을 깨닫게 하는 인식적 계기라고 할 수 있다. 이것은 황석우의 「애인의 인도」에서, 시적 주체가 "끝없는 광야를 헤매는 맹인이로다"라고 자신을 맹인으로 자처하는 것은 속악한 현실적 주체를 부정함으로써 새로운 주체로 거듭 태어나기 위하여 몸부림치는 것이나 다르지 않다.

또, 이것은 이상화의 「말세의 희탄」에서 시적 주체가 저녁의 피 묻은 동굴 속으로 거꾸러지며 그 속에 술 취한 집을 세우려고 한 것도 자신 내부의 새로운 주체를 발견하는 죽음과도 다르지 않다. 그래서 황석우의 고독, 이상화의 양심과 같이 속악한 현실을 뛰어넘어 근원적 세계로 유도하는 인식론적 계기가 권구현에게는 노래와 춤이라고 할 수 있다. 그러나

---

80) 김홍식, 「조명희의 문학과 아나키즘 체험」, 『한국문학과 계몽담론』, 새미, 1999, pp. 242~248 참조.

춤과 노래는 가장 지극한 깨달음의 구경적 세계로 유도한다는 점에서, 그것마저 부정하는 「애인의 인도」·「말세의 희탄」과 다르다.

　여기서 권구현의 작품이 상징주의 아나키즘의 두 층위에 있게 되는데, 그것은 영적 체험을 통한 유토피아적 세계에 진입이라는 상징주의 요소와 함께 영적 체험 그 자체가 타자의 담론에 저항방식이라는 아나키즘의 요소가 함께 하는 것이다. 다시 말한다면 뛰고 춤추고 노래하는 행위가 영혼의 상태를 동경하는 상징주의자들이 무성한 현상의 숲을 헤치고 들어가는 행위와 다를 바가 없으며, 또 자유를 갈망하는 아나키스트들이 본성에서 우러나오는 양심의 소리에 따라 자유를 추구하며 이에 방해가 되는 모든 권력에 저항하는 종교적 신념과 다를 바가 없다는 것이다. 이 둘은 다 같이 속악한 현실을 넘어서 자신들의 이념이 구현되는 이상세계에 도달하는 신명을 매개로 한다는 점에서 동일하다.

　따라서 이 작품에서 중요한 것은 춤과 노래가 단순한 율동과 음악이 아니라 '알몸'과 연결되는, 즉 현실의 속악한 세계를 유토피아적 세계로 전환을 가능하게 하는 매개라는 것이다. 그렇다고 하여 춤과 노래가 마음을 순화시키는 윤리적 차원의 음악이거나 이데올로기 차원에 있는 것이 아니다. 오히려 그러한 정악의 덕음(德音)에 대비되는, 그러한 규범으로부터 탈주하는 정성위음(鄭聲衛音)과 같은 익음(溺音)이다. 주지하다시피 정성위음은 덕음에 대응되는 음란한 음악이라 비판받는 자유분방한 음악이다.[81] 그러나 정성위음은 인간의 본성을 그대로 드러내는, 다시 말한다면 타자의 이념을 전도하여 인간의 본성에 따라서 터져 나오는, 인간의 본연성에서 울려나는 생명의 소리라는 점에서 무질서한 음악이 아니라 근

---

81)『논어』, 「衛靈公篇」, 放鄭聲 遠佞人 鄭聲淫 佞人殆. 공자가 정성(鄭聲)이 음란하니 물리쳐야 한다고 비판한 이후 중국 고대 음악론은 이 범주에서 한치도 벗어나지 않는다. 그 사정은 순자가 정나라·위나라 난세의 소리는 사람의 마음을 음란하게 한다고 공자에 환원된 것에서도 짐작할 수 있다. 중국 최초의 음악이론 전문서인『악기』에 정나라 음악은 난세의 음악이다라고 언급한 대목도, 공자의 악론을 재생산한 것임을 알 수 있다.

원적인 생명의 소리이다. 「주악(奏樂)」도 어디까지나 자연의 생명의 박동에 따라서 움직이는 인간 본연성에 기인한다는 점에서 방종의 음악이 아니라, 그것은 우주 속에 숨어 있는 자연의 근원적 소리며, 인간의 근원적 생명의 소리이다.

인간이 자연의 생명의 소리에, 자신의 본연성에서 울려나오는 소리에 따라서 행동하는 그 자체가 허위와 가식으로 가득한 현실로부터 탈주하는 것이며 허위에 저항하는 것이다. 상징파 시인들이 세계를 허위로 파악하는 것이나 아나키스트들이 현실을 사회적 모순으로 파악하는 것은, 이러한 허구와 속악한 현실 세계로부터 탈주하여 본원적 세계에 다다르려는 열망 때문이다. 따라서 춤과 노래는 자연과 인간의 생명의 소리를 되찾는 인식론적인 차원에 있는 것이 된다.

문제는 춤과 노래가 그것의 행위 자체에 가치가 있는 것이 아니라 자유 · 개성 · 양심이라는 것과 연결되어 무한하게 자신을 확대하여 구극적 생명을 실현하는 삶의 가치에 놓여 있다는 것이다. 다시 말한다면 노래와 춤은 인간의 절대적 자유 · 절대적 생명 · 절대적 이상을 구현하는 것이다. 그리하여 "불상하나마 네의 심장에/ 한방울 피라도 마르기 전에" 노래하고 춤추라는 당부가 있게 된다. 이 절대적 생명의 가치를 발견하는 것이 권구현에게는 시가 되는 것이다.

> 한 작품은—이것을 널리 말하면 그 시대 그 사회의 반영이라 고도 보겠지 만은 - 적어도 이것은 작자 그 자신의 생활환경에서 그려진—즉 다시 말하면 작자의 속일 수 없는 속살님의 고백인 것만은 사실일 줄로 믿는다. 옛날 시인들이 흔히 그의 작품을 가지고 자기의 생명이라던가 또는 자기의 아들이라고까지 하는 것도 아마 이것을 의미한 말인가 한다. (중략) 그렇다. 북은 두드리면 북소리밖에 아니난다. 물이야 천백번 쥐어 짜기로니 물밖에 또 나올 것이 무엇이냐. 만일 여기에 다른 소리가 들리면 딴 물건이 나온다면 그것은 벌써 본질 그대로의 것이 아니다.[82]

권구현은 시를 "작자의 속일 수 없는 속살님의 고백"이라 했다. 이것은 시를 처음 창작할 때부터 일관된 주장이다. 그렇다면 그가 시적 전략으로 내세운 '속살님의 고백'이란 무엇인가. '속살님'은 우리가 생각하고 말하고 행동하는 것에서의 진실한 느낌 같고, 황석우가 고독한 세계에서 '몰래우는 울음'이나, 이상화의 '양심'과 같은 것으로 실존주의자들이 말하는 '본래적'인 것과 같다고 할 수 있지만 그것과 일치되는 개념은 아니다. 직접 권구현의 용어를 빌린다면 '속살님'은 아나키즘 문학론에서 일관되게 주장하는 '본연지성'이다. 본연지성은 매순간 인간의 심장처럼 울려나오는 양심이다. 이것은 "자연의 무한한 생명력의 행진곡"과 같은 우주 속에 울려나오는 지극히 근원적인 생명이다. 그리고 이것은 유가적 이념으로부터 탈주한 정성위음의 익음이다. 그렇다면 '고백'은 자연스럽게 자연과 인간의 생명의 박동 같은 가슴을 차고 울려나오는 무의식과 같은 인간의 가장 구경적인 깨달음 같은 것이라 할 수 있다.

중요한 것은 '속살님의 고백'이 무의식과 같이 의식을 뚫고 나오는 그것에 진정한 가치가 있다는 것이다. 엄밀하게 말한다면 의식은 표상체계에 동일화되어 타자와 타협한 자신의 양심 어느 한 편을 분절한 것이다. 타자의 담론으로부터 탈주하는, 즉 의식을 뚫고 나오는 무의식을 가능하게 하는 것이 춤과 노래이다. 그래서 인간 내면의 가장 본원적인 무의식과 같은 생명의 소리가 춤과 노래의 신명에 의하여 어느 한 순간에 터져 나오는 소리가 '속살님의 고백'이 된다. 권구현의 작품에서 빈번하게 나타나는 춤과 노래의 이미지는 이러한 무의식과 같은 본원적인 생명의 소리를 들추어내려는 의도에 연결되어 있다. 춤과 노래는 타자가 자신을 환원한 사실을 망각하거나 체념하지 않기 위하여, 현실의 속악함을 깨닫기 위하여 반추하는 행위다. 자신의 본연성에서 울려나오는 소리를 멈추는 것

---

82) 권구현, 『흑방의 선물』, 영창서관, 1927년, p. 1.: 『흑방의 선물』은 카프 1차 방향 전환 논쟁 이전에 나온 아나키즘 시집이라는 데서 문제적인 시집이다.

은 자신을 기만하는 것이며 현실과의 타협이다. 춤과 노래의 신명을 통하여 자신의 내면에 은밀하게 숨어 있는 무의식과 같은 가장 본연적인 생명의 '속살님'을 들추어내는 이유가 있게 된다.

여기서 '속살님의 고백'이 상징주의와 아나키즘이 함께 한다는 것을 알 수 있다. 상징주의와 아나키즘이 속악한 현실로부터 탈주하여야 한다는 점에서는 동일하지만, 상징주의는 현실 그 자체가 근원적으로 허위와 가상으로 인식하는 데 비하여, 아나키즘은 현실이 속악한 것은 사회적 구조에서 기인된 것으로 인식하는 점에서 차이가 있다. 그런데 작품 「주악(奏樂)」에서 보았듯이 권구현의 초기 시에는 이 둘이 구별되지 않는다. 즉 권구현은 현실 그 자체가 근원적으로 허위라는 것으로 보기도 하고 사회적 구조에서 비롯되어 속악한 것으로 파악하기도 한다. 이러한 이질성을 함께 하는 것은 오인이 아니라 아나키즘의 속성이 그러하기 때문이다. 즉 아나키즘의 유토피아적 세계는 현실이 근원적으로 허위이기 때문에 거기에 대응되는 세계이며 동시에 사회적인 모순에 저항하여 다다라야 할 세계이기도 한 것이다. 그 세계를 가능하게 하는 것은 춤과 노래의 신명이다. 그래서 상징주의에 아나키즘이 연속적인 것으로 이해할 수 있는 종교적 신비성과 현실성을 함께 하는 것은 당연하다.

이러한 점에서 황석우·이상화·권구현이 확연히 구분된다. 황석우가 그러하듯이, 김억·주요한·이상화도 현실 그 자체는 원래부터 허위이기 때문에 따져볼 필요도 없이 자신의 생을 확충하기 위하여 현실로부터 더 멀리 탈주하여 장미촌과 같은 유토피아적 세계를 건설하여야 한다는 것이다. 그러나 이상화가 카프에서 활동하면서 현실은 원래부터 속악한 것이면서 식민지 모순에서 비롯된다는 인식을 함으로써 상징주의가 약화되고 아나키즘은 강화되면서 식민지 현실은 보다 객관적으로 파악된다. 이 점에서 권구현은 이상화와 함께 한다. 즉 현실은 근원적으로 허위이며 동시에 사회적 구조에서 오는 속악한 세계라는 것이다. 그래서 권구현은 신비적이면서 현실적인 '속살님 고백'이라는 시적 전략이 있게 된다. 이 시적 전략의 근본적 가치는 생을 확충함으로써 얻어지는 구극적 생명에 있다. 아나키스트들이 자신들의 본성에서 우러나오는 양심의 소리에 따라 자유를 추구하며 이에 방해가 되는 모든 권력에 맞서 싸운 것도 자유 자체에 목적이 있는 것이 아니라 구극적 생명의 가치 때문이다. 그 구극적 생명의 가치를 실현할 수 있는 곳은 초월적 이상세계가 아니라 전원이라는 것은 「전원으로」 작품 계열을 통하여 알 수 있다.

> 가자
> 가자
> 전원으로 가자
> 우리의 먹을 것은
> 그곳에서 엇나니
> 푸른 풀 욱어진
> 전원으로 가자
> 심으고 매려
> 그곳으로 가자
>
> 독마의 소굴을 떠나
> 아귀의 싸움터를 버리고
> 전원으로 가자
> 건전한 알몸이 되야
> 자연의 혜원을 차저
> 가자
> 가자

▸▸▸ 「전원으로」 전문

「전원으로」는 이 같은 계열의 작품 가운데 유토피아적 세계를 지향하는 아나키즘시의 전형을 보여주는 시이다. 이 작품은 아나키스트 이회

영·정화암·이을규 등이 개간사업으로서 신촌건설운동을 전개한 것이
나, 이 연장선상에서 자유합작의 이상촌 건설운동을 전개한 당대 아나키
즘 운동과 무관하지 않다고 할 수 없다. 자유합작의 이상촌 건설을 통하
여 공동경작·공동소비·공동소유하는 상호부조의 자치적 농촌공동체를
건설하는 것이 목적이다.83)

    권구현이 이러한 배경에서 이 작품을 구상하였는지 확인할 수 없지만,
이 작품이 상징주의의 이원적 구조와 다르지 않다는 것은 확실하다. 즉
'전원'은 '장미촌'·'침실'과 마찬가지로 시적 주체가 다다라야 할 궁극적인
목적지이며, 또 그 속에서 자신의 세계를 건설할 수 있는 곳이다. 그래서
독마의 소굴·아귀의 싸움터라는 부정적 공간인 도시와 인간 본연의 삶
의 터전이며 자기실현을 할 수 있는 삶의 공간이 전원이라는 상징주의의
이분법이 있게 된다.

    그러나 시적 주체가 소망하는 유토피아적 세계가 「나의 침실로」에서
"가장 아름답고 오랜 것은 꿈속에서만 있어라"고 하는 초월적 환상이나
「장미촌의 향연」에서 "고독은 나의 정열의 불토/ 나는 그 우에 한 적은
장미촌을 세우려 한다"고 하는 그와 같은 초월적 신비의 세계가 아니라
'전원'이라는 현실적 세계라는 점에서 그것들과 구별된다.

    '전원'은 황석우의 「오전 회비」와 이상화의 「조선병」과 같은 후기 시
에서 발견되는 구체적 현실세계이다. '전원'은 아나키스트 크로포트킨이
주장하는 상호부조에서 주장하는 소집단 공동체 생활을 가능하게 하는
공간이기도 하지만 조선시대 시조에서 흔히 발견할 수 있는 현실 정치에
서 소외된 사대부들이 보상심리로서 상정한 이상적 공간과 구별되는 것
은 아니다.

    그러나 '알몸'을 위장이나 은폐를 거부하는, 타자의 담론으로부터 탈주
하는 치열함으로 본다면 전원은 현실적 공간일 수 있다. '알몸'은 이상화

---

83) 이호룡, 앞의 책, p. 277.

의 침실의 이미지와 연결된 것이라기보다는 온몸에 햇살을 받고 '빼앗긴 들판'을 헤매는 신명과 같은 역사에 대한 치열함이다. '알몸'은 앞에서 살펴본 노래와 춤의 신명과 무관한 것이 아니다. 알몸도 노래와 춤과 마찬가지로 속악한 현실로부터 탈주하는 기제이자 자신을 억압하는 타자를 직시하는 인식론적 계기다. 노래와 춤에 의하여 의식을 뚫고 나오는 무의식과 같은 본원적 생명이 '알몸'이기 때문이다. 이상화는「빼앗긴 들에도 봄은 오는가」의 신명을 방향전환기의 타자를 발견하고 스스로 분절하였지만, 권구현은 알몸으로 맞섰다는 점에서 차이가 난다. 이러한 차이가 아나키스트로 카프 맹원으로 활동하면서, 다 같이 아나키즘 시를 쓰면서도, 아나키즘을 시로 육화한 이상화와 현실적 운동으로 실천한 권구현의 차이가 있게 된다. 권구현을 사로잡은 것은 구극적 생명을 가능케 하는, 그 삶의 가치가 놓여 있는 '알몸'의 원초적 세계이다.

2.4.2. 시적 주체의 유토피아적 세계의 확대와 주체의 종속

다음은 권구현시가 새로운 국면을 맞이하는 모습을 살펴봄으로써 상징주의와 아나키즘이 갈라지는 점을 이해할 수 있다. 권구현의 초기 아나키즘 문학론은 황석우·이상화와 다르지 않게 인간의 본연지성에서 우러나오는 소리에 따라 자유로운 개인으로서 절대적 존재의 유토피아를 건설하여야 한다는 '속살님의 고백'에 집약되어 있다. 이러한 비유적인 논리는 카프 방향전환기에 보다 본격적이게 되면서 현실이 근원적으로 모순이고 허위라는 상징주의적 요소는 소멸된다.

여기서 권구현은 이상화와 같이 카프의 맹원이었다는 사실과 당시의 정황을 환기할 필요가 있다. 카프 방향전환은 이미 우리가 잘 알고 있듯이, 일본에서 수입한 계급주의의 동일화이다. 박영희를 중심으로 한 카프 방향전환론자들은 자신들이 주장하는 담론이 사실은 일본으로부터 동원된 타자의 담론을 재생산한 것인데도, 그것이 자신들이 구성한 자신의 담론으로 오인하고 있었다. 중요한 것은 계급담론이 타자가 갖고 있는 주체성을 인정하지 않고 동일성을 요구한다는 데 근본적으로 아나키즘과 카프 내에서도 균열을 함께 하고 있었다는 것이다. 그 문제의 핵심은 계급주의 문학이 인간의 개성 · 생명 · 자유 · 개인의 차이성을 인정하지 않고 그들의 담론에 질서화시킨다는 것이다.

박영희가 자신의 치륜설이 타자의 담론이라는 것을 깨닫고, 또 그것이 타자의 주체성을 배제한 문학이었다고 객관화한 지점은, 대부분 카프 논자들이 그러하듯이 카프 해산 전후이다. 카프의 해산이 정치적 몫까지 함께 담당하던 문학 운동 조직의 해체라는 점에서, 그 외형적 해체를 넘어서 조직을 관장하던 담론이 강제적으로 조직 밖으로 밀려나온 객관화할 수 있는 거리를 마련할 수 있었기 때문이다. 임화가 카프 역정을 되짚어 보는 가운데 자신의 담론이 후쿠다 도꾸조우(福田德三) · 야마카와 히토시(山川均) · 사까이도 씨히꼬(堺利彦)가 환원한 동일자의 담론이었다는 것을 고백하는[84] 대목에서 그 점이 분명하게 드러난다. 권구현은 아이러니컬하게도 임화가 카프 해산기에서야 발견한 타자성을 확보하고 있었다는데서, 그것으로 인하여 계급주의자로부터 오히려 논박을 당한다.

그것은 권구현과 한설야의 관계를 이해함으로써 그 윤곽이 드러난다. 권구현이 발표한 「1월 창작평」[85]에 대하여, 한설야가 「작품과 평」[86]을 통해 그를 중간파라고 논박한다. 이것은 계급주의 입장에서 본다면 당연하다. 카프 내에서 함께 활동하던 권구현을 중간파로 비판한 것은 아나키즘적 요소, 즉 인간 본연성의 문학을 비판한 것이다. 한설야에게 문학은 본연으로부터 출발하는 것이 아니라 계급이데올로기 그 자체이다. 그리고 문학은 그들을 관장하는 담론을 재생산하는 절대적 동일화의 산물이

---

84) 임화, 앞의 글, p. 24.
85) 권구현, 「1월 창작평」, 『동아일보』, 1927. 1. 29.~2. 3.
86) 한설야, 「작품과 평」(권구현 군의 1월 창작평의 중간파적 태도를 駁함), 『조선일보』, 1927. 2. 17.~23.

기 때문이다.

이 논박은 자연발생적 사회주의 문학에서 목적의식기의 계급주의 문학으로 방향전환을 하는 과정에서 일어난 것이라 할 수 있겠지만, 권구현의 월평에 대하여 한설야의 논박은 아나키즘과 계급주의 문학이 분화하는 한 단초가 된 것은 사실이다. 그 핵심은 권구현의 타자의 차이성을 인정한 본연성에 대하여 한설야가 타자를 동일자로 환원해야 한다는 것이다.

어느 날 갑자기 김화산으로부터 발단되었다고 하는 계급주의자들과 아나키스트들과의 논쟁은 아나키즘과 계급주의의 이질성으로부터 기인되는, 이와 같이 권구현에 의하여 논쟁의 단초가 있게 된 셈이다. 즉 아나키즘 시를 창작하며 아나키즘 평문을 발표하던 권구현이 있었기에 김화산의 「계급예술의 신전개」가 가능했던 것이다. 이후 김화산은 문제의 제기에서 그치는 데 반하여, 권구현은 카프 해산기까지 아나키즘을 주장하며 작품을 활발하게 발표한다.

그런데 문제는 권구현이 카프의 방향전환기에 그도 현실 자체가 근원적으로 허위와 가상으로 파악하던 상징주의적 태도와 사회적 구조에서 기인된 속악한 현실이라는 아나키즘 태도를 함께 하던 인식을 분리한다는 것이다. 즉 권구현은 현실 그 자체가 근원적으로 허위가 아니라 사회적 구조에서 비롯되어 속악한 것으로 파악한다. 이 지점에서 권구현은 황석우의 후기 아나키즘 시, 이상화의 후기 계급주의 시와 연결되면서 상징주의 시의 유토피아적 세계만 전면에 확대한다. 곧 그것은 시적 주체의 유토피아적 세계의 열망이다. 그것은 '새날'의 상징에 있다.

　　　　한울이 문허지느냐 땅이 꺼지느냐
　　　　오오 우주는 새날을 낫는다 새날을
　　　　들어보라 가슴을 울리는 이 큰 소리를―
　　　　새날의 산고를 외치는 최후는 닥아왔다
　　　　기빨을 날리라 햇불을 잡아라

용맹스리 새날을 마자스라 새날을

비겁한 자에게는 은혜를 베풀리라
주인을 딸흐는 강아지는 누릉지는 걱정말라
구멍을 일흔 생쥐에게는 갈 길을 밝혀주마
내굴르는 굼벙이는 예수가 와서 구하리라
닷는 사자여 너는 새날의 길잡이로 오라
오즉 하나의 ××을 너만이 던지리니

오오 나오라 용감한 길잡이여 나오라
떨어지는 해 덩이를 집어 동으로 던지라
이 땅을 거구로 들어 올리라 거구로-
바람은 사막에 달리라 해소(海嘯)야 너도 일거라
때는 일순 지금 이 압혜는 오즉 일순뿐이다
용감한 무리여 새날을 마자스라 새날을

▸▸▸ 「새날」 전문

　작품 「새날」은 이미 상징주의를 넘어서 그것과 다른 차원의 아나키즘
에 충실한 작품이다. 이상화의 「빼앗긴 들에도 봄은 오는가」·「가장 비
통한 기욕」·「폭풍을 기다리는 마음」 같은 작품 계열이라 할지라도 담론
구성체가 시적 주체를 추동하고 있다는 점에서 구별된다. 작품 「새날」은
유토피아적 세계를 약속하는 '새날'의 도래가 임박하니 그 날을 맞이하는
데 앞장서라고 재촉하는 내용이다. 행동을 재촉하는 시적 주체는 아나키
스트인 반면에, 시적 대상은 아직 그의 수준에 도달하지 못한 '무리'들이
다. 그래서 시적 주체는 '무리'들에게 "비겁한 자에게는 은혜를 베풀리라"
고, 또 "주인을 쌀흐는 강아지는 누릉지는 걱정마라"는 등의 비유로서 그
들의 행동에 대한 보상을 제시하며 새날을 맞이하자고 재촉한다.
　시적 주체가 유토피아적 세계를 약속하는 '새날'은 시적 대상과 소통하
는 세계가 아니라 시적 주체의 관념 속에 있는 아나키즘 담론이 구성하

는 세계이다. 그래서 유토피아적 세계를 약속하는 '새날'에 대한 구체적이고 본질적인 물음은 생략하고 다만 새날을 맞으러 가자고 재촉할 뿐이다. 근원적인 물음을 생략하게 하는 것은 시적 주체의 강렬한 아나키즘 담론이다. 여기서 이 작품이 유토피아적 세계가 설정되어 있다고 하더라도 그것은 상징주의 유토피아적 세계와 차원을 달리하는 이념적이라는 것을 알 수 있게 된다.

그래서 이 작품에는 "새날을 맞으러 가자고"하는 시적 주체는 내적 타자의 고려 없이, 또 시적 대상 '무리'들에 대한 고려도 없이, 다만 '무리'들에게 용감하게 '새날'을 위하여 앞장서라고 재촉한다. 내적 타자와 시적 대상을 고려하지 않음으로써 새날을 맞으러 가자는 시적 주체의 감정은 고조되고 반면에 시적 대상의 물음들은 배제된다. 이렇게 시적 주체가 성급하고 조급하게 과장하는 감정은 '본연성'에서 자연스럽게 유로된 것이 아니라 시적 주체를 추동하는 담론구성체의 감정일 뿐이다.

권구현이 계급주의에의 동일화를 비판하던 담론구성체에 자신도 동일화되어 그 오류를 범하고 있다. 그러나 「새날」은 단형시에서 발견할 수 없는 치열한 시적 주체의 확고한 시점이 있다. 오히려 시적 주체의 확고한 시점이 섬세한 현실 인식을 가로막고 단일화한다는 점은 비판받아야 한다. 또 시적 주체가 "구멍을 일흔 생쥐에게는 갈 길을 밝혀주마"라며 일방적으로 '무리'들을 전유하려 한다는 비판도 함께 받아야 할 것이다. 다시 말한다면 시적 주체에 시적 대상을 종속하려 한다는 것이다.

이러한 문제의 가장 본질적인 것은 시적 주체가 설정한 유토피아적 세계 '새날'에 시적 주체가 종속되었다는 것이다. 다시 말한다면 그러한 시적 주체는 자신이 이데올로기에 종속되었다는 것을 망각하고 또 다른 타자에게 자신과 같은 주체가 되라고 강요하는 것이다. 이것을 극복하기 위해서는 시적 주체의 단일화된 시점을 다양하게 하고 그의 열정을 시적 대상에게 분산시켜야 할 것이다. 즉 이상화의 「빼앗긴 들에도 봄은 오는

가」와 같이 시적 주체가 자신의 영혼에게까지 '어디로 가느냐', 무엇을 찾느냐 하는 물음을 던져야 할 것이다.

권구현도 이것을 모르고 있었던 것은 아니다. 그것은 그의 아나키즘 문학론의 도처에서 발견된다. 1927년 아나키즘과 계급주의 논쟁 후 카프에서 제명당하고, 보다 논리적으로 아나키즘 문학론을 개진한 「우상 문제에 관한 이론과 실제」와 「계급주의 문학론의 음미」(아나키즘의 예술관 입장에서)에서 다원화된 타자를 발견하는 것이 그러한 것이다. 전자는 계급주의자들이 마르크스나 레닌을 우상처럼 숭배하는 것에 대한 비판이고, 후자는 아나키즘적 입장에서 계급주의와 공식주의적인 문학론을 비판한 것이다. 그러나 이 두 글은 공식주의의 거부라는 입장에서 보면 서로 동일한 논지로서, 전자가 아나키즘 일반론이고 후자는 아나키즘 문학론이다. 그 요지는 아나키즘 문학이 강제적 명령에 의하여 창작되는 당파적인 문학이 아니라 개인의 필연적 욕구에 의해서 창작되는 자유주의의 성격을 강조하면서, 계급주의 당파성을 비판함으로써 드러난다. 그는 계급주의 문학을 비판하기 위하여 먼저 계급주의 문학관을 요약한다.

그가 정리하는 계급주의 문학의 특징은 문학에서 정치이념의 필연적 소유, 문학에 대한 정치이념의 지배, 정치적 부분의 절대상위와 예술적 부분의 하위, 정치적 가치와 문학적 가치의 혼합 등과 같은 문학의 정치화이다. 이러한 일반론에 의하여 계급주의 문학은 예술적 입장으로서가 아니라 정치적 입장에서 출발하여, 정치 목적을 달성하기 위하여 문학을 도구나 수단으로 사용되기 때문에 인간의 본연성에서 출찰하는 문학 본래의 목적에 이탈되었다고 비판한다.

이러한 일반론에서 한 발 나아가면서 계급주의 문학은 민중적일 수 없다고 비판함으로써 그의 아나키즘 문학론이 선명하게 된다. 그가 말하는 '민중적 문학'은 시적 전략으로 내세운 '속살님의 고백'과 같은 개념이자, 본격적인 아나키즘 문학론이 되는 「우상 문제에 대하여」에서 사용한 '본연성에 기인한 욕구'의 문학이라는 개념과 같다. 즉 인간의 절실한 내적 요구 또는 현실적 삶의 요구에서 나오는 것이 민중적이 된다. 이러한 아나키즘의 개인의 자발성을 중시하는 민중적 문학, 즉 아나키즘 문학은 '연극 역할론'[87)]에서 보다 구체화된다.

연극 역할론은, 그가 일본에서 영향을 받은 아나키스트 오스키 사카에(大杉榮)가 주장하는 사회적 개인주의의 색채가 강하다. 연극은 역할의 필요에 의해서 배우·감독·원작자·각색자가 있는 것이지, 그 어느 한 사람이 강조되거나 우상화 되어서는 안 된다. 마찬가지로 러시아 혁명에서 마르크스는 희곡을 제공한 자에 불과하고 레닌의 역할은 각색에 불과하기 때문에, 이들은 러시아 혁명을 수행한 모든 민중들과 마찬가지로 자신의 역할에 충실한 자에 지나지 않기 때문에 우상화 되어서는 안 된다는 것이다. 이러한 비유는 계급주의의 중앙집권주의와 강권주의를 비판하는 것이며 동시에 개인의 자유로운 역할을 강조하는 아나키즘을 강조하는 것이다. 아나키스트들과 계급주의자들은 모두 유토피아적 세계 건설을 위하여 지배계급에 맞서야 한다는 동일한 목표를 갖고 있다. 그러나 계급주의자들은 공식적인 강제성에 구속되지만 아나키스트들은 인간의 '본래적' 요구에 의한 자발성을 강조한다는 점에서 구별된다. 따라서 연극 역할론은 외적 강제에 의한 것이 아니라 가장 자연적인 내적 법칙에 의한 자유연합이라는 아나키즘 원리에 의한 것이다. 결국 문학도 강권에 의한 문학이 아니라 본연성의 문학이 되어야 한다는 것이다. 이러한 자신의 연극 역할론은 '북과 물론'·'장검론'의 본연성에 기인한 문학론에서 벗어나는 것은 아니다. 그러나 강권적 계급주의를 정면으로 비판하면서 본래적 욕구에 기인하는 아나키즘 문학론을 전개한다는 점에서는 차이가 있다.

중요한 문제는 권구현이 이러한 아나키즘 문학론에 대한 자신의 시적 실천과 괴리되었다는 점이다. 그것은 타자가 갖고 있는 그 만큼의 주체성

---

87) 권구현, 「우상 문제에 관한 이론과 실제」, 『조선일보』, 1929. 12. 5.~11.

을 인정하자고 주장하면서도 실제로는 타자를 자신의 담론으로 분절하고 환원하였기 때문이다. 즉 「새날」에서 보다시피 개인의 개성과 자유를 구극의 삶의 가치로 놓으면서도 시적 주체는 시적 대상에게 그것을 용인하지 않았다는 것이다. 이것은 절대적 자유·생명·개성이라는 구극적 삶의 가치에 의하여 시적 주체가 그에 종속된 것이다. 다시 말한다면 유토피아적 세계의 구극적 삶의 가치에 시적 주체가 종속되어 타자의 자유·생명·개성을 고려할 여유를 갖지 못한 것이다. 이것은 유토피아적 세계의 환상이 그에게 너무 강렬하였기 때문이라 할 수 있다.

작품 「새로 일어나는 힘」도 「새날」과 다르지 않다. 이 작품도 「새날」처럼 시적 주체의 감정이 과장되고 시적 대상을 단일화하여 이끌어 간다는 점에서 동일하다. 도시를 '요마의 살림'·'백랑의 소굴'이라고 하며 근대화된 도시를 자본의 폐해를 문제삼았다. 그런데 요마의 살림과 백랑의 소굴 같은 근대화된 도시 문명을 파괴하고 새로운 유토피아 세계를 창조하자는 목적이 구체적이지 못하다. 그 비유가 선명하지 못한 것은 "광명을 위하여 희망을 위하여" 불타오르는 가슴으로 "굿세게 또 굿세게" "신비의 탑을 불사르는 새 세기의 창조자"가 되어야 한다는, 시적 대상을 추동하는 시적 주체의 담론구성체의 조급성 때문이다. 다시 말한다면 새 세기의 창조자인 '너'의 굳센 힘은 그 자신의 내면에서 구성된 것이 아니라 아나키즘 담론구성체가 구성한 힘이기 때문이다. 즉 이데올로기가 추동하는 힘에 의하여 '굳센' 아나키스트가 되고 새 세기의 창조자가 되는 것이다. 그래서 시적 대상 '너'의 행위는 시적 주체의 시야에 종속되고, "새 세기의 창조자"가 되어야 하는 당위성만 있게 된다.

결국 "세기의 창조자"가 되어야 한다는 시적 주체의 열망에 상응하는 시적 대상 '너'가 시점을 확보하지 못함으로써 지양할 것도 지양되어야 할 것도 없이 시적 대상은 다만 시적 주체의 용감함에 따라야 한다. 여기서 권구현의 오인이 드러난다. 그것은 자신의 시적 전략인 "속살님의 고백"

이라는 내적 타자를 망각한 점이고, 아나키즘 원리인 자발성을 망각한 것
이다. 따라서 권구현의 이러한 시의 문제는 어떠한 유토피아적 세계를 더
첨가할 것이냐, 아니면 더 선명하게 약속할까 하는 내용의 문제가 아니라
시적 주체의 열정을 시적 대상에게 분산하고 다원화된 시각을 마련하여 상
호성적이게 하는 것이다.

　문제는 권구현의 이러한 작품들이 아나키즘과 상징주의의 연속성을 이
미 넘어서 아나키즘으로 이데올로기화된 작품이라 하더라도 문학사적 의
미를 가질 수 있다는 점이다. 지금까지 백조에서 파스큘라로 그리고 카프
로 파악하던 문학과 운동의 관계를 새롭게 파악한 것이 그 하나이다. 그
리고 황석우·이상화·권구현이 모두 아나키스트였다는 점에서 카프 이
전의 아나키즘 문학의 줄기와 함께 그것이 상징주의의 연속선상에서, 또
그 범주에 있었다는 점을 파악할 수 있는 점이 다른 하나이다. 여기서 분
명히 할 것은 식민지시대 아나키즘의 성격이다. 최근에 역사학계에 보고
된 "한국인 아나키스트들이 일본 제국주의에 저항한 것은 한국 민족 개개
인의 자유를 위한 것이었으며, 민족국가 건설을 위한 것은 아니었다."[88]
는 아나키스트 성격에 관한 규정은 문학과 관련하여 주목할 만하다.

　여기에 1920년대 초기에 당대 지식인을 추동하던 중심 사상이 아나키
즘이었다는 점을 함께 고려함으로써 당대 시인들이 아나키스트였거나 그
범주에 있었는지를 짐작할 수 있게 된다. 권구현을 사로잡은 것은 절대적
자유·개성·본원적 생명·이상을 가능케 하는 아나키즘이지 아나키즘
이데올로기 자체는 아니다. 이것은 노래와 춤, 그리고 시적 전략 '속살님
의 고백'이라는 영적 체험과 같은 시적 경향에서 찾을 수 있는 점이다.

　그것은 우회적으로 이동원이 상징주의를 삶으로서 규정하는 대목에서
이것은 쉽게 찾아진다. 그가 상징주의를 "상징주의 한다"[89]는 생활의 차

88) 이호룡, 「한국인의 아나키즘 수용과 전개」, 서울대 대학원 박사학위논문, 2000. 참조.
89) 이동원, 「상징적 생활의 동경」, 『개벽』 2호.

원으로 이해하였듯이, 그들에게 상징주의는 문학이면서 자신들을 구성하는 하나의 담론이었다. 또, 안석영이 "상징적인 문자를 쓰지 않으면 작품이 이 세상에 나올 수 없는 때"라고 회고한 바처럼, 상징주의는 당대 지식인들을 사로잡은 담론이었다. 상징주의는, 즉 무엇을 하려고 할 때 앞에 나타나서 일정한 방향을 지시하며 자신들을 구성하는 무엇이었다.

문제는 황석우·이상화·권구현이 그러하였듯이, 당대 대부분 상징주의 시인이 아나키스트이거나 그 범주에 있었던 시인이라는 점이다. 유토피아적 세계를 지향하는 '상징적 삶의' 맥락에서 권구현의 아나키즘 문학을 이해하여야 할 것이다. 구극적 생명의 가치를 실현할 수 있는 유토피아적 세계에 대한 열망을 가능하게 할 수 있는, 그것이 아나키즘이었다. 이 믿음이 사회화 과정에서 실현될 수 없는 하나의 환상적 이상이라는 것을 알았을 때, 그는 자신의 본성에서 우러나오는 양심의 소리에 따라 스스로 목숨을 끊는다.

2.5. 결 론

지금까지 1920년대 한국 상징주의 시가 서구 상징주의를 일방적으로 모방한 것이 아니라 주체의 잠재적 가능성을 탐색하는 정서적 모델로서 그것을 추동한 것이 아나키즘이라는 점을 아주 다른 모습의 황석우·이상화·권구현을 통해서 밝혔다. 상징주의와 아나키즘은 현실을 부정하고 그에 대응되는 유토피아적 세계에 절대적 가치를 부여하는 이원론적인 세계관은 동일하다. 그러나 황석우·이상화·권구현의 시를 통하여 밝혔듯이 상징주의와 아나키즘은 현실을 인식하는 시각에는 상당한 차이가 있다.

상징주의에서 현실은 근원적으로 속악하며 허위이기 때문에 그것은 애초부터 고려의 대상이 되지 않는다. 그런 반면에 아나키즘은 현실이 속악한 원인은 사회적 모순에서 비롯된 것이기 때문에 그것을 전도하기 위한 저항이 자연적으로 동반된다. 즉 상징주의는 현실 자체를 가상세계라 부정하는 데 비하여 아나키즘 현실의 조화로움 자체는 부정하지 않는다.

현실에 대한 이러한 시각 차이에 의하여 그들이 설정한 유토피아적 세계를 실현하는 방식도 서로 구별된다. 상징주의는 현실이 가상적 허구이기 때문에 부정할 가치조차도 없이 유토피아적 세계만이 절대적인 가치로 있을 뿐이다. 그러나 아나키즘은 사회적 현실은 개선될 수 있고, 곧 그 현실 자체가 유토피아적 세계일 수 있기 때문에 저항이 있게 된다. 황석우의 「장미촌의 향연」과 「십전 회비」, 이상화의 「말세의 희탄」과 「빼앗긴 들에도 봄은 오는가」, 권구현의 「전원으로」와 「새날」이 확연하게 구별되는 것은 상징주의와 아나키즘의 현실에 대한 이러한 차이에서 비롯되는 것이다. 황석우의 고독, 이상화의 양심, 권구현의 노래와 춤은 현실을 탈주하여 유토피아적 세계에 도달하는 매개이면서 동시에 인식 차원에서 자신을 구현할 수 있는 매개인 것이다. 이와 달리 아나키즘에 편향된 황석우의 '모주집', 이상화의 '들판', 권구현의 '전원' 등은 모두 진정한 삶의 가치를 추구할 수 있는 현실적 공간이기 때문에 그곳으로부터 탈주하는 매개가 필요 없고 시적 주체의 탐색만 있게 된다.

상징주의와 아나키즘의 이러한 차이에도 불구하고 당대 시인들이 이 둘을 연속선상에 파악한 것은 유토피아적 세계에 절대적 삶의 가치를 부여하였기 때문이다. 그러므로 황석우·이상화·권구현을 추동한 것은 상징주의와 아나키즘 이데올로기라기보다 스스로 새로운 주체를 발견하여 자신의 절대적 삶의 가치를 실현하려는 욕망에 기인한 것이다. 그것은 그들의 시에서 발견되는 자유·개성·생명이라는 구극적 삶의 가치를 상징하는 이미지를 통하여 밝힌 바와 같다. 이 구극적 삶의 가치를 실현할 수 있는 정서적 등가물이 자유시인데, 속악한 현실을 뛰어넘게 하는 것이 상징주의고 속악한 현실에 저항하게 한 것이 아나키즘이다.

이러한 이질적인 두 층위가 함께 하는 것은 서구 시에서는 찾을 수 없는 한국 상징주의 시의 독특한 구조이다. 상징주의와 아나키즘의 이질적인 두 층위가 함께 할 수 없다는데서, 그것을 깨닫고 황석우는 상징주의 시인임을 부정하고, 이상화는 시를 포기하며, 권구현은 치열하게 카프와 맞서서 아나키즘의 당위를 주장하다가 죽음을 선택한다. 이 사실은 역설적으로 한국 상징주의 시가 아나키즘과 연속적이었다는 특수성을 명징하게 보여주는 것이다. 이들 모두 아나키스트로서 상징주의 시인임을 부정하고 시를 포기하며 자신의 목숨을 끊는 것은 이 둘을 구별하지 않고 병행하려는 유토피아적 세계에 대한 욕망이 강렬하였기 때문이다. 즉 환멸은 강렬한 욕망 없이 불가능한 것이기 때문이다. 그 욕망은 구극적 생명에 대한 무한히 뻗어나는 삶의 가치로 치환하여도 무방하다. 그 욕망을 정서적으로 가능하게 하는 것이 1920년대 한국의 자유시이다.

황석우·이상화·권구현은 구극적 생명의 구현이라는 동일한 목표를 지향하면서도 그 내부에는 차이가 있다. 황석우의 경우 '고독'은 생의 확충이라는 개인적 탐구의 기제이다. 이상화의 양심은 사회화를 내포한 역사의식으로 전이된다. 권구현의 노래와 춤은 1980년대 한국 민중문학에 연결되어진 것으로 그것은 신명을 함께 하는 저항이다.

이 셋은 한국 상징주의 시가 아나키즘과 상호연관성을 맺음으로써 구성되는 특수한 현상이다. 황석우가 자기 발견과 자기 확충을 극대화함으로써 탐미적 경향으로 되고, 이상화의 시적 주체가 자기 부정과 긍정이라는 질문에 의하여 역사의식으로 연결되며, 권구현은 노래와 춤의 신명을 통하여 상징주의를 넘어서 저항시로 나아가는 것은 자연스럽다.

이러한 시적 담론은 시적 주체 형태에도 관여하는 것이다. 황석우 시의 관념적 주체 형태는 아나키즘과 연결되었다고 하더라도 현실성을 획득할 수 없는 것이다. 이에 비하여 이상화 시에서 자기 부정의 주체형태는 상징주의의 이상을 아나키즘의 현실 탐색에 의하여 자신을 전도함으로써 현실과 이상을 역동적으로 구성하게 된다. 권구현의 타자를 고려하지 않는 시적 주체는 자신이 추동하는 힘에 의하여 감정은 고조되고 자신의 유토피아적 세계만 확대된다. 이 세 가지 시적 주체 형태는 당대 지식인의 모습일 수 있는데, 그것은 황석우의 관념적 이상주의, 권구현의 관념적 현실주의, 이 두 사이를 역동적으로 구성하는 이상화의 시적 주체형태이다. 이것은 한국 상징주의 시가 아나키즘과 연결되면서 특수하게 구성된 시적 주체형태로 서구 상징주의 시와 구별되는 점이다.

지금까지 살펴본 이러한 결과는 다음과 같은 의미를 가질 수 있을 것이다. 첫째, 1920년대 상징주의 시를 서구 문예사조의 수용이라는 관점으로 읽고 평가하는, 그 가치 척도를 재고할 수 있을 것이다. 즉 그것은 서구 문예사조로 한국 상징주의 시를 모방적 재생산의 관점에서 평가한, 지금까지의 선행 연구 결과를 새롭게 해석할 수 있는 근거를 마련할 수 있다는 점이다. 그것은 서구 상징주의 시가 한국 상징주의 시를 환원하였다는, 서구 동일자 논리를 전도할 수 있는 논리이다. 이에 의하여 서구 상징주의에 대한 주변의 차별이 아니라 차이로서 한국 상징주의 시를 이해할 수 있게 될 것이다.

둘째, 아나키즘과 상징주의의 연속성을 밝혔다는 점이다. 이 문제는 당대 황석우·이상화·권구현 등이 일본을 통하여 수용한 상징주의가 서구 상징주의와 그 내면의 층위가 다르다는 점을 함께 밝혔다는 의미도 가질 것이다. 즉 이것은 상징주의 시인들 사이의 개별성을 구체화하여 한국 상징주의 시의 생산구조를 체계화할 수 있는 기초를 마련할 수 있다는 데 의미를 찾을 수 있다.

셋째는, 상징주의 시의 수용에서 아나키즘과 연속적이면서 다양한 이데올로기와 분화되어 가는 과정을 밝혔다는 점이다. 지금까지 연구자들이 간과한 상징주의 수용에서 다양하게 변화되어 가는 과정을 아나키즘을 통하여 밝혔다는 것이다. 이것에 의하여, 지금까지 아나키즘 문학이 김화산에서 시작되었다는 카프 방향전환기의 아나키즘 문학을 넘어서 1920년대 초의 아나키즘 문학의 실체를 파악할 수 있는 지형도를 마련할 수 있을 것이다.

중요한 점은 우리가 1920년대 초기 상징주의적인 것으로 규정한 '꿈'·'죽음'·'침실'·'춤'·'장미촌'·'알몸'의 이미지는 아나키즘과 연속적이라는 점에서 퇴폐가 아니라는 것이다. 그것은 상징주의의 초월을 넘어서 아나키즘의 출발점이 되는 자기로부터 자유로움을 찾는 자신을 재구성하는 하나의 의식(儀式)이다. 다시 말한다면 그것은 자신을 지배하는 자신으로부터 자유를 찾는 초월 의식(儀式)이다. 그 의식은 이상화가 마돈나를 부르다가 신들린 듯 들판을 헤매며 자신에게 어디로 가느냐 누가 부르더냐 하며 부르짖는 '신명'과 다르지 않다. 1920년대 초기 시는 자기 '신명'의 산물이다. 이 '신명'의 당시의 다른 이름이 상징주의이고 아나키즘이다. 앞서의 '계몽'의 논리를 뒤집는 것이 '신명'이고 그 극점이 '영혼'이다. 1920년대 시인들을 사로잡은 것은 상징주의와 아나키즘이 그 자체가 아니라 '신명'의 의식(儀式)이다. 그 '신명'을 가능케 하는 것이 상징주의의 초월과 아나키즘의 자유이다.

3. 이장희의 내면 발견의 두 양상

3.1. 문제의 제기

이장희 시에 대하여 연구자들은 대체로 「봄은 고양이로다」·「청천(靑天)의 유방」을 중심으로 감각적 표현 또는 어머니 콤플렉스라는 시적 표현과 심리학적 측면에서 접근하고 있다. 그의 불행한 생애와 감각적 시의 특징으로 본다면 이러한 접근은 타당하다. 이것은 그의 시에서 식민지 시인이면 누구나 한 번 쯤 빼앗긴 나라를 위하여 무슨 일을 하며 어떻게 살아야 할까 하고, 삶과 시를 일치시키던 저항적 몸짓이나, 당시 문단 한가운데 있던 백조파의 낭만성을 발견할 수 없다는 것을 전제로 한 것이다. 그러나 그의 시에는 당대 어떤 시인에게도 찾을 수 없는, 바르게 살아가려고 혼자 속으로 울던 눈물이 진하게 배어 있다. 그렇다면 그의 시에 깊게 배어 있는 고독한 눈물을 간과하고 플러치 선(線) 같은 감각적 이미지만을 문제 삼는 것은 재고되어야 할 것이다.

그의 시를 꼼꼼하게 읽어 나가면 감각적 이미지 못지않게 빈도 높게 나타나는 것이 감정을 유로한 낭만적 시들이다. 이러한 양면은 그가 1920년대의 예외적 시인이면서도 당시 중심에 있었던 『백조』의 범주를 벗어나지 못하였다는 것이 된다. 그의 시에 대하여 플러치 선 같은 감각성과 백조파적인 낭만성을 함께 고려하여, 이 양면성의 시적 원인을 밝히면 새로운 해석이 가능할 것이다.

그는 한평생 오직 시만을 생각하다가 스물아홉 푸른 나이에 스스로 목숨을 끊었다. 일본 경도중학을 마치고 귀국한 후 백기만의 추천으로 『금성』 동인이 되면서부터 육신을 세상에 버릴 때까지 어떤 일에도 관여하지 않고 오직 시만 썼다. 이러한 그의 극적 삶에서 시는 삶의 은유이자 환유와 다르지 않다. 왜냐하면 그가 현실적으로 이룰 수 없는 불가능한 일들을 서정적으로 압축하고 전치한 것이 바로 시라 할 수 있기 때문이다.

그런데 그가 스스로 자신의 삶을 단호하게 잘라버린 자살이라는 극단적 선택이 말해 주듯이, 또 이상화와 현진건을 '속물'90)로 치부하였듯이, 그는 타자의 표상 체계를 부정하고 자신이 가정한 이미지 속에 갇혀 있었다. 이 사실은 그의 시를 탐색하는데 있어서 하나의 단서가 될 수 있다. 그가 왜 당대 시적 경향과 달리 감각적인 시를 썼고, 이와 아주 이질적인 감정을 과장한 시를 썼는가 하는 점이다. 그가 타자의 표상 체계를 부정한 점은 개성적이고 독창적이라 할 수 있겠으나, 그것은 오히려 자신이 가정한 이미지에 포섭되어 보편성을 획득하지 못하였다는 점에서 문제가 될 수 있다.

문제는 자신의 이미지에 포섭되어 타자의 표상체계를 자신의 이미지화하는, 이 자체가 서정적 세계관이라는 것이다. 서정적 세계관의 핵심은 세계를 자아화하는 동화나 자아를 세계화하는 투사이다. 이 두 가지 서정방식에서 중요한 것은 세계와 자아를 연속선상에 놓는다는 것이다. 그러나 그는 세계와 자아를 어느 한 편에 교활하게 압축하거나 치환하지 않고 오직 자신의 기표에 압축하거나 치환하여 고정시키려 했다는 점에서 —이것은 일종의 소외로서—서정시의 원초적 모습에서 이탈되어 있다. 그의 시는 세계를 내부로 가져오거나 자아가 세계 속으로 들어가는 것이 아니라 세계를 철저하게 소외시킨다. 여기서 플러치 선(線) 같은 감각적 이미지와 눈물의 이미지가 있게 되는 것은 당연하다. 두 층위를 단적으로 함축하는 것이 자살이다. 아버지가 그를 배제하였듯이 그도 자살이라는 극단적 방법으로 아버지와 인연을 끊었다. 이 모두는 동양조 관습으로 본다면 반유가적 행위이다. 이 반유가적 삶의 한 모습이 그의 시의 탈유가적 사유라 할 수 있을 것이다. 그것은 일본 유학파의 내면 발견의 방식이다.

---

90) 백기만 편,『상화와 고월』, 청구출판사, 1951, p. 121.

이 글에서는 이러한 점을 앞에 놓고 이장희 시의 서정 미학을 밝히는 것을 목적으로 한다. 그의 서정 미학이 오늘날 의미를 갖는 것은 일체의 관념을 배제하고도 진실을 바르게 말할 수 있다는 서정시의 가능성이다. 이러한 서정시의 가능성은 파편화된 후기 산업사회에도 전략적 의미를 가질 수 있다.

3.2. 이장희의 서정적 세계관

이장희에 대한 자료는 이제 거의 완벽할 정도로 정리되었다.[91] 그러나 그의 시에서 아직도 우리가 간파할 수 없는 많은 사실들 때문에, 현재의 그에 대한 자료는 기표에 계속하여 미끄러지는 기의를 잠정적으로 중단시킨 고정점에 불과하다. 앞에서도 말한 바처럼, 그에게 있어서 시란 무엇인가 하는 점이다. 그는 시에 대하여 어떠한 논리적인 글도 남기지 않았다. 이 점은 그의 생애와 시의 매개항을 설정함으로써 어느 정도 추측이 가능하다. 먼저 말한다면 그것은 반동일화의 주체 형태[92]의 상상적 세계에 고착된[93] 주체 형태라는 것이다. 이와 같은 주체 형태는 자신의 삶을 극단적으로 몰고 간 개인적으로는 비극이었지만 시사적으로 본다면 1930년대 이미지즘 시의 한 동인(動因)이었다고 할 수 있다. 개인사적 비극과 시사적 성취를 가져온 반동일화의 주체형태는 가족사와 깊이 연관되어 있다.

그는 대구의 부호 이병학과 박금련의 3남으로 출생하였다. 아버지 이

91) 대구문인협회 편, 『봄은 고양이로다』, 대일, 1996.
　　이기철, 『작가 연구의 실천』, 영남대학교 출판부, 1986.
　　김재홍 편, 『이장희 전집 · 평전』, 문학세계사, 1983.
　　제해만 편, 『이장희 전집』, 문장, 1982.
　　백기만 편, 『상화와 고월』, 청구출판사, 1951.
92) Peter V. Zima, 허창운 · 김태환 역, 앞의 책, p. 291.
93) 권택영, 『욕망의 이론』, 문예출판사, 1994, p. 16.

병학은 소금 도매업으로 재산을 모우고, 대구 전기회사와 동양축산홍업을 창설한 식민지 시대의 재력가였다. 이병학은 또한 대구 농공은행장과 중추원 참의를 지낸 당대의 권세가이기도 하였다. 이처럼 고월은 누구와도 비교할 수 없는 행복한 가정환경을 갖추고 있었지만, 어린 나이에 생모와 두 계모를 잃는 비극도 함께 하였다. 여기서 그의 서정적 세계관이 태동되었다고 할 수 있다. 그 하나는, 부재하는 어머니를 몽상하며 자신의 이미지로 구성하는 상상적 동일화이다. 다른 하나는 어머니 부재의 그리움, 즉 지금 여기 없음에 대한 먼 곳의 그리움에 대한 상상적 동일화다.

이 둘은 어머니를 몽상하며 세계와의 갈등을 극복하는 것이기도 하고, 현존하는 낯선 어머니 이미지에 포섭되지 않고 부재하는 어머니 이미지를 지키기 위한 방어기제일 수도 있다. 여기서 그의 서정적 세계관의 두 층위가 있게 된다. 이 두 층위는 그의 대표작 가운데 하나인 「청천의 유방」에 잘 나타나 있다. 이 작품은 "어머니 어머니라고/ 어린 마음으로 가만히 부르고 싶은" 부재하는 어머니에 대한 그리움의 몽상과, 또 현실적 새로운 어머니에 '유방'으로 상징되는 그의 생명 원천으로서의 어머니를 지키기 위한 욕망이다.

그가 성장해서도 모든 사람을 인정하지 않은 것은 낯선 새로운 어머니를 인정하지 않고, 몽상하던 어머니 이미지에 고착된 현상이다. 그의 성격이 자기중심적이며 비타협적이었다는 것도 이와 같은 사실로 설명이 가능하다. 주체가 주체로서 바르게 서는 것은 타자를 발견하는 데서 시작된다. 그러나 그에게는 최초의 타자라 할 수 있는 어머니가 배제되었기 때문에 항상 그는 어머니의 이미지를 만들어야 하듯이 자신이 몽상하는 이미지를 만들어 내어야 한다. 그러므로 그의 주체는 주체 안에 위치하고 있는 것이다. 다시 말하면 그는 유년기 만족의 원천이었던 어머니의 부재로 인하여 동일화 자체를 체험하지 못하였기 때문에 타자의 담론과 관계 맺는 상징적 단계로 이행할 수 없게 되었다.[94] 자신 이외의 동일화 체험이 없기 때문에 사회적 질서와 관계를 맺는 것은 단절되었다. 이것은 「봄은 고양이로다」와 같은 감각적 이미지의 시편들과 무관하지 않다. 그는 세계와 소통하는 것이 아니라 오직 세계를 자신의 이미지로 구성할 뿐이다. 이것은 "바다를 향해 기울저진 풀두던에서/ 어느 듯 나는/ 휘파람 불기에도 피로하였다."(「봄철의 바다」)에서처럼 세계에 대한 자아의 소외를 극복하려는 노력을 포기한 현상이다. 그렇기 때문에 그는 "실바람 물살 지우는 바다로/ 나즉하게 VO—우는/ 기적 소리가 들린다."고 할뿐이다.

여기서 이장희의 서정적 세계관을 논할 수 있는 자리가 마련된다. 서정시의 출발점은 세계와 자아의 헤겔적인 이자적(二者的) 관계의 동일화에 있다. 동일화는 관념적인 자신의 이미지와 세계를 동일하다고 간주하는 것이다. 그렇기 때문에 서정시에서는 자아와 세계가 일체감을 갖는, 객관적 세계를 자아가 소유하고 싶은 주관적 욕망으로 재편하게 된다. 즉 "서정적 자아는 객관과 맞서 있는 주관도 아니고 이성과 구별되는 감정도 아니다. 서정적 자아는 주관과 객관, 이성과 감정의 구분이 일어나지 않은 상태의 것"[95]이다. 이런 서정적 자아는 발생적으로 동일자의 담론에 구성되기 이전의 원초적 주체형태이다. 그러나 그의 서정적 세계는 자아와 세계의 혼융이 아니라 세계를 자아가 철저하게 소외시킨다는 점에서 다르다. 세계를 소외시킨 대표적 작품이 「봄은 고양이로다」이다. 그는 고양이와 자신과의 어떤 관계를 설정하는 것이 아니라 감각적 이미지로 고양이를 묘사하여 주관적 내부로부터 소외시켜 놓는다. 그러므로 대상의 이미지를 만드는 행위 자체에 만족하고 즐거움을 느낄 뿐이다.

그렇다면 역설적으로 이장희는 센티멘털한 시를 쓴 것이 아니라 할 수

---

94) 이 문제는 이장희의 생애와 시에 있어서 중요한 점이다. 그는 어머니 부재로 상상적 동일화 체험을 할 수 없게 된다. 이 상상적 동일화는 사회의 법칙이나 규범이라는 타자에 동일화되는 상징적 단계에서 중요하다. 왜냐하면 상징적 동일화 내부에 상상적 동일화가 이루어지기 때문이다.

95) 조동일, 「시조의 이론, 그 가능성과 방향 설정」, 『고전문학을 찾아서』, 문학과지성사, 1985, p. 190.

있다. 그렇다고 이미지즘 시를 쓴 것도 아니다. 다만 자신이 몽상하는 이미지를 묘사하거나 감상적 정조로 드러낼 뿐이다. 이 몽상의 이미지는 삶의 전략이다. 그의 말처럼 '속물'들이 사는 세상과 타협하지 않기 위하여 명징한 자신만의 이미지를 만들어 그와 같은 투명한 세상이 되기를 꿈꾸었다. 또 한편으로 그러한 세상에 이르지 못함을 한탄하였다. 그렇기 때문에 그의 시는 한편으로는 명징하고 다른 한편으로는 눈물에 젖어 있다. 선명한 이미지는 엄격하게 말한다면 자신이 만든 이미지가 실재하는 것이라고 오인한 영상이고 눈물은 자신을 지키기 위해 자신과 대결하는 주관적 정조이다.

3.3. 상상적 공간의 자아 배치

고월의 시에 대한 지금까지의 연구는 대체로 1920년대 초기의 다른 시인과 뚜렷하게 구분되는 1930년대 순수 이미지즘 시의 선구적 역할을 하였다는[96] 관점과 1920년대 초기의 다른 시인들과 뚜렷하게 구분되지 않을 뿐 아니라 김억이 보여준 정조와 유사하다[97]는 두 가지의 상이한 관점이 있다. 이러한 상이한 담론은 그의 시가 「봄은 고양이로다」의 감각적 시와 「동경」의 센티멘털 시의 두 계열로 나누어지기 때문이다.

이 두 계열의 시는 서로 다른 것이 아니라 동일한 서정 미학에 토대하고 있다는 것이 이 글의 핵심이다. 이것을 결론부터 말한다면 고월이 자신을 둘러싼 문화적 질서 규범 속에 동일화되기를 거부하는, 기표에 종속되는 것을 거부하는 삶의 방식으로 설명할 수 있다. 사실 앞에서 살핀 바와 같이 그의 생애는 자신의 이미지와 자신이 동일하다고 간주하는 이미지에 고착되어 있다. 그러므로 그는 자신의 이미지와 동일한 이미지를 찾

---

96) 제해만, 앞의 책, p. 150.
97) 홍정선, 「고월 시에 있어서 화자와 정서」, 『한국현대시사연구』, 일지사, 1983, p. 187.

는 데만 몰두하였다.

앞에서 개괄적으로 살폈듯이 고월 시에서 먼저 문제 삼아야 할 것은 시적 자아와 세계와의 관련 방식이다. 이것은 세계를 자아화하는 방식이나 자아를 세계화하는 방식이 된다. 이 관계는 주관과 객관의 문제이며 동시에 표현과 모방이라는 표현 방식으로 말할 수 있다. 그런데 문제는 이러한 점으로 고월 서정시를 설명할 수 없다는 것이다. 그의 서정시는 세계의 자아화나 자아의 세계화가 아니라 자아와 세계가 억압하거나 배제하는 이자적(二者的) 구조다. 그러므로 그의 시는 서정시의 본질이라 할 수 있는 세계와 자아가 어느 한 쪽에 포섭되는 것이 아니라 자아가 세계를 배제하는 것에서 시작된다.

이런 계열의 작품이 「봄은 고양이로다」·「봄철의 바다」·「겨울의 모경」·「하일 소경」 등과 같은 감각적 시편들이다. 대부분 논자들은 이러한 시들의 예리한 감각과 직관에 대하여 흔히 1930년대 감각적 이미지즘적인 시로 연결시켰다는 데 의미를 부여하고 있다. 그러나 이러한 의미 부여는 그가 이미지즘에 대한 확고한 기반을 두고 있지 않았다는 점에서 문제가 된다.98) 이러한 감각적인 시들은 이미지즘 방법을 토대로 한 것이라기보다는 그의 생애와 관련하여 볼 때 타자의 질서 속에 포섭되기를 거부하는 현상으로 보는 것이 더 타당하다. 감각적 시는 현실적 표상 체계의 반동일화다. 단지 실재하는 것으로 착각하는 자신의 상상적 이미지와 자신이 동일하다고 간주하는 이미지일 뿐이다. 그러므로 고월의 서정시는 세계가 일방적으로 정신 속에 드러나는 것이 아니며, 그렇다고 자아를 세계 속에 투사하는 것도 아니다.

> 운모(雲母) 같이 빛나는 서늘한 테이블
> 부드러운 얼음, 설탕, 우유
> 피보다 무르녹은 딸기를 담은 유리잔

---

98) 위의 글, p. 194.

얇은 옷을 입은 저으기 고달픈 새악시는
가름한 속눈썹을 까라매치며
간열핀 손에 든 은사시(銀沙匙)로
유리잔의 살진 딸기를 부수노라면
담홍색(淡紅色)의 청량제(淸凉劑)가 꽃물같이 흔들린다.
은사시에 옴기인 꽃물은
새악시의 고요한 입살을 앵도보다 곱게도 물들인다.
새악시는 달콤한 꿈을 마시는 듯
그 얼굴은 푸른 잎사귀같이 빛나고
콧마루의 수은(水銀) 같은 땀은 발서 사라졌다.
그것은 밝은 하늘을 비쵠인 작은 못 가운데서
거울같이 피어난 연꽃의 이슬을
헤엄치는 백조가 삼키는 듯하다.

▸▸▸「하일 소경(夏日小景)」

이 작품은 「봄은 고양이로다」에 못지않게 화자의 감정이 절제되고, 돌비늘〔雲母〕 같은 예리한 감각만이 반짝이는 색채 이미지들로 조직된 제목 그대로 여름날 실내의 모습을 선명하게 스케치한 시다. 그 내용은 명사로 끝나는 장면의 도입에 의하여 여인이 은 숟가락으로 유리잔의 딸기를 부수어 마시는 과정을 시적 화자가 시선을 이동하며 묘사한 이미지일 뿐이다. 전반부가 정적이라면 중반 이후부터는 고요하지만 동적이다. 이러한 장치는 어떤 메시지를 전달하려는 의도에 의한 것이라기보다는 여인의 아름다운 외양적 모습을 투명하고 섬세하게 묘사하는 그 자체를 위한 것이다. 이것은 서정시의 동화도 투사도 아니다.

이 작품에 등장하는 여인은 시적 화자의 정신이 되는 것도, 그렇다고 시적 화자의 정신 속에 들어와 그 세계를 반영하는 것도 아니다. 여인은 실내의 운모와 같이 반짝이는 사물들을 연결하여 감각적 이미지를 창조하는 역할을 한다. 이 역할은 시적 화자가 타자의 담론으로부터 빠져나오는 것이며, 역으로 그가 만든 상상의 공간 속으로 들어가는 것이다. 이 「하일 소경」의 공간은 타자의 담론과는 거리가 먼 그의 자족적 공간의 이미지일 뿐이다.

이런 사실은 비유법에서도 드러난다. "돌비늘 같이 빛나는", "피보다 무르녹은 딸기", "담홍색의 청량제가 꽃물같이 흔들리는", "새악시의 고요한 입살을 앵도보다 곱게도 물들이는"이라는 명징한 직유의 보조관념은 어떤 관념을 전달하기 위하여 동원된 것이 아니라 이미지 그 자체를 만들어내는 것이 목적이다. 그러므로 이 시의 감각적인 이미지는 어떤 관념을 전달하려는 목적으로 사용된 것이 않는다. 어떤 판단도 중지된, 이미지를 위한 이미지다.

문제는 그가 이러한 감각적 이미지에 몰두한 시적 전략이다. 그것은 그가 말하는 '속물'이라는 타자의 담론에 동일화된 인간들에 반동일화하고 자신을 지키기 위한 하나의 전략이다. 이 시적 전략은 그가 경도 유학 시절부터 시를 습작하면서 프랑스 상징주의 시인 베를렌이나 싸멩 시의 감각적인 언어로부터 영향을 받은 것이라 할 수 있다.[99]

그러나 「하일 소경」에서 이미지 자체를 목적으로 하는 감각적 비유들은 정지용이나 김기림의 그것과는 다르다. 그것은 정지용이나 김기림의 시가 1920년대 격정과 감상을 배제하기 위한 자각에서 비롯된 것인 데 비하여, 이장희의 시의 명징한 이미지는 그러한 인식에서 출발한 것이 아니라 주체를 지키기 위한 심리적이 차원에 있다는 데서 차이가 있다.

이러한 전략은 다시 말해 상상계의 이미지라는 데서 특징지어진다. 그의 시의 명징한 이미지는 타자의 어떤 메시지도 통과할 수 없도록 완벽하게 차단한다. 이것은 자신이 만들어 놓은 이미지와 자신이 동일하다고 간주하는 이미지에 자신을 일치시키려는 강한 집착 때문이다. 여기서 그의 시의 특징이 있게 된다. 그것은 일종의 거리 두기로서 명징한 이미지

---

99) 김상일, 「이장희」, 『현대문학』 60호, 1959. 12., p. 212.

이다.100)「봄은 고양이로다」·「하일 소경」·「겨울의 모경」등의 투명한
이미지가 그러한 타자의 담론을 배제한 반동일화의 이미지이다. 이러한
이미지는 그가 비판하는 '속물'에 대응되는 순수 그 자체의 이미지라 할
수 있지만 그것이 타자를 배제하였다는 데서 문제적이다. 그러나 이러한
감각적 이미지는 1930년대 이미지즘적인 시로 이행하는 데 하나의 자극
제가 되었다는 점에서 의미를 갖고 있다 할 수 있다.

3.4. 자아의 존엄성 지키기

이장희의 감각적인 시의 반대편에는 그리움·고독·눈물의 정서를 주
조로 하는「청천의 유방」·「동경」·「봄 하늘에 눈물이 돈다」·「석양구」·
「빈집」·「봉선화」·「귀뚜라미」·「연」등의 작품이 있다. 이런 작품들은
1920년대 초기 시에서 나타나는 막연한 주관적 감정을 절제 없이 토로
하던 센티멘탈리즘 시와 비슷한 것이다. 여기서 말하는 센티멘털리즘이
란 단순하게 감정을 과장하는 것이란 의미이다. 그런데 앞에서 논의한 감
각적인 표현을 중심으로 한「하일 소경」과 주관적 서정에 압도된 이 시
들이 그에게는 근본적으로 다르지 않다. 그것은 표면적으로 정서를 억제
하거나 정서를 자유롭게 유로하고 있지만, 두 계열의 시 모두가 근원적으
로는 상상적 이자적(二者的) 동일화라는 점에서 동일하다고 할 수 있다.
「하일 소경」·「봄은 고양이로다」·「겨울의 모경」등과 같은 작품에서
대상과 시적 화자와의 관계는 감각을 매개로 한 대응 구조이다. 그런데
지금부터 살펴보려는 그의 작품은 감상성을 매개로 한 반동일화 시들이
다. 감각적인 시들은 세계를 자아화하지도 않고 자아를 세계화하지도 않
는다. 단지 세계를 배제하고 오직 자아의 감각적 이미지만을 투명하게 보
여줄 뿐이다. 그의 센티멘털 시들이 세계와 자아 사이에 정서를 매개하여

---

100) Diane Macdonell, 임상훈 역, 앞의 책, p. 53.

세계를 자아화한다는 점에서 감각적 시와 차이가 난다고 할 수 있다. 그러나 모두 자신의 이미지에 포섭되었다는 점에서는 동일하다.

> 날마다 밤마다
> 내 가삼에 품겨서
> 압흐다 압흐다고 발버둥치는
> 가엾은 새 한 마리.
> 나는 자장가를 부르며
> 잠 재우려하지만
> 그저 압흐다 압흐다고
> 울기만 합니다.
>
> 어느덧 자장가도
> 눈물에 떨고요.

▸▸▸「새 한 마리」

이 작품은 고월 시의 한 특징인 감각적인 시에 비하여 감정이 노출된 감상성을 잘 보여주는 시다. 이 작품은 '새'와 '나', '눈물'과 '자장가'라는 두 개 이미지가 대응되어 있다. 이러한 두 개의 이미지는 상상적 동일화이다. 상상계를 규정짓는 두 가지 특징이라 할 수 있는 것이 이 시에서도 그대로 나타나 있다. 그것은 '나'를 나의 거울 이미지라 할 수 있는 '새'와 동일화함으로써 자아에 대한 이미지를 형상화하는 것이다. '나'가 '나'를 파악하는 방식이 '새'라는 '나' 아닌 다른 이미지를 통해서 파악한다. 이것은 결국 '나'를 '나'로서 규정하는 것이 아니라 자신의 거울에 비추어진 상에 의하여 '나'를 규정하는 것이다. 이장희 시 가운데 정서가 노출되는 것은 대부분 거울 이미지의 이중성으로 구조로 되어 있다.

위의 작품에서 가슴 속에서 아프다고 울고 있는 '새'는 자신의 이미지와 동일하다고 간주하는 상상적 동일화의 '새'다. 이것은 시적 화자가 가정한 정서적 이미지로서 그가 그 안에 포섭된 것이다. 그러므로 이 이미지는 현실적인 것이 아니라 시적 화자가 감정을 과장한 이미지에 불과한 것이다.

여기서 하나의 문제를 찾아낼 수 있다. 고월 시는 세계와 대응 관계가 감각적이거나 감정을 과장하거나 간에 거울에 비추어진 이미지라는 것에서 동일하다. 앞에서 살핀 「하일 소경」이나 「봄은 고양이로다」의 감각적인 시는 거울 이미지에 지나지 않았듯이 감정을 과장한 시도 그와 다르지 않다. 중요한 것은 감각적 이미지 시가 타자의 담론을 배제하였듯이 감정을 과장한 시도 감정의 과장에 의하여 타자의 담론은 배제된 점이다.

> 밤마다 울던 저 벌레는
> 오늘도 마루 밑에서 울고 있네.
>
> 저녁에 빛나는 냇물같이
> 벌레 우는 소리는 차고도 쓸쓸하여라.
>
> 밤마다 마루 밑에서 우는 벌레소리에
> 내 마음 한없이 이끌리나니.

▸▸▸「벌레 우는 소리」

이 작품도 「새 한 마리」와 동일하게 상상적인 이자적 구조이다. 그러나 2연의 감각적 이미지는 「봄은 고양이로다」 계열의 시와 비슷하다. 그렇다고 하더라도 마루 밑에서 울고 있는 '벌레'는 자신의 이미지와 동일하다고 간주하는 상상적 동일화의 이미지에 불과한 것이다.

그런데 중요한 문제는 그의 시에서 감각적인 시와 감정을 과장한 시를 어떻게 구별하느냐 하는 것이다. 이것은 섬세한 감각이 중심이 된 시는 심리적 거리가 극대화되어 정서가 개입될 틈이 없고, 주관적 감정이 과장된 시는 심리적 거리가 극소화되어 정서 자체가 시라는 원론으로 구분을 할 수 있다. 이것은 자신의 이미지와 상상적 동일화에서, 어떻게 대상과의 심리적 거리를 조절하느냐 하는 문제다. 이 점은 거리 문제이기는 하지만 그의 생애와 연결한다면 고착된 삶의 태도에서 찾는 것이 더 타당할 수 있다.

그의 시 가운데 감각적인 시는 "꽃가루와 같이 부드러운 고양이의 털에/ 고운 봄의 향기가 어리우도다"처럼 밝고 투명하며 긍정적인 세계이다. 이에 반해 감정을 과장한 시는 어둡고 비극적인 세계이다. 그러나 이 모두는 '속물'이라고 타자를 부정하는 거리 두기의 반동일화이다. 반동일화에서 중요한 것은 세계를 규정하는 자신의 내부성이다. 이 내부성은 타자의 담론을 배제하고 자신의 이미지를 전경화하는 데 있다. 이 점은 그의 가족사와 연결되어 있다.

당대 친일파 권세와 부호 집안의 셋째 아들, 경도 유학생이라는 점에서 그의 시가 감각적으로 섬세한 이미지를 드러낸 것이라 할 수 있다. 앞 항에서 살펴본 계열의, 그가 타자의 담론에 반동일화하여 자신이 만들어 낸 이미지에 포섭된 대부분의 시는 도전적이거나 열정적이지 않고 조화와 균형미를 갖춘 것이었다. 이것은 명문가에서 사사로운 감정을 극도로 절제하는 고전적 적격과 다르지 않다. 그리고 현존의 어머니로부터 부재의 어머니를 지키려는 심리적 기제가 함께 한 것이다. 그러나 그가 감각적 이미지를 통한 판단중지의, 타자의 담론을 배제하는 것이 오직 바르게 살려는 전략이라고 오인하였음을 알 수 있다.

3.5. 결 론

이 글은 이장희의 감각적 이미지의 시와 감정을 과장한 시의 두 층위의 실체를 밝히려는 것을 목적으로 출발하였다. 그가 타자를 '속물'이라고 배제하고, 어머니를 일찍 여의고 젊은 나이에 자살하였다는 전기적 사실 그 자체가 탈유가적 담론이라 할 수 있다. 담론이란 무엇을 말할 수 있게 하고 말할 수 없게 하는 체제이기 때문이다. 이 체제 내에서 그는 타자를 '속물'이라고 규정하고 극단적인 자살을 선택하는 것이다. 이것은 타자에 대한 반동일화이다. 반동일화에서 중요한 것은 자기가 담론 구성체를 규정하는 자기 내부성이다. 이 글에서 이장희의 시적 세계관이 반동일의 이 자적(二者的) 관계라고 규정하였다. 이 이자적 관계는 지금 여기 없는 어머니에 대한 그리움이며 동시에 새로운 낯선 어머니로부터 부재하는 어머니를 지키기 위하여 자기가 만들어 놓은 이미지에 대한 상상적 동일화이다.

이 상상적 동일화는 자아와 세계와의 일체감을 갖는 서정적 세계관이다. 서정성은 상상적 동일화의 주관과 객관, 이성과 감정의 구분이 일어나지 않은 세계다. 그런데 이장희의 시적 세계관은 자신을 지키기 위한 전략이라는 데서 일반적 서정적 세계관과 차이가 있다. 그것은 오직 혼자서만 바르게 살아가려는 마음을 앞세워 더불어 함께 세상을 살아가려는 마음을 놓친 것이다.

이 글에서는 이러한 시적 특징을 「봄은 고양이로다」의 감각적 시와 「동경」의 감정을 과장한 시의 두 층위를 통해 분석했다. 이 두 층위의 시는 서로 다른 것이 아니라 동일한 서정 미학에 토대하고 있다는 것이 본 연구의 핵심이다. 이것은 그가 그를 둘러싼 문화적 질서 규범 속에 동일화되기를 거부하는, 기표에 종속되는 것을 거부하는 반동일화라는 것이다.

먼저 「봄은 고양이로다」 · 「벌레 우는 소리」 · 「겨울의 모경」 · 「하일 소경」 등과 같은 감각적 계열의 시는, 섬세한 감각과 직관에 대하여 흔히 1930년대 감각적 이미지즘 시로 연결시켰다는 데 의미를 부여하고 있다. 그러나 그의 생애와 관련하여 볼 때 이러한 감각은 타자의 질서 속에 포섭되기를 거부하는—그가 말하는 '속물'이라는 타자의 담론에 동일화된 인간들에 반동일화하기 위한—자기를 지키기 위한 시적 고민과 갈등의 결과다. 그리고 자신이 만들어 놓은 부재의 어머니 이미지와 자신을 완벽하게 일치시키기 위하여 그는 오직 감각적이고 섬세한 이미지만을 만든다. 이러한 감각적 이미지의 시는 1920년대 낭만적 시로부터의 새로운 시적 성취이면서 다른 한편으로 그가 배제한 담론의 본질을 찾아내지 못하는 한계가 있다. 그는 자신이 만들어 놓은 이미지 속에 갇혀 타자를 볼 수 없었기 때문이다.

　이러한 시와 다른 계열은 그리움 · 고독 · 눈물의 정서를 주조로 하는 감정을 과장한 「청천의 유방」 · 「동경」 등의 작품이다. 이런 작품들은 1920년대 초의 시에서 나타나는 막연한 주관적 감정을 절제 없이 토로하던 감상적인 시의 계열이다. 그런데 이장희의 이러한 시는 세계와 대응 관계가 거울에 비추어진 자족적 이미지라는 점에서는 차이가 난다. 즉 세계를 자아화하거나 자아를 세계화하는 것이 아니라 세계와 자아를 대등한 관계에 두고 센티멘털한 정조를 이입할 뿐이다.

　그의 시에서 감각적인 시와 센티멘털한 시는 심리적 거리의 극대화와 극소화라는 정서 개입의 양을 따져서 구분을 할 수 있다. 이 시적 거리 문제는 그의 가족사와 연결되어 있다.

　그의 시 가운데 감각적인 이미지 시는 밝고 전아한 오직 아름다움 그 자체를 형상화한 것이다. 이것은 당시 권세를 누리던 집안에서 조화와 균형미를 중시하던 아비투스에서 비롯된 것이다. 또 엘리트로서의 자기만의 우월감, 그리고 부재의 어머니를 새로운 어머니로부터 지키려는 심리적 이미지 창조의 기제라 할 수 있다. 사실 그가 감각적 이미지의 판단 중지 그 자체가 속물로부터, 현존의 어머니로부터의 반동일화로 오인한 것은 한계다. 이 한계를 모르고 그는 극도로 섬세한 감각적 이미지에 매달린 것이다.

　그에 비하여 감정을 과장한 시는 어둡고 부정적 세계이다. 이러한 시적 경향은 그의 집안의 내력과 당대성과 연결되어 있다. 이것은 안서와 황석우에서 시작되어 백조파들에 이어진 『금성』 동인들의 낭만적 감상성에 이어져 있다. 그는 '속물'로부터 벗어날 수 있는 엘리트로서의 반동일화의 전략을 감상성에서 발견한 것이다. 이 전략은 반동일화 자체의 문제도 있겠으나, 그가 전략으로 택한 감상성이 감상적 허위라는 데서 의미가 없게 된다.

그는 이 반동일화가 바른 시와 삶의 전략이 아니었음을 스스로 인정한 것이 자살이라 할 수 있다. 그는 그가 만든 명징한 이미지에, 또는 자기의 감정을 과장한 허위 속에 자기를 가두어 두었다. 그런데 고착된 자신의 이러한 이미지를 해체한 것이 자살로 표현된 것이다. 자살은 그가 '속물'이라고 타자의 담론을 반동일화한 것의 동일화이다. 이것은 탈유가적 사유의 극단이다.

그러나 고월의 시에서 명징한 감각적 이미지는 1930년대 감각적 이미지즘 시로 이행하는 자극제가 되었다고 할 수 있다. 이러한 시적 모색은 그의 자각적인 인식에서 출발된 것이라기보다는 자신이 상상적 이미지에 고착된 심리적인 한 현상이다. 그렇다고 하더라도 그의 감각적 시는 세상을 바르게 살려는 투명성의 서정적 전략이라는 데서 오늘날에도 의미를 가지게 된다.

현실의 역구성과 유가적 시중성

가문파

현실의 역구성과 유가적 시중성

1. 이육사의 담론 지형과 유가적 초담론

1.1. 문제의 제기

이 글은 지역 시의 한 특징을, 이육사 시의 주체형태를 통하여 밝히는 것을 목적으로 한다. 주체형태는 시인이 어떤 범주 속에서 그 범주와 관계를 맺는, 일종의 타자와 주체의 관계 구조 형태다. 그러므로 시의 주체형태는 시인이 시적 화자를 통하여 세계와 교섭하는 방식이라 할 수 있다. 이러한 주체형태를 밝히려는 의도는 세계와 주체의 조화로운 추구라는 서정시의 기본 문제틀이 불가능한 식민지 상황에서 시가 어떻게 현실을 깊이 인식할 수 있을까 하는 방식을 탐색하려는 것이다.

이와 같은 목적에서 이육사 시를 텍스트로 삼은 것은 다음과 같은 이유에서다. 그의 시에는 1930년대까지 그 힘이 은밀하게 디치던 『백조』 동인의 문제틀이, 또 당시 중심에 자리하던 리얼리즘과 모더니즘 시의 문제틀도 없다. 그러나 이육사 시에는 의병가사·신채호·한용운·윤동주

시로 이어지는 치열한 정신이 있고, 무릎을 꿇으면서도 눈을 감고 하늘을 바라보는 유가적 기품도 있다. 이러한 기품과 역사의식은 호출 메커니즘에 주체가 대응한 형태 구조이다. 흔히 그의 시에 어느 한 쪽에 기울어짐이 없는 균형감이 있다고 하는 것은 이육사 시에서 보이는 주체형태의 이러한 특징을 말한 것이다. 이 균형감각은 당대 리얼리즘 시인의 편향된 현실인식, 모더니즘의 경박성, 시문학파의 언어적 감수성과는 다른 시적 방식으로 고통의 순간에 역사의 방향성을 가늠하는 깨달음의 서정적 방식이라 할 수 있다. 이것은 관념화된 동일화로 구체화할 수 없는 타자성인데, 이 글은 이러한 문제에서 출발한다.

지금까지 대부분 연구자들은 유가적 집안 분위기, 그리고 독립운동 단체에서 활동한 것이나 베이징 감옥에서 옥사한 것으로 이육사 시의 특징을 밝혔다. 이것은 알티세르가 『이데올로기와 이데올로기의 국가장치』에서 이데올로기가 작용하고 있는 목록을 종교·교육·가족·법률·정치제도·커뮤니케이션·문화 같은 장치들을 나열하면서, 이 장치들이 모든 개인을 일정한 방식으로 호출하게 된다고 설명하는 것과 같은 것이다. 이러한 호출 장치들은 이육사 시를 해명할 수 있는 한 단서가 될 수 있다. 그러나 이육사 시의 정신은 알튀세르의 이론으로 설명할 수 있는 재생산의 범주 안에 있는 것이 아니다. 그리고 또 유가적 가문의 기품이 이육사의 신념이나 실천이 되었다고 규정하는 것은 주체의 원천이 고려되지 않았다는 점에서 문제가 된다.

이 글은 이러한 문제를 중심에 놓고 이육사 시의 한 특징이 되게 한 원인을 주체 형태의 구성이라는 관점에서 천착한다. 흔히 그의 시를 저항시라고 하는 것은, 저항이 규정한 국면의 조건에 의하여 규정된 것이라 할 수도 있다. 저항시인이라는 것은, 그가 의열단에 입단하여 일제에 항거한 독립투사라는 담론구성체가 그렇게 규정한 것이다. 그러나 그가 스스로 고달프고 지친 잠행을 "심장이 얼마나 떨고 있을까"(「황혼」)라고 시

적 상관물 '별'을 통하여 노래하였듯이, 그의 삶은 고통스런 인간의 길이
었음이 확실하다. 그러나 그는 고통스런 삶의 길목에서 죽는 날까지 갈등
과 결단을 앞에 놓고 망설이면서도 기품을 잃지 않았다. 이 대돈에서 그
의 시의 주체형태를 탐색하는 데 문제가 된다.

그가 조선혁명 간부학교를 졸업하고 조선은행 대구지점 폭파사건에 연
루되어 옥고를 치렀지만 그의 시에는 이러한 정치적 문제는 직접적으로
노출되지 않는다. 이것은 삶의 깊이를 터득한 나이에 이르러 시를 썼기
때문이라고도 할 수 있다. 그러나 그는 시를 통하여 "어데다 무릎을 구러
야 하나"(「절정」)라고 스스로 자신에 물음을 멈추지 않았다. 이 물음은 고
향을 상실하고 쫓기는 양심적 지식인이 자신을 검열하는 하나의 방식이다.

이것은 카프 시인들이 정치적 상황의 악화와 조직의 해체를 맞이하고
서야 타자의 욕망으로부터 벗어난 단계에 발견한 물음 방식이고 윤동주
가 하늘을 우러러 체득한 방식이기도 하다. 이 점에서 파편화된 사물인
식, 고립된 내면세계로 향하던 1930년대 시와 다른 차원에 있는 이육사
시의 본질을 찾을 수 있다. 이 문제는 그의 시의 주체형태가 결정한 것이
라는 데서, 그것은 서정시가 어떻게 현실을 껴안을 수 있을까 하는 방식
의 탐색이라는 점에서 이 글의 출발점은 의미를 가지게 된다.

1.2. 이육사 시의 생산 구조

1.2.1. 유가적 초담론

이육사 시를 주체구성 방식으로 이해하려면 먼저 기표의 물질성과 그
성격을 살펴야 한다. 시를 쓰는 과정에서 시인은 다소간의 차이가 있더라
도 어떤 담론의 물질성의 규정에 지배받지 않을 수 없기 때문이다. 예를
든다면 이육사 시가 유가적 사유에 미적 기반을 두고 있다는, 유가적 포
괄적인 범주에서 확인한1) 연구와 구체적인 연관성을 밝힌2) 연구는 주

체에 관한 규정으로서 유가적 담론을 가운데 놓고 시를 탐색하는 방식이다. 이러한 연구는 한편으로 의미가 있음에도 불구하고 유가적 담론의 친연성을 알튀세르의 동일화라는 재생산의 관점으로 설명한다는 점에서 문제가 있게 된다. 즉 이러한 연구는 주체가 이데올로기의 재생산에 지나지 않는다는 주체 종속·몰주체적이라는 점에서 문제가 된다. 이것은 개별 주체가 자유로운 행위자이며 자기 자신에 대한 원인이라는 통념을 간과하였기 때문이다. 이육사가 식민지 지식인으로 치열한 노력을 계속한 시인이라는 점에서, 마땅히 역동적인 관계를 고려하여야 한다. 이것은 이육사 시를 구성하는 담론이 무엇인가 하는 물음에서 시작되어야 한다.

먼저 이 점은 그의 가문의 분위기에서 살펴볼 수 있다. 그는 「계절의 오행」에서 "무서운 규모가 우리들을 키워 주었다"3)고 고백했다. 여기서 그가 말하는 '규모'는 일반적 의미로 규범이 될 만한 틀이다. 이것은 알튀세르가 이론이나 이념의 체계가 어떤 문제를 제기하고 해답을 추구할 때, 그 문제와 해답의 유효성을 보장해 주는 준거틀로서 상정한 용어인 '문제틀'과 유사한 개념으로 볼 수 있다. 그러나 "무서운 규모가 우리를 키워 주었다"는 문맥의 의미로 본다면 이는 이육사로 하여금 어떤 행위를 할 수 있게 하고, 어떤 행위를 할 수 없게 만드는 담론구성체다. 페쇠는 담론 주체가 아무리 스스로 자유롭게 말한다 해도 실제로 그 주체는 자신을 자유롭다고 믿도록 된 하나의 담론구성체의 효과에 지나지 않는다고 했다. 그러므로 이육사가 말하는 '무서운 규모'는 어떤 담론을 허용하고 어떤 것을 허용하지 않음으로써 그것에 속하는 담론들이 일정한 방향으로 나아가게 하는 담론구성체다. 이 '무서운 규모'가 유가적 담론구성체가 되는 것은 '규모'가 함축하고 있는 의미 자체가 극기에서 출발된 도덕률이라는 점, 그리고 그의 가문의 문화환경과 교육의 근간이 유가적이었다는

---

1) 이동하, 「儒者의 정신과 객관적 절제」, 『한국대표시 평설』, 문학세계사, 1983.
2) 박현수, 「육사 시에 끼친 유가적 영향」, 서울대 대학원, 1996.
3) 이육사, 「계절의 오행」, 김학동, 『이육사 전집』, 새문사, 1986, p. 117. (이하 『전집』)

점에서다. 그러므로 그는 '무서운 규모'라는 담론구성체 안에서 무엇이든
지 다 행할 수 있는 것이 아니라, '무서운 규모'라는 일정한 제한된 범위
내에서 행할 수 있는 것이다. 그러므로 '무서운 규모'는 유가의 '소당연지
칙'4)과 같은 도덕률의 담론구성체에 해당한다.

　이러한 담론구성체는 그가 스스로 다섯 살부터 배워왔다는 수신제가치
국평천하의 도에 있다.5) 이 평천하(平天下)의 도란 유가적 담론의 핵심으
로 인간이 천부의 본성을 실천하는 것이며, 인간이 자신의 천성을 가장
완벽하게 실현할 때 구현되는 것이다.6) 인간이 자신의 천성을 가장 완벽
하게 실현하는 것은 유가의 본체성의 원형을 회복하는 것이다. 그러므로
그에게 유가적 담론은 자신을 호출하는 자기 외적 이데올로기이면서 부
단한 자기 극복·자기 통찰·자기 극기의 존재 방식이기도 하다.

　다음으로 담론의 다른 층위는 그가 준거한 인물과 문학관에 있다. 이
육사의 주체를 주체로 호출하는 담론이 유가적일 뿐이 아니라는 것은 그
의 글 「노신 추도문」에 잘 드러나 있다. 이 글의 전체 흐름으로 본다면
그가 노신을 준거인물로 삼았음이 확실하다. 그는 스스로 노신에 대하여
"조선의 한 사람의 후배"라고 자처하였으며, 그리고 그의 사상과 문학에
대하여 전적으로 공감하고 동일화한다. 그가 노신의 대표작에 대하여 "모
두 신해혁명 전후의 봉건사회의 생활을 그린 것으로, 어떻게 필연적으로
붕괴하지 않으면 안 될 특징을 가졌는가를 묘사하고, 어떻게 새로운 사회
를 살아갈까를 암시하고 있다."고 높이 평가한 점은 사회주의적인 문학관
에 관심을 집중시킨 준거점으로 볼 수 있다. 그가 사회주의 문학에 동일
화되었다는 사실은 "문학가는 반드시 참된 현실과 생명을 같이 하고 혹은
보다 깊이 현실의 맥박을 감지하지 않으면 안 된다."고 강조한 사실에서
도 알 수 있다. 이로 보아서 그의 시 담론을 지배하는 구성체는 노신의

---

4) 『退溪集』 卷 6, p. 44.
5) 위의 글, p. 117.
6) 신오현, 『자아의 철학』, 문학과지성사, 1987, p. 232.

사상과 연결된 사회주의적 문학관도 한 층위가 된다. 이러한 사회주의적 관심에 의하여 그는 유가에서 이상적 인간상으로 삼는 군자에 대하여 "아무리 거슬리는 꼴을 보아도 얼굴에 드러내지 않는 무책임과 무관심이 반죽되어 있다."[7]고 비판하게 된다.

  그의 마지막 담론의 층위는 정치적 행적에 있다. 그는 의열단원으로서 조선혁명 간부학교를 졸업하고 국내에 특파되어 비밀활동을 한 독립운동가다. 아직까지 구체적으로 밝혀지지 않은 그의 활동은 간접적으로 조선혁명 간부학교가 항일 청년투사를 양성하려는 목적에서 설립되었다는 사실에서 그의 활동이 어떠한 것인가를 유추할 수 있다. 이 학교의 교육과정은 정신교육·정치교육·군사교육의 세 영역으로 구성되어 있는데, 정신교육 영역에서는 생활관리·혁명정신·혁명적 인생관의 배양을, 정치교육 영역에서는 한국역사·주의·사상·정치제도 학습을, 군사교육 영역에는 일반적 군사교육·첩보·폭파·돌격 등 독립운동 수행에 필수적인 정신과 기능을 수련[8]하는 것으로 편성되었다. 이러한 교육과정에 비추어 볼 때 그의 활동은 투쟁적이었다. 그래서 기존 연구자들은 이 점을 강조하여 그의 시를 저항시라 매김하였다.

  중요한 문제는 그를 지배하는 유가적·사회주의적·민족주의적 담론의 세 개의 상이한 층위를 어떻게 규정하느냐 하는 것이다. 이육사를 호출한 이러한 담론의 성격을 원론적으로 말하면 유가적은 만물의 조화로운 화육을 도모하는 인간을, 사회주의적 사상은 식민지 자본의 모순에 대하여 계급 혁명을, 민족주의적 의열단 사상은 투쟁을 중심으로 하는 것이다. 그러나 이육사 시는 이러한 담론의 직접적 호출과는 거리가 멀다. 이 점에서 이육사 시는 단순하게 이러한 담론과 일방적으로 동일화됨으로써 타자의 욕망을 자신의 욕망으로 오인하는 호출로 설명할 수 없게 된다.

---

7) 이육사, 『전집』, p. 125.
8) 김영범, 『한국근대민족운동과 의열단』, 창작과비평사, 1997, p. 300.

그가 노신의 사회주의 문학관에, 당시 동북 아시아 전역에서 펼쳐지는 정치적 투쟁에 대하여 정통한 지식을 갖고 있었음에도 불구하고 시적 상상력은 유가적 관념성에 있다. 또 그는 의열단 활동을 통하여 우리 민족 운동을 조감하고 있었음에도 불구하고 민족운동의 구체적 현실을 형상화한 시가 없다.

문제는 이 세 가지 이질적인 담론을 지배하는 담론구성체가 있다면 그것은 무엇인가 하는 것이다. 이러한 다층위적인 담론구성체는 제각기 따로 작용하는 것이 아니고 이 담론을 지배하는 최종 심급의 담론⁹⁾이 있다는 것이 페쇠의 주장이다. 그에 의하면 이 담론은 모든 다른 담론을 구성하는 최종적인 심급으로, 다양한 담론구성체들이 형성하는 하나의 지배적인 특징을 갖는 총체다. 즉 초담론은 일종의 담론구성체를 큰 테두리에 통합하는 무의식과 같은 것이다.

이육사 시는 현실을 매개하지 않았기 때문에 사회주의적 담론구성체와 무관하다거나, 민족운동의 구체적인 현장이 매개되지 않았기 때문에 의열단 담론구성체와 무관한 것으로 생각할 수 있다. 그러나 이것은 잘못이다. 그의 시에서 사회주의적 현실의 구체적 통찰이, 의열단의 민족운동의 현장이 최종의 순간에 유가적 담론구성체 내에서 관념화되기 때문에 매개된 구체성은 추상화되어 버린다.¹⁰⁾

이것은 여섯 살 때 윤리규범의 기초서적인 『소학』을, 열 살 전후하여

---

9) 페터 지마, 허창운 외 역, 『이데올로기와 이론』, 문학과지성사, 1996, p. 292.
    초담론이란, 페쇠에 따르면 지배 이데올로기에 대응하는 하나의 담론으로, 모든 것을 지배하는 초담론이 된다. 개별 담론구성체들은 이 초담론의 테두리 내에서 이해될 수 있다. 그러므로 초담론은 모든 담론 주체들을 구성하는 최종적인 심급이다. 그러므로 다양한 담론구성체들이 형성하는 복합적이지만 하나의 지배적인 특징을 갖는 총체가 츠담론이다.
10) 유가적은 일반적으로 전통주의·가족주의·도덕주의·권위주의의 성격에서 서구의 보수주의와 많은 유사점을 갖고 있다. 그러나 유교의 위민사상 또는 면본주의는 민중주의와 매우 흡사한 요소를 갖고 있다. 이육사가 사회주의적 문학에 관심을 갖고 있었던 것은 유가적 위민사상에서 비롯된 것으로 볼 수 있다.
    함재봉, 『탈근대와 유교』, 나남출판사, 1998, pp. 343~350.

선비의 소양인 『중용』·『대학』·『논어』를 다 암송한 가정교육과 무의식처럼 작용하는 집안의 문화적 환경 때문이다. 계급문학 계열 잡지인 『비판』에 발표한 「초가」·「강 건너간 노래」·「아편」·「남한산성」 등의 시가 "그 잡지가 지향하는 계급주의적 사물인식과는 거리가 멀다"[11)]라고 하는 지적은 이러한 점과 연관 지어 생각할 수도 있다.

　그가 생애의 한가운데 놓고 고민한 것은 정치적 문제다. 정치적 문제를 한가운데 놓고 고민하면서도 그는 정치적 현실성을 토대한 구체성보다는 이상적인 상태를 지향하는 유가적 정신으로 그것을 풀려고 노력하였다. 정치적 현실 인식이 최종 순간에 유가적 담론구성체로 결정되기 때문이다.

> 한 개의 별을 노래하자. 꼭 한 개의 별을
> 십이성좌 그 숱한 별을 엇지나 노래하겠니
>
> 꼭 한 개의 별! 아침 날 때 보고 저녁 들 때도 보는 별
> 우리들과 아주 친하고 그 중 빛나는 별을 노래하자
> 아름다운 미래를 꾸며 볼 동방의 큰 별을 가지자
>
> 한 개의 별을 가지는 건 한 개의 지구를 갖는 것
> 아롱진 설움밖에 잃을 것도 없는 낡은 이 땅에서
> 한 개의 새로운 지구를 차지할 오는 날의 기쁜 노래를
> 목안에 핏대를 올려가며 마음껏 불러보자
>
> 처녀의 눈동자를 느끼며 돌아가는 군수야업의 젊은 동무들
> 푸른 샘을 그리는 고달픈 사막의 행상대도 마음을 축여라
> 화전에 돌을 줍는 백성들도 옥야천리를 차지하자
> 다 같이 제멋에 알맞는 풍양한 지구의 주재자로
> 임자 없는 한 개의 지구 단단히 다져진 그 땅 위에

---

11) 이동순, 『민족시의 정신사』, 창작과비평사, 1996, p. 234.

한 개의 별 한 개의 지구 단단히 다져진 그 땅 위에
모든 생산의 씨를 우리 손으로 휘뿌려 보자
영율처럼 찬란한 열매를 거두는 찬연엔
예의에 끄럼없는 반취의 노래라도 불러보자

영리한 사람들을 다스리는 신이란 항상 거룩합시니
새 별을 찾아가는 이민들의 그 틈에 안 끼여 갈 테니
새로운 지구엔 단죄 없는 노래를 지구처럼 흩이자

한 개의 별을 노래하자. 다만 한 개의 별일망정
한 개 또 한 개의 십이성좌 모든 별을 노래하자

▸▸▸「한 개의 별을 노래하자」 전문

이육사가 한 개의 별을 노래하자고 하는 까닭은 루카치가 말한 "별이 빛나는 창공을 보고, 갈 수가 있고 또 가야만 하는 길의 지도를 읽을 수 있던 시대"[12], 즉 그와 세계의 조화로운 관계를 상실했기 때문이다. 그는 이 조화로운 세계의 회복은 별을 노래하는 것에서 시작된다고 했다.

그런데 중요한 문제는 이러한 조화로운 세계를 회복하려는 시적 화자의 태도다. 이 시는 이육사의 초기 시이지만 이미 그가 의열단원으로 조선혁명 군관학교를 졸업하고 독립운동에 깊숙이 관여하던 때에 쓴 것이다. 이 당시, 그는 대구지방의 사회주의 단체 활동을 구체적으로 조망하고 있었을 뿐만 아니라 중국 사회주의 운동과정과 동아시아 정치적 정황에 대하여 누구보다도 정확히 파악하고 있었다.

이러한 그가 이 시에서 "군수야업"을 하는 노동자, "화전에 돌을 줍는 백성"의 궁핍한 실상을 후경으로 소도구처럼 설정한 것을 노동문제의 본질을 파악하지 못한 것이라 할 수 없다. 그는 제국주의의 경제적 침략에 의해서 중국의 전통적인 농촌경제가 궁핍화되어 간다는 것을 누구보다도

---

12) 루카치, 반성완 역, 『소설의 이론』, 심설당, 1985, p. 29.

정확히 알고 있었다. 이것을 바꾸어 말하면, 그는 제국주의의 경제적 침략 상황에 있는 한국 농촌 문제를 당대 누구보다도 선명하게 이해하고 있었다는 것이 된다. 따라서 그는 궁핍화되어 가는 식민지 현실 문제 본질에 접근하지 못한 것이 아니라 구체적 현실이 무의식과 같은 유가적 담론에 의하여 관념화되었기 때문이라 할 수 있다.

별 이미지는 이육사 시 「황혼」·「노정기」·「강 건너간 노래」·「아편」·「호수」·「일식」·「파초」·「나의 뮤즈」·「소년에게」·「해후」 등에서 나타나는 천체 이미지이다. 이 시에서 별은 "아름다운 미래를 꾸며볼" 시간이며, "한 개의 새로운 지구를 차지할" 공간으로 우주적 탐색의 대상이 아니라 유토피아의 상징이다.

그런데 한 개의 별을 노래함으로써 도래할 유토피아[13]는 궁극적으로 소유되어야 할 세계이자 동시에 부단한 자기 극복 존재 방식의 도달점이기도 하다. 유토피아에 도달하는 자기 극복 존재 방식은 별을 노래하는 방식'에 있다. 처음에 "한 개의 별을 노래하자 꼭 한 개의 별을/ 십이성좌 그 숱한 별을 엇지나 노래하겠니"하고 겸양으로 시작해서 마지막에는 "한 개 또 한 개 십이성좌 모든 별을 노래하자"고 고조된 희원으로 끝을 맺는, 자기 극복 방식은 욕망의 확대가 아니라 극기의 심화이자 자기 초극이다.

이러한 유가적 담론구성체의 호출 방식은 어조에도 드러난다. 시적 화자가 "한 개의 별을 노래하자"고 청자에게 말을 건넨다. 시적 화자가 청자에게 말을 건네는 형식은 청자에게 많은 것을 요구·명령·요청하던 카프시, 그리고 대중화 단계의 임화의 단편 서사시와 비슷하지만 청자가 시적 화자 자신이라는 점에서 차이가 있다. 자신에게 말을 건넨다는 것은 전언의 중심을 자기에게 집중시키는 것이다. 이 집중은 자기 탐색으로, "예의에 끄림 없는" 노래를 부르자고 한 것으로 보아 사기를 극복하고 포

---

13) 이숭원, 『20세기 한국시인론』, 국학자료원, 1997, p. 244.

괄적인 천리의 공도에 따르려는 도덕률을 전제한 것이다.

 이 때문에 그의 현실 인식은 사회주의적 담론과 의열단 담론이 연관되어 있지만 유가적 초담론에 의하여 현실의 구체성은 관념으로 압축되거나 치환되어 시적 상상력은 경직된다.

1.2.2. 노정 모티프

 이육사가 "눈물을 흘리지 않는 사람"이 되겠다고 다짐하는, 이 '무서운 규모'는 유가적 담론이라는 것이 이미 밝혀졌다. 이러한 담론은 유가적 핵심인 '천도(天道)'를 인간 내부에서 구현하는 것을 목표로 한다. 그런데 이 '무서운 규모'는 그가 준거하던 노신의 사회주의와 의열단과 연관된 다층위적이라는 데 문제가 있다. 이 문제를 해결하기 위하여 앞에서 초담론이라는 문제틀을 이용하였다. 그렇다고 모든 문제가 해결된 것이 아니다. 정치적 담론구성체와 '무서운 규모'라는 유가적 담론구성체의 복수층위의 상관관계를 어떻게 설정하느냐에 따라 그의 시의 성격이 달라지기 때문이다. 중요한 것은 이 담론구성체가 시의 내적 형식에 관여한다는 것이다. 이 두 문제를 해결하기 위하여 그가 관여한 문단과 정치적 두 측면에서 접근하고, 다음으로 이 담론구성체가 결정하는 시의 내적 형식을 밝히기로 하겠다.

 그가 당시 문단 주변에 있던 시인이라는 점에서 유가적 담론구성체의 성격을 밝힐 수 있다. 문단 주변인이란 말은 시의 질적인 절대적 개념으로서가 아니라 문단 중심과의 상대적 개념으로서 관계적인 의미다. 이 관계는 당대 시인의 입장에서, 문단 중심부를 욕망하게 할 수도 있고, 또 그것으로부터 자유로운 성취를 할 수 있는 두 가지 국면을 상정할 수 있다. 이육사가 전자와 같은 정신적 편향을 보였음은 「바다의 마음」·「아편」 등에서 당시 풍미하던 이미지즘 시를 실험한 것에서 찾아볼 수 있다. 그러나 이 이미지즘 시의 실험은 한시나 자오선 동인의 영향으로 생각할 수 있으나, 정신의 치열성이 초래하기 쉬운 과격성을 제어하기 위한 방편으로14)서 이미지즘의 원리를 채용한 그 이상으로 볼 수 없다. 그러므로 이미지즘 실험은 문단 중심을 향한 지향 욕구가 아니라 서정적 심미성을 획득하기 위한 방법으로서 선택적 수용이라는 점에서 전자와 거리가 있다.

1930년대 후반기에 풍자시를 쓰고 계급주의 시 재건을 위하여 노력하던 동향의 후배 시인, 그와 문학을 한가운데 놓고 함께 고민하던 이병각15)이 당시 문단 중심에 나아가기 위하여 치열하게 논쟁을 전개하는 데 비하여, 그는 스스로 "시 한 편만 부끄럽지 않게 쓰면 될 것을"16)하고 의연하게 자신을 다스린다. 이것은 그가 문단 내의 자신의 배치에 무관심했다고 할 수 있다.

당시 계급주의 시인들은 계급주의 담론의 문맥을 벗어나지 못하고, 민족주의 시인들도 민족주의의 관념성을 벗어나지 못했다. 또 모더니즘 계열시인들이 서구 모더니즘 사조의 담론에 충실한 데 반하여, 그는 이러한 여러 갈래의 문단의 경향으로부터 자유로웠다. 이 자유로움은 "시 한 편만 부끄럽지 않게 쓰면 될 것을"하는 그의 말 속에 함축되어 있는 것으로, 시의 본령을 위기지학(爲己之學)으로 삼은 것에서 비롯된 것이다. 그를 문단으로부터 자유롭게 한 것은 이처럼 시를 시로 접근한 것이 아니라 시를 통해 자신의 주체적 성찰과 실천을, 어짊을 구하려는 유가적 담론구성체 때문이다.

그가 은밀히 관여한 정치적 활동에서도 유가적 담론구성체의 성격을 밝힐 수 있다. 그는 북경 감옥에서 순절하기까지 의열단 단원으로 중국대륙과 한반도를 내왕하며 독립운동을 한 민족독립운동가다. 그리고 동아

---

14) 김재홍, 『한국현대시인연구』, 일지사, 1986, p. 269.
15) 이병각은 이육사에게 보낸 편지를 통하여 그의 생활을 다음과 같이 비판한다. "형(이육사, 연구자 주)의 말에 의하면 급한 볼일이 있어 갔다고 하더라도 여름에 해변에 용무가 생긴다는 것부터 우리 따위가 아니란 것을 새삼스레 알았습니다."
16) 『전집』, p. 125.

시아 문제에 대하여 정치적 평문을 쓴 전문적인 정치적 폰론가였다. 그러
나 그의 시에서 정치적 요소가 검출되지 않는 점을 식민지 현실의 열악
성으로 돌릴 수만은 없다.

그는 조선혁명 간부학교에서 엄격한 규율 속에서 혁명정신 · 혁명적 인
생관 · 첩보 · 폭파 등 독립운동 수행에 필수적인 정신과 기능 교육을 받
은 민족 운동가이다. 이러한 교육 내용과 엄격한 규율 속에서 생활한 그
가 "인간은 얼마나 외로운 것이냐", "심장이 얼마나 떨고 있을까"라고 「황
혼」에서 낭만적으로 노래하는 것은 무엇 때문인가. 이것은 독립운동의
갈등과 전망의 불확실성에서 기인된 것이라 할 수 있다. 그리고 식민지
현실 세계가 창조적 힘을 잃고 소모되어 버렸기 때문에, 거기서 확고한
질서의 원리를 발견하지 못한 정신적 표랑으로17) 볼 수 있다. 그러나 조
선혁명 간부학교 교육이란 이러한 정신적 갈등을 극복하여 투쟁적 인간
을 양성하는 곳이라는 점에서, 어느 정도 내적 갈등을 극복할 수 있는 훈
련을 거쳤을 것이다. 그런데도 그가 내면의 갈등을 시로 노래하는 것은
자신의 사사로움을 극복하고 천리의 공도를 지키려는 진실한 노력으로
읽을 수 있다. 흔들리는 마음은 '무서운 규모'의 유가적 구성체에 의하여
극복되어야 할 것이다.

> 내가 들개에게 길을 비켜 줄 수 있는 겸양을 보는 사람이 없다고 해도 정
> 면으로 달려드는 표범을 겁내서는 한 발자국이라도 물러서지 않으려는 내
> 길을 사랑할 뿐이오. 그렇소이다. 내 길을 사랑하는 마음, 그것은 나에게 자
> 신에 희생을 요구하는 노력이오. 이래서 나는 내 기백을 키으고 길러서 金
> 剛心에 나오는 내 시를 쓸지언정 유언은 쓰지 않겠소. 그래서 쓰지 못하면
> 죽어 화석이 되어 내가 묻힌 척토를 향기롭게 못한다곤들 누가 말하리오.
> 무릇 유언이라는 것을 쓴다는 것은 80을 살고도 가을을 경력하지 못한 俗
> 輩들이 하는 일이오. 그래서 나는 이 가을에도 아예 유언을 쓰려고는 하지
> 않소. 다만 나에게는 행동의 연속만이 있을 따름이오. 행동은 말이 아니고,

---

17) 김홍규, 『문학과 역사적 인간』, 창작과비평사, 1980, p. 90.

나에게는 시를 생각한다는 것도 행동이 되는 까닭이오. 그런데, 이 행동이
란 것이 있기 위해서는 나에게 무한히 너른 공간이 필요로 되어야 하련마는
숫벼룩이 꿇어앉을 만한 땅도 가지지 못한 나라, 그런 화려한 팔자를 가지
지 못한 덕에 나는 방안에서 혼자 곰처럼 뒹굴어 보는 것이오.18)

이 대목은 이육사가 자신의 시관과 삶의 태도를 명징하게 드러낸 유일
한 대목이다. 그에게 시란 "내 길을 사랑하는 마음"에서 출발되어 "내 길
을 사랑하는 마음"에 도달하는 것이다. 그는, 이 과정은 "행동의 연속"이
라고, 또 "행동은 시"라고 말한다. 이러한 그의 언급을 통하여 본다면 그
에게 시는 자기 극복의 과정이고 완성의 과정이라는 것을 알 수 있다. 이
것으로 본다면 문단·의열단·사회주의적 관심은 궁극적으로 자기완성에
도달하는 길임을 알 수 있다.

그가 "내 길을 사랑하는 마음, 그것은 나에게 자신에 희생을 요구하는
노력이오."라고 한 사실에서 이것이 확실하다. 그러므로 그에게 "시는 인
격의 표현이며 그런 점에서 삶의 최종적인 언어이고 그와 동시에 시는
그러한 최종적인 목표에 이르기 위한 행동의 과정이기도19) 한 것이다.
무엇보다도 그에게 시는 행동의 과정에 있어서 최종적인 언어라는 데 의
미가 있다.

이러한 최종적인 언어는 그의 대표작 「절정」의 한 구절처럼 숨 막히는
결단의 순간에, "어데다 무릎을 구러야 하나"하고 눈감아 생각하는 내면
의 목소리에서 드러난다. 그러므로 그는 정치적 결단의 순간에 "눈감아
생각하는" 유가적 담론으로 자신을 구성한다. 이 호출의 연속을 그의 말
로 한다면 행동의 연속이고, 행동의 연속은 바로 삶의 과정이다. 중요한
것은 그의 시 「절정」·「연보」·「노정기」·「독백」·「자야곡」·「해조사」
등의 시편뿐만 아니라 전 시편을 관통하는 중심 모티프가 '노정(路程)'인

---

18) 『전집』, pp. 125~126.
19) 김종철, 앞의 책, p. 35.

것은 이러한 이유에서다. 그러므로 시는 자신의 삶의 과정을 기록하고 또 탐색하는 성찰의 매개항이 된다.

그가 안동·대구·일본·서울·중국을 오가며 항일 운동에 온몸을 바친 것이나, 여러 차례 투옥된 바가 있는 전기적 사실을 통해서 알 수 있듯이 그의 전 생애는 편안한 안주는 찾아볼 수 없는 고통스런 노정이었다. 이 노정에서 쫓기면서 시를 쓴 흔적은 언어상의 문제점을 지적한 "시 작품 전체가 거의 그렇듯이 용어에 어색한 곳이 있어 눈에 거슬린다"[20]는 윤곤강의 비평과 연관지을 수 있다. 이러한 문장상의 오류는 「노정기」·「초가」·「자야곡」 등의 시에서 발견되는 것으로, 그 유형은 문장 성분의 무리한 생략, 문장 성분 간의 호응 불일치, 부정확한 어휘 사용[21] 등이다. 이러한 언어 사용의 문제점은 그가 어디에도 안착하고 편히 안주하여 시를 매만지며 퇴고할 시간과 정신적 여유가 없었기 때문이라 하겠다. 그런데도 그가 시를 쓴 것은 고통의 순간에 자신을 다스리는 매개물로 시를 삼았기 때문이다. 그가 발견한 것은 시가 삶의 기록에 유용할 수 있는, 자신을 다스리는 성찰의 매개물로 삼은 노정기의 시적 형식이다.

그의 노정은 "다 삭아빠즌 소라껍질에 나는 붙어왔다"고 노래하였듯이 편안한 안주는 찾아볼 수 없는 스산하고 고통스런 "쫓기는 마음 지친 몸"이 "소금에 절고 조수에 부풀어 올랐다". 이러한 노정은 정치적 목적의 긴장을 동반하는 잠행의 과정이었다. 정치적 목적의 잠행은 불안·고달픔·좌절·절망·강박관념이 내면에 함께 하기 마련이다. 이 갈등의 순간에 흔들리는 그를 바로 세우는 것은 그에게 정치적 담론구성체가 아니라 '무서운 규모'라는 유가적 담론구성체이다. 그러므로 그의 시는 그의 정치적 행로의 기록이지만 정치적 담론이 아니라 자신을 확인하는 언어 장치이다. 그러므로 '노정' 모티프의 의미는 갈등의 순간마다 자기를 넘어

---

20) 윤곤강, 「詩壇 時評-詩精神의 低徊」, 『인문평론』, 1941. 2., p. 38.
　　손병희, 「육사시 해석의 몇 문제」 - 아미를 중심으로, 『안동문화』⑨, 1988, p. 240.
21) 박현수, 앞의 논문, p. 72.

서는 자기 탐색이라는 점에 있다.

> ① 목숨이란 마치 깨어진 뱃조각
> 여기저기 흩어져 마을이 구죽죽한 어촌보담 어설프고
> 삶의 틔끌만 오래묵은 布帆처럼 달어매였다
>
> 남들은 기뻣다는 젊은 날이었것만
> 밤마다 내 꿈은 서해를 밀항하는 쩡크와 같애
> 소금에 절고 조수에 부풀어 올랐다
>
> 항상 흐렷한 밤 암초를 벗어나면 태풍과 싸워가고
> 전설에 읽어본 珊瑚島는 구경도 못하고
> 그곳에 남십자성이 비쳐주도 않았다
> 쫓기는 마음 지친 몸이길래
> 그리운 지평선을 한숨에 기오르면
> 시궁치는 열대식물처럼 발목이 오여쌌다
>
> 새벽 밀물에 밀려온 거미이냐
> 다 삭아빠즌 소라껍질에 나는 붙어왔다
> 머-ㄴ 항구의 노정에 흘러간 생활을 드러보며
>
> ▸▸▸ 「노정기」 전문

> ② 「너는 돌다리목에 쥐왔다」든
> 할머니 핀찬이 참이라고 하자
>
> 나는 진정 강언덕 그 마을에
> 버려진 문바지였는지 몰라?
>
> 그러기에 열여덟 새봄은
> 버들피리 곡조에 부러 보내고

첫사랑이 흘러간 항구의 밤
눈물 섞여 마신술 피보다 달드라
공명이 마다곤들 언제 말이나 했나?
바람에 부처 돌아온 고장도 비고

서리밟고 걸어간 새벽길 우에
간잎만 새하얗게 단풍이 들어

거미줄만 발목에 걸린다 해도
쇠사슬을 잡어맨 듯 무거워졌다

눈 우에 걸어가면 자욱이 지리라고
때로는 설레이며 파람도 불지

▸▸▸「연보」 전문

 위의 두 작품은 이육사의 자전적 요소를 강하게 드러내는 시토, 시적 화자의 노정이 구체적으로 드러나 있기 때문에 주목할 만하다. ①은 바다의 이미지를 중심으로 시적 화자가 자신의 삶을 깨어진 배 조각의 노정으로 노래한 시이다. 이 시의 시적 화자는 남십자성이 비쳐주지도 않는데도 그곳을 향하여 쫓기는 마음과 지친 몸으로 항해를 계속한다.
 문제는 시적 화자의 역경과 고난의 어두운 이미지가 드러내는 밀항의 과정이다. 시적 화자가 소금에 절고 조수에 밀리고 암초와 태풍과 싸우며 삭아빠진 소라 껍질에 붙어 온 노정은 극적이다. 그러나 이 극적 역경은 육체적인 시련일 뿐 시적 화자의 내적인 불안이나 절망의 근원이 아니다. 항해의 육체적 고난과 고통은 결국 자신에 의하여 극복될 수 있기 때문이다. 시적 화자의 존재 기반을 뒤흔든 근원은 남십자성이 사라진 어둠으로 표상되는 상실 이미지에 있다. 이것은 외연적으로는 조극 상실이지만 내포적으로는 정신적 좌표의 상실이다. 그렇기 때문에 티끌·밀항·암초·태풍 등이 표상하는 끝이 보이지 않는 탐색은 계속된다. 어두운 바다로 표상되는 현실과 정신적 내면의 길 찾기 과정, 즉 "먼 항구의 노정에 흘러간 생활을 드러다보며" 고달픈 길을 찾아가는 운명이 결정한 내적 형식이 그의 시가 된다.

그의 시에서 중심축인 정신적 내면의 길 찾기 과정이 유가적 담론의 문맥에 있다는 점은 이 시의 결구라 할 수 있는 마지막 연에서 시적 화자가 자신을 "새벽 밀물에 밀려온 거미이냐"고 분노에 가득 찬 어조로 자신을 질책하는 목소리에 명확히 드러난다. 그는 소금에 절어 태풍과 싸워온 찌들린 자신의 삶에 분노하는 것이 아니라 거미처럼 웅크리고 또 다 삭아빠진 소라껍질에 붙어 온, 스스로 능동적으로 대처하지 못하는 무기력한 인간임에 분노한다. 자신의 무기력함을 은폐하는 것이 아니라 스스로 그러한 인간임을 자인한다. 이 점에서 이 시는 행동 의지를 상실한 허탈감·덧없음·무상성의 시로 평가를 받을 수 있다. 그러나 시가 순간적인 인식의 소산이라는 점에서 절망의 순간에 행동의 의지를 드러낸다거나 확고한 전망을 제시하는 것은 자기 기만일 수 있다.

그런데 무엇보다도 이 시에서 주목할 점은 "노정에 흘러간 생활을 드러다보며"하는 자기 응시이다. 고통과 절망의 순간에 자기를 응시하는 것은 어떠한 인간이 되어야 하는지 그리고 어떤 길을 가야 하는지를 탐색하는 방식이기보다는 재출발하여야 한다는 의지, 즉 자신의 신념을 굽힐 수 없다는 다짐의 방식이다.

그러므로 끊임없이 출발과 재출발이 반복되는 시행착오 과정의 기록이 이육사 시의 내적 형식이고 진정한 자기 인식에 도달하려는 정신적 내면의 길 찾기가 그 내용이 된다. 절망의 순간에 재출발하는 자기 의지는 「노정기」에서 「절정」의 눈감아 생각하는 거리에 있다.

이러한 점이 더 확실하게 드러나는 시가 ②이다. 「연보」도 앞의 「노정기」처럼 절망적이고 고달픈 생애를 재구성한 자전적 시이다. 시적 화자가 바다 이미지가 중심이 되는 「노정기」에는 태풍과 어둠의 바다에 비하여 초라하고 무기력한 하나의 거미에 비유되어 극소화되었는 데 비하여, 물 이미지가 중심이 되는 「연보」에는 확대되었다는 점에서 차이가 있다. 이것은 소재의 차이가 아니라 자기 인식의 깊이와 넓이의 차이다. 이 점은 「노정기」의 절망적인 세계가 「연보」를 중심으로 하여 미래지향적인 세계로 전환되었음을 의미하는 것이다

「연보」는 전반부가 시적 화자의 출생 내력과 젊음을 덧없이 보낸 안타까운 과거에 대한 정서를, 후반부가 현실적 고통 속에서 미래 지향의 의지를 중심으로 하여 구성되어 있다. 그렇기 때문에 전반부는 "버려진 문바지"에 함축된 주체가 주체를 세우지 못한 "버들피리 곡즈에 흘러 보낸" 비생산적 피동적 시간에 초점이 맞추어지게 된다. 이런 시간은 모든 것이 자신의 의도와는 무관하게 덧없이 흘러간 자아의 인식이 결여된 의미 없는 삶의 과정이라 할 수 있다.

그런데 후반부는 거미줄에 쇠사슬을 병치시킨 엄청난 고통의 현실을 말하면서도 눈 위에 자욱이 지리라고 미래의 삶에 대하여 낙관적인 전망을 한다. 전·후반부는 이처럼 시적 화자가 냉철한 인식 없이 흘려보낸 시간과 철저한 인식을 토대로 하여 미래지향적 설레임에 차 있는 희망적인 시간이라는 점에서 차이가 난다.

문제는 전·후반부의 차이가 아니라 이육사가 고통의 노정을 자서전적으로 기록하면서 그 절망의 과정에 어떻게 시적으로 대응하느냐 하는 것이다. 이것을 앞에서 유가적 담론구성체의 호출에 의한 자기 내부의 바라봄이라고 했다. 「절정」에서 눈감아 생각하고, 「노정기」에서 흘러간 생활을 들여다보는 자기 응시를 이 시에서 그는 설레인다고 말한다.

"눈 우에 걸어가면 자욱이 지리라"는 이 구절은 이육사 시와 삶의 의미를 다시 확인할 수 있는 것이다. 앞의 인용에서도 확인하였듯이, 그에게 시는 자신의 길을 사랑하는 마음에서 출발되어, 자신에 흐생을 요구하는

노력에 의하여 완성되는 것이다. 그러므로 그에게는 행동의 연속만이 있을 따름이고 행동은 말이 아니고, 시를 생각한다는 것도 행동이 되는 것이다.[22] 이 의미는 눈이 표상하는 순결성과 발자국이 표상하는 자기 확인에서 찾아야 한다. 현실의 질곡과 고통을 극복하려는 의지는 눈 위의 발자국과 같은 명확한 자기 발자국을 예견해야 한다. 이렇게 삶을 예견하는 것은 깨어 있는 자에게는 두렵고 설레임이 되는 것이다.

「연보」에서 덧없이 흘러 보낸 과거를 냉혹하게 성찰하면서 미래를 예견하는 설레임은 유가적 담론구성체의 작동 때문이다. 이것은 '발자국'의 이미지, "배는 마땅히 물에서 다녀야 하고 수레는 마땅히 땅에서 다녀야 하나니"하는 '소당연(所當然)'의 의미로 읽어 낼 수 있기 때문이다. 그의 대부분 시가 전반부에서 현실의 참담함에서 오는 갈등과 불안이 표출되고 후반부에서 이것을 초극하려는 정신 구조로 되어 있는 것은 현실적으로 절망의 공간에서 창조적인 지평으로 자기 완성을 위한 노력으로 볼 수 있다.

중요한 점은 이육사의 노정 모티프 시는 고난과 시련으로 얼룩진 자신의 모습을 응시하고 초극하는 방식으로, 고통의 내면을 "바라보는 시적 화자"가 동시에 자신의 고통을 "보여주는 시적 화자"로 전환되어 안팎을 동시에 보여주고 있다.

1.3. 비동일화 주체형태

지금까지 이육사 시는 살아가는 노정에서 그의 존재론적 삶의 지평과 의식의 성숙을 위한 탐색의 기록이라는 것을 밝혔다. 이러한 의식의 성숙은 그의 유가적·사회주의적 문학·의열단 세 층위의 담론구성체가 최종 심급에서 유가적 호출을 당하기 때문에 현실의 구체성은 추상적이 된다.

---

22) 『전집』, pp. 125~126.

그렇다면 이러한 시적 주체가 유가적 담론과 어떤 관계 구조를 갖고 있
는가 하는 것이 밝혀져야 할 것이다.

이 문제는 신채호가 아나키즘에, 한용운이 불교에, 이광수나 최남선이
계몽사상의 문맥에서 자유롭지 못한 것과 다르지 않다. 이들 각각의 사유
구조를 지배하던 이러한 담론은 사상의 차이에도 불구하고 동일한 주체
형태를 결정했기 때문이다. 즉 신채호・최남선・한용운의 시는 이들을
호출한 담론의 목소리가 통과함으로써 비로소 온전한 하나의 목소리가
된다. 그러나 이육사 시는 유가적・사회주의・의열단 등 층위가 다른 담
론을 유가적 담론으로 재조정한다는 점에서 이들과 차이가 있다.

그러나 중요한 것은 이육사가 유가적 담론과 자신을 동일화하거나 그
것이 자신의 모습이라고 간주한다고 판단하는 것은 잘못이다. 이 점은 시
「자야곡」・「실제」・「유폐된 지역에서」와 수필 「연인기」 등을 통하여 본
다면 그가 유가적 메시지에 대답함으로써 개인이 주체가 되는 방식을 취
하지 않는다는 것에서 알 수 있다. 그렇기 때문에 이육사 시는 유가적 호
출 메커니즘으로, 또 타자의 메시지에 동일화함으로써 주체가 된다는 동
일성으로는 해명하기 어렵다.

여기서 이육사 시의 주체형태가 문제된다. 그의 주체형태는 유가적 담
론과 그가 관계하는 구조다. 그런데 그의 시는 유가적 담론을 명백한 것
으로 드러내지 않고 있다. 이것은 그가 유가의 이상적 인간상으로 삼고
있는 군자를 "아무리 거슬리는 꼴을 보아도 얼굴에 드러나지 않는 무책임
과 무관심이 반죽되어 있는" 사람이라고 비판하는 것에서 찾을 수 있다.
그러므로 그는 유가적 담론과 동일화하는, 그가 준거한 담론과 생산해 내
는 메시지를 자명한 것으로 받아들이는 동일화의 주체라고 할 수 없다.
또 그의 시에는 감상적 흥분이 극도로 억제되고 긴박한 상황을 관조하는
여유를 보인다는 점에서 그의 시는 주관적 내부성의 반동일화의 주체형
태라고도 할 수도 없다. 그러나 그는 유가적 메시지를 타자의 메시지로

의식하고 그것을 은폐하거나 거부하는 것이 아니라 통합의 태도를 취하는 비동일화의 주체를 구성한다.23)

> 매운 계절의 채찍에 갈겨
> 마츰내 북방으로 휩쓸려오다
>
> 하늘도 그만 지쳐 끝난 고원
> 서리빨 칼날진 그 우에 서다
> 어데다 무릎을 꾸려야하나?
> 한발 재겨디딜 곳조차 없다
>
> 이러매 눈감아 생각해볼 밖에
> 겨울은 강철로 된 무지갠가 보다

▸▸▸ 「절정」 전문

이육사의 대표작으로 꼽히는 「절정」은 다양한 관점에서 지속적으로 논의가 되어왔는데, 대부분 연구자들은 유가적이나 의열단에 동일화의 초점을 맞추었다. 유가적 담론이 그를 호출하였다는 것은 이 시가 한시의 전통적 기·승·전·결 구성과 전반부에 상황이나 배경을 놓고 후반부에 시적 화자의 정서를 표출하는 기법을 충실하게 따르고 있다는 점에서도 알 수 있다. 그를 호출하는 유가적 담론의 한시는 현실의 새로운 국면이나 구체성보다는 추상화한 관습적 문맥의 정당화를 강요한다. 이러한 예는 한시뿐만 아니라 충절을 주제로 하는 유가적 시조에서 쉽게 볼 수 있는 것이다. 「절정」은 이러한 중세적 관습적 문맥을 강요하지 않는다 하더라도 채찍·북방·고원·서리발·칼날·무릎 등의 표상은 고난과 위기를 극복하는 고고한 절조나 자기 극복 정신을 매개하는 관념적 의미로 굳어

---

23) Diane Macdonell, 『Theories of Discourse』, Oxford Publication, 1987, pp. 39~40.

진 어휘들이라 할 수 있다. 이것은 국화를 오상고절이라는 관념화된 추상적 의미로 받아들이는 것이나 다르지 않다.

그러나 중요한 점은 이 시의 전체 어휘들은 타자의 추상적 관념을 기본으로 하여 메시지를 전달하지만 핵심적인 결구 "겨울은 강철로 된 무지갠가 보다"라는 구절에 와서는 유가의 관념적 의미의 경계를 해체하고 독창적인 상징을 창조한 것이다. 그것은 원관념 '겨울'에 매우 이질적인 보조관념 '강철로 된 무지개'를 당돌하게 결합시켜 '서리'·'칼날'·'무릎' 등이 표상하던 유가적 관념화된 의미가 개인적인 동심(순수성)의 의미로 반전되는 것에서 알 수 있다. 이 시 전체의 중세적 관념적 이미지에 대응되는 것이 문제의 '무지개'의 상징적 의미다.

유교 문화권에서는 무지개를 뜻하는 체동(蝃蝀)의 '체(蝃)'가 황제를 뜻하는 '제(帝)'와 중국어 발음이 같기 때문에 무지개를 향하여 손가락질하는 것은 금지되었다. 이처럼 유가적 입장에서 본다면 무지개는 신성한 하늘, 경외의 제왕의 표상인데, 이 시에서는 이러한 유가의 관습적 의미를 거부하고 개인적 의미로 창조한다.

이렇게 무지개가 추상적 제왕이나 하늘 숭배의 메시지를 거부하는 것은 더 물러설 수 없는 외적·내적의 한계 상황(겨울)에서 고결한 원초적 이상(무지개)을 '강철'처럼 굽힐 수 없다는 의지를 드러내기 위함이다. 그런데 여기서 치밀한 관찰을 요하는 것은 원관념 '겨울'이 극한의 시간과 공간을 표상하는 외적 상황이지만 내적 심리의 절박한 옥죄임으로 읽어야 이 시의 전후 맥락으로 보아 더 바람직할 것이다. 그것은 앞의 두 연이 상황을 제시한 것이고 뒤의 두 연이 주관의 표출을 나타낸 것이라는 전체적 시의 흐름에 놓았을 때 그러하다. 이렇게 읽어 간다면 마지막 구절은 내적 심리의 절박한 상황(겨울)에서 휘어지거나 곧 사라질지도 모르는 시적 화자의 의지(무지개)를 강철처럼 굽히지 않겠다는 신념의 극대화가 된다.

　　이러한 언어 이미지와 은유 구조로 본다면 그의 시는 유가적 담론구성
체의 관습적 문맥의 의미에 호출을 당하면서 무지개와 같은 개인적 상징
을 창조함으로써 유가적 담론구성체의 관습적 의미에 일방적 호출을 거
부한다는 것을 알 수 있다. 다시 말하면 전반부에서 관습적 문맥이 의미
하던 유가적인 '서리'·'칼날'과 같은 위기 상황에서 절조의 이미지들이 후
반부의 무지개로 상징되는 순수한 이상을 꺾지 않겠다는 개인적이고 독
창적인 '강철'이미지로 표출된다. 이러한 이미지들은 관습적 유가적 이미
지들에 대한 비동일화이다.

　　이것으로 본다면 무지개는 지금까지 연구자들이 지적한 현실의 초월이
나 비극적 황홀의 표상이기보다는 자신의 고결한 이상의 표상으로, 강철
이 매개됨으로써 뜻을 굽히지 않겠다는 현실 대결정신으로 볼 수 있다.
이러한 은유의 장치는 전반부에 나타나는 유가적 고정된 관념적 의미를
엄폐하거나 거부하려는 것이 아니라 그 의미체계의 작동방식을 새롭게
바꾸어 보려는 전략이라 할 수 있다.

　　더 구체적으로 각 연의 흐름에 따라 의미를 살펴보면, 첫 연에서 시적
화자는 '매운 계절의 채찍'이 표상하는 고통의 현실에 휩쓸려 북방이라는
한계 공간으로 어쩔 수 없이 쫓기는 태도를 보인다. 둘째 연에서는 '칼날'
이 표상하는 행동을 정지시키는 공간적 이미지가 최후의 순간을 드러내
는 시간적 이미지와 결합되어 절박함은 극대화된다.

　　이 두 연을 통하여 본다면 시적 화자는 담론구성체에 동일화된 타자의
메시지를 어쩔 수 없이 그대로 받아들이는 주체망각 현상[24]을 보인다.
그러나 셋째 연에 오면 고통에 대응하는 소극적이고 피동적인 자세는 반
전된다. 두 행을 도치시킨 단순한 도치법은 수사법으로 의미가 있는 것이
아니라 시적 화자의 내적 깨달음의 의미로 볼 수 있다.

---

24) 이 현상은 말하는 주체가 외부에 의해 규정된 담론구성체에 속한다는 것에 대한 망각,
　　또 말하는 주체가 담론구성체 내에서 자유를 누리고 있다는 망각이다.

지금까지 그가 주체적이지 못하였다는, 담론구성체에 일방적으로 동일화되었다는 것을 자각한 것이다. 이러한 자각은 "어데다 무릎을 구러야하나" 하는 물음에 있다. 이것은 무릎을 꿇을 수밖에 없다는 체념이 아니라 마지막 극소화된 공간마저 상실되어 어떤 행위도 할 수 없는 상황이지만 절대로 무릎을 꿇을 수 없다는 신념으로 이어진다. 왜냐하면 "~해야 하나"하는 물음은, 물음이 아니라 설의법이기 때문이다. 부정을 강조하는 설의법을 통하여 시적 화자는 상실한 공간을 매몰차게 부정함으로써 정신적 내면의 공간을 확보한다. 넷째 연에서 시적 화자가 눈을 감고 생각하는 것은 다시 한번 자신에게 "무릎을 구러야 하나"하고 되물어 보는 망설임의 성찰로, 절대로 무릎을 꿇을 수 없음을, 상실한 공간을 매몰차게 부정하여 다시 확보한 내면의 공간에 자신을 다시 세우려는 의지로 볼 수 있다. 이러한 시적 화자의 태도는 "겨울은 강철로 된 무지갠가 보다"에 잘 나타나 있다. 이것은 겨울이 표상하는 죽음과 같은 내면의 극한상황과 무지개가 표상하는 순수한 이상을 강철에 매개하여 젊은날 품은 뜻을 굳게 세우겠다는, 흔들리는 마음을 다스리는 유가적 정신이다.

절박한 순간에 "눈감아 생각하는" 자기 정위를 위한 정신적 여유가 있는 관조와 명상은 유가적 담론구성체의 동일화된 의미다 여기서 중요한 것은 시적 화자는 서리발 칼날 위와 같은 최후의 자리라 할지라도, 이것은 외적·육체적인 시련일 뿐 자신의 존재 기반을 흔드는 근원이 될 수 없다는 확고한 믿음이다. 이 믿음은 무지개를 발견함으로써 가능하게 된 것이다.

그러나 그는 "무지갠가 보다"라고 자신의 믿음을 확고하게 믿지 않고 다시 머뭇거린다. 이 머뭇거림은 생각의 절정의 순간에 자신의 모습을 응시하는 방식으로, 그가 자신을 "바라보는 자"인 동시에 자신을 "바라보는 자를 바라보는 자"로서 역할도 함께하는 안팎을 되짚는 방식이다. 이러한 방식은 객관적 대상을 철저하게 우월한 주관적 입장에서 조망하는 유가적 담론구성체에 대한 비동일화다.

1.4. 결 론

이 글은 이육사 시의 주체형태 분석을 통하여 지역 시의 한 특징을 밝히는 것을 목적으로 출발하였다. 이육사 시 담론의 관계 구조형태를 밝히려는 의도는 세계와 주체의 조화로운 추구라는 서정시의 기본 문제틀이 불가능한 식민지 상황에서 시가 어떻게 현실을 깊이 인식할 수 있을까 하는 방식을 탐색하려는 것에서였다.

그의 시에는 당대 카프 해산 이후 계급주의의 내성화, 모더니즘의 경박성, 시문학파의 언어적 감수성과는 다른 시적 방식으로 역사의 방향성을 가늠하는 고통의 순간에 깨달음이라는 서정적 방식이 있다. 이것은 문단 중심의 동일화가 아니라 '타자'를 발견한 비동일화의 주체형태라는 점에서 이 글의 의미는 확실하다.

이것은 다음과 같은 이유에서다. 지금까지 대부분 연구자들은 유가적 집안 분위기, 그리고 독립운동 단체에서 활동한 것이나 북경 감옥에서 옥사한 것으로 이육사 시의 특징을 밝혔다. 이것은 알티세르가 개인을 일정한 방식으로 호출하게 된다고 설명하는 것과 같은 것이다. 이러한 호출장치들은 이육사 시를 해명할 수 있는 하나의 단서가 될 수 있다. 그러나 이육사 시의 정신은 호출장치로 설명할 수 있는 재생산 범주 안에 있는 것이 아니다.

이러한 문제를 극복하기 위하여 그를 호출하는 유가적·사회주의·의열단 담론구성체의 세 개의 상이한 층위를 지배하는 최종적인 심급으로 일종의 담론을 큰 테두리에 통합하는 무의식과 같은 초담론이 유가적 담론이라는 것을 밝혔다. 이육사 시가 현실의 구체성을 매개하지 않았기 때문에 사회주의적 담론구성체와 무관하다거나, 민족운동의 구체적인 현장이 매개되지 않았기 때문에 의열단 담론구성체와 무관한 것으로 생각할 수 있다.

그러나 이것은 잘못이다. 그의 시에서 사회주의적 현실의 구체적 통찰이, 의열단의 민족운동의 현장이 최종의 순간에 유가적 담론에 의하여 관념화되기 때문에 매개된 구체성은 추상화되어 버린다. 그가 생애의 한가운데 놓고 고민한 것은 정치적 문제다. 정치적 문제를 한가운데 놓고 고민하면서도 그는 정치적 현실성을 토대한 구체성보다는 이상적인 상태를 지향하는 유가적 정신으로 그것을 풀려고 노력하였다. 그러므로 그는 시를 구체적 현실을 발견하려는 매개물로 삼은 것이 아니라 자신을 확인하고 굳건히 세우려는 매개물로 삼았다는 것을 알 수 있다.

이 매개물의 내적 형식이 노정 모티프다. 그의 시는 삶의 순간마다 자기를 넘어서는 자기 탐색의 기록 장치이다. 이러한 노력은 식민지 현실과 자아 사이의 근본적인 불화, 즉 현실이 조화로운 총체성을 상실한 데에서 출발된다. 노정 모티프가 중심인 이육사 시는 고난과 시련으로 얼룩진 자신의 모습을 응시하는 방식으로, 그는 자신을 "바라보는 자"인 동시에 "바라보는 자신을 바라보는 자"로서 비동일화의 역동적 주체형태 구조를 드러낸다. 이것은 초담론 유가적 호출에 대한 비동일화로 그의 시의 기품이자 균형감이다. 이 비동일화는 그의 시 은유구조에서 관념화된 추상적 의미를 당돌한 이미지와 결합하여 건강한 이미지를 만들어 내는 것도 확인했다.

이육사의 노정기 형식 시는 1930년대 극도로 열악한 식민지, 끝이 보이지 않는 삶의 과정에 자신을 인간으로서 세우는 그 자체가 행동이라는 자각에서 매개된 것이다. 그의 시는 청자에게 말을 건너는 것이 아니라 화자 자신에게 말을 건네는 전언의 중심을 자기에게 집중시키는 소통구조다. 이 집중은 자기 탐색방식으로 사사로운 주체를 극복하고 천리의 공도를 중시하는 유가적 담론에 의한 것이다. 그러나 일방적 호출이 아니라 비동일화라는 점에서 이육사 시는 저항과 순수의 의미를 동시에 갖는다.

지금까지 분석을 통하여 볼 때 이육사 시의 의미는 파편화된 사물 인식을 중심에 놓았던 당대 모더니즘과 타자의 욕망을 주체로 오인하는 계급주의 시를 극복하는 지점에, 즉 자아와 세계의 균형 잡힌 탐색이 서정시로서 가능할 수 있다는 것이다. 그 핵심은 이육사 시의 주체가 주체라는 사실에서 출발하여 한 단계의 주체형태가 다른 단계의 주체형태로 전환되는 방식이라는 데 있다. 주체형태 전환의 전략은 그의 시에서 노정 모티프가 중심이 되는데, 이 노정 모티프에 주체가 생산되는 방식을 변혁시키려는 과정의 균형감과 진실성이 그의 시의 힘이고 정신이다.

2. 경북 북부지방 계급주의 시와 유가적 담론

2.1. 문제의 제기

이 글은 경북 북부 지방 시인의 계급주의 시에 나타난 이질적인 유가적 담론의 의미를 탐색하는데 목적이 있다. 경북 북부 지방의 유가적 전통과 계급주의의 혼재성을 살피려는 것이 아니라, 유가적 담론이 계급주의 시에 미친 영향을 밝혀 계급주의 시를 재규정하려는 데 있다. 이와 같은 목적에서 출발한 근본적인 문제는 다음과 같이 집약된다.

첫째는 계급주의 시인에 있어서 그들의 이념과 이질적인 유가적 담론을 어떻게 이해할 것이냐 하는 점이다. 이 문제는 우리나라 유가적 문화의 중심이라 할 수 있는 경북 북부지방의 안동 문화권25)에서 활동한 계급주의 시인 이병각과 이병철에서 찾아질 수 있는데, 그것은 그들이 계급주의 시인이라는 점을 주목하면서도 지금까지 우리들이 그들의 시가 유가적 담론으로부터 자유롭지 않다는 것을 간과한 데 있다.

이병각과 이병철은 모두 퇴계학파의 중심인물인 이현일의 직계 후손으로 전통적인 안동의 유가적 가문교육을 받은 시인이다. 또한 그들은 영양과 안동을 중심으로 하여 중앙에 작품을 발표한 경북 북부지방의 계급주의 시인이다. 이병각은 1930년대 후반 카프 해산 이후 카프 시인들이 붕괴된 자신의 내면과 주체성을 재건하려고 하면서도 시를 포기하는 상황에서, 안용만·양운한·조벽암·이흡 등처럼 활발하게 활동한 계급주의 시인이다. 그는 1930년대 후반 임화·김남천·한설야 등과 사회주의 리

---

25) 안동문화권이라는 용어는 1963년에서 1969년까지 안동지역 학술조사를 실시한 성균관 대학교의 학술보고서에서 최초로 사용되었다. 이병각과 이병철의 대부분 작품 활동을 안동문화권인 영양에서 하였다. 따라서 그들이 중앙지에 작품을 발표하였더라도 그 대부분은 영양에서 투고한 작품이다. 따라서 이들은 경북 북부지방의 안동문화권의 대표적인 계급시인이라 할 수 있다.

얼리즘 수용논쟁, 농민문학론, 풍자문학론, 내용형식론, 혁명적 낭만주의
와 리얼리즘 논쟁에 적극적으로 참여하며 활발하게 작품 활동을 전개한
문제적 시인이다.

　이병철도 주지하다시피 조선문학가 동맹의 신세대 시인 유진오·박산
운·김상훈·김광현 등과 함께 해방 공간의 역사적 격변기에 전위시인으
로 활동한 시인이다. 이병철의 우수성은 이미 당대 김기림이 『전위시인
시집』26)에서 지적한 바와 같이 당대 분위기의 감상주의적 함정과 조선
문학가 동맹의 개념화된 이념으로부터 벗어난 시적 형상화의 탁월함에
있다.

　문제는 퇴계학 전통을 계승하던 전통적 유가적 가문의 이병각과 이병
철이 계급주의 시인으로 나아간 요인이 무엇인가 하는 점이 아니라, 이질
적인 두 담론의 상호 구성적 관계가 무엇인가 하는 점이다. 단순하게 이
것을 식민지 지식인의 역사적 소명감이나 해방공간의 지식인의 역사적
사명감으로, 즉 권위적인 유가적 전통에 대한 지식인의 저항으로 생각할
수 있다.

　그러나 지식인으로서 보수적인 권위에 대한 저항을 인정하더라도 그들
의 작품에서 보수적인 유가적 전통과 진보적인 계급주의가 함께 하는 것
을 어떻게 이해하느냐 하는 점은 다시 문제가 된다. 즉 계급주의의 담론
과 유가적 담론이 상호 구성적 관계를 맺고 있는 것이 문제가 된다.

　여기서 이 글의 출발점이 분명하게 되는데, 그것은 계급주의 담론과
유가적 담론의 최종 심급에서 기능하는 담론이 무엇인가 하는 점이다. 이
점은 이병각과 이병철의 계급주의 시에 나타난 유가적 담론과 계급주의
의 상호 구성적 관계를 밝힘으로써 분명해질 것이다.

　앞으로 밝혀지겠지만 먼저 말한다면 유가적 담론이 권위주의·도덕주
의·전통주의 등의 측면에서 보수적인 경향을 띠고 있음에도 불구하고

---

26) 김기림, 「서문」, 『전위시인집』, 노동사, 1946.

그 사상의 핵심이라 할 수 있는 위민사상이 계급주의 담론과 상호 구성적 관계를 가질 수 있다는 것이다. 즉 유가적 담론은 인식론과 당위론에서 보수적이라고 할 수 있으나 유가적 담론이 추구하는 궁극적인 위민사상이 계급주의의 시인에게 최종 심급의 담론이 될 수 있다는 것이다. 이 점은 이병철이 1950년 월북한 이후『조선문학』에 발표한 일련의 시들에서 드러나는 유가적 담론에서 찾아질 것이다.

둘째는 계급주의 시를 일본으로부터 수입한 계급담론의 재생산이라는 동일화의 단일한 관점을 다양하게 구성하자는 것이다. 우리의 계급주의 시는 일본으로부터 수입된 담론의 동일화를 부정할 수 없다고 하더라도, 동일화 담론 내부의 상호구성적인 담론 층위를 생략해서는 안 될 것이다. 카프의 전개과정으로 본다면 카프의 맹원 대부분은 카프가 해산되고 자신들의 담론이 타자의 담론임을 깨닫게 된다. 즉 계급주의 시인들은 카프가 해산되고서야 자신들의 담론은 조직이 구성한 담론이었지 자신들이 구성한 담론이 아니었음을 깨닫게 되는 것이다.27)

문제는 기존 논의가 이러한 흐름으로 모든 계급주의 시인을 적용한다는 데 있다. 이러한 점에서 이 글은 카프나 조선문학가동맹의 조직 담론으로 개별 작품을 고려하지 않고 재단한 초기 연구자들의 이념적 편향성을, 또 그러한 연구를 추수적으로 따르는 연구자들의 문제의식을 새롭게 할 것이다. 즉 카프나 조선문학가동맹의 개별 시인의 개별 담론의 층위를 인정하자는 것이다. 여기서 이 글이 출발하는 둘째 과제가 분명하게 된다. 그것은 경북 북부지방의 안동문화권 내의 이병각과 이병철의 작품을 통하여 수입된 계급담론 내부의 다양한 층위를 찾아 한국 계급주의 시의 내적 형식을 구명하는 것이다.

이 문제는 두 가지로 생각할 수 있는데, 그 하나는 유가적 담론과 계급

---

27) 카프 담론이 타자의 것이었음을 고백하는 임화의 「어느 청년의 참회」에서 쉽게 찾아진다.(임화, 「어느 청년의 참회」,『문장』, 1940. 2,. p. 24.)

주의 담론의 상호구성적 관계의 매개항을 찾는 것이고, 다른 하나는 이병각과 이병철의 시적 우수성을 유가적 담론에서 찾는 것이다. 전자는 앞에서 제기한 첫째 문제와 연관되는 것이다. 후자는 계급주의 시에 나타난 유가적 담론의 기능 문제다. 김기림이 지적하였듯이 이념을 직설적으로 거침없이 드러내는 유진오 · 박산운 · 김상훈 · 김광현의 시와는 달리 이병철의 시는 이념적인데도 시적 형상화가 탁월하다. 이병철 계급주의 시의 우수성은 이념을 시적 이미지로 형상화할 수 있는, 즉 자신의 감정을 통어하는 균형 감각이다. 이것은 시각을 조금 달리하더라도 드러나는데, 이육사가 의열단원으로 투옥과 잠행을 거듭하면서도 균형감각을 지니고 있었던 것은 유가적 담론 때문이라 할 수 있다. 문제는 이러한 유가적 담론의 효과를 구체적으로 밝혀 계급주의 시를 새롭게 정리하자는 것이다.

2.2. 이병각 : 계급주의의 시중성(時中性)과 유가적 담론의 상도(常道)

2.2.1. 사회주의 리얼리즘과 유가적 위민사상

1930년대 후반 카프 해산 이후 카프 시인들이 붕괴되어 가는 자신의 내면과 주체성을 재건하려고 노력하면서도 점차 시를 포기하는 데 반하여, 이에 대조되는 리얼리즘 시의 흐름을 계승하는 신인들 한가운데 경북 북부지방 영양에서 활동하던 이병각이 있었다. 임화가 당시 현실의 막막함 앞에서 "대체 어디로 가야 밤이 샐까"28)하며 절망하고 있을 때 그는 주저함이 없이 "어두울 때는 별을 보라"29)며 확신에 찬 목소리로 나아갈 방향을 외쳤다. 단호한 이 같은 목소리를 기억한다면 1930년대 계급주의 시를 내면화 · 내성화로만 요약할 수 없는, 지금까지 간과하였던 또 다른 리얼리즘 시의 흐름을 확인할 수 있을 것이다.

---

28) 임화, 「야행차 속」, 『동아일보』, 1935. 8. 11.
29) 이병각, 「생쥐 이야기」, 『비판』, 1936. 3.

  이 문제의 핵심은 카프 조직에 가담했던 시인들의 이념적 지향이 극도
로 위축되는 상황에서, 그것도 1930년대 후반에 등장한 지방의 신인 이
병각이 새로운 리얼리즘을 모색하는 데 왜 앞장섰을까 ᄒᆞ는 점에서 찾아
야 할 것이다. 사실 카프 조직에서 해산까지 박영희·김남천·임화가 그
러하였듯이 일본에서 수입된 카프 담론은 자신들의 논리로 당대 문단을
환원하는 막강한 권력이었지만 카프 해산 이후 그들의 담론은 점차 약화
되어 진보적 문학 이념은 더 이상 권력이 아니었다. 따라서 이 문제는 이
데올로기가 개인을 주체로 호출한다는, 즉 이데올로기가 개인의 정체성
을 부여한다는 동일화의 기제로 이해하기 어렵다는데 있다. 이러한 시 작
품이 「봄의 레포」·「옥에게 보내는 편지」·「오직 진군할 따름이다」·「고
향」·「궤도여 지저귀라」·「생쥐 이야기」 등이다.
  이병각은 자신을 진보주의자로 추동하는 그 무엇을 단지 '열정'30)일
뿐이라고 잘라서 말한다. 그러한 해명에도 불구하고 그 '열정'은 당대의
논의 중심이었던 사회주의 리얼리즘 창작 방법과 세계관에 모아져 있다
는 데서 이데올로기 욕망과 무관하지 않다. 문학이 나아갈 방향을 새로운
문화의 합법적이고 역사적인 타당성을 갖는 사회주의 리얼리즘이라고 주
장하는데, 그 욕망의 일단이 이데올로기임을 엿볼 수 있다. 이 점을 보다
분명하게 하기 위하여 그의 문제적 비평 「조선적 현실의 논고-창작방법
과 작가의 세계관」의 '새로운 리얼리즘'을 살펴보기로 한다.
  새로운 리얼리즘은 현실의 다양성을 역동적으로 인식하되 사회발전 과
정의 본질적 계기를 형상화하여야 한다는31) 세계관과 창작방법에 대하
여 새롭게 문제를 제기하는 사회주의 리얼리즘이다. 사회주의 리얼리즘
은 비진보적인 작가들의 움직임을 경계하는 데서 시작한다. 비진보적 예
술가들은 카프의 소멸을 박수하며 급조의 〈문예예술가협회〉를 발기하고

---

30) 이병각, 「가을의 단상」, 『조선중앙일보』, 1935. 10. 5.~8.
31) 이병각, 『조선적 현실의 논고-창작방법과 작가의 세계관』, 『조선중앙일보』, 1935. 8.
    17.~22.

문단적 실지 회복을 꾀하고 있다는 것이다.32)

이러한 사실은 문학 권력으로서 카프를 적시하는 것이다. 카프 해산 전까지 계급담론은 타자를 배제하고 억압하여 그 논리로 타자를 환원하는 막강한 권력이었다. 이러한 카프 중심의 문단 권력으로부터 배제된 비진보적 예술가들은 카프 해산을 전기로 하여 새로운 조직을 만들어 문단 권력에 도전하는 것을 계급주의 입장에서 경계하였다.33)

그런데 그가 문제 삼는 작가들은 비진보적인 작가라기보다는 "과거의 진보적 작가연하든 일개의 작가와 평론가 중에도 이 아류와 악증적인 열병에 걸려 광견처럼 날뛰고 있는" 진보적인 일군의 작가들이다. 과거의 진보적 작가들이 계급문학을 단지 한 개의 유행 내지 일시적 조류로 이해하고 있었다는 것이다. 이데올로기 동일화의 문제로서, 그것은 과거 계급문학자들이 타자의 담론을 복제하고 있었음에도 불구하고 그것을 자신의 담론으로 오인하고 있었다는 것이다. 다시 말한다면 계급주의 문학론자들의 세계관이 확고하지 못하였다는 것이다.34) 따라서 문단 혼란의

---

32) 이병각은 당시 비진보적인 예술가들의 움직임을 이렇게 비판하였다. "비진보적 예술가-평론가들은 카프의 소멸을 박수하고 문학의 당파성을 옛날의 노론 소론으로 해석하고 자기 일류의 강필로 문학의 당파성이란 조선의 문학을 분산식히고 망처노핫다고 대노하며 급조의 정당적이며 정당연하게 〈문예예술가협회〉란 거룩한 단체를 발기하고 그들의 문단적 실지 회복을 꾀하고 있다. 이것은 한 개의 귀여운 동작의 표정이며 성격의 발로로 보아 우리는 주시와 경계를 금후에 약속하거니와 과거의 진보적 작가연하든 일개의 작가와 평론가 중에도 이 아류와 악증적인 열병에 걸려 광견처럼 날뛰고 있는 것을 볼 수 있다." ; 이병각, 위의 글.

33) 다른 글 「시에 있어서 형식과 내용」에서 김억을 동경의 西條八十詩 땜쟁이, 김환태를 환각의 집성자라고 실명을 거론하며 비판하는 것도 이러한 맥락에 있다.

34) 이것은 작가는 제작 이전의 세계관을 허수히하얏스며 평론가는 평론이전의 세계관을 허수히하야 신흥문학을 한 개의 유행 내지 일시적 조류(홍효민의 조선농민문학론)로 알고 아모런 과학적 지식과 경험의 비판에서 세운 확호한 세계관도 업시 경향적 구문과 숙어를 비용함으로써 신흥예술운동의 일인이 될 영광을 향락할 수 있었기 때문이다. 그러나 전자의 반동적주의와 그룹은 벌서 렛텔을 부친지 오래며 그들은 다만 적시적처의 그들의 본색 발휘일 것이요. 따라서 그들의 『가라구리』를 대중이 정직하게 알고 잇스나 제2의 조선인 아류인 이것이 과거에 그 글이 카프의 성원이라는데 잇서와 그것이 사이비적 보호색을 소지한 만큼 위험성이 더 만코 반동적 결과의 양이 더할 것이다. ; 이병각, 앞의 글.

원인은 비진보적인 작가에 있는 것이 아니라 진보적인 작가들의 비과학적인 세계관에 있다는 것이다. 이러한 진단에 의하여 그가 사회주의 리얼리즘에 근거하여 작가의 세계관과 창작방법론이 제기되는 것은 당연하다. "예술에 있어서 세계관은 예술의 내용이며 예술가에게 있어서 세계관이란 예술창작의 기법인 것이다."35) 따라서 작가의 세계관은 타자의 담론을 재생산하는 것이 아니라 현실을 토대로 과학적 통찰을 하여야 한다는 것이다. 이 세계관이 무엇인가 하는 점은 변증적 리얼리즘을 비판하는 데서 분명하게 드러난다.

그가 비판하는 변증법적 리얼리즘은 "현실을 심각히 정당하게 묘사하여 낼 길을 작가와 현실과의 사이의 실천적 상호관계의 과정에서 찾지 않고 새로운 세계관의 학구적 습득에서 찾음으로써 작가의 세계관의 재교육이란 봉건적이며 계몽적인 지시"밖에 주지 못하였다는 것이다. 이에 반하여 새로운 리얼리즘은 "작가와 현실성과의 상호관계 속에서, 즉 작가적 실천 속에 현실을 정당하게 묘사할 근본적 계기뿐만 아니라 정당한 세계관을 찾아내는 계기를 발견하게 함으로써 작가의 창의성과 창작적 자유에 대하여 아무런 편견도 없는 광범한 수문을 열어준 것이다."

변증법적 리얼리즘과 자신이 주장하는 새로운 리얼리즘에 대한 이 같은 비교는 극히 원론적인 파악일 수 있으나 주목할 바는 그가 비판하는 변증법적 리얼리즘이 타자에 환원된 담론이라는 것이다. 그 핵심은 유물변증법적 창작 방법에서 작가의 세계관은 자신의 세계관이 아니라 학습된 타자의 세계관이라는 것이다. 그래서 유물변증법적 리얼리즘은 학습된 세계관에 종속될 뿐만 아니라 그것이 작가의 창작 방법을 규정한다는 것이다.

따라서 새로운 리얼리즘의 핵심은 "지금 우리에게 문제된 '리아리즘'에 잇서서도 문제의 핵심과 '포인트'는 실로 '리아리뙥'하게 쓰는 데 잇는 것

---

35) 위의 글.

이 아니라 무엇을 어떠한 견지에서 쓸까 하는 것이 문제인 것이다."라는 데 있게 되는 것은 당연하다. 여기서 세계관이 예술의 내용이고 창작 방법이며, 이 둘의 관계가 대립적이거나 모순적인 것이 아니게 된다. 따라서 세계관은 "창작 방법의 본질적 계기인 동시에, 그것은 엑스 광선이 이 인체의 세포 사이를 투사하야 그것의 살을 뚫고 그 속을 정당 명확히 넷치어 내듯이 과학적 세계관만이 실현의 비판의 정확을 가질 수 잇는 것이다."[36]

문제의 본질은 이러한 사회주의 리얼리즘이 유가적 가문의 이병각에게 무엇이었는가 하는 점이다. 말할 것도 없이 계급주의는 식민지와 전근대성을 극복하는 근대적 기획의 하나이다. 이 기획을 앞서 밝힌 바와 같이 이병각은 그것을 '열정'이라고 규정했다. 그런데 열정은, 그가 비판한 진보적 작가와 비진보적 작가들이 그러했듯이 이데올로기의 욕망과 함께한다. 이병각은 자신의 욕망을 단지 '열정'이라고 감추어 놓았지만 사실은 "새로운 리알리즘은 프롤레타리아가 전취한 최고의 창작 방법이다."라는 결론에서 선명하게 드러나 있다. 그렇다면 그 욕망은 사회주의 리얼리즘의 이데올로기가 구성하는 욕망이라 할 수 있다. 그러나 이병각은 "민중의 소리를 신의 소리로 믿는 것은 정치가의 논리일지는 모르나 시인의 신조가 되지는 않는다"[37]고 했다.

그렇다면 문제는 이병각이 자신의 열정이 사회주의 리얼리즘의 이데올로기가 구성한 욕망이라는 것을 분명히 인식하고 있었다는 데 있다. 이것은 이병각을 계급주의자로 추동하는 다른 무엇이 있었다는 말이 된다.

> 시는 교만한 가보를 가진 문학이다. (중략) 참된 유가의 윤리는 헛된 벼슬과 지위와 물질을 싫어하고 이것을 경멸하는 것이다. 이는 몇 백년 동안 우리 선조들이 직혀온 신조이었으며 훌륭히 혈관 속에 흐르고 있는 전통이

---

36) 위의 글.
37) 이병각, 「나의 毒言抄」.

다. 새로운 것을 받아들이고 습관하여 내 것을 만들기에 힘이 들고 진통이
있는 것이지 조선(祖先) 이래의 이러한 습관과 신조쯤을 계승하는데 무슨
큰 괴로움이 있단 말이냐. 쉽사리 계승하여야겠다. 시인은 든세의 고매한
유도(儒徒)다. 설령 지위와 벼슬과 돈을 탐내는 시인이 있다하더라도 그들
에게는 돌아갈 지위와 벼슬과 돈이 없다.[38]

이병각은 사회주의 리얼리즘의 세계관과 창작 방법론을 펴는 한편 시
인이 물질의 욕망으로부터, 사회적 명예로부터 한 발 물러서서 고매한 인
격자가 되어야 한다고 주장한다. 이 양면성은 오늘의 입장에서 본다면 일
관성을 결여하고 있다.

그러나 당시 계급주의자들에게 일본으로부터 수입된 근대적 기획으로
서 계급주의는 유가적 담론이 비판의 대상이었지만 한편으로 자신을 견
책하는 지켜야 할 고매한 정신이었다.[39] 이러한 계급주의와 유가적 담
론의 이질적인 두 층위를 소통케 하는 것이 유가적 시중성이다. 유가는
"특정 행위가 합리적인가의 여부는 외부에서 주어지는 불변의 절대적 기
준에 의해서 판단되는 것이 아니라 주어진 상황에 직면하여 해석이 열려
있는 가변적인 규범을 따른다."[40] 그렇다면 식민지 지식인 이병각에게
있어 계급주의는 이데올로기 자체가 아니라 그 상황에서 선택할 수밖에
없었던 하나의 대안적 문제틀이라 할 수 있다. 여기서 사회주의 리얼리즘
작가도 유도(儒徒)이어야 한다는 주장이 있게 된다.

사회주의 리얼리즘을 무조건 이식하자는 것이 아니라 조선의 현실에
입각하여 독자적으로 적용하자는 것도 이러한 맥락에 있다. 이병각이 주
장하는 새로운 리얼리즘은 권력의 욕망이 아니라 당대 혼란한 문학의 좌
표를 설정하려는 유가적 시중성에 기초한 것이다. 그 정당성은 공의(公

---

38) 위의 글.
39) 이러한 이중성은 동북아시아 사회주의 운동에 정통했던 이육사의 경우에 있어서도 유가
    적 담론은 비판의 대상이었으며 한편으로 지켜야 할 정신이었다.
40) 이영찬, 『유교사회학』, 예문서원, 2001, p. 169.

義)를 구현하는 유가적 대동(大同)사회와 계급주의 이데올로기가 공접하는 위민사상에 있다. 그것은 이병각의 말로 한다면 "평화스럽기 짝이 없고—/ 경치와 살기 좋기로 이름난 고향" 같은 유토피아적 대동사회이다. 그 세계를 다시 복원하는 것이 사회주의 리얼리즘이고, 그것이 가능하도록 보장하는 것이 유도(儒徒)의 도덕성이다.

이병각이 말하는 유도(儒徒)란 사(士)에서 대부(大夫)를 지향하는 신분 지향적 의미와 유가적 이념을 이상적 인간상으로 삼는 인격적 주체로서의 의미를 함께 갖고 있다. 그런데 이 가운데 유도(儒徒)는 "헛된 벼슬과 지위와 물질을 싫어하고 이것을 경멸하는"41) 윤리적 인격주체이다. 이러한 인격주체는 도(道)와 의(義)를 가치 기준으로 삼아서 유가적 이념을 추구하고 실현하려는 유가의 이상적 인간이다. 사회주의 리얼리즘을 주장하면서 시인이 유도가 되어야 한다고 하는 것은 사회주의 리얼리즘을 특정 이데올로기로 여기는 것이 아니라 그 이데올로기에서 보편적인 삶의 에토스를 발견한 때문이다. 따라서 그것은 특정한 이데올로기의 마력으로 해석될 성질이 아니라 유가적 틀 안에서 생각할 문제틀이다. 그러므로 이병각에게 계급주의를 담보하는 것은 그것에 등가하는 유가적 위민사상의 당위성이다.

2.2.2. 고향의 발견과 유가적 질서

이상에서 살펴본 바와 같이 1930년대 후반도 계급주의는 근대적 기획으로서 계급주의와 지켜야할 정신으로서 유가적 당위성이 공존하는 중층적 시대이었다. 정치·교육·경제 등 공적인 제도는 근대 사상을 중심으로 하고 있었으나, 개인 생활 영역에서는 유가적 도덕성이 무의식으로 작용하고 있었다. 이병각이 사회주의 리얼리즘을 주장하면서 한편으로 시

---

41) 이병각의 이러한 발언은 선비란 "재물로 유혹하더라도 인으로 대응하고 직위로 억눌러도 의로 대처한다."라고 하는 퇴계와 상통한다.

인은 유도(儒徒)가 되어야 한다는 주장이 그것이다.

이병각에게 사회주의 리얼리즘은 당대 현실을 비추어 보는 거울이었다. 이 거울에 선명하게 비친 모습은, 그가 발견한 것은 봄날 땅에 붙은 보리싹을 두고/ 마을 사람들은 침을 삼키는" 궁핍한 고향이었다. "도가의 약주막지와/ 정미소의 뎅가리가 우리의 젖줄이다."라고 탄식하는 고향 사람들이었다. 이러한 고향의 사람들에게, 유도(儒徒)를 자처하는 하는 시인으로서, 사회주의 리얼리즘을 주장하는 진보주의자로서, 이질적인 두 층위를 아우를 수 있는 것은 새로운 공동체를 구성하는 것이다.

> 옥아
> 나물 바구니에 간직한 색 헌겊 조각을
> 남몰래 당나무 가지에 걸어놓고
> 떠나온 나를 위해 얼마나 빌었더냐?
> 그러나 너의 정성스런 기도도
> 나의 피투성이 발악도
> 우리가 손을 나누울 때의 맺은 약속과
> 아리땁던 희망을 실현시키기엔
> 너무나 어이없이 되고 말았다.
> 네가 어리광으로 채어주던 수놓은 주머니
> 지금 새카맣게 때묻어 나의 허리빵에 달려있어
> 안타까이도 텅— 비었고나
>
> 옥아!
> 별을 보고 나가면 별을 보고 들어와서
> 네가 매어주던 옷깃맺음을
> 한숨과 함께 만지거리고
> 시진한 몸뚱아리를 자리에 떨어트리면
> 너의 그리운 모양이 피곤한 꿈을 장식시키나니
> 하로 세끼의 밥을 먹기에 쪼들리는 수입
> 조곰이라도 쉬울 줄 알았던 노역이

촌이나 여기서나 마찬가지로구나
옥아!
아리따운 가공(架空)! 너의 '바램'을
찢어진 오색풍선으로 만들어 버릴 이 편지를 네댓번이나 주저하면서 쓰
노니
행여나 옥아!
너의 정성스런 당나무 가지의 색헌겊을
다시금 풀어 오지나 말아라

그러나 옥아!
기뻐하여라
너와 나만이 가질 조고만한 보금자리와
철없는 가공! 행복의 탑은 무너졌으나
나는 그것을 배웠노라 그것을!
우리들의 고생스런 현실이 '운명'이 아님을 배웠노라
그리고 앞날 우리들의 참된 승리와 행복을 배웠노라
자우룩한 어두운 안개 속에서 헤매이던 나의 세계가
갑자기 밝아졌단다!
옥아!
그것은 결코 정신의 묵시도 아니요
돌부채의 기적도 아니다
다만 선구자가 남겨주고 간
거룩한 남김에서 배웠노라
아! 나는 지금 기쁘다
네가 맺어준 옷깃맺음을 힘으로 삼고
너의 채어준 수놓은 주머니 속에
우리만이 가질 수 있는
빛나는 '프라이드'를 넣어
갸륵한 나의 사랑! '옥'이 너에게 바치려 한다.

▸▸▸ 「옥에게 보내는 편지」 전문

　문제는 이 작품이 카프 해체기에, 진보적 시가 극도로 위축되던 시기에, 자기 검증과 반성을 통한 주체 재구성기에, "우리들의 승리"를 확신하고 있다는 점에서 당시 분위기와 다르다는 데 있다. "우리들의 고생스런 현실이 운명이 안임을 배웠노라."고 외치는 시적 화자는 카프 목적기의 시들에 흔히 볼 수 있는 전망을 과장하는 주체 형태이다.

　이점을 강조한다면, 지금까지 당대 시를 '내성화'로 요약하던 연구자들의 논의를 새롭게 할 수 있다는 주장도 가능하다. 그렇다고 하더라도 이 작품을 단순하게 카프 해산 이후 계급주의 시를 계승하는 확고한 신념의 주체 형태를 드러내는 카프 목적의식기와 같은 선동적인 시를 추수적으로 따르는 시라고 단정지울 수 없다. 즉 카프 마력의 후광이라고 할 수 없다.

　앞서 사회주의 리얼리즘론에서 이미 살펴보았듯이, 이병각은 목적의식기 이데올로기에 포획된 작품의 문제점을 잘 알고 있었다. 그러한 그가 당대 분위기에도 어울리지 않게 "우리들의 참된 승리와 행복을 배웠노라."고 전망을 과장하는 점은 유가적 층위에서 논의되어야 할 것이다. 이것은 맹자가 주장하는 유가의 군신 관계의 상호성과 무관한 것이 아니다. 맹자는 "만약 임금이 그의 신하를 흙더미나 초개로 생각한다면 신하는 그를 도적이나 원수처럼 볼 것이다."고 하였다. 이것은 유가에서도 혁명을 인정한다는 것이다. 중국의 역사상 혁명가들은 맹자의 이 논리에 힘입어 자신들의 혁명을 정당화했다.

　'참된 승리'는 정치적 욕망이 아니다. 그것은 "설령 지위와 벼슬과 돈을 탐내는 시인이 있다하더라도 그들에게는 돌아갈 지위와 벼슬과 돈이 없다."42)고 하는 유가적 도덕적 순결성에 터하고 있는 것이다. 따라서 전망을 과장하는 시적 화자는 유가적 도덕성을 기초로 한 계급주의적인 '유교적 사회주의'43)적인 태도라 할 수 있다. 다시 말한다면 그것은 유가의

---

42) 이병각, 「나의 毒言抄」.
43) 금장태, 「한국의 유교문화와 사회구조」, 『한국유학의 탐구』, 서울대학교 출판부, 1999.

전통에서 국가도 윤리의 연장선상에서 인식한다는 것이다. 이로써 이병
각이 카프 흐름을 꿰뚫고 있었음에도 불구하고 카프 해산 이후 분위기에
걸맞지 않게 전망을 과장하는 '고향'을 매개로 한 작품을 발표하는 이유를
알 수 있게 되었다. 그의 존재는 고향의 조상을 통하여 더 선명하게 된다.

> 우수요 경칩이라
> 사월이라는데 槐花馬柱가 용틀줄 모르더니
> 백마는 어디로 다라나버리었다.
>
> 밖았三代가 해마다 떠나간뒤에
> 두리기둥 높은 軒檻엔 찬바람이 스치었다.
>
> 동지섯달이면 새벽마다
> 목뫼에서 여호가 울고
> 아이는 어매의 싸늘안 품안으로
> 소스라치며 기여들었다.
>
> 외로운 집안에 외로운 나달이 흐르는 동안
> 아이 이마엔 청상의 눈물이 마르지 않었다.
>
> 설날 아침이면 사당문이 열리고
> 각씨보다 하이얀 신주들이 나와앉는다.
> 손자는 꿇어앉어 향불을 피우는데
> 장터계집이 히히 웃는다.
>
> 귀신이 사람 마음을 뚫어지게안다는데
> 가엾지않소 머리를 숙인다.
> 어매요 우시라
> 목놓고 우시라
> 褪窓破壁祠堂엔 丹青마져 의의하다.

▸▸▸ 「사당」 전문

'사당'은 관계를 중시하는 유가적 존재론을 제도적으로 구현하는 형태이다. 유가에서 인간은 절대 개인적인 존재가 아니라 상호관계적인 존재이다. 유가에서 인간은 타자와의 관계 속에서 비로소 그 존재가 가능하다. 유가의 상호 관계를 극명하게 보여주는 것이 삼강오륜이다. 이 상호관계는 산자에게만 적용되는 것이 아니라 죽은 자에게도 똑 같이 적용되는데, 그 형식이 제사이다. 즉 제사는 철저하게 유가적 위계질서인 삼강오륜을 구현하고 그것이 내포하고 있는 당위를 보존하는 제도이다.44) 그러한 유가적 제도를 구현하는 곳이 사당이다.

그러나 이 시의 시적 화자에게 사당을 모시는 가문의 후손에게 담론구성체로 기능을 다하지 못하고 있다. 시적 화자의 어조에서뿐만 아니라 이 시의 시간과 공간적 배경이 되는 우수·경칩의 희망적 어휘와 대립되는 찬바람·여우 울음의 절망적인 어휘 등이 표상하듯이, 유가적 존재론을 구현하는 사당은 시적 화자를 근본적인 질서로 통제하고 검열하거나 제약할 수 없는 생명력을 상실한 것에 불과하다.

이 시의 마주·백마·두리기둥 등의 어휘는 고귀·품위·우아·영원성의 상징이며, 여우·청상·눈물·목뫼 등의 어휘는 비천·퇴락·비운·감각성·변화의 상징이다. 이 두 길항은 영원하고 보편적인 이(理)와 항상 운동을 통하여 천차만별로 나타나는 기(氣)의 상징이다. 그런데 이 시에서 괴화마주는 경칩이 되어도 피어나지 않고, 백마는 떠나버렸고, 두리기둥은 인간의 체온을 잃어버린 생명력을 상실한 몰락의 상관물이다. 이것은 유가적 가문의 질서가 생명력을 잃어버린 것을 의미한다. 여우의 울음이 차갑게 들리는 현실은 시적 화자가 지금까지의 담론구성체가 유지될 수 없음을 의미한다. 이에 조상을 숭배하는, 유가적 상호 관계적인 위계적인 질서에 대하여 시적 화자는 회의한다. 시적 화자가 지켜야 할 가문의 사당은 여우의 울음이고 청상의 눈물이자, 나아가 장터 계집아이들

---

44) 함재봉, 『탈근대와 유교』, 나남출판사, 1998, p. 270.

의 웃음거리에 불과하다. 그러나 이러한 판단은 오류일 수 있다.

문제는 마지막 여섯째 연에 있다. 첫연부터 다섯째 연까지 사실을 설명하던 것과는 달리 여섯째 연에서는 시적 화자의 감정이 노출되어 있다는 것이다. 그 감정은 "용 틀 줄 모르는", "찬바람이 스치는", 즉 생명력을 상실하였다는 사당의 퇴색을 말하려는 의도가 아니다. 시적 화자의 감정을 대신하는 어머니의 '울음'은 사당이 상징하는 조상의 존재가 퇴색하는, 그것은 자신의 존재가 부정된다는 데 대한 슬픔이다. 왜냐하면 사당은 가부장적 가족주의로 이름을 붙일 수 있는 유가적 세계관을 실현하는 공간이며 조상을 모시고 자신과의 관계를 확인하는, 그래서 자신의 존재를 새롭게 그 관계 속에서 정립할 수 있는 공간이기 때문이다. 사당을 확대한 것이 '고향'인데, 그것은 사당과 마찬가지로 자신의 존재를 관계 속에서 확인하고 가능하게 하는 공간이다. 그래서 사당의 다른 이름인 '고향'은 버려야 할 처소가 아니라 다시 복원해야 할 유토피아이다.

> 평화스럽기 짝없고—
> 경치와 살기 좋기로 일흠날 고향
>
> 봄—
> 학교ㅅ 뒤 마평—기름진들엔
> 버레 잡이ㅅ 불이 여호처럼 논뚝에 깜을 거리고
> 기—ㄴ 연긔 누렇게 아지랑이를 가리우나니
> 마을을 앞으로 정다히 안고 있는 병암산은
> 그 많은 진달래꽃이 담뿍피골라서
> 석보천 맑은 물 속에 분홍빛 그림자를 떠러트릴 때
> 산우에서는 마을 유지들의 꽃노리 잔치가 버러지고
> 풍물과 장고소리가 마음의 평화를 자랑하면
> 보통학교 아히들의 네ㅅ제 시간 고닮은 농원실습이 시작된다
>
> 면소 두던 진흥회관 높은 기양대에

「桒의 日」의 큰 깃발이 날이면 규중에 깊들앉어든 견드는 집 아낙네들이
검은 치마 검은 저고리들을 내여입고 꾕이와 호미와 똥박아지를 들고
기념식목 뽕나무 밭으로 모이여든다
이때에 마을의 착실한 발전을 자랑하기 위하야
면 소사 칠성이 놈의 서투른 나괄소리가
앞산 석벽에 띄-하고 부다치며
장터 술도가 문앞에서는
술찌개미 사러온 촌사람들이
고닲은 한숨을 짓는다.

아-평화하다는 고향의 봄!
울타리옆 어린감나무 가지에
노-란 새잎파리 사랑스리듯고
거름테미 파뒤지든 수탉놈이
숙성한 맞배병아리에게 『울음』을 가르칠 때
어젯날 이때-소리개의 발톱에 채여 간
다음배병아리를 생각하는 듯이
야웨인 암닭은 날개를 펴치고
눈을 내리깜는 한낮-
측돎에 거러앉은 돌쇠어머니는
배만남은 손구락을 꼬저
×에 간 아들의 도라올날과 아득한 보릿때를 헤아린다

아 평화스럽기 짝없고-
살기와 경치 좋기로 일흠난 고향

▸▸▸「고향」전문

'고향'은 태어나서 태를 묻고 인륜적 격률(格律)의 질서가 정연한 삶의
원초적 터전이다. 그런데 현재의 고향은 그러한 조화로은 질서를 잃어버
린, 군에 간 아들을 기다리는 어머니 가슴같이 텅 비었지만 언젠가는 떠
나간 이웃이 되돌아와 함께 살아갈 공간이다. 이 작품은 고향의 이러한

비극적 고향 현실을 폭로하고 비판하는 풍자시다. 더 구체적으로 말한다면 고향 유지들의 화전놀이와 양조장 앞에서 줄을 서서 술지게미를 구하는 빈민층을 대조하여 언젠가는 마땅히 이루어져야 할 당위적 고향을 그린 작품이다. 그것은 첫째 연과 마지막 연의 "아 평화스럽기 짝 없고—/ 경치와 살기 좋기로 일흠난 고향"하는 대목은 반어법에서 쉽게 확인된다. 고향은 평화스러운 곳이 아니라 "장터 술도가 문 앞에서는/ 술찌개미 사러온 촌사람들이/ 고달픈 한숨을 짓는" 피폐하고 궁핍한 고장이다. 소리개가 발톱으로 병아리를 채가듯이 강자가 약자의 육신을 앗아간 고향이다. 그런데도 시적 화자는 평화스럽기 짝이 없고 살기 좋기로 이름난 고향이라는 너스레를 떤다. 이러한 어조는 궁극적으로 부조리한 현실을 폭로나 비판하는 데 있지 않고 마땅히 그렇게 되여야 할 당위적 고향의 현실을 말하는 데 그 목적이 있다. 이러한 풍자의 수법을 이용하고 있음에도 불구하고 이 작품은 단순하다.

이 작품은 물론 계급주의적 관점에 터하고 있다. 그러면서 한편으로 시적 화자는 공동체의 상호 관계를 중시하는, 그래서 자신의 존재를 가능케 하는 유가적 질서 속에 있는 존재이다. 따라서 이 작품은 새로운 리얼리즘에 닿아 있으면서 또 가부장적 가족주의로 생각할 수 있는 유가적 세계관이 분명한 당대 유가적 계급주의자의 두 층위를 밝힐 수 있는 작품이다. 그렇다고 하더라도 이 작품은 이러한 관계가 일정한 방향을 갖고 있지는 않다. 그 원인은 감정을 극도로 통어하는 유가적 담론이 계급주의의 시중성에 환원된 낭만적 열정으로 설명할 수 있다. 즉 이병각 시의 낭만적 열정은 고향을 복원하려는 계급주의적 조급함이 감정을 극도로 자제하는 유가적 담론을 분할한 때문이라 할 수 있다

그렇지만 이병각 시를 관통하는 '고향'은 두 가지 상징적인 의미를 갖고 있다. 그 하나는 계급주의적 관점의 식민지 수탈에 대한 저항이고, 다른 하나는 그 저항을 정당화하는 유가적 위민사상의 윤리이다.

2.3. 이병철 : 조선문학가동맹의 방향성과 유가적 균형감

2.3.1. 계급주의 담론의 타자로서 유가적 담론

식민지 지배 이데올로기의 해체와 새로운 이데올로기의 구성이라는 해방공간의 특수한 상황에 의하여 당대 시인은 어떤 이데올로기든지 하나의 지평에 닿아 있다. 단적으로 말하여 해방공간의 시인은 좌우익 어떤 자리이든지 간에 그 체계의 부름에 대하여 응답하는 자라고 할 수 있다. 시인을 호명하는 이데올로기에 대한 시인의 응답은 이병철의 작품을 관통하는 "나는 간다"라는 일정한 방향성에 대한 단호한 어조에서 쉽게 확인할 수 있다.

이병철 시를 일정한 방향으로 추동하는 힘은 「대열」·「울면서 따라가면서」·「거리에서」·「나막신」·「모가지」 등의 작품에서 공통적으로 보이는 망설임이나 주저함이 없이 현실의 가혹함에 비례하여 투쟁 의지가 고조되는 로맨티시즘이다. 그 방향성은 "함께 누릴 즐거움으로 살기 위하여"(「대열」), "자유와 평화와 민주주의를 지키는"(「모가지」), 즉 당대가 요구하는 진보적 민주주의 건설이다. 그렇다면 이러한 민족적 과제를 실천하도록 그를 일정한 방향으로 추동하는 담론이 무엇이며, 그것이 구성하는 주체 형태가 어떤 것인가가 밝혀질 때 시적 사유구조가 선명히 드러날 것이다.

> 또 다시 뒷골목으로 숨어 다녀야 하는
> 우리 서로 조심스런 길머리에서
> 가끔 손에서 퇴비 냄새가 나는 시골친구들을 만난다
>
> 나의 아우와 아우의 어진 동무들과 그리고
> 끼니때마다 아비를 찾는다는 어린것의 엄마까지를
> 삼팔식 보병총으로 앗아갔는데

아 - 나는 불기둥처럼 서서 엉엉 울어야만 하는 것일까

참나무 빗장을 여닫을 때마다 강아지만한 무쇠 자물쇠 여닫는 소리마다
하나씩 이슬처럼 사라지는 사람들 눈망울마다
눈망울마다 감고 간 원수의 모습을 나는 잊지 않으리
너희들 매운 채찍에 멍들어 쩔름거리는
젊음을 오히려 시퍼러니 앞세우고
나는 간다 뒷골목이 트일 때까지 나는 간다

▸▸▸ 「뒷골목이 트일 때까지」 전문

　이 작품의 배경은 조선문학건설본부와 프로예술문학동맹이 통일전선을 결성한 다음 단계의 신전술 채택기의 10월 사건이다. 이것은 결국 조국 해방의 환희가 채 사라지기 전에 "뒷골목으로 숨어 다니며", "또 다시 숨어 다녀야 하는" 출구가 없는 절망적 정치 상황에서 "뒷골목이 트일 때까지 나는 간다"라는 민족 과제를 실천하는 저항적 실천의지로 이어진다. 이 저항적 실천 의지는 10월 사건으로 인하여 가족과 친구들이 희생된 비극적 상황에서 좌절되거나 굴절되지 않고 오히려 고조된다. 이것은 김남천이 새로운 문학 창작 방향으로 제시한 "현실에 만족치 않고 명일과 미래에로의 부단한 전진, 다시 말하면 현실적인 몽상, 미래를 위한 의지, 가능을 위한 치열한 꿈"45)의 혁명적 로맨티시즘이다. 또 그것은 "해방공간에 있어서 당면한 민족적 과제를 위하여 싸우는 민족의 거대한 꿈과 영웅적인 정신"46)으로서의 혁명적 로맨티시즘이다.

　이 작품에서 중요한 것은 "나는 간다"라고 일정한 방향으로 추동하는 실체가 무엇인가 하는 것이다. 그래서 먼저 "뒷골목이 막힌" 상황에서 "뒷골목이 트일 때까지 나는 간다"라고 일정한 방향으로 그를 추동하는 것이 무엇인가를 밝혀야 할 것이다. 이것은 그를 시인으로서 자리를 굳히게 한

---

45) 김남천, 「새로운 창작방법에 관하여」, 『건설기의 조선문학』, p. 169.
46) 위의 책, 같은 면.

남로당 외곽 조직인 조선문학가동맹이다. 구체적으로 운화에 의한 민주
주의적 민족문학과 창작 지침으로서 진보적 리얼리즘의 인민성47)에 자
리하고 있는 것이다.

　민족문학이란, 그 당시 좌익 내에서도 논란이 있었음에도 불구하고 임
화가 정리한 바에 의한다면 노동계급의 이념을 기초로 한 인민성의 문학
이다. 이를 민족문학으로 규정할 수 있는 임화의 논리는 노동자 계급을
중심으로 한 인민문학이 노동자 계급에만 한정되는 것이 아니라 차츰 노
동자 · 농민 · 진보적 지식인에게로 확산되어 민족 전체의 문학이 될 수
있다는 것에서다.48) 진보적 리얼리즘은 민족문학을 위한 창작방법론인
데, 김남천이 이해하고 있는 '혁명적 낭만주의를 내포한 것'49)으로 박헌
영의 8월 테제를 배경으로 한 것이다.

　이병철이 이러한 이데올로기에 호출되는 단초는 문학을 대중에 기초하
려는 조선문학가동맹의 대중화 운동에 있다. 대중화 운동이란 조선문학
건설본부와 조선프롤레타리아문학동맹의 좌파 문단의 분열기를 거쳐 상
당한 시각의 편차를 드러내면서도 조선문학가동맹으로 통합한 통일전선
기의 정치력에 의하여 조정된 지방문학운동의 활성화와도 연결되는 것이
다. 이것은, 이병철이 이미 식민지 시대 만주에서 프롤레타리아 표상체계
에 호출 당한 주체로서 다시 자신의 주체를 확고하게 세우는 계기가 되
는 조선문학가동맹 안동지부에 있다.

　이와 같은 지방 조직의 움직임은 통일전선기보다 앞서 이미 아서원에
서 한설야를 중심으로 자기 비판과 자신들의 실천 방향을 모색하던 자리
에서 임화가 "조직으로나 운동으로나 문학운동은 대중과 교류되어야"50)

---

47) 여기서 말하는 인민성이란 해방공간에서 노동자 · 농민 · 소시민 · 진보적 지식인 등이 갖
　　고 있는 진보적 변혁성을 지칭하는 역사적 개념이다.
48) 임화, 「민족문학의 이념과 문학운동의 사상적 통일을 위하여」, 『문학』, 1947. 6.
49) 김남천, 앞의 책, 같은 면.
50) 문인 좌담회 속기록, 「조선문학의 지향」, 『예술』 3호, 1946. 1.

한다는 문학대중화를 강조하면서 이미 논의된 바 있다. 이러한 목적에 의하여 조직된 안동지부는 조선문학가동맹의 지방조직 가운데 지역 자체의 진보적 문학동호인 모임이라 할 수 있는 '맹우회'와 구별되는 조선문학가동맹의 전위적인 지방조직이다.[51] 더 정확히 말한다면 안동지부는 조선문학가동맹의 신진작가, 특히 인민층으로부터의 작가적 성장의 육성 및 원조, 문학의 인민적 기초의 확립을 위한 대중활동이라는 조선문학가동맹의 전략적인 지방조직이다.

이병철이 안동지부에서 1946년 8월 10일 조직된 서울지부로 자리를 옮기고 난 이후 그의 실천은 더욱 진보적이게 된다.[52] 문제는 이병철이 문학운동의 조직적 거점 확보라는, 즉 조선문학가동맹이 사업을 확대해 나가며 조직을 점차 대중화시키는 과정에서[53] 그의 시적 출발점이 있다는 점이다. 더 분명히 말한다면 김영석·김남천·임화가 앞장서서 예술대중화 논의와 지방조직을 본격적으로 제기하는 전위성의 재생산 차원이라 할 수 있다.

조선문학가동맹 서울시 지부의 조직이 그들의 담론을 재생산하려 했던 치밀한 의도는 각 부서를 당시 문단 중심에 있던 시인과 지방조직에서 호출한 신인을 서로 연결하여 활동하도록 맺어 놓은 것에서도 드러난다. 이러한 목적을 구체적으로 실천한 것이 연말에 발간된 『전위시집』이다. 위원장 김기림이 서문을 쓰고 사업부 책임자 오장환이 발문을 쓴, 그 서발문의 성격은 일반적인 서발문과 성격이 다르게 그들의 담론을 재생산하는 담론 구성체로 기능하는 것이다. 다시 말한다면 『전위시집』은 젊은

---

51) 조선문학조선문학가동맹 서기국, 「지방조직에 대하여」, 『문학』 창간호, 1946. 7.
52) 서울지부는 위원장 김기림, 부위원장 조벽암·박노갑·허준, 서기장 김영석, 총무부 강형구·임원호, 조직부 이용악·박영준·이병철, 선전부 김용호·김철수, 사업부 김상원·오장환·김광현, 출판부 지봉문·정원섭·홍구 등이 중심이 되고, 또 각 장르별로는 시 김광균, 소설 현덕, 평론 임화, 희곡 함세덕이 각각 책임자로 되어 있다.(『예술신문』, 1946. 8. 24.)
53) 신범순, 「해방공간의 진보적 시운동에 대하여」, 『해방공간의 문학운동과 문학의 현실인식』, 한울, 1989, p. 277.

신인들에게 근로 대중에게 침투할 수 있는 작품을 개발함으로써 시를 정
치투쟁에 연계하여 운동의 파급 효과를 노리기 위한 담론 구성체로서의
시집이라 할 수 있다. 이것은 물론 남로당의 정치적 외곽단체인 조선문학
가동맹 서울시 지부의 문학적 실천의 하나이다.

　이러한 관념성에 종속은 정치적 욕망과 신인으로서 문단의 중심에 진
입하기 위한 욕망이 함께 하여 그 힘이 배가되었다. 이병철 시의 혁명적
로맨티시즘도 조선문학가동맹 초기에 김남천의 호출에 응답하는 것으로
―이것은 김오성이 신세대 시인에 당부하는 혁명적 낭만성54)이기도 한
데―신세대 시인이 문단 중심으로 나아가는 욕망이기도 하다. 이것의 강
렬성은 "젊음을 오히려 시퍼러니 앞세우고/ 나는 간다"라는 뚜렷한 방향
성이다. 이 방향성에 의한 실천이 선명하게 나타나는 것이 「모가지」이다.

　　칼날을 신고 지나가는 바람소리 요란한 바깥 날씨라서
　　자라처럼 비겁하여 부끄러운 어둠 속에 너의 모가지를 숨겨버릴 것이 아
　니다.

　　가슴이 가늘어지도록 울고 싶음에,
　　원통한 하늘은 호곡(呼哭)하면서, 참을 길 없이 추켜드는 모가지가 시리
　구나.

　　자유와 평화와 민주주의를 지키는 젊은 수호신들의 머리 뒤에
　　천둥 번갯불 어르렁대는 하늘이여 남부조선이여!

　　옆도 뒤도 없는 한뼘 땅 위에 정녕코 굽힐 수 없는 젊음을 재겨딛고 서
　서,
　　아 사뭇 위태로이 불러보는 우리들의 조국은 아직도 멀리 있는가.

　　칼날을 아니 바람을 차라리 명주고름처럼 가벼이 감고
　　한 사람씩 뒤를 이어 생채기 금간 모가지를 자랑삼아 우줄우줄 나서는

---

54) 위의 책, p. 279.

길이 있다.

> 멀리 보이는 내 사랑 민주주의의 언덕 바삐 이르러
> 구름 머흘머흘 하늘 걷힌 뒤, 피에 젖은 엽의의 옷자락이며 모가지며,
> 환히 밝은 햇볕아래 생채기 말릴 것을 믿으며 가는 길이 있다.

▸▸▸ 「모가지」 전문

이 작품은 「뒷골목이 트일 때까지」의 방향성과 혁명적 로맨티시즘적인 경향을 그대로 지니고 있다. 현실의 서사적 구체성이 약화되고, 저항적 의지를 강하게 앞세웠다는 점에서 관념이 앞섰다고 할 수 있다. 그러나 다소 감정이 노출되었다 하더라도 내적 진지성을 매개하는 날카로운 이미지들이 위기의 현실을 환기함으로써 오히려 구체성을 확보하고 있다. 이 작품의 핵심은 부정적 현실에 대하여 자신의 실천적 의지를 다짐하는, '모가지'가 상징하는 의미에 있다. 그것은 격랑의 현실에 자신을 던지는 가열함이다. 이 가열함은 김상훈 · 유진오처럼 담론 구성체가 재생산한 가열함이 아니라, 자신을 바라보는 타자로서 기능하는, 주체의 내적 성찰에 의한 것이다.

문제는 해방공간의 혼란한 정치적 상황에서 담론구성체와 주체의 이러한 역동성에 의하여 리얼리즘의 성취가 있게 된다. 그것은 타자의 논리에 동일화된 주체를 해체하는 것이며, 타자가 은폐하거나 배제하는 현실의 진실성을 복원하는 것이다. 그의 시구로 말한다면 "자라처럼 비겁하여 부끄러운 어둠에 너의 모가지를 숨겨버릴 것이 아니다"라고, 자신을 타자로 바라보며 냉정하게 비판하는 진지한 성찰에 의하여 성취될 것이다. 그 때에 이육사가 식민지 벼랑에서 무지개를 바라보며 자신이 어떻게 할까를 깊이 고뇌하듯이, 그도 "옆도 뒤도 없는 한 뼘 땅 위에 정녕코 굽힐 수 없는 젊음을 재겨 딛고 서서" 진지하게 자신이 어떻게 할 바를 스스로에게 묻고 다시 다짐을 한다. 이것은 어떤 전위시인에게도 찾을 수 없는 그

만의 기품이다. 이것은 이병철이 "내가 내 등뒤에서 숨으려는 나를 헐벗
은 틈에서 새삼 보았노라"(「거리에서」)고 자신이 발견한 또 다른 자신의
타자를 바라보았을 때 가능한 것이다. 중요한 것은 전위시인들이 격하게
겉으로 드러낸 파토스적 격정을 안으로 다스리며 치열하게 자신을 일정
한 방향으로 밀고 나아가게 한 것은 무엇인가 하는 것이다. 이 점은 지금
까지 이병철의 시적 주체를 구성하는 조선문학가동맹의 담론으로만 설명
할 수 없는 또 다른 담론이 호명하고 있다는 것을 전제로 한 것이다.

> 은하수 푸른 물에 머리 좀 감아 빗고
> 달뜨걸랑 나는 가련다
> 목숨 '壽'자 박힌 정한 그릇으로
> 체할라 버들잎 띄워 물 좀 먹고
> 달뜨걸랑 나는 가련다
> 삽살개 앞세우곤 좀 쓸쓸하다만
> 고운 밤에 딸그락 딸그락
> 달뜨걸랑 나는 가련다

▸▸▸ 「나막신」 전문

이 작품은 앞에서 살펴본 것들과 다른 분위기의 작품으로 단순하게 이
별시로 읽어도 무방한 서정시다. 그가 전위시인으로 주목을 받은 이후에,
또 10월 사건으로 악화된 상황에서 어느 때보다 전위적 역할이 요구되던
「모가지」와 동일한 시기에 쓴 작품이라는 것을 전제한다면 이 작품은 이
데올로기적이다. 이 작품이 지닌 「뒷골목이 트일 때까지」·「모가지」·「역
두에서」·「곡」 등 일련의 작품들과의 상호텍스트성은 "나는 간다"인데,
이것은 "현재에 저항하며 미래로의 부단한 전진"이라는 일정한 방향성인
것이다. 이로 본다면 이 작품은 단순한 서정시가 아니라 일정한 방향을
지닌 시라는 것을 알 수 있다.

이 작품의 방향성은 "목숨 '壽'자 박힌 정한 그릇으로/ 체할라 버들잎

띄워 물 좀 먹고"라는 구절에서 유추할 수 있다. 이는 결단의 순간에 숨을 고르는 내적 조망이자, 그를 호출한 이데올로기를 되짚어 보는 내적 행위일 수 있다. 그리고 "목숨 壽자"가 내포하듯이 앞을 예측할 수 없는 ─역사적 격동기에 다시 돌아올 가능성이 불확실한─역사적 격랑의 한 고비에서 인간적 고뇌일 수 있다.

그런데 이 작품에서 육신을 가다듬고 호흡(정신)을 고르며 때를 기다렸다가 길을 떠나는 자의 의연한 모습은 수기치인(修己治人)하는 유가적 이미지이다. 이것은 전위시인이 목표로 하는 투쟁적인 실천 층위와 다른 것이다. 유가적 이미지는 이 작품의 핵심이라 할 수 있는 "달뜨걸랑 나는 가련다"하는 구절에서 '달'의 상징성과 "나는 가련다"라는 서술에서 드러난다. '달'은 시간의 질서와 시절의 운행을 상징하는 것으로, 즉 시간과 공간을 초월하여 존재하는 법칙을 상징하는 것이 된다. 유가에서 이것은 윤리적 문제까지 하나로 통합하는 당위의 질서체계이다. 문제는 이러한 "있어야 할 원리"로서의 유가적 메커니즘이 그의 시적 주체에 간여한다는 것이다.

여기서 이병철이 조선문학가동맹의 동일화의 담론 재생산자가 아니라는 것을 알 수 있다. 그것은 담론구성체가 구성한 주체를 관리하는 유가적 아비투스가 간여하기 때문이다. 유가적 아비투스는 삶 속에 각인되어 주체를 관리하는 문화적 자본이다. 이 질서 체계는 조선문학가동맹의 담론구성체와 대응되는, 인간을 구속하는 전근대적인 사상이라고 비판할 수 있다. 그러나 인간이 있어야 할 존재로 존재해야 한다는 인간존중을 핵심으로 하는 사상이라는 점에서 결코 비판될 것만이 아니다.

이병철을 호출한 것은 조선문학가동맹이고, 그 담론 구성체에 의하여 그의 시적 주체가 구성되었다는 것은 명확하다. 또 이병철 시에 무의식처럼 나타나는 유가적 이미지는 퇴계 학파를 계승한 가문의 전통이라는 것도 확인된다. 그의 가문의 유가적 전통은 석천 서당이 상징하는 이시명과

장씨 부인, 그리고 퇴계학문을 계승한 영남학파의 거두 이현일과 이재를 통해서 축적된 문화적 자본이다.

여기서 이병철 시에 나타나는 선명한 이미지가 어디에 기인한 것인가를 확인할 수 있게 되는데, 그것은 주체를 관리하는 유가적 극기이다. 조선문학가동맹의 담론 구성체는 그를 전위적인 주체로 뜨겁게 추동하고, 유가적 메커니즘은 그를 냉철하게 관리한 것이다. 이에 그의 시는 뜨거우면서도 감정은 절제되고 시적 이미지는 선명하게 된다. 다시 말한다면 비시적 상황에서 분출되는 감정을 통어하여 탁월한 시적 성취를 가져오게 한 것은 유가적 규율의 극기이다. 이러한 유가적 규율은 그로 하여금 당대 유행하던 전언의 중심을 청자에게 두는 청자 지향의 시와 무관하게 하였다. 그의 시에는 전언의 중심이 언제나 자신에게 있고, 여기에는 진지한 성찰이 동반된다.

그런데 조선문학가동맹의 전위성과 가문의 보수성은 이질적이다. 이러한 이질적인, 조선문학가동맹의 근대적 담론구성체와 가문의 전근대적 유가적 메커니즘을 매개하는 것은 세계를 있어야 할 것으로 보는 가치지향적인 세계관이다.55) 이는 그들이 진보적 리얼리즘을 혁명적 로맨티시즘으로 파악한 것과 맥을 같이 한다. 유가들은 가치・당위・도덕이 부정될 때 인간 또한 부정되기 때문에, 인간 자체를 보존하고 존중하기 위해서는 위계질서와 도덕, 그리고 권위는 피할 수 없는 요소로 생각했다.56) 이병철에게 유가적 질서는 인간을 보호하는 장치로서 진보적 조선문학가동맹의 담론과 함께 하는 것이라 할 수 있다.

다른 하나는 그가 동맹원으로서 유가적 메커니즘 내에서 정치적 현실을 비판하는 위민 사상이다. 이병철이 동일화한 인민성은 유가적 메커니

---

55) 유물론적 인식론에 따르면 인식의 과정에서 가치와 당위는 전혀 개입될 수 없다. 그러므로 교육・훈련・극기 그리고 이러한 것들을 담당하는 사회・교회・가족 등은 필요치 않다.(위의 책, p. 244.)
56) 함재봉, 앞의 책, p. 261.

즘의 전거인 『논어』에서 민을 위하여 위정자를 비판하고 인치를 주장하
는 이치와 크게 다르지 않다. 여기서 이병철은 동일화의 담론구성체를 복
제하는 착한 주체가 아니라 역동적인 비동일화의 주체인 것이 확인되었
다. 이 역동성은 세상을 바르게 보고 바르게 살려는 마음이다.

2.3.2. '가족'의 재발견과 계급주의 이미지

이병철 시가 조선문학가동맹의 이데올로기에 동일화되었음은 그의 시
를 관통하는 '나는 간다'라는, 조선문학가동맹의 지도이념에 응답하는 일
정한 방향성에서 이미 확인하였다. 또 자신을 진보적 민주주의의 대열 속
에 고양된 심리의 상태로 전진시키는57) ㉠ 해방의 감격, ㉡ 투쟁의 대
열, ㉢ 민중적 현실의 정서적 체험에서 나타나는 혁명적 로맨티시즘을 확
인하였다. 혁명적 로맨티시즘은 언제나 현실적 좌절이 동반되는데, 그것
을 극복하는 것이 유가적 메커니즘이라는 것도 확인하였다. 문제는 이러
한 그의 시적 미학이 무엇인가 하는 것이다.

　　　　조금씩 서로 닮은
　　　　비슷비슷한 얼굴들

　　　　모두다
　　　　해바라기처럼 싱싱한 포기포기

　　　　바람에 흔들리면서
　　　　이지러질 듯 바람 속에 흔들리면서
　　　　붉으래 핏빛 좋은 얼굴들

　　　　앞을 따라
　　　　목소리를 가지런히 만세를 부르면서,

---

57) 신범순, 앞의 논문, p. 280.

예사 함께 누릴 즐거움을 살기 위하여
하늘 걷히고 온전한 햇빛 받아 무성하기 위하여

앞을 따라
목소리를 가지런히 만세를 부르면서
우리 모두다 함께 간다.

▸▸▸「대열」 전문

『전위시인집』에 실린 이 작품은 1946년 6월 사건을 배경으로 한 시이다. 이 사건을 소재로 하였다는 것은 정치적 감각을 앞서 읨다는 것인데, 이 정치적 감각은 그의 동일화된 표상체계이다. 김상훈의 「기폭」, 김광현의 「조국은 울고」, 박산운의 「거울같이 아는 일을」 등의 작품은 관념을 여과 없이 노출시키며 선동적인 구호를 앞세운다. 그러나 이병철은 이러한 비시적인 전위시인의 자리에서 선명한 이미지를 만들어 낸다. 이것은 주체에 작용하는 문화적 자본의 극기라는 것을 앞에서 밝혔다.

위의 작품에는 "우리는 모두 다 함께 간다"라는 담론구성체가 구성하여 일정한 방향으로 호출한 동일화의 주체가 드러나 있다. 이 일정한 방향성과 물질성은 대열을 지은 무리의 객관적 상관물 '해바라기'가 태양을 따라 움직이는 향일화(向日化)라는 상징성에서도 확인된다. 즉 해바라기는 조선문학가동맹의 담론구성체가 일정한 방향으로 구성한 주체이다. 이 방향성은 혁명적 로맨티즘을 동반한다. 해바라기를 "싱싱한 포기"나 "붉으래 핏빛 좋은 얼굴들"로 비유하고 있는 함축적 의미가 청춘의 정열을 암시하고 있는데도 불구하고 시적 주체의 감정은 극도로 절제되어 있다. 그러나 「대열」은 겉으로 감정이 절제되어 있으나 안으로는 뜨겁고 힘차다. 여기에서 이병철의 시가 전위시인들과 다른 점이 나타난다.

문제는 시적 주체가 두 번 반복하는 "앞을 따라/ 목소리를 가지런히 만세를 부르면서/ 우리 모두다 함께 간다"라는 대목의 '앞을 따라', 그리고

'가지런히'는 절대개인으로서 시적 주체가 아니라 타자와 조화로움을 추구하는 가운데 존재하는 주체다.58) 이것을 다르게 말하면 시적 주체는 절대 개인으로 존재하는 것이 아니라 자아와 타인과의 관계 속에 존재하는 간주관적(intersubjective)인 존재다. 그가 저항하는 근본은 "예사 함께 누릴 즐거움을 살기 위하여/ 하늘 걷히고 온전한 햇빛 받아 무성하기 위하여"59)라는 구성원이 완벽한 조화를 이루며 살아가는 상생(相生)이다. 그가 동일화한 인민성과 유가적 메커니즘의 이질성을 매개하는 것은, 곧 인간이 인간과 더불어 사는 상생의 원리이다. 이를 위하여 시적 주체는 투쟁의 대열에서 영웅적으로 목소리를 높이는 것이 아니라 목소리를 낮추어 타자와 가지런히 조화를 이룬다.

　　주체와 타자의 관계가 구체적으로 설정된 것이 앞에서 살펴본 「뒷골목이 트일 때까지」이다. 뒷골목이 트일 때까지 저항하는 시적 주체는 절대적 개인으로 존재하는 것이 아니라 서사적 배경이 된 아버지와 나, 나와 아내, 나와 아들, 나와 동생이라는 가족적인 질서 속에 있는 간주관적인 존재다. 가족은 간주관성의 가장 기본적인 단위이다. 이 기본적인 단위를 해체할 때 절대개인으로서 전위시인 유진오와 같은 영웅적 모습이 드러나게 된다.

　　웃을 때마다 보조개 우물지는 아내를 콧구멍이 빠꼼빠꼼한 어린 것들을
　　낙동강 건너 마을에 버리고 쫓겨왔다.

　　하두 바람부는 날이기에 자락을 거슬러 젊음을 버티면서

---

58) 이병철의 이러한 시적 사유구조는 논어에 닿아 있다. 『논어』「微子」6장에 공자가 은자(隱者)인 걸익(桀溺)을 상대로 하여 "조수와 함께 무리지어 살 수 없으니, 내가 이 사람의 무리와 함께 하지 않고 누구와 함께 하겠는가"하는 말에 나타나 있다.

59) 이 구절은 조선문학가조선문학가동맹이 이상으로 설정하고 있는 모든 권력이 사라진 혁명 이후의 상태로 생각할 수 있다. 이 상태에서 개인은 권위·권력·위계질서를 벗어난 절대적 개인이다. 이것은 이병철의 담론구성체적 의미이다. 그러면서도 이것을 유가적 담론으로 생각한다면 사람들 사이의 질서체계에 의하여 유지되는 당위라 할 수 있다.

몇몇 동무들은 시장한 회관에서 나를 기다릴텐데.

아 이 어인 바람이 멎지 않아
휘몰리는 발걸음을 바로 고누우려는 발걸음을 비틀거리면서,
바람벽마다 전봇대에 누더기진 삐라를 읽는다.

흰 손이 좀 부끄러웠음인가 내가 내 등뒤에 숨으려는 나를 헐벗은 틈에
서 새삼보았니라.
어서 굵다란 첫획을 그을 붓과 잉크를 사가지고 건너가자.

▸▸▸「거리에서」전문

이 작품은 동일화한 담론의 실천을 위하여 가족과 결별하지만, 실천과
정에서 머뭇거리는 자신을 발견하고 다시 대열 속으로 힘차게 밀어 넣는
다는 자기 성찰을 강조한 시다. 이 핵심은 시적 주체가 자신의 등 뒤에
숨으려는 자신을 발견하는 것인데, 그것은 '흰 손'이 함측하고 있는 현실
적 실천이 부족한 지식인으로서 굳건하게 주체를 세우기 위함이다. 주체
를 세우는 것은 담론구성체가 추동하는 힘일 수 있고 또 유가적 자기 다
스림의 치열한 수기일 수 있다. 이 두 가지 추동력을 매개하는 것이 뜻을
같이하는 조직원이고 그를 기다리는 고향의 가족이다. 지금 현재 가족을
떠나와서 목적을 실천하는 것은 가족과 함께 하기 위한 준비 과정일 것
인데, 자신이 자신의 등 뒤에 숨는다는 것은 그 목표를 포기하는 것이다.
여기서 "어서 굵다란 첫 획을 그을 붓과 잉크를 사가지고 건너가자"라는
자신을 매몰차게 내려치는 독백이 있게 된다. 이렇듯이 전위시인으로서
의 그는 절대적 개인으로서 기능하는 것이 아니라 조선문학가동맹 동료
들과 아내와 어린 것의 관계 속에 있는 것이다. 그의 시적 미학은 이러한
간주관성에 있다. 그는 혼자 바르게 살려고 하지 않았고 함께 더불어 살
기를 희원했다. 그의 시를 관통하는 상생의 미학은 이더올로기를 해체하
고 새로이 구성하는 이데올로기로 기능하는, 인식론의 전환이다.

그런데 문제는 이병철이 가족 중심주의에서 절대개인으로서 기능하지 못하면서 어떻게 전위적인 운동을 진지하게 형상화할 수 있느냐 하는 것이다. 가족중심주의가 간주관적이라는 점에서 절대 개인으로서 존재하지 못한다는 문제점이 있으나, 이것을 역으로 생각한다면 오히려 구체적인 사건을 매개하여 치열한 자기 성찰과 전위의식을 고양시키는 장치도 될 수 있다. 즉 간주관성의 작품은 가족구성원을 매개함으로써 문제의 절실성뿐만 아니라 내면의 고백까지 들려주기 때문이다. 이러한 장치들은 민중적 현실을 형상화하여 전위적인 실천 의지의 파급 효과에 둔 것이다. 왜냐하면 그것은 역사의식이 미급한 일반 독자들에게 극적 효과를 가져올 수 있기 때문이다. 이것은 일정한 방향성의 실천적인 효과를 노리기 위한 시적 효과일 수 있다.

가족이라는 단위는 절대개인을 중심으로 하는 근본적인 사회 단위로 받아들여지지 않고 있으며, 특히 정치사상을 논하는 데에는 전혀 고려되지 않고 있는 단위이다. 이러한 체제 하에서 그를 관리하는 유가적 가족주의의 질서는 그의 시적 요체가 되는 간주관적 인식론에 있다.

2.4. 결 론

이병각과 이병철은 모두 퇴계학파의 중심인물인 이현일의 직계 후손으로 전통적인 유가적 가문교육을 받고 그들 생애의 대부분을 경북 북부지방의 안동문화권의 영양과 안동에서 활동한 시인들이다. 1930년대 후반 카프 해산 이후 카프 시인들이 붕괴된 자신의 내면과 주체성을 재건하려고 하면서도 시를 포기하는 상황에서 이병각은 서울과 영양을 오가며 새로운 리얼리즘을 주장한 시인이라는 것이 문제적이다. 즉 이병각은 영양에서 등단하고 1930년대 후반 임화·김남천·한설야 등과 사회주의 리얼리즘 수용논쟁, 농민문학론, 풍자문학론, 내용형식론, 혁명적 낭만주와 리얼리즘 논쟁에 적극적으로 참여하며 활발하게 작품 활동을 전개한 문제적 시인이다.

이병철도 해방 공간의 역사적 격변기에 안동에서 조선문학가 동맹 안동 지부를 결성하고 이어서 유진오・박산운・김상훈・김광현 등과 함께 전위시인으로 활동한 시인이다. 이병철의 우수성은 이미 당대 김기림이 눈여겨 지적한 바와 같이 당대 분위기의 감상주의적 함정과 개념화된 이념으로부터 벗어나 시적 이미지의 선명함에 있다. 이처럼 이병각과 이병철은 그들은 다같이 경북 북부지방의 유가적 가문의 계급주의 시인이라는 동일한 점에도 불구하고 그들 사이의 차이점은 확연하다.

이병각에게 계급주의는 유가의 위민사상을 담보하는 하나의 시중적 선택이다. 이미 살펴보았듯이 그의 시를 관통하는 '고향' 이미지는 유가적 위민사상을 실현할 수 있는 공간이며 동시에 계급주의ㅈ 이상을 실천하는 공간이다. 즉 '고향'은 식민지 시대 진보적 지식인들이 새롭게 건설하여야 할 유토피아이면서 한편으로 유가적 위민 사상을 실현할 수 있는 현실적 공간이다. 이러한 두 층위의 '고향'이 가부장제 질서로 환원되어 버린다는 데 그의 주장과 시는 간극이 있다. 때문에 그가 사회주의 리얼리즘을 주장하고 있으면서도, 정작 작품은 현실의 다양성을 역동적으로 형상화하지 못하게 된다. 이것은 그를 계급주의자로 추동하는 것이 마르크스주의 이데올로기가 아니라 지식인이 위기에 대처하여야 한다는 유가적 위민사상의 출처관에 연결되어 있기 때문이다. 그 당위성의 감정 강도에 비례하여 그의 시는 전망을 과장하게 된다.

이병철은 해방공간의 역사적 격랑에서 자신의 주체를 바르게 세워 새로운 나라를 만들기 위하여 계급주의를 선택했고 그 정치적 실천으로 남로당 외곽단체인 조선문학가동맹 안동지부를 결성하고 차츰 자리를 굳히면서 서울시지부에서 활동했다. 그 방향은 진보적 리얼리즘의 인민성이다.

그에게 진보적 리얼리즘의 방향성은, 인민성 그 자체에 있으면서 매우 이질적인 유가적 담론이 함께 작동하는 혁명적 낭만성에 있다. 여기서 이념을 우위에 놓은 유진오·김광현과 유가적 집안의 이병철 시가 구별되는 점이 나타난다. 이들, 즉 이념을 우위에 놓은 시인들이 자신을 추동하는 이념을 통어하지 못할 때, 이병철은 자신의 감정을 유가적 상관물 극기로 이미지화한다. 김기림이 막연하게 그의 시적 우수성을 이야기 한 이미지의 선명함은 진보적 리얼리즘의 이데올로기를 통어하는 유가적 담론의 효과이다.

조선문학가동맹이 호출한 이데올로기와 유가적 담론을 매개하는 것은 인간의 기본 질서가 부정될 때 인간 또한 부정되기 때문에, 인간 자체를 보존하고 존중하는 유가적 상호관계성이다. 다시 말한다면 유가적 질서가 인간을 보호하는 장치로서 진보적 계급주의 담론과 함께 할 수 있다는 것이다.

이병철 시의 특징은 여기서 비롯되는데, 그것은 시적 화자가 절대 개인으로 존재하는 것이 아니라 자아와 타인과의 관계 속에 존재하는 간주관적(間主觀的)인 '가족' 이미지이다. 이 간주관적인 '가족' 이미지는 타자와 조화를 이루며 살아가는 유가의 상생의 원리이다. 그렇기 때문에 이병철 시의 시적 화자는 투쟁의 대열에서 혼자 앞서서 영웅적 목소리로 외치는 자가 아니라 목소리를 함께 하고 타자와 가지런히 조화를 이루며 조직의 단위 질서 내의 흐름에 따라가는 자이다.

문제는 이병철이 가족 중심주의의 절대 개인으로서 기능하지 못하는 자리에서 어떻게 전위적인 운동을 전개하였느냐 하는 점이다. 이것은 구체적인 사건을 매개하여 치열한 자기 성찰과 전위의식을 고양시키려는 시적 전략이다. 왜냐하면 시적 배경에 가족 구성원을 설정함으로써 문제의 절실함뿐만 아니라 내면의 고백까지 들을 수 있기 때문이다. 또 그것은 역사의식이 미급한 일반 독자들에게 극적 효과를 가져 올 수 있기 때문이다.

경북 북부지방의 유가적 시인들에게 계급주의는 이데올로기 자체가 아니라 당대 역사적 과제를 해결하는 하나의 문제틀로서 기능하였는데, 그 정당성을 담보하는 것은 유가적 위민사상의 도덕성이다. 이것이 기능하는 방향에 따라서 시적 구조가 달라진다. 이병각의 경우 위민의 정당성 자체가 낭만적 전망이었다면, 이병철에게는 위민의 정당성 자체가 자신을 극도로 통어하는 냉정한 내적 타자였다. 여기서 이 글은 의미를 갖게 된다. 그것은 지금까지 연구자들이 계급주의 시에서 간과한 유가적 이미지를 밝혔다는 것이 아니라 일방적으로 이데올로기 호출로 규정하던 계급주의 시에서 유가적 담론이 기능하는 방향에 따라서 계급주의 시의 구조가 다름을 밝혔다는 데 있다.

3. 조지훈의 시적 긴장과 역사적 조망

3.1. 문제의 제기

지식인이 역사 앞에 외치는 시란 무엇인가. "꽃망울 속에 새로운 우주가 열리는 파동! 아 여기 태고적 바다의 소리 없는 물보라가 꽃잎을 적신다"라고 입신(入神)의 경지를 노래하던 조지훈, 그러나 그는 초강(楚剛)한 논객이며, 정치(精緻)한 논리를 전개한 학자였다. 그러기에 그의 자리는 한국 근대 시문학사뿐만 아니라 한국 근대 정신사에서 어느 누구도 훼손하지 못할 만큼 확고부동하다. 그렇다고 하더라도 이러한 경직된 선행담론을 그의 앞에 놓는다면 그의 진실된 모습은 오히려 가려지게 될 것이다.

사실 그는 "너희 그 착하디 착한 마음을 짓밟는/ 불의한 권력에 저항하라"(「잠언箴言」)고 외친 위의(威儀)의 시인이면서, "까닭 없이 마음 외로운 때는/ 노오란 민들레꽃 한 송이도/ 애처럽게 그리워지는데"(「민들레꽃」)라며 외로움을 눈가에 비치던 여리고 섬세한 시인이기도 하다.

그런데 지금까지 그에 대한 담론은 후자보다는 전자의 측면을 강조하여 왔다. 그리고 유가적·불교 미학으로, 아니면 청록파·문협 정통파라는 유파로 그를 자리매김하였다. 이런 담론은 유가적 집안 분위기, 오대산 월정사 강원 생활, 문협 핵심 멤버, 자유당 독재에 대한 항거 등의 이력(履歷)을 지나치게 강조하였다는 데서 문제가 있다. 호출 기제나 역사 전기적 방법으로 그의 시를 읽어간다면 전·후기 시에 변화된 매개고리를 찾을 수 없게 된다. 이러한 문제점은, 그의 시가 다양한 변화에도 불구하고 일관되게 흐르는 미학이 무엇인가를 밝힘으로써 해결될 것이다.

이를 탐색하는 길은 여러 가지가 있겠으나, 그가 독창적인 시론을 전개한 시인이라는 점에서—이것은 다분히 의도적 오류일 수 있지만—먼저 그의 시론에서 찾아보는 것도 한 가지 방법이 될 수 있다. 그는 시의 출발점을 '영혼의 기갈(飢渴)'60)로, 즉 파괴된 균형을 복구하는 것에서 잡고 있다. 여기서 무엇에 대한 기갈인가 하는 물음이 다시 시작된다. 다시 그의 말로 한다면 '영혼의 기갈'은 우주만물의 원형인 '본원상(本原相, Urphanomon)'61) 찾기의 목마름이다. 이 본원상은 음양이 상호작용하여 하나로 구성되는 '완미한 결정을 이룬' 일기(一氣)이다. 그렇다면 그의 시에서 유가적·도가적62)·선적 미학, 모방론과 표현론의 세계관, 서정시와 모더니즘 시, 그리고 동양과 서양사상이 혼재된 것은 본원상 탐색과정에서 다양한 모색에 따른 현상이라 볼 수 있다.

그러므로 '영혼의 기갈'이란, 그가 "세사에 시달려도 번뇌는 별빛이라"(「승무」)며 앙천(仰天)하는 회재불우(懷才不遇)의 조숙함일 수 있고, "해방 직후 시단의 혼미에 대한 계몽과 당시 횡행하던 유물사관의 횡포에 대한 비판을"63) 하여야 한다는 시대적 소명감의 조급함일 수 있다.

문제는 '영혼의 기갈(飢渴)'이 세계와 자아의 교호작용에 대한 목마름이라는 것이다. 앞으로 글을 전개한 과정에서 밝혀지겠지만 그의 초기 자연시와 후기 현실시를 관통하는 미학은, 그가 밝힌 바처럼 "대상을 자기화하고 자기를 대상화하는 곳에 생기는 통일체 정신이 시의 본질이라는"64) 동격화 사고65)라는 것이다. 동격화 사고는 자아와 세계가 서르 포섭되는 것이 아니라 하나의 패턴 속에 나란히 놓여지는 것이다.

결국 그가 말하는 영혼의 기갈은 '궁고수사(窮苦愁思)'하는66) 내면의

---

60) 조지훈, 「조지훈 시선 후기」, 『조지훈 전집 1』, 나남출판사, 1996, p. 120.
　　이 글에서 조지훈은 자신의 시의 출발점을 '영혼의 기갈'에서 잡고 있다. 영혼의 기갈은 정신의 파괴된 균형을 복구하려는 욕망이다. 이하에는 『전집』으로 표시한다

61) 『전집 2』, p. 20.
62) 권기호, 『선시의 세계』, 경북대학교 출판부, 1991, p. 46.
63) 『전집 2』, p. 15.
64) 위의 책, p. 26.
65) J. Needham, 이석호·이철주·임정대 역, 『중국의 과학문명II』, 을유문화사, 1986, p. 389.
66) 정민, 『한시의 미학』, 솔, 1998, p. 230.

당위적 자아와 현실적 자아의 관계다. 그만의 독특한 동격화 시학은 천도
(天道)의 음양이 일기(一氣)를 이루는 것이다. 이러한 문제를 중심에 놓고
조지훈 전·후기 시에 일관되게 흐르는 동격화의 서정 시학을 살피려 한
다. 이 의도는 오늘날에도 서정이 우리를 구원할 수 있을까 하는 물음에
대한 답을 찾는 것이기도 하다.

3.2. 비제도적 교육과 유가적 규율

조지훈 시를 관통하는 '영혼의 기갈'이란 그의 곡진(曲盡)한 갈구이자
결곡한 삶의 방식이다. 이것은 "소리쳐 부를 수도 없는 이 아득한 거리
에"(「민들레꽃」), "애처롭게 묻혀서 사는 이의/ 고운 마음"(「낙화」)일 수 있
다. 그리곡 "순일(純一)한 정신을 지키기 위한 불타는 신념"일 수 있다.
이것을 확인하는 길은 그의 삶을 따라가면서 살펴보는 도리밖에 없다.

그는 1920년 영양군 일월면 주곡리에서 호은공(壺隱公) 조전(趙佺)의
14대 후손으로, 제헌 및 2대 국회의원이었던 조헌영과 유노미의 차남으
로 출생했다. 조부 조인석(趙寅錫)은 천석꾼의 부호일 뿐 아니라 시문에도
뛰어났으며, 형은 세상에 『세림시집』으로 알려져 있는 요절한 시인 조동
진이다. 아버지가 동경 유학생으로 개화된 지식이었음에도 불구하고, 그
는 어린 시절 조부 조인석으로부터 한학과 유가적 절의를 배우며, 영양보
통학교를 3년간 수학하고 1928년에 졸업했다. 그는 한학을 수학하면서
도 새로운 잡지와 신학문에 관심을 갖고 독서를 게을리하지 않았다. 그는
스스로 어린 시절을 밝히는 자리에서 "내가 신문 잡지를 처음 읽을 줄 알
던 시절은 이른바 저항문학이 대두하기 시작할 무렵이었다. 글이랍시고
쓰기 시작한 것은 아홉 살 때 동요를 지어본 것이 처음인데, 이 동요란
것이 그 무렵 성하던 프로문학의 영향을 받은 것이었음을 기억한다."[67]

---

67) 『전집 3』, p. 199.

라고 하였다. 한편 그는 메테를링크의 「파랑새」, 배리으 「피터팬」, 와일
드의 「행복한 왕자」 등을 읽으며 1935년부터 시를 습작하였다. 그는 할
아버지로부터 유가적인 전통을, 동경 유학생 아버지로브터 개화된 서구
학문을, '꽃탑회'를 조직한 형 동진으로부터 시대정신을 배웠다. 그리고
그는 프로문학으로부터 사회를 보는 눈을, 다양한 독서체험을 통하여 상
상력의 높이와 깊이를 이루었다.

1936년 상경한 그는 영양의 선배 시인 일도 오병희가 경영하던 '시원
사'에서 머무르며 센티멘털한 시를 습작하였다. 그 후 인사동에 고서점
'일월서방'을 열고, 보들레르·와일드·도스토옙스키·플로베르의 작품을
탐독하며, 조선어학회에도 관계하였다. 1939년을 전후하여 그의 아버지
가 솔가하여 상경하자 혜화전문학교 문과에 입학하였다. 그는 혜화전문
학에 적을 두기는 하였으나 사실 아버지에 비해 학교교육을 체계적으로
받지 못한 편이다.68)

그의 궁고수사(窮苦愁思)하는 영혼의 기갈은 여기에서 시작되었다고 할
수 있다. 즉 회재불우(懷才不遇) 자체가 목마름이기 때문이다. 그의 지적
욕구는 연암이 창애란 사람에게 보낸 글 속에 나오는 나비를 잡다가 놓
친 소년의 마음에 비유될 수 있다.69) 소년이 정신을 온통 손가락 끝에
집중시켜 나비에 다가가서 나비를 잡았다는 순간에 나비는 날아간다. 이
와 같은 전심전력의 몰두가 허망해지는 순간에 다시 그의 지적 욕망은
갈증을 느끼게 된다. 영혼의 기갈이나 지적 목마름은 그리움이고 안타까
움이며 전심전력이다. 이 갈증을 축일 수 있는 것이 엄청난 그의 독서량
이었다.

그가 근대 교육으로부터 비껴섰기 때문에 오히려 전대 중산층 출신의
낭만주의의 백조파 시인들의 뜨거움을 내면으로 식힐 수 있었고, 모더니

---

68) 김종길, 「조지훈론」, 『조지훈 연구』, 고려대학교 출판부, 1978, p. 434.
69) 정민, 앞의 책, p. 216.

즘 시인들의 파편적인 생각을 총체적으로 헤아릴 수 있었으며, 동양적 교양인으로서 그리고 지사로서 올곧게 살아갈 수 있었다고 할 수 있다.

1939년『문장』3호에「고풍의상」을 초회, 이어 12월에「승무」를 2회, 다음해「봉황수」로 3회 추천을 받았다. 1941년 혜화전문학교를 졸업한 그는 21세에 오대산 월정사 불교강원 외전강사(外典講師)가 된다. 1942년부터 조선어학회『큰사전』편찬을 돕다가 조선어학회 사건으로 검거되어 심문을 받고, 이후 낙향하여 해방 때까지 고향에서 몰래 청년회를 조직하여 민족혼을 일깨우며 한글을 가르쳤다.

1945년 해방이 되자 그는 조선문학가건설협의회, 한글학회『국어교본』편찬, 진단학회『국사교본』편찬, 명륜전문학교 등에서 되찾은 나라를 다시 세우는 데 온몸을 바쳤다. 1946년부터 그는 사회운동에 관심을 가지면서도 경기여고 교사, 전국문필가협회 중앙위원, 청년문필가협회 고전문학부장, 서울여의전 교수를 역임하는 등 교육에 전념하면서, 박목월 · 박두진과 함께 세상에 청록파라는 이름을 낳게 한 3인 시집『청록집』을 내놓았다. 그후 그는 학자와 시인과 논객으로 결곡하게 살다가 1968년에 기관지 확장으로 이 세상을 떠났다.

문제는 이미 잘 알려진 위와 같은 이력이 아니라, 그의 영혼의 기갈이 지적 욕망에서 촉발되었다는 것이다. 그는 조부로부터 한학을 배우며 지조를 세웠고, 혜화전문학교와 월정사에서 불경을 읽으며 조숙하게 마음을 깨쳤다. 그의 '영혼의 기갈'이란 회재불우(懷才不遇)의 조숙한 자만이 갖는 안타까움이다. 이 안타까움은 우주의 본원상을 찾으려는 욕망이기도 하다.

본원상은 그의 말로 한다면 대자연의 근본적인 원형이다. 그는 플라톤의 이데아론이나 원형 이론으로 본원상을 설명하고 있지만, 사실 이 본원상은 음양오행 만물만사의 일기(一氣)이다. 이것은 영원히 존재하는 본원이자 우주의 근본이다. 그는 본원상과 시인과의 관계를 "대자연의 일부인

사람은 그 자신이 자연의 실현물로서만 존재하는 것이 아니라 창조적 자
연을 저 안에 간직함으로써 다시 자연을 만들 수 있는 기능을 가지는"70)
것으로 규정하고 있다. 여기서 "창조적 자연을 저 안에 간직함으로써 다
시 자연을 만들 수 있는" 그 자체가 영혼의 기갈의 시작이다. 그의 영혼
의 기갈이란 유가적인 성장과저으로 본다면 바르게 살려는 마음이며, 비
체계적인 교육과정으로 본다면 세상을 바르게 탐구하려는 마음이다.

3.3. 서정적 교변의 긴장과 팽창

조지훈은 "나는 시를 하나의 도(道)라 보고 인간 의식과 우주 의식의
완전 일치의 체험이라"71)고 하였다. 그가 말하는 '인간 의식과 우주 의식
의 완전일치'는 니담이 말하는 동격화 사고이다. 그는 다시 시인이 도(道)
에 완전 일치할 수 있는 길은 '영혼의 기갈에서 출발되어야 한다'고 했다.
영혼의 기갈이란 세계에 대한 작용(感)이고 반응(應)이다. 이러한 작용과
반응 관계는 주역에서 말하는 음양의 감응(感應)이다.72) 이 감응 개념을
"활동적인 자극과 구성적인 반응 사이의 귀납적 관계의 패턴73)으로 체계
화시킨 이가 정이천(程伊川)74)이다. 그런데 감응은 조지훈이 음양(陰陽)
의 교변(交變) 가운데 이(理)가 있고 이(理) 속에 음양의 고변이 있다."75)
라고 음양의 작용과 구성원리를 설명하는 '교변'과 같은 것이다. 그가 음
양의 고변은 이발기수(理發氣隨)도 기발이승(氣發理乘)도 아니라76)고 하였
듯이, 인과적 관계가 아니라 오직 상호작용의 유기체적 관계다. 이러한

---

70) 위의 책, p. 20.
71) 『전집 2』, p. 30.
72) 「택산함(澤山咸)」, 『주역(周易)』 31.
73) 한형조, 『주희에서 정약용으로』, 세계사, 1996, p, 44.
74) 山田慶兒, 『朱子の 自然學』, 김석근 역, 통나무, 1991, p. 76~83.
75) 조지훈, 『돌의 미학』, 고려대출판부, 1964, p. 313.
76) 위의 책, p. 313.

교변의 동격화 사고에 의하여 시도 "인간 의식과 우주 의식의 완전 일치를 (이루는)"[77) 것이게 된다.

동격화의 교변은 음양의 같은 개념군에 속하는 사물간의 그것인가 아니면 서로 다른 개념군에 속하는 사물간의 그것인가에 따라 동류상동(同類相動)과 굴신상감(屈伸相感)으로 나누어진다.[78) 이 두 교변의 방식이 조지훈의 전기 자연시와 후기 현실시를 구분할 수 있는 변별점이 된다는 데서 문제적이다. 교변이 시적 미학을 분석할 수 있는 유용함을 서정시의 본질인 자아와 세계의 관계 구조를 해명할 수 있기 때문이다.[79) 앞으로 그의 시를 논의하는 과정에서 밝혀지겠지만 앞서 말한다면 전·후기 시는 소재적 차이에도 불구하고 균형미학이라는 점에서는 다르지 않고, 다만 교변 방식의 차이에 의하여 정적 미학에서 동적 미학으로 구분된다.

그의 시의 총체적 맥락을 살펴보기 위하여 먼저 전기 자연시를 살펴보기로 한다. 전기 자연시는 동류상동(同類相動)의 교변의 시학이라 특징지을 수 있다. 동류상동은 음(陰)에는 음이 응하고 양(陽)에는 양이 응하는 동일한 개념군(槪念群)간의 교변이다. "꽃이 지기로서니 바람을 탓하랴"는 그의 시 한 구절을 예로 든다면, 이것은 '꽃이 지다'라는 외적 세계와 '바람을 탓하지 않는다'라는 내적 정서 사이의 교변이다. 음양으로 따지면 '꽃이 지다'라는 외적 세계의 작용과 '바람을 탓하다'는 내적 자아의 반응은 모두 음의 이미지로, 음의 이미지에 음의 이미지가 응하는 동류상동 관계이다. 외적 세계의 '꽃이 진다'라는 작용에 대하여 내적 자아는 주자학적인 '가장 적절한 값'이라 할 수 있는 '바람을 탓하지 않는다'라는 정서적 반응을 함으로써 세계와 자아의 구별이 없어지게 된다.

그러나 외적 작용과 내적 정서적 감응에 의하여 상호 혼용되었다 하더라도 외적 세계의 음과 내적 자아의 음이, 어느 하나가 어느 것에 종속되

---

77) 『전집 2』, p. 30.
78) 위의 책, p. 79.
79) 최승호, 『한국적 서정의 본질 탐구』, 다운샘, 1998, p. 199.

는 것이 아니라 각기 독자성을 가지고 있으면서도 연속적인 관계를 지니
고 있다. 이러한 음과 음의 동류상동의 교변은 전기 자연시 대부분에 해당
하는 것으로 「낙화」·「고사(古寺)1」·「고사(古寺)2」·「산방(山房)」·「파초
우(芭蕉雨)」 등이 그 특성을 잘 보여준다. 이 가운데 먼저 「고사(古寺)1」
을 살펴보자.

> 목어를 두드리다
> 졸음에 겨워
>
> 고오운 상좌아이도
> 잠이 들었다
>
> 부처님은 말이 없이
> 웃으시는데
>
> 서역 만리 길
> 눈부신 노을 아래
>
> 모란이 진다.

>>> 「고사(古寺)1」 전문

 이 작품의 '잠이 들다', '말이 없이 웃다', '노을이 지다', 모란이 지다'라
는 이미지는 모두 음(陰)의 이미지다. 핵심은 "상좌 아이가 잠이 들다"와
"모란이 진다"라는 음에 음이 응하는 교변이다. 이처럼 세계와 자아는 이
미 음과 음의 구별이 없는 동류상동 관계를 이루었기 때군에 세계를 자
아화하거나, 자아를 세계화할 필요가 없게 된다. 동류상동의 시들은 저절
로 혼융이 이루어져서, 만물의 기본인 일기(一氣)를 이룬다. 그렇기 때문
에 시적 화자는 관조자가 되고 시의 공간은 정적(靜的)이고 한적(閑寂)한

공간이 된다. 이 내부에 자연의 음양은 잔잔하게 파동치게 된다.

다시 작품 「낙화」를 살펴보면 "꽃이 지다", "별이 스러지다", "촛불을 끄다", "울고 싶다"처럼 모두 음의 이미지다. 음에 음이 응하는 이러한 이미지들로 구성된 이 작품은 세계와 내가 분별될 수 없다. 전기 자연시의 교변은 대부분 음에 음이 응하는 것이다. 그렇기 때문에 정적이고 여리고 조용하고 한적하다. 이러한 음의 이미지들은 그의 전기 대표작이라 할 수 있는 「승무」에서 "접다/ 감추다/ 서럽다/ 지다/ 모도우다/ 합장하다" 등에서 그대로 나타난다.

그가 '영혼의 기갈'을 해갈하기 위하여 동류상동의 교변은 어린시절부터 학습한 주자학의 영향과 오대산 월정사에서 당시(唐詩)를 읽고80) 받은 영향이다. 당시(唐詩)의 여러 속성 가운데 "눈부신 노을 아래// 모란이 진다"와 같은 영묘(影描)를 그가 체득한 것이다. 영묘(影描)는 글자 그대로 그림자를 묘사하는 것이다.81) 그림자는 그림자일 뿐 실체가 없는 것처럼, 영묘는 대상을 보고 일어나는 감정을 '보여주기'만 하면 그만이다. 그래서 그의 초기시는 메시지가 없다. 이것은 외적 세계와 내적 세계를 하나의 연속적인 파동 속에 놓고, 자연의 메시지에 자신의 메시지를 보여주는 방식이다. 그러므로 자연 현상에 미혹되거나 도취되는 것이 아니라 다만 "창 열고 푸른 산과/ 마주 앉아" 자연을 관조할 뿐이다.

문제는 그의 바라봄(관조)을 통한 보여주기(영묘)는 음과 음의 교변이나 양과 양의 교변이라는 작용과 반응을 거듭 계속하는 상태로 멈추어 있지 않다는 것이다. 즉 외적 세계와 내적 자아는 음과 음이 파동치는 역동적인 관계에 있다. 이렇게 외적 세계에 대한 자아의 정서가 어느 한 쪽에 기울어짐이 없이 계속 파동치는 것은, 두 힘이 긴장관계를 유지하고

80) 「나의 역정」, 『전집 3』, p. 202.
  이원섭이 엮은 『당시신역』의 서문을 조지훈이 쓴 것으로 보아, 그가 당시(唐詩)의 전문가였음을 알 수 있다.
81) 정민, 앞의 책, p. 71.

있다는 것을 의미한다. 이 긴장감은 "묻혀서 사는 이의/ 고운 마음을// 아는 이 있을까/ 저어하노라"하는 걱정이기도 한데, 이것이 "이발기수(理發氣隨)도 기발이승(氣發理乘)도 아닌"[82] 시적 균형미학이고 삶의 균형감이다.

이러한 조용하고 여리기만 한 동류상동의 교변은 난리 통에 어머니를 여의고, 아버지 소식을 모르게 되고, 조부는 자결하고, 아우는 죽고, 하나뿐인 매부마저 잃어버리자[83] 세계와 자아는 서로 음양으로 나누어지게 된다. 음양의 대립은 어느 한 쪽이 수축되어 다른 한 쪽이 신장되어야 동일성을 회복할 수 있다. 이 관계가 그의 후기 현실시를 설명할 수 있는 주역의 굴신상감(屈伸相感)이다.

굴신상감은 음과 양의 수축과 신장, 후퇴와 전진의 순환적인 교대이다.[84] 주자는 이것은 "음이 양에 이기지 않으면 양이 음에 이긴다. 그렇지 않은 사물은 존재하지 않으며, 그렇지 않은 시간은 존재하지 않는다"라고 설명하였다. 이것은 서구 미학의 동화나 투사와 비슷하다고 할 수 있다. 그러나 음이 양을 억압하거나 양이 음을 억압하는 것이 아니라, 음양이 하나의 기(氣)라는 데서 동화나 투사와는 차이가 있다.

즉 동화와 투사는 세계와 자아의 관계에서 어느 한 쪽이 다른 한 쪽으로 억압하는 것이다. 동화는 세계를 나의 내부로 옮겨와서 내 마음으로 세계를 억압하는 것이고, 투사는 나를 세계 속으로 옮겨가서 세계에 묶어 놓는 방식이다. 푸코의 방식으로 말한다면 이 모두는 동일자와 대비되는 타자를 배제하거나 억압하는 것이다. 그러나 굴신상감은 억압하는 것이 아니라 '가장 적절한 값'이나 일기(一氣)에 도달하기 위하여 수축과 신장의 유기적 관계를 유지하는 것이다. 그러면 그의 후기시를 대표할 수 있는 「역사 앞에서」를 살펴보기로 하자.

---

82) 「대도무문」, 『전집 4』, p. 126.
83) 『전집 3』, p. 206.
84) 위의 책, p. 79.

만신에 피를 입어 높은 언덕에
내 홀로 무슨 노래를 부른다.
언제나 찬란히 티어 올 새로운 하늘을 위해
패자의 영광이며 내게 있으리라.

나조차 뜻 모를 나의 노래를 허공에 못박힌 듯 서서 부른다.
오기 전 기다리고 온 뒤에도 기다릴
영원한 보람이여

묘막(渺漠)한 우주에 고요히 울려 가는 설움이 되라.

▸▸▸「역사 앞에서」전문

이 작품은 그가 겪은 시대와 사회에 대한 절실한 감회를 솟구치는 그대로 읊은 소박한 시편이다.[85] 이 당시는 그가 시보다 사회와 역사에 관심을 갖고 있었던 터라 시의 본질을 따진다는 것은 의미가 없다. 문제는 '영혼의 기갈'이라는 자기 탐구의 미학을 찾아내는 것이다. 그렇다고 하여 이 시기 그의 시가 모두 「터져오르는 함성」·「이 사람을 보라」와 같은 사회적 이념을 웅변조로 노래하는 것은 아니다. 「여운」·「범종」·「여인」 같은 탁월한 작품도 발표하였다.

「역사 앞에서」는 훼손된 외적 세계와 훼손된 내적 자아의 감응이다. '언덕/ 노래 찬란히 티어올 하늘/ 영광/ 보람' 등은 모두 양의 이미지다. 이에 비하여 '피/ 홀로/ 패자/ 설움'은 모두 음의 이미지다. 훼손된 자기 영혼을 치유하고 바로 세우기 위하여 묘막(渺漠)한 언덕에서 무엇인가를 외친다. 이 상황은 양과 음이 함께 하기 때문에 절망적이면서도 희망적이고, 슬프면서도 찬란하다. "만신에 피를 입은" 훼손된 세계는 결코 훼손된 것이 아니라 '높은'희망이 닿을 수 있는 언덕이다. '홀로' 쓸쓸하거나 외로운 것이 아니라 '노래'를 부르는 뜨거움이 있다. 그가 발딛고 있는 곳은

---

85)「역사 앞에서 서(序)」,『전집 1』, p. 127.

만신에 피를 입은 단애(斷崖)이면서 묘막(渺漠)한 우주와 연결되어 있다. 이처럼 이 작품은 음의 이미지와 양의 이미지들이 순환하며 연속적인 파동을 이룬다. 이 파동은 방황이 아니라, 현재의 이 입장에서 저 쪽을 감지할 수 있는 곳에 가까이 갈 뿐이다.

역사적 현실시와 다른, 전기 자연시와 비슷한 후기시 가운데 「매화송」도 굴신상감의 교변의 구조다. 이 시의 핵심은 이별의 정한이다. 이별의 정한을 나타내는 '밝다/ 어둡다', '보내다/ 오다', '꽃이 지다/ 영창에 비치다' 등의 이미지는 모두 양과 음의 대립적 이미지다. 대립적 이미지들이 충돌하거나 이완하는 것이 아니라 음양의 굴신상감의 감응이 연속적인 파동을 이룬다. 그렇기 때문에 "보내고 그리는 정도/ 싫지 않다 하여라"는 결구가 있게 된다. 떠나간 님을 원망하건 이별의 슬픔에 빠져 있는 것이 아니라 오히려 홀로 있음에 심적 안정감을 얻는다. 이별에 대하여 '그리는 정이 싫지 않다'라고 하는 것은 다시 만남의 확신이 아니라 이별과 만남의 기대, 즉 음양이 역동적인 관계의 긴장감 때문이다. 사실 이별이 '싫지 않다'라고 하는 것은 내적으로 피를 흘리는 듯한 고통을 치르지 않고는 나올 수 없는 구절이다. 이별과 만남이라는 음양의 긴장력에 의하여 충만한 일기(一氣)가 있게 된다.

이처럼 후기 시는 현실과 자연, 어느 것을 소재로 하였든 간에 모두 굴신상감의 교변의 시들이다. 굴신상감의 시는 포진(鋪陳)의 시라는 데 특징이 있다. 포진이란 사실을 사실 그대로 진술하는 것이며, 의론을 세워 자신의 주의 주장을 전달하는 방식이다.86) 그러므로 그의 후기시는 뜨거우면서도 차갑고, 절망적이면서도 희망적이고, 이별어도 만남의 확신이 있다. 또 시적 공간은 가파른 단애이면서 묘막하고, 언덕이면서 평원이고, 막히면서도 통한다. 그는 훼손된 외적 세계를 원당하거나, 훼손된 자아의 영혼을 저주하는 것이 아니라, 더구나 변증법적으로 통일하려 하

---

86) 정민, 앞의 책, 71면.

지 않고, 단지 음양을 등질적인 관계에서 파동치게 한다.

등질적인 관계에서 파동치게 한다는 것은 일기(一氣)의 존재에 대한 인식이다. 음양의 두 기가 그대로 하나의 기일 수 있다는 것은 기의 연속성과 생성론적인 근거에 기초한 것인데, 어쨌든 그의 역사에 대한 균형감과 결곡함이 여기서 배태되었다고 할 수 있다. 이 균형감은 오히려 「지조론」이나 "우리가 기대하는 것은 그대로 우리가 염려하는 일이다"[87])라는 산문에서 다 잘 나타나 있다. 중요한 것은 그의 포진의 시가 뜻을 세워 자신의 주장을 진술하더라도 어느 한 편을 억압하거나 포기하는 것이 아니라, 단지 어느 한 편을 확대하되 좁혀든 다른 한 쪽을 버리지 않고 함께 파동치게 한다는 것이다. 이것의 그의 서정미학의 핵심이다.

전후기를 관통하는 그의 시학은 영혼의 기갈에서 터득한 세계와 자아의 교변의 균형감이다. 이 균형감은 전·후기 시를 영묘과 관조의 미학과 포진의 역동적 미학으로 구분한다. 이 원인은 동류상동과 굴신상감의 감응 방식에 의하여서다. 감응, 즉 교변의 전기 영묘시나 후기 포진시 모두 바슐라르[88])가 말하는 물질적 상상력에 의한 영혼의 울림이다. 중요한 것은 동류상동과 굴신상감 모두 외적 세계와 내적 자아가 이완되지 않는 역동적 긴장감의 연속이라는 점이다. 이 교변이 양과 양, 음과 음, 양과 음, 음과 양의 어느 한 편이 다른 한 편을 억압하거나 동화하는 것이 아니라 상호 긴장관계의 연속작용이라는 점에서 동양적 균형감의 미학이 있다. 다시 말하거니와 이 균형감은 인과적인 것도 아니고 변증법적인 것도 아니라 다만 일기(一氣)의 교변이다. 그의 교변의 시학은 흡수 동화가 아니라 내밀한 정신적 긴장이다.

---

87) 조지훈, 「군사혁명에 부치는 글」, 『고대신문』, 1961. 5. 27.
88) 곽광수, 『가스통 바슐라르』, 민음사, 1995, p. 15.

3.4. 결 론

조지훈 서정시 미학의 핵심은 그의 말대로 "대상을 자기화하고 자기를 대상화하는 곳에 생기는 통일체 정신"이다. 대상을 자기화하고 자기를 대상화하는 작용과 반응은 『주역』에서 말하는 감응이다. 그는 감응을 교변이라는 용어를 사용하는데, 이 작용과 반응이 이발기수(理發氣隨)도 기발이승(氣發理乘)도 아니라는 데서 그의 서정미학의 독창성이 있다. 우주 만물은 교변의 작용과 반응에 의하여 음양이 하나의 기(氣)를 이룬다. 이 교변이 세계와 자아의 어느 한 쪽이 다른 한 쪽을 억압하는 것이 아니라, 푸코가 말하는 타자와 동일자의 경계를 해체한다는 데서 전략적 의미를 가진다. 이것은 세계와 자아의 동격화, 서로 유기적으로 일체화하는 서정미학의 힘에 있다. 역으로 이러한 점은 그의 시가 외적 세계로 나아가는 에너지를 마련하지 못하였다는 비판이 있을 수 있다. 그러나 교변은 페쇠가 말하는 비동일화라는 전략적인 의미를 다시 갖는다. 비동일화는 자아나 세계의 한 면을 포기하거나 타당성이 결여된 자아의 확대라는 문제에서 벗어나는 것이다. 교변의 본질은 작용과 반응에 의한 대상을 재편하는, 다시 말한다면 연속적인 서정의 파동에 의하여 자아와 세계를 변이시키는 것이다. 그러므로 서정적 교변은 이발기수도 기발이승도 아닌 두 축의 긴장에 의하여 서정성이 극대화된다.

그의 시적 교변의 절정은 그가 죽음을 앞에 두고 그에게 고통을 주는 병을 향하여 "자네는 나의 정다운 벗, 그리고 내가 공경하는 친구, 자네가 무슨 말을 해도 나는 노하지 않다"(「병에게」)라고 노래하는 달관의 경지에 있다. 이것은 이미 조숙한 나이에 "꽃이 지기로서니/ 바람을 탓하랴"하는 깨달음의 동류상감의 서정적 미학이기도 하다. 그러므로 그의 전·후기 시가 자연에서 현실로, 영묘시에서 포진시로, 동류상감의 시에서 굴신상감의 시로 변모되었다하더라도 변치 않고 일관되게 흐르는 것은, 이

발기수도 기발이승도 아닌 일기의 동격화 사고의 균형미학이다. 이 균형의 미학은 결코 조숙함에, 조급함이 아니라 영혼의 기갈, 즉 전심전력의 서정적 교변의 긴장과 팽창이다.

여기에 그의 서정시가 가진 미적 전략의 핵심은 다시 확인된다. 교변의 서정 미학은 포스트 모던한 오늘날 가장 온당한 삶의 한 방식일 수 있다. 그것은 바로 음양이 상호 유기적으로 교변하는─함께 더불어 사는─배제와 억압을 동격화 사고로 해체하여 공동체적 삶의 질서 속에 용해하는 원리이기 때문이다. 이 원리를 지배하는 것은 어떤 외적 거대한 힘이 아니라 교변(감응)하는 질서 그 자체에 있다. 즉 교변은 맹목적인 운동이 아니고, 그렇다고 절대자에 의존하는 것도 아니다. 다만 자체 내의 필연성에 의한 활동적인 작용과 구성적인 반응의 합당한 운동이다. 그러므로 그의 교변의 서정시 미학은 최근에 떠오르는 일체평등주의 사상과 일치한다는 점에서 그 가치를 확인하고도 남는다.

유가적 지식인의 현실과 이상

토박이파

유가적 지식인의 현실과 이상

1. 이병철의 6·25 전쟁 종군시[1]

1.1. 문제의 제기

이제 남북분단을 넘어서 통일문학사를 준비하는 단계에 이르렀다. 동서냉전이데올로기 경계선의 해체와 한반도의 정치적 상황이 변화되었기 때문에 통일문학사를 준비하자는 것은 통일문학에 대한 올바른 인식이 아니다. 해방 직후 미국과 소련에 의해 남북이 각기 다른 체제로 구획되는 그 순간부터 통일문학사는 마땅히 기술되어야 할 민족의 당위적 과제였다. 남북분단을 넘어서 통일문학사를 준비하는 단계가 되었다는 것은 이데올로기를 초월하여 민족정서의 동질성을 논할 수 있는 새로운 문학적 담론을 모색하는 단계가 되었다는 의미이다. 남북 분단문학은 미·소

---

[1] 이병철은 지역시인 가운데 월북파로 분류된다. 저자는 월북한 지역시인들 연구를 별도로 준비하고 있어 이 책에서는 항을 마련하지 않았다. 1950년대와 1960년대의 지역시인의 이념적 경향을 살펴보기 위하여 이병철 종군시를 토박이파에서 검토하였다.

가 분할한 이데올로기를 재생산하는 문학이다. 각각 체제의 동일화라는
역사적 현실을 고려하여 남북문학사를 기술한다는 것은 당연하다고 할
수 있지만 이데올로기 자체가 통일문학사 기술의 잣대가 될 수 있는 것
은 아니다. 그 문제의 본질은 남북 체제의 이데올로기 동일화를 넘어서,
즉 이데올로기를 역동적으로 구성하는 문학적 사유가 무엇인가 하는 것
이다. 이러한 점은 여러 측면에서 살펴볼 수 있지만 월북하여 남으로 종
군한 작가를 한가운데 놓고 그의 내면풍경을 살펴보는 것도 한 가지 방
법이 될 수 있을 것이다.

"은하수 푸른 물에 머리 좀 감아 빗고/ 달뜨걸랑 나는 가련다/ 목숨
'수(壽)'자 박힌 정한 그릇으로/ 체할라 버들잎 띄워 물 좀 먹고/ 달뜨걸
랑 나는 가련다/ 삽살개 앞세우곤 좀 쓸쓸하다만/ 고운 밤에 딸그락 딸
그락/ 달뜨걸랑 나는 가련다."2) 해방이 되자 어디로 떠나가겠다고 간절
하게 노래하던 전위시인 이병철, 그는 6·25 전쟁이 발발하자 고향과 일
가친척을 두고 북으로 떠나갔다. 인민군의 사기 진작을 위하여 국군에 대
한 원한을 불러일으키는 노래를 부르며 동부전선을 따라 종군하다가 다
시 북으로 올라갔다.3) 이른바 북한이 주장하는 6·25 전쟁을 '조국해방
전쟁'으로 받아들인 그의 월북 동기가 이러한 행적에서 분명하게 드러난다.

이러한 이유로 최근까지 그의 출생지와 출생연도 등 이력의 세목은 풍
문에 의하여 전할 뿐 구체적으로 밝혀지지 않은 채 해방기의 전위시인으
로만 우리 문학사에 자리하고 있었다. 우리 근대 민족사의 이데올로기가
호명한 그의 생애가 필자에 의하여 최근에서야 구체적으로 밝혀져 빛을
볼 수 있게 되었다.4) 유학의 중심지라 할 수 있는 안동문화권의 전형적

2) 이병철, 「나막신」, 『중등국어교본』 상, 1946.
3) 이병철은 북한에서 『천리마 시절의 노래』(조선작가동맹출판사, 1960.) 『인권을 옹호한
   다는 말은 있지만』(1991) 2권의 시집을 상재하였다. 사후에 두 권의 시집과 해방 전후
   남한에서 발표한 시 가운데서 가려 뽑아 역은 시선집 『내 삶의 한생은』(문학예술종합출
   판사, 1995.)이 있다. 첫 시집 『천리마 시절의 노래』에는 1951년부터 1953년까지 동
   부전선을 따라 종군한 시가 포함되어 있다.

인 유가에서 출생하여 식민지 시대에 시인으로 등단하여 해방기에 신세
대 전위시인으로 이름을 날렸던 그는 월북하여 그 체제를 찬양 선전하는
북의 시인이 되었다. 이처럼 그는 한국 현대사의 이데올로기가 호명하는
주체 형태를 선명하게 보여준다는 점에서 문제적이다. 다시 말한다면 그
는 남북 분단을 고착시킨 6 · 25 전쟁 혼란기에 북한 체제를 찬양 · 선전
하며 자신을 스스로 이데올로기적 인간으로 만들어 간 시인이라는 데 문
제가 있게 된다.

　이 문제를 보다 구체화하기 위하여 먼저 그가 마주한 운명의 장면을
떠올려 보기로 한다. 퇴계학파의 거두라 할 수 있는 이현일의 후손인 그
는 1921년 6월 9일 경북 영양군 입암면(立岩面) 병옥리(珦玉里)에서 출생
하였다. "마늘모만한 누이가 솟작새처럼 살아 있는"5) 고향 서당에서 한
학을 공부하고 초등학교를 졸업하였다. 상경하여 중등학교에 진학하고자
하였으나 경제적 사정으로 뜻을 이루지 못하고 만주로 방랑하다가 유리
공장 노동자로 일하면서 마르크스주의와 관련된 서적을 학습하였다. 귀
국하여 세탁일을 하던 형의 집과 고모댁을 전전하며 혜화전문학교에 적
을 두고 본격적으로 문학을 공부하였다. 이 때 만난 동급생 조연현과 함
께 시를 습작하며 족문(族門)의 시인 이병각과 동향의 평론가 이원조로부
터 문학 지도를 받고 1943년 12월 조선일보의 후신인 『조광』지로 등단
하였다. 이후 조선일보 기자로 일하다가 강제 징용을 피해 낙향하여 고향
에서 농사를 지으며 해방을 맞이하였다. 해방 다음 달 중순경부터 안동농
림고등학교 교사로 근무하며 조선문학가동맹 안동지부를 조직하고 좌익
도서 판매주식회사 영남지사를 경영하기도 하였다. 그해 연말에 상경하

---

4) 이병철의 연보는 조두섭의 『비동일화의 시학』에 정리되어 있다. 보다 구체적인 생애는
　이강언 · 조두섭의 『대구 경북 근대문인연구』를 참고하면 된다.
　이강언 · 조두섭, 『대구 경북 근대문인연구』, 태학사, 1999.
　조두섭, 「이병철 연구」, 『우리말글』11집, 우리말글학회, 1999. 12.
5) 이병철, 「낙향 소식」, 『조광』, 1943. 12. ; 이 작품은 이원조의 추천을 받은 작품이다.

여 조선문학가동맹 서울시지부 서기국부서의 총무부원으로 이용악과 함께하며, 김상훈·상민·유진오·김광현·박산운 등과 합동시집 『전위시인집』을 출간하였다. 한편 이화여자중학교에서 교사로 근무하면서 조선문학가동맹 최후의 조직 책임자였던 평론가 배호와 이용악으로부터 지시를 받고 전위적인 작품을 창작하며 맹원으로 활동기금을 모아 이용악에게 전달하기도 한다. 그 혼란기에 서울신문사에서 발행하던 잡지 『신천지』를 편집하면서 나병시인 한하운을 동지에 추천하기도 하였다. 1950년 남로당 조선문학가동맹 공작대 사건에 연루되어 서대문 형무소에 수감되었으나 6·25전쟁의 혼란한 와중에 이용악과 함께 출옥하여 의용군 동원 연설을 하고 가족과 함께 자진 월북하였다. 월북하자마자 1951년부터 1953년 2월까지 동부전선에서 종군작가로 활동하였다. 1953년 임화·이태준·이승엽·이원조 등이 숙청될 때 남로당 숙청 고비를 넘기고 1994년까지 청진에서 작품 활동을 한 것이 확인되었다. 1995년 4월에 유고시집 『내 삶의 한 생은』이 북한에서 상재된 것으로 보아 1994년경에 사망한 것이 아닌가 추정할 수 있다.

아주 간략하게 요약한 그의 생애는 유가적 가문에서 출생하여 ① 만주로 탈주 ② 조선문학가 동맹의 전위시인 ③ 6·25 전쟁 때 월북 ④ 6·25 전쟁 때 남으로 종군 ⑤ 북한 체제 찬양 시인이라는 적극적인 이데올로기 선택에 모아져 있다. 그 이데올로기는 그를 시인으로 추천한 문학의 스승인 이원조를 숙청하였지만, 그를 북한 체제를 찬양하는 시인으로 호명했다. 그를 북한 체제를 찬양하는 시인으로 호명한 것은 그가 월북하자마자 곧 이어서 인민군의 동부전선 종군작가로 활동한 이력과 무관한 것이 아니다.6) 그의 종군시는 종군기라는 전쟁의 기록을 넘어서, 그것은 사회주의 이념의 선전 선동을 위한 공리주의적인 문학관에 기초하고 있

---

6) 리병철 시집, 『내 삶의 한 생은』, 문학예술 종합판사, 1995.: 모든 시는 이 시집에서 인용하여 표기와 띄어쓰기는 북한에서 출간된 『시집』 원전에 의한다.

는 북한 문학의 '조국해방전쟁기'의 시문학이다. 더 정확하게 말한다면 그
의 시는 전쟁 수행을 위한 무기라는 자리에 있다. 그러나 문제는 이러한
이데올로기 동일화가 무엇인가 하는 점이다. 그것은 식민지 등살에 못 이
겨 귀향을 하면서 "두 번 다시사 떠나지 않을란다"7)하고 누이에게 다짐
하던 그 고향 이미지와 무관한 것이 아니다. 그는 북에서 자리 잡고 무심
결에 땅바닥에 쓴 것이 "경상북도 두메산골 영양 땅/ 입담면 병옥동"8)이
란 고향의 이름이다. 그 고향은 자신이 성장한 그 곳이기도 하겠지만 그
가 꿈꾸던 유토피아일 수도 있다.

1.2. 이데올로기적 주체와 현실적 주체

일반적인 전쟁시처럼 이병철의 종군시도 선전·선동적이라는 점에서는
여느 전쟁시와 다를 바 없지만 그 방향은 아주 분명하다. 1950년 6월
26일 김일성의 방송 연설과 『전체 작가, 예술가들에게』에 명시된 바의
문학예술의 모든 사업을 전시 체제로 개편하여 문학이 가장 강력하고도
예리한 무기가 되어야 한다는 문인들의 전투성이 그것이다. 즉 '모든 것
을 전쟁 승리를 위하여' 시인은 '무기화' 되어야 하는 것이다.9) 이 자리에
개별 시인은 있을 수 없고 오직 '무기화'된 시인만 있을 뿐이다. 채경숙·
김조규·박세영·조기천·조령출·조벽암·리용악·안룡만·김영철·김
상오·김우철·리하수·정순향 등이 6·25전쟁기의 무기화된 전투적인
시인들이다.

북한의 '문학의 무기화'의 전략은 월북한 이병철에게도 예외는 아니었
다. 월북하자마자 그는 "세상 행복 다 안겨준 조국/ 그 고마움을 못 잊어/
총을 잡고 일어선 공민들의 대오에"10) 끼여 그들이 말하는 조국해방전쟁

7) 이병철, 「낙향소식」, 『조광』12호, 1943.
8) 이병철, 「휴가를 두고」, 『조선문학』, 1956.
9) 『조선문학통사』, p. 239.

의 승리를 위하여 동부전선에서 1951년부터 1953년까지 종군하였다.
따라서 그의 전쟁시도 인민군의 전투 의욕을 고취하고 또 인민을 감화시
켜 전쟁에 총동원하려는 의도를 부각하는 선전 · 선동시가 되는 것은 당
연하다. 그렇다면 첫째 문제는 북한이 말하는 '조국해방전쟁'에 대한 그의
내면 풍경이 어떠한가 하는 것이다. 그것은 그가 6 · 25 전쟁에 뜻을 굳
게 정하여 품는 결지(決志)가 무엇인가 하는 것이다.

> 런락병의 손에 이끌려
> 다달은 교통호 어두운 한끝에서
> 제편임을 인정받기 위하여
> 나는 보초에게 군호를 댔다
>
> 그리스 접시에 불꽃은 타고
> 갱도벽에 그림자들 얼른거려도
> 병사 당원들의 세포회의는 엄숙하였다……
>
> "동무들, 우리 중대에
> 귀한 손님이 오셨소
> 종군작가 동지이시오……"
>
> 잔등에 소금버케 얼룩진 중대장
> 병사들을 둘러보며 소개하는데
> 나는 왜
> 문득 얼굴이 뜨거워질가?
>
> 포탄상자 주런이 잇대여 놓고
> 모포 친 주석단
>
> 권하는 자리에 앉으면서도

---

10) 「종군작가는 손님일 수 없다」, p. 96.

나는 왜 얼굴이 뜨거워질가?

기관단총 가슴에 비껴안은 당원들
별을 헤아리듯 이름도 다 부르고
얼굴이 둥근 문화부중장은 말했다
-종군작가 동지를 방청으로……

당이 바란다면
서슴없이 목숨도 내댈 당원들
짖어대는 원쑤의 불아가리 제마다 제 먼저
가슴으로 틀어막을 결심을 두고
불을 뿜는 토론은 계속되는데

더는 참을 수 없어
당증을 검열 받고 나는 말했다
-종군작가는 〈손님〉일 수 없다고
〈방청자〉일 수는 더욱 없다고……

그렇다, 30년대에 백두산을 떠나
50년대의 여기까지
천만리 불구름을 헤쳐온 우리 대오에
아직도 〈손님〉과 〈방청자〉
끼여설 그런 자리 어디 있으랴

그런 자리 어디 있으랴
세상 행복 다 안겨준 조국
그 고마움을 못 잊어
총을 잡고 일떠선 공민들의 대오에……

다만 하나
수령님의 위대한 의지만이
지휘관들의 명령으로 메아리치는 곳

조국 성전의 영광스런 담당자들
출격을 앞둔 마지막 세포회의
당원들 찬란한 이름들 속
맨 마지막으로라도
이름을 불리우고 싶은 내 마음

아, 내 마음……

▸▸▸ 「종군 작가는 손님일 수 없다」 전문

　이 작품은 이병철이 1951년 7월 동부전선에서 쓴 13연으로 된 시이다. 종군작가가 결코 손님이 아니라 "조국 성전의 영광스런 담당자들/ 출격을 앞둔 마지막 세포회의/ 당원들 찬란한 이름들 속/ 맨 마지막으로라도/ 이름을 불리고 싶은" 간절한 마음을 다짐하는 내용이다. "종군 작가는 손님일 수 없다고/ 방청자일 수는 더욱 없다고" 종군작가가 자신의 의식을 구성하는 이데올로기화 과정이 선명하게 드러나 있다. 따라서 이 작품의 모든 연들은 "조국 성전의 영광스런 담당자들/ 출격을 앞둔 마지막 세포회의/ 당원들 찬란한 이름들 속"에 이름이 불리고 싶을 뿐이라는 종군 작가의 굳센 결의에 귀결되어 있다.

　종군시는 일반적으로 시적 청자에게 전투 의욕을 불러일으키거나 전쟁에 동원하려는 선전·선동의 시이다. 그런데 이 작품은 타자를 직접 겨냥하지 않는다. 종군작가가 자신을 시적 청자로 하여 자신은 결코 손님이 아니라 병사로서의 임무를 하여야 한다고 다짐함으로써 타자에게 전투 의욕을 불러일으키게 한다. 이것은 월북한 종군 작가에게 북한이 "세상 행복 다 안겨준 조국"이고 "그 고마움을 못 잊어" "종군 작가는 손님일 수 없다"고 다짐을 하는 이데올로기의 동일화이다. 이는 이데올로기 호명에 대한 행복한 응답이다. 그 행복은 강력한 이데올로기 동일화의 마력이다. 따라서 종군작가가 스스로 병사가 되어야 한다는 결의는 자신의 결의가 아니라 당연히 이데올로기가 구성한 주체의 결의인 것이다. 즉 "종군 작가는 손님일 수 없다"는 결의는 "싸우는 우리 인민들의 수중에서 가장 강력하고 예리한 무기"11)가 되어야 한다는 당 문예정책의 동일화이다. 여기서 이 작품의 전략이 분명하게 된다. 그것은 월북한 증군작가 이병철이 당 문예정책에 대한 동일화를 통하여 타자에게 전쟁 참여와 승전의식을 고취하자는 전략이다.

종군 작가가 손님이 아니라 전사가 되어야 한다는, 그 자체가 이미 타자를 전쟁에 나서게 하고 승전 의식을 고취하는 동일자로 환원하는 이데올로기이다. 이 이데올로기 호명에 대한 시적 화자의 응답은 병사들을 영웅적인 전사로 나아가게 하는 또 다른 타자의 호명이다. 이병철이 이처럼 누구보다 '무기화'된 시인 대열에 앞장서는 것은, 자신이 월북한 종군 작가라는 점을 강하게 의식하고 있었다는 반증도 된다. 여기서 둘째 물음이 가능하게 되는데, 그것은 자신과 같은 처지의 월북한 의용군에 대한 시적 태도가 어떠한가 하는 점이다.

　　그 몸에서
　　흙냄새 풍기는 듯한
　　남도 사투리의 병사

　　락동강 건너 마을 감나무 밑에
　　왕앗새 베치마 두를 안해와
　　맨발 벗은 두 어린 것 남겨둔 채
　　어머니에겐 절도 못하고 바삐　떠났더란다

　　대렬훈련도 받을 새 없었던
　　의용군 대오에서
　　미국놈들과 첫 번째 맞다든 전장은

11) 『조선문학통사』, p. 239.

틀림없는 우리 땅 평택이었단다

사람을 죽이는 것이 하도 끔찍스러워
눈을 감고 방아쇠를 당겼다는 병사
어느 때부터 낫으로 잔풀을 베듯이
도끼로 통나무를 조기듯이
원쑤에겐 그렇게 무자비해야 함을 깨달았던가

첫 번째 미국놈은 쏘아죽이고
두 번째 미국놈은 찔러죽이고
세 번째 미국놈은 총탁판으로 갈기죽이며

총탄이 떨어진 고지에서는
섬쩍같은 바위돌을 굴리고 굴려
기여드는 원쑤 무리로 무찌르던 병사
꼭 돌아가야 할 고향을 적구에 남긴 채
총을 쥐고 그는 영원히 눈을 감았다

아, 남도 사투리의 그 병사
장군님 주신 땅의 첫 수확으로
현물세도 애국미도 남 먼저 바치겠다던
그 소원 남겨두고 영영 갔단 말인가?

아, 남도 사투리의 그 병사
돌아가지 못한 고향이 적구에 그냥 있어
우리 또한 죽어도 총을 놓을 수 없구나……

▸▸▸ 「남도 사투리의 병사가 있었다」 전문

이 작품은 이병철이 1953년 2월 동부전선에서 쓴 종군 작가의 전형적인 무명 용사 찬양시이다. 주지하다시피 일반적으로 찬양시는 그 대상이 신이나 영웅들의 위대성이다. 그런데 현대 전쟁시의 한 영역을 차지하고 있는 찬양시는 군의 전투 의욕을 고취하고 감화 혹은 계도를 통해 일반인을 전쟁에 총동원하려는 의도로 창작하는 선전·선동시이다.12) 종군작가의 찬양시는 전투 의욕을 고취하고 강화하는 그 목적하는 바를 극대화하기 위하여 위대한 영웅적인 인물보다 주로 무명 용사나 평범한 병사를 그 대상으로 하고 있다.

이 작품도 낙동강변의 어느 청년이 부모와 처자식을 남겨두고 의용군에 지원하여 미군과 대결하여 전과를 거두고 전사한 그 무명 의용군 용사를 찬양하는 조시 형식의 찬양시이다. 남도 사투리를 쓰는 의용군 병사는 낙동강변에 베치마 두른 아내와 맨발 벗은 두 어린 것을 남겨두고 의용군 대오에 나섰다. 그 무명의 병사는 북으로 왔다가 다시 평택·천안남으로 내려가면서 미군을 쏘아 죽이고 찔러 죽이고 갈겨 죽이고, 총탄이 떨어진 고지에서는 바윗돌을 굴러 무찔렀다.

남도 사투리를 쓰는 흙냄새 풍기는 병사가 의용군 대오에 끼인 것은 6·25 전쟁을 조국해방전쟁으로 받아들임으로써 가능한 것이다. 그래서 그는 "꼭 돌아가야 할 고향을 적구에 남긴 채/ 총을 쥐고 그는 영원히 눈을 감았다" 여기서 시적 화자는 "아, 남도 사투리의 그 병사/ 장군님 주신 땅의 첫 수확으로/ 현물세도 애국미도 남 먼저 바치겠다던/ 그 소원 남겨두고 영영 갔단 말인가?// 아, 남도 사투리의 그 병사/ 돌아가지 못한 고향이 적구에 그냥 있어/ 우리 또한 죽어도 총을 놓을 수 없구나……" 하고 탄식한다. 물론 이 탄식은 북한의 인민들을 전쟁에 총동원하려는 목적에 있다. 그래서 시적 화자는 미군에 대한 적개심 때문에 죽어서도 총을 놓을 수 없다는, 즉 의용군 병사에 대한 애도보다는 무명 병사의 죽음에 이르기까지의 영웅적 전투 과정을 찬양하는 데 주력하고 있다.

이 작품을 통하여 볼 때 월북한 종군 작가 자신의 심리적 변화를 고백하며 새롭게 결의를 다지는 시와 낙동강변에서 인민군을 따라나서서 전

---

12) 오세영, 『한국근대문학론과 근대시』, 민음사, 1996. p. 310.

사한 의용군 병사를 찬양하는 시가 다르지 않다는 것이다. 종군 작가의 '무기화'라는 당정책의 동일화로 이것을 설명할 수 있지만, 그보다는 월북한 종군 작가의 이데올로기 동일화의 한 전략이라 할 수 있다. 그 전략은 "세상 행복 다 안겨준 조국"에 대한 월북한 종군 작가의 결의를 선명하게 하기 위한 것이다. 그래서 그는 고향의 어린 시절 벗을 영웅화하게 된다.

> 삼돌이랑 나랑 하도 배가 고파
> 속새골 가둑나무밭 풋도토리 따먹고
> 입이 떫어 울상 된채
> 다 자라도록 퉤퉤
> 침 뱉는 버릇 붙었던 너
>
> 해방이 되자 그 버릇 뚝 떼고
> 노상 웃으며
> 푸른 하늘 처다보며
> 〈김일성 장군의 노래〉 선참 외우던 너
>
> 우리 아이들 또
> 배고프면 어쩐담
> 풋도토리 따먹고 입이 떫어
> 또 울상이 되면 어쩐담……
>
> 총알이 아까워
> 총탁판으로만 백도 더
> 미국놈을 때려잡았다는 나의 송아지동무
>
> 아, 쓴맛이 어찌 도토리 맛이랴
> 그것은 지난날
> 멍에졌던 노예의 운명
>
> 결코 다시는 걸을 수 없는

속새골 가둑나무밭 그 길이기에
세상 행복을 다 준 조국에 너는
하나밖에 없는 목숨도 꿈많은 청춘도
아낌없이 바칠 줄 알았구나…

▸▸·「영웅」 전문

「영웅」은 앞에서 살펴본 「종군 작가는 손님일 수 없다」와 같은 시기에
1951년 7월 동부전선에서 쓴 작품이다. 시적 주인공 '삼돌이'는 식민지
시대 배가 하도 고파서 풋 도토리를 따먹고 입이 떫어 침 뱉는 버릇이 있
는 고향 벗이다. 그런 '삼돌이'가 해방이 되자 북한의 이티올로기에 호명
되어 전쟁에서 하나 밖에 없는 목숨과 꿈 많은 청춘을 아낌없이 바친 영
웅이 되었다. 이에 시적 화자는 살아 있는 자의 몫으로 '삼돌이'를 찬양하
는 조시를 바친다.

전쟁과 죽음이라는 극적인 상황을 통하여 미군에 대한 적개심을 불러
일으킨다는 점, 또 의용군 병사의 전과를 영웅화한다는 존에서 「남도 사
투리의 병사가 있었다」와 동일한 계열의 작품이다. '삼돌기'가 하나밖에
없는 목숨과 꿈 많은 청춘을 아낌없이 바치는 것은 "세상 행복을 다 준
조국"을 위해서이다. 이병철이 월북한 논리가 되는 이것은 그가 작가로
동부전선을 따라 종군한 이유이다. 의용군 병사와 '삼돌이'는 자신을 객관
화한 시적 인물로 "세상 행복을 다 준 조국에" 종군 작가가 아니라 병사
로서 그 소임을 다해야 하는 것이다. 친구, 의용군에 이어 그의 가족은
6·25 전쟁과 자신의 종군에 대하여 어떤 태도를 취하고 있는가 하는 셋
째 물음이 여기서 가능하다.

반디불 잡아 눈썹에 붙이고 깔깔거리던
선이도 곱단이도 이제는 잠들었나 봅니다
은하수가 가리마 우에 기울도록

풀벌레소리 여울물처럼 흘러드는 뜰에 앉아
이렇게 밤을 새워 새끼를 꼬는 것은……

당신의 승리와 위훈을 바라는
뜨거운 내 마음 한 가닥 그 끝이
긴 새끼로 꼬여져 전선에 닿고 싶은 까닭입니다

수령님의 말씀을 받들고
달밤에 밭을 갈아
씨를 뿌려 김을 매며
날 선 호미 끝에 복수의 마음을 번쩍인 보람

이삭이 되어
알찬 이삭이 되어
논과 밭에 이랑이랑 오곡이 여물었습니다

어서 갈모골 찰벼랑
보막이 벌 풍년2호로 현물세 다섯 섬

▶▶▶ 「안해의 편지」 일부

이 작품은 위에서 살펴본 시와 다르게 1, 2연이 서정적이며 임화의 단편 서사시 계열의 서간체시 형식의 시라는 특징을 갖고 있다. 서간체시 형식의 효과는 임화의 단편 서사시를 검토하는 여러 연구에서 지적된 바와 같이 시적 화자와 청자의 상호소통에 의한 메시지의 전달 효과의 극대화이다. 시적 화자와 청자의 상호소통은 이데올로기의 역구성을 가능하게 한다. 그런데 아내가 동부전선을 따라 종군하는 작가에게 보내는 서간체 형식의 이 작품은 아내의 전언이 강조되어 시적 청자의 생각이 스며들 틈이 없다. 그래서 이 작품도 병사들에게 전투의욕을 독려하려는 메시지를 전달하려는 목적의 시이다. 즉 부부간의 정을 매개하여 "당신의 승리와 위훈을 바라는" 전쟁에 나간 남편의 정의로움을 과장하여 독자에게 전쟁 의식을 강화하려는 목적시이다.

지금까지 이병철의 종군시 가운데 종군 작가가 자신의 전쟁 참여 결의를 굳게 다짐하는 다짐시, 의용군 찬양시, 승전을 당부하는 독려시 세 가지 형태의 종군시를 살펴보았다. 이러한 종군시는 대부분 남한의 벗이나, 북의 용사가 된 의용군을 매개로 하여 전쟁 참여의 명분을 선명하게 드러낸다. 이것은 그가 월북한 종군작가라는 점을 최대한 활용하여 전쟁 참여의 명분을 선전·선동하려는 의도에 있다. 그래서 그의 시는 청자 지향의 시라 하더라도 남한에서 월북한 시적 화자의 다짐·성찰·의지·맹세와 같은 결의가 강하게 드러나게 된다. 이러한 강한 결의는 시적 스승 이원조가 숙청될 것을 예견한 후 자신의 생존을 위한 시적 전략일 수도 있다. 그 예감이 강하면 강할수록 남한의 벗이나 의용군의 퍼소나와 함께 그는 세상의 행복을 다 준 조국을 위하여 영웅적인 전사가 되어야 하는 것이다. 이것은 월북 종군작가의 시적 주체 구성 방식이라 할 수 있다.

> 이 시기 우리 당 문예정책의 기본은 1950년 6월 26일 방송연설과 "전체 작가, 예술가들에게" 준 김일성 원수의 말씀에서 명시된 바와 같이 문학예술의 모든 사업을 전시체제로 개편하고 우리 문학예술이 자기의 고상한 당적 원칙을 그 어느 때보다도 견지하고 그의 전투적 기능을 제고함으로써 우리의 영웅적 인민이 요구하는 영웅적 문학예술로 되게 하며, "싸우는 우리 인민들의 수중에서 가장 강력하고도 예리한 무기"가 되게 하는 데 있었다. "모든 것을 전쟁 승리를 위하여"란 당의 구호는 이 시기 문학예술을 위하여서도 중심적인 구호가 되었다.13)

이러한 당 문예정책에 월북한 시인은 "가장 강력하고도 예리한 무기"가 되기 위하여 남한의 옛 친구와 의용군, 그리고 가까운 가족을 소재로 하여 자신의 결의를 다지는 것이 어느 시적 방식보다 효과적이라는 것을 명민한 그는 알고 있었다. 그래서 그는 월북하기 전 해방기에 가족을 매

---

13)『조선문학통사』, p. 239.

개로 하여 새로운 나라 건설에 매진하자고 주장하던 그 시적 방식을 다
시 활용하는 것이다. 그러나 전쟁시의 전형적 인물이 영웅적인 당위적 병
사라는 점에서 해방기 현장의 이미지가 선명한 시와 구별된다. 이는 당
위적 이데올로기의 논리와 시적 방식이 그의 개성을 억압하였기 때문이
다. 이러한 시적 특징이 그의 종군시의 특징인데, 그것은 주체를 구성하
는 내적 타자를 억압하는 것이다. 이때 영웅적인 전사만 있을 뿐 주체를
역동적으로 구성하는 시적 화자는 소멸되는 것이다.

> 말없는 저 청산과 더불어
> 조국강산의 한 부분인 듯……
>
> 창날 같은 비살이
> 땀 절은 군복 잔등에 억수로 내려도
> 전호 턱에 가슴을 맞비비며
> 바위마냥 움쩍도 하지 않던 전사 한사람
>
> 돌출부 전호에는 혼자였다
> 그나마 미제침략군의 대대도 련대도
> 여기로는 넘어서지 못하였다
>
> 하나가 백을 당해내고
> 천을 이기는 이 힘
> 전장에 한 줄짜리
> 조선인민군 한 전사의 힘을
> 수학으로 어떻게 계산하랴
>
> 해방의 날에야 제 이름을 찾은
> 어제 날의 머슴군
> 분여지 밭머리에 패말을 꽂으며
> 자꾸 볼을 적신 농민

아들의 미래를 그리며
산기슭 양지밭머리에 학교를 세웠고
바위를 까낸 도랑으로 물을 끌어
건갈이에 논을 풀어 모를 심었다

그리고는 왔다, 여기로
총으로 사람을 쏘기보다
낫으로 풀베기를 더 좋아한 그
하지만 원쑤에게는 무자비하고
또 무자비해야 함을 안 그

…전호의 면적은
한 평방도 되나마나
조국 땅의 넓이에 비긴다면
너무도 작은 하나의 점

그러나 작은 이 한 지점 속에
온 조국 땅이 담겨있음을 잊지 않았다
사랑하는 고향마을도
수령님 계시고 당 중앙이 있는 평양도……

김일성 장군님을
최고사령관으로 높이 모시고
그이의 명령받은 인민군전사
하늘같은 긍지로
계급의 총잡은 억척같은 자각으로
움쩍도 하지 않았다……
촘촘히 위장망 뜬
그날의 군복 물도 날았건만
다하지 못한 임무
임무를 기어이 끝내기 위해서인가
전사는 아직도 고향에 돌아가지 않았다

말없는 저 청산과 더불어
조국강산의 한 부분인 듯
수류탄 입에 문 채
앞을 노려보는 전사

참으로 그가 떨쳐낸 힘은
우리 땅의 무게에 담겨
봄이면 억만 꽃송이를 피워 올리며
가을엔 황금의 이삭바다를 받쳐 들며
조국의 강대성을 받들고 있어라……

▸▸▸ 「하나가 천을 이겨」 전문

이병철의 종군시의 영웅적인 병사는 "하나가 천을 이겨"내는 전형적인 영웅적 전사이다. "수류탄 입에 문 채/ 앞을 노려보는 전사"가 되어 "미제 침략군의 대대도 련대도" 저지선을 넘어서지 못하게 하여 "위대한 조국 해방전쟁"을 승리로 이끌어야 하는 자이다. 그는 처음부터 위대한 자가 아니라 "해방의 날에야 제 이름을 찾은/ 어제날의 머슴군"으로서 "하나가 백을 당해내고/ 천을 이기는"자이다. 그는 "아직도 고향에 돌아가지 않(은)// 저 청산과 더불어/ 조국강산의 한부분인듯/ 수류탄 입에 문 채/ 앞을 노려보는 전사"이다. 그는 "…전호의 면적은/ 한평방도 되나마나/ 조국땅의 넓이에 비긴다면/ 너무도 작은 하나의 점// 그러나 작은 이 한 지점 속에/ 온 조국 땅이 담겨있음을 잊지 않았다"고 자신의 소임을 다하는 작지만 영웅적인 전사이다.

이병철은 이러한 영웅적인 병사가 되기 위하여 "종군작가는 손님이 아니다"라고 스스로 병사임을 자처한다. 그것은 "세상 행복 다 안겨준 조국"에 대한 "고마움을 못 잊어"하는 마음 때문이다. 이 '고마움'이 이데올로기의 동일화인데, 이에 의하여 그는 미군을 원수로 분할하고 배제한다. 여기서 그가 타자를 분할하는 담론이 '행복'이라는 인간의 욕망에 기초하고

있다는 것, 그것이 종군 작가의 욕망이라는 것을 을 알 수 있게 된다. 그
렇다면 그의 월북을 우리는 '행복' 찾기의 한 방식이라고 은유적으로 설명
할 수 있다. 이 욕망이 해방기 그의 시의 선명한 이미지를 억압하고 전쟁
을 선전 선동하는 감정을 전경화한다. 그러나 정말 그는 '행복'을 찾았을
까. 월남한 북한 국립출판사 문예부장 이철주는 월북 직후의 이병철의 삶
에 대하여 다음과 같이 이야기하였다.

> 산줄기를 타고 산 깊숙이 들어앉은 이병철의 집 앞 서서 나는 주춤하였
> 다. 말만을 듣고 찾아 왔지만 눈앞에 있는 집을 화전민이나 숯구이들도 살
> 수 없는 움막이었다. "비록 집이 없댄들 당대의 시인이 움막에 살다니?" 이
> 렇게 의아해 하면서 말을 물었더니 움막 속에서 한 30대의 거지차림의 여
> 인이 나왔다. 누더기의 치마저고리, 까치집같이 헝클어진 머리카락, 나는
> 이 여인을 보고 잘못 화전민의 집을 찾아왔는가 싶어 그냥 되돌아서려고 했
> 다. (중략) 이부자리는 보이지 않았다. 선반 위에 몇 권의 책과 그가 신는 듯
> 싶은 가죽장화가 옆으로 끼어 있을 뿐 이집 재산이란 아무것도 눈에 뜨이지
> 않았다. 나는 비참이란 이런 것을 두고 말하지 않는가 싶었다. 이런 나의 기
> 분을 읽은 이병철은 "이병철이 비록 이럴망정 내 부장 동무의 저녁 한 끼야
> 못 대접하겠소?" 이렇게 말하는 것은 허세였다. (중략) "이런 형편이라면
> 서울만도 못하지 않소?" 이 말에 이병철의 눈에서 한 가닥의 눈물이 흘러내
> 렸다. 그가 울고 있었다. 이런 생활을 하고자 월북한 것은 아니었을 것이다.
> 찬란한 그 무엇이 그를 기다렸을 것으로 그는 환상했으리라.14)

이병철은 "세상 행복 다 안겨준 조국"이라고 믿었던 북한에서 "이런 생
활을 하고자 월북한 것은 아니었을 것이다." 그는 이러한 고난의 나날을
극복하고 "행복한 삶을 누려온"15) 그것을 가능하게 한 것은 "종군 작가는
손님이 아니다"라는 결의와 같은 이데올로기 동일화에 있었을 것이다. 북
한의 동년배와 후배 시인들이 그를 추모하며 시집을 총정리하는 작업을

---

14) 이철주, 『북한 예술인』, 참조.
15) 이병철, 『내 삶의 한생은』, 문학예술종합출판사, 1995, p. 163.

한 것은, 이데올로기 동일화 시인으로 하여금 또 다른 타자를 이데올로기 동일화하는 작업이라고 할 수 있다. 따라서 그의 종군시는 이러한 삶의 과정을 연결하는 과정의 과도기에 있는, 그래서 자신을 이데올로기적 화자로 과장하는 시가 되는 것은 당연하다. 그렇다면 해방기 그의 선명한 이미지의 시적 개성을 배제한 것은 그 자신이 아니라 그를 호출한 이데올로기라고 할 수 있다.

1.3. 결 론

"두 번 다시사 떠나지 않으란다/ 너의 진자주 옷고름으로 맹세를 맺으마/ 밭갈아 이랑이랑 호미로 김을 매고/ 내사 애비의 순한 아들이런다"며 다시는 고향을 떠나지 않겠다고 다짐하던 이병철, 그는 6 · 25 전쟁이 발발하자 일가친척과 고향을 남에 두고 월북하였다. 월북하자 곧 그는 "세상 행복 다 안겨준 조국"을 위하여 동부전선을 따라 종군하였다.

서울에서 낙향하며 고향을 다시는 떠나지 않겠다고 마음을 굳게 다진 그가 그 마음을 헐어버리고 월북하여 동부전선을 따라 오르내린 이력 그 자체가 그의 종군시를 규정하는 것이다. 그래서 문제는 떠나지 않겠다는 고향이 무엇이며 다시 찾아간 새로운 유토피아가 무엇인가 하는 것이다. 그가 떠나지 않겠다던 고향이나 다시 찾아 나선 새로운 곳은 그의 말로 한다면 "세상의 행복을 다 안겨주는" 유토피아적 세계이다. 그런데 그 유토피아적 세계를 규정하는 것이 이데올로기라는 점에서 그의 종군시의 성격이 드러난다.

그는 그에게 "세상 행복 다 안겨준 조국"을 위하여, 즉 그는 자신을 호명한 이데올로기에 "종군 작가는 손님일 수 없다"는 전사로서 찾아간 조국에 응답하는 형식의 종군시를 썼다. 미군에 대한 적개심과 미군에 맞서 싸우는 병사를 영웅으로 찬양하여 전쟁을 선전 · 선동시키는 그의 시적 특징은 이러한 데 있다고 할 수 있다. 그래서 그의 시는 조국의 호명에 응답하는 결의시의 형식을 갖게 되는 것이다. 그 세부는 종군 작가 자신의 결의를 다지는 결의시, 월북한 의용군의 찬양시, 무명 용사의 격려시로 나누어진다.

문제는 시적 화자가 화자 자신을 지향하는 결의시, 시적 화자가 무명 용사를 찬양하는 찬양시, 병사들에게 전투 의욕을 고취 격려하는 격려시가 각각 그 내부의 말 건네는 방식이 다르다고 하더라도 이데올로기 호명에 대한 자신의 결의를 표현하는 형식이라는 점에서 공통점을 갖고 있다. 다시 말한다면 이병철 종군시를 특징짓는 것이 월북한 종군 작가의 이데올로기 호명에 대한 응답하는 결의시적 요소가 강하다는 점이다. 그래서 이데올로기 호명에 감격하는 전형적인 전사만 확대되고 전장의 리얼리티나 서정성은 소멸된다.

그것은 "문학예술의 모든 사업을 전시체제로 개편하고 우리 문학예술이 자기의 고상한 당적 원칙을 그 어느 때보다도 견지하고 그의 전투적 기능을 제고함으로써 우리의 영웅적 인민이 요구하는 영웅적 문학예술로 되게 하며, 싸우는 우리 인민들의 수중에서 가장 강력하고도 예리한 무기가 되게 하는 데 있었다."[16] 라는 전쟁기 북한의 문학사르 대신할 수 있다. 한편으로 그것은 월북한 북의 종군작가가 자신의 시적 스승 이원조가 숙청당하는 그 땅에서 자신의 생존을 위한 한 방식이라 할 수 있다. 다시 그것은 "세상 행복 다 안겨준 조국"에, 환상적인 유토피아적 주체를 현실적 주체로 재구성하는 방식이라 할 수 있다. 이 과정에 있는 시가 결의를 다지는 종군시이다. 그 결의는 그 자신의 내적 결의가 아니라 타자의 이데올로기가 구성하는 결의이다. 그것은 이데올로기의 호명에 응답하는 주체구성 방식이다. 문제는 이러한 주체를 구성하는 이데올로기를 북의 동일화라는 단선적 연결은 오류일 수 있다. 그는 자신에게 행복을 다 안

---

16) 『조선문학통사』, p. 239.

겨준 그 북에서 남을 그리워하고 있다. 그렇다면 그가 북에서 그리워하는 남과 남에서 그리워하던 북은 무엇인가 하는 것이다. 이로 본다면 그를 추동한 것은 북의 이데올로기도 아니고 남의 이데올로기도 아니다. 그것은 고향으로 상징되는 인간의 격률이 인간에 의하여 훼손되지 않고 상처받지 않는 그곳을 찾아가는 꿈이다. 그의 6·25 전쟁 종군시는 이러한 문맥에서 읽어야 그 의미가 온전하게 파악될 것이다. 이것에 의하여 통일 문학사가 기술될 수 있는 길이 있게 될 것이다.

2. 이호우와 김윤식 시의 주체구성 양상

2.1. 문제의 제기

한국현대사에서 1960년대는 새로운 의미를 갖는 시기이다. 그 가운데 정치 사회적으로 해방공간의 극단적인 좌우 이데올로기의 대립과 6·25의 비극적 전후 의식을 초극할 수 있는 계기가 4·19였다는 것은 재론할 필요가 없다. 문학사에서도 4·19는 1960년대의 한 주류인 참여시를 있게 한 충격이었다. 문학사에서 4·19를 문학적 인식의 전환점으로 잡고 있는 까닭도 그러한 연유에서다.17) 4·19의 이러한 의미는 역으로 그 자체가 이승만 정권의 정치적 이데올로기를 밀어낸 자리어 자유·민주·민족이라는 지배이데올로기로 기능하였다는 점이다.

그렇다면 문제는 시인들이 자유·민주·민족이라는 4·19 이데올로기를 어떻게 구성하느냐 하는 것이다. 이것은 주체의 문제이다. 주체는 절대적인 사유의 주체가 아니라 과정 중에 있는 구성적인 주체이다. 알튀세르에 의하면 타자의 호명에 응답함으로써 타자의 이미지어 의하여 주체가 구성된다는 것이다. 이러한 호명이론이 그대로 현실적인 것으로 나타난 것이 4·19 전후의 시이다. 4·19 이전에는 자유당의 정치적 이데올로기의 효과에 동일화한 정치적 시들이고, 4·19 이후에는 그 이데올로기의 효과에 동일화한 시들이 이상노가 엮은 4·19 사화집 『피어린 4월의 증언』과 한국시협에서 엮어낸 사화집 『뿌린 피는 영원히』이다. 즉 4·19 전후의 시는 모두 정치적 이데올로기에 동일화라는 점에서 다르지 않다는 것이다.

그러나 자유당 말기의 정치적 현실을 비판한 이호우 시조와 4·19의

---

17) 김준오, 「순수와 참여의 다극화 시대」, 『한국현대문학사』, 현대문학, 1989, p. 314.
　　권영민, 『한국현대문학사』, 민음사, 1993, p. 179.

도화선이 된 2·28에 대한 김윤식 시는 이러한 지배 이데올로기에 동일
화한 시들과는 구별된다. 자유당 정권에 의하여 이호우는 「바람벌」이 반
공법에 저촉되어 기소되었고, 김윤식은 2·28 학생운동을 추동한 「아직
도 체념할 수 없는 까닭」으로 당국의 수배를 피해 도피생활을 하였다. 시
인에게 감시와 처벌이 문학적 성취와 무관하다 하더라도 4·19의 충격
에 사로잡혀 들뜬 수사적 찬탄과 다른 차원에서, 즉 시인들이 침묵하던
자유당 정권에 맞서 왜곡된 정치적 현실을 비판하는 이호우와 김윤식의
시들은 4·19 문학을 추동한 의미를 넘어서 있다. 새로 열린 역사 앞에
서 그것을 찬탄하는 노래는 누구나 부를 수 있어도 새로운 역사를 가능
케 할 역사의 지렛대가 되는 지배 이데올로기에 저항하는 것은 용이치
않다. 그런 점에서 이호우와 김윤식의 참여시는 이상노가 엮은 4·19 시
『피어린 4월의 증언』과 한국시협에서 엮어낸 『뿌린 피는 영원히』 사화집
의 연속선상에서, 또 다른 새로운 의미를 부여해야 할 것이다. 그것은 이
호우의 「바람벌」과 김윤식의 「아직도 체념할 수 없는 까닭」이 4·19 작
품18)으로서 의미를 넘어서는 데 있다. 즉 그것은 권위적인 지배 이데올

---

18) 유치환은 김윤식의 「아직도 체념할 수 없는 까닭」에 대하여 4·19 후 한창 참여시를 부
르짖는 시인들에게 이렇게 말했다. "시인이 무엇을 노래하든 그것은 어디까지나 그의 자
유였다. 그러므로 그가 인간적 사회적 연대 의식을 전면에 이끌어 내세웠으면서도 어쩌
면 그의 본질적인 소심과 개인주의로 인하여 진실로 커다란 공동책임의 자각이라는 부
하(負荷) 앞에서는 항상 비겁하게도 이부진(理不盡)의 이유를 늘어놓고선 후열로만 꽁
무니 빼기가 일쑤인 모순적 행위가 허용될 수도, 가능할 수도 있었다. 사실 기후는 물
론, 모든 사정이 아주 달라진 오늘에야 문학의 사회 참여니 무어니 장담들을 하지만, 지
난날 독재의 하늘 아래서는 민주주의를 표방하면서도 자유를 액살(縊殺)하던 그 놀라
운 허위와 공포적인 포학(暴虐)에 대하여 진정으로 자유와 진실을 생명으로 하는 시인,
이 땅의 백을 넘게 산(算)하는 시인들 가운데 그 권력에 꼬리를 쳤을망정 누구 한 사람
감히 질타하고 증언인들 하였던가!
더구나 독재의 마지막 금성철벽을 완성하려는 3·15 선거의 광분과 횡포 앞에 항거하
여 일어선 봉화의 첫 기수 역할을 한 2·28 대구학생들에 대하여 바로 그날(작품 생략,
연구자), 또한 3·15 마산 사건이 일어나 경찰의 무차별 폭행으로 어린 소년들이 죽어
갔을 때, (작품 생략, 연구자) 이와 같이 그 부정부패의 가슴팍에다 증언의 화살을 용감
히 꽂은 자는 오직 김윤식 시인을 두고는 없을 것이다."
유치환, 『경향신문』, 1960. 10. 19.

로기의 타자에 대한 시적 주체 구성방식이다. 시는 문학적 산물이지만 자체의 공시적 통시적 관계와 함께 역사적 관계 속에 배치 함으로써 비로소 그 의미가 완성된다. 여기서 이호우와 김윤식의 시를 분석할 입점이 마련되는데, 그것은 4·19의 역사적 호명이라는 주체 재생산의 층위와 다른 지배 이데올로기 호명으로부터 주체를 역구성하는 주체 구성방식이다. 그것은 정치적 이데올로기가 개인을 압도하던 시대에 시의 존재 방식을 탐색하는 것이기도 하다.

2.2. 이호우 : 문장파의 유가적 지성

2.2.1. 혼의 좁힘과 근원의 발견

이호우는 일찍이 문장파 시인으로 이병기의 고전 정신의 시조학을 계승하여 그것을 뛰어 넘은[19] 시인으로 시사에 자리매김 되었다. 그런데 그것이 전기 서정시에 국한되어 있다는 데서 그 평가는 일면만이 정당한 것이다. 그는 이데올로기가 압도하던 시대에 언론인으로 시인으로 "일체(一切)를 밀고 앞장을"(「깃발」) 선 외곬 시인이다. 남로당고의 관련으로 군법회의에서 사형을 선고 받은 바 있고, 「바람벌」로 반공법에 저촉되어 기소되었으며, KAL기 납북사건 때 필화를 겪은 바도 있다. 「휴화산」·「깃발」·「바람벌」·「삼불야」 등의 현실비판 계열의 시조가 이러한 맥락에 있는 작품들이다.

문제의 본질은 전기 자연 시조에서 후기 현실 비판 시조로 변화하는 그 자체가 이호우의 시적 주체 구성 방식이라는 것이다. 다시 말한다면 그 변화 자체가 이데올로기의 부름에 응답하는 시적 방식이라는 것이다. 가장 서정적인 등단 작품 「달밤」과 가장 현실 비판적인 「바람벌」을 비교해 보면 그것을 확인할 수 있다. "온 세상 쉬는 숨결 한 갈래로 맑습니

---

19) 김윤식, 『한국근대문학양식논고』, 아세아문화사, 1980, p. 94.

다"(「달밤」)라는 정적인 어조와 "얼마나 눈부신 절대 표백인가"(「깃발」)하는 감격에 찬 어조의 차이에도 불구하고, 이 둘은 자아와 세계가 하나로 융합된 근원 지향이라는 점에서 공통점이 있다. 그가 말하는 '한 갈래'의 경계는 세계와 자아의 동일화이지만, 그 융합은 자아가 세계를 일방적으로 배제하거나 외적 자아가 세계를 환원하는 동일화가 아니다.

이호우가 말하는 '한 갈래'는 세계와 자아가 동시에 상호 관계 속에서 존재의 독자성을 인정하는 상호주관적 관계이다. 상호주관적 관계는 비본질적인 것과 야합하는 것이 아니라 자아가 생명체로서 고유한 독자성을 가지고 타자와 조화로운 관계를 맺는 것이다. 따라서 '한 갈래'는 존재의 정당성을 훼손하지 않고 공동 목표를 추구하는 상호주관적 원리와 같은 것이다. 이 '한 갈래'는 세계에 대한 자아의 혼을 좁힘으로써 가능한 것이다. 그렇다면 이호우가 지배이데올로기를 역구성하는 4·19 시들의 시적 사유를 밝히기 위하여 초기의 서정 시조를 먼저 살펴보기로 한다.

> 낙동강 빈 나루에 달빛이 푸릅니다
> 무엔지 그리운 밤 지향 없이 가고파서
> 흐르는 금빛 노을에 배를 맡겨봅니다
>
> 낯익은 풍경이되 달 아래 고쳐보니
> 돌아올 기약 없는 먼 길이나 떠나온 듯
> 뒤지는 들과 산들이 돌아 돌아 뵙니다
>
> 아득이 그림 속에 정화된 초가집들
> 할머니 조웅전에 잠들던 그날 밤도
> 할버진 율 지으시고 달이 밝았더이다
>
> 미움도 더러움도 아름다운 사랑으로
> 온 세상 쉬는 숨결 한 갈래로 맑습니다
> 차라리 외로울망정 이 밤 더디 새소서

▸▸▸ 「달밤」 전문

위의 작품은 외적 세계 달밤과 내면의 외로움의 두 세계로 나누어진다. 그런데 달밤과 외로움은 고뇌와 갈등의 관계가 아니다. 작품의 전체 결구인 마지막 종장에서 시적 화자가 "차라리 외로울망정 이 밤 더디 새소서"라고 간절하게 말하는 것으로 보아, 오히려 외로움은 정화하여야 할 감정이 아니라 오래 간직하고 싶은 충만한 감정이다. 외로움이 충만감으로 전환되는 것은 세계와 자아가 하나로 융합되기 때문이다. 그 융합은 외로운 시적 화자가 어디론가 지향 없이 가고 싶어 흐르는 강물에 배를 맡겨 놓고 바라보는 달밤의 풍경 속에서 할머니가 읽어 주던 「조웅전」을 들으며 잠들던 행복감으로 가득한 그날의 숨결이[20] 파동 쳐 닿아왔기 때문이다. 따라서 달빛은 유년의 행복감과 현재의 외로움, 낯선 풍경과 낯익은 풍경을 하나로 느껴지게 하는, "미움도 더러움도 아름다운 사랑으로" 정화(淨化)하는 매개체이다.

"온 세상 쉬는 숨결 한 갈래로 맑게" 하는, 세계와 시적 자아를 하나로 호흡하게 하는 달빛은 벤야민이 말하는 아우라(Aura)이다. 벤야민은 아우라를 "어느 여름날 오후 휴식의 상태에서 휴식자에게 그림자를 던지고 있는 먼 지평선의 산맥이나 나뭇가지를 보고 있노라면, 바로 이 순간 우리는 이 산과 나뭇가지가 숨을 쉬고 있는 느낌을 받는, 이러한 현상을 우리는 산이나 나뭇가지의 아우라가 숨을 쉬고 있다고 말할 수 있는 것이다."[21]라고 비유적으로 설명하였다. 벤야민의 모든 글이 논리적이기보다 신비스럽듯이 이 비유에서도 아우라의 개념도 신비스럽고 모호하지만,

---

20) 아버지가 군수로서 지방 여러 곳으로 전근을 다녔기 때문에, 이호우는 유소년 시절을 한학과 한시에 뛰어난 조부 슬하에서 보냈다. 할머니가 읽어 주시던 「조웅전」(趙雄傳)을 들으며 무릎에 잠들기도 하고, 할아버지가 율(律) 지으시던 달빛에 귀를 씻기도 하였다. 이러한 그의 유년 시절은 세계와 자아 사이에 구별이 없는 충만한 신화적 세계이다. 이것이 그의 시조의 원형이라 할 수 있는 '한 갈래'의 실체이다. 그러나 '한 갈래'는 한시의 '율(律)'이 함축하는 바와 같이 신화적 세계라기보다는 하늘과 땅, 자연과 인간, 인간과 인간이 조화되는 유가적 존재론에 기초한 것이다. 이 유가적 존재론 자체가 서정적 세계관이다.

21) 반성완 편역, 『발터 벤야민의 문예이론』, 민음사, 1983, p. 204.

그 의미는 먼 곳에 있는 대상이 그 대상을 바라보는 사람에게 와 닿는 숨결과 같은 친밀하고 은은한 분위기에 세계와 자아가 하나로 교감하는 파동이다. 그것은 먼 곳의 충만함이 지금 여기 외로움에 닿아 하나 되어 숨쉬는 「달밤」의 세계와 다르지 않다.

아우라는 주역의 감응으로 설명한다면 더 분명해진다. 감응은 음양이 서로 파동 쳐 하나가 되는 작용과 반응의 구성적 관계이다. 이것을 시적 원리로 치환한다면 세계와 자아가 동일화를 이루는 것과 같은 이치이다. 이호우가 느끼는 감응은 유년의 신화적 달밤이, 즉 "먼 것이 일회적으로 나타나는"22) 만남에 의해서 가능하다. 유년의 자연친화적 행복감이 달빛의 숨결로 느껴지면서 미움이 사랑으로 승화되고 외로움이 충만감으로 느껴지는 것이다. 중요한 점은 외로움에 등가되는 충만감인데, 외로움에서 충만감을 느끼는 감정은 혼을 좁힐 수 있는 데까지 좁힘으로써 가능한 것이다.

현실적 자아는 혼의 좁힘으로써 신화적 세계와 같은 유년의 행복한 아우라의 숨결에 닿게 된다. 이 때문에 외로움이 행복감으로, 미움이 사랑의 숨결로 느껴지며 세계와 자아가 구분되지 않는다. 이처럼 그의 초기 시조는 신화적 시공간과 현실적 시공간 아우라의 숨결을 느낌으로써 작용과 반응으로 교직되는 감응의 미학에 기초하고 있는 것을 알 수 있다. 아우라의 숨결은 자아가 세계와 감응하는 방식이며 하나가 되는 통로이다.

중요한 것은 이호우 시조에서 신비스런 아우라의 감응이 함축하고 있는 의미이다. 이것은 할아버지가 율 지으시던 달 밝은 밤의 '율(律)'과 '달'의 상징성에 있다. '달'은 시간의 질서와 시절의 운행 이법을 상징한다. '율'은 생래적인 호흡의 단위로 육체적 질서이자 한시의 창작 질서이다. 이 운행의 질서 속에 자신이 함께 하고 그것에 자신을 맡기는 것은("흐르는 금빛 노을에 배를 맡겨봅니다") 유가적 세계관이다. 유가적 세계관은 그가

---

22) 위의 책, p. 204.

"온 세상 쉬는 숨결 한 갈래로 맑습니다"고 노래하는 바와 같이 개인이 절대적 개인으로 존재하는 것이 아니라 '한 갈래'[23]라는 관계 속에서만 존재하는 상호주관적 존재론이다.[24] 이 관계의 질서가 온전할 때 "미움도 더러움도 아름다운 사랑으로", 즉 인간이 인간으로 존재하는 유가적 당위론이 있게 된다. 이 존재론과 당위론에서 아우라는 유가적 질서체계의 감응의 상징임을 확인할 수 있다. 즉 이것은 상호주관적 사유가 인간을 지키는 당위 그 자체라는 것이다. 이것이 이호우가 세계와 한 갈래로 숨 쉬는 공동선을 추구하는 삶의 방식이자 시조의 미학이다. 그가 선택한 시조 장르 자체가 3장 6구라는 관계망의 상호주관적인 인식론에서만 성립할 수 있는 것이다.

> 오월 아침비에 부풀은 산과 들을
> 넉넉한 세월처럼 부드러운 낙동강
> 사람도 배도 물새도 숨을 함께 했도다
>
> 한철 풍경이긴 너무나 간절한 정
> 부듯이 가슴이 메이며 핏줄이 더워진다
> 내 어이 어디로 가지랴 아아 나의 나의 조국
>
> 눈을 감아본다 아득히 그 새벽을
> 새로운 하늘을 찾아 푸른 목숨들이
> 이 터에 자리를 잡고 복을 빌던 그 모습
>
> 얼마나 어여쁜가 이 날을 사는 몸이
> 무한한 이 은혜 속에 자손을 심으면서

---

23) 이호우 시조의 핵심어 '한 갈래'는 유가적 간주관성의 존재론을 단적으로 드러내는 말이다. '한 갈래' 속에 개인은 절대개인으로 존재하는 것이 아니라 관계 속에 존재하는 개인이다. 간주관성의 원초적 형태가 가족이다. 이것을 확대한다면 오늘날 문제가 되고 있는 학연·혈연·지연이다.

24) 함재봉, 『탈근대와 유교』, 나남출판사, 1998, p. 260.

우리 턱 기대어 살자꾸나 사랑하는 사람아

▸▸▸ 「오월」 전문

 이 작품은 앞의 「달밤」과 같이 낙동강 풍경을 소재로 하였다는 점에서
는 동일하나 민족적 정서를 읊었다는 점에서 정서가 확대되어 있다. 그렇
다고 하더라도 자연과 인간이 하나 되어 아우라의 분위기와 감응하는 방
식이 일치한다. 연작체 4수는 정서·공간·시간이 점진적으로 확대되면
서 정경이 서로 하나로 어우러진다. 첫째 수는 자연과 인간이 하나가 된
평화로운 낙동강 마을의 서경이다. 이곳은 모든 것들이 살아서 숨 쉬는
생명의 공간이며 정신적으로 풍요로운 공간이다. 종장의 "사람도 배도 물
새도 숨을 함께 했도다"하는 대목은 유가적 당위의 상징이다. 이것은 사
람과 배, 그리고 새가 하나가 되는 조화로운 관계를 맺는 자연의 질서이다.
 둘째 수는 시적 화자가 만물이 자연과 조화롭게 질서를 가지는 공간이
영속되기를 간절히 염원하는 서정이다. 여기서 시적 화자는 자신의 삶의
방향을 민족적 차원으로 확대하여 탐색한다. 셋째 수에서는 시적 화자가
자신의 방향을 탐색하는 자리에 민족의 원초적이며 아득한 아우라의 숨
결을 느낀다. 이 숨결은 과거와 현재를 연결하는 시간적 매개인데, 그것
이 형상화하는 내용은 자아와 세계가 분리되지 않은 원초적 공간의 이미
지이다. 넷째 수는 원초적 아우라의 숨결을 느끼면서 오늘을 살아가는 현
재의 삶에 감사하는 마음이 중심이 되어 있다.
 이러한 분석을 통하여 볼 때 이 작품은 시공간이 현재의 낙동강변 마
을에서 아득한 우리 민족의 태초의 공간으로 옮겨갔다가 다시 현재로 회
귀하는 순환적 구조이다. 또 이 작품의 정서도 점차 고조되다가 다시 차
분하게 제자리로 돌아오는 순환적 구조이다. 이것은 이 작품의 밑바탕에
깔린 유가적 사유와 무관하지 않다. 작품의 시간과 공간, 그리고 정서의
순환적 구조는 현재가 항상 과거의 전거(典據)에 의하여 발견되고 과거가

현재의 질서에 의하여 살아나는 유가적 사유와 동일한 것이다. 이 순환적 구조는 궁극적으로 유가적 인식론에 중심이 있는데, 그것은 시각적 외적 감각에서 내면의 마음으로 세계를 깨달아, 다시 현실적 실천으로 옮기는 유가적 앎의 과정이기도 하다.25)

이처럼 이호우의 전기 작품은 유가적 사유로서 세계와 자아가 하나의 질서 속에 감응하는, 또 그 질서를 충실하게 반영하고 있음을 알 수 있다. 인간과 숨결을 함께 하는 아우라의 감응이 사라지지 않는 주객일치의 세계는 "한철 풍경이긴 너무나 간절한 정이기에" 안타까워 하면서 이 숨결의 분위기를 오래도록 간직하고 싶어한다. 이것은 근원적 질서에 대한 믿음이다.

> 살구꽃 핀 마을은 어디나 고향 같다
> 만나는 사람마다 등이라도 치고 지고
> 뉘집을 들어서면은 반겨 아니 맞으리
>
> 바람 없는 밤을 꽃그늘에 달이 오면
> 술 익는 초당마다 정이 더욱 익으려니
> 나그네 저무는 날에도 마음 아니 바빠라

▸▸▸ 「살구꽃 핀 마을」 전문

이 작품에는 전기 시조의 원형적 가치를 지닌 감응의 숨결과, 후기 시

---

25) 이황은 "사람의 소견에는 세 층이 있으니, 성현의 글을 읽어서 그 경목을 아는 것이 한 층이고, 이미 성현의 글을 읽고 명목을 알고도 깊이 생각하고 정밀하게 관찰하여 환하게 깨달아 그 명목의 이치가 명료하게 심목간에 있어서 그 성현의 말이 과연 나를 속이지 않음을 아는 것이 또 한 층위이다. 그러나 이 한 층 중에는 여러 가지 차이가 있다. 그 일단만 깨달은 자가 있고, 그 전체를 깨달은 자가 있고, 전체 중에드 그 깨달은 것이 얕고 깊은 것이 있으니, 그러므로 입으로 말하고 눈으로 보는 그런 유가 아니고 마음으로 깨달은 바가 있기 때문에 함께 한 층이 된 것이다."라고 앎의 층위를 나누었다. 그가 말하는 아는 것은 인식이 아니라 깨달음이라는 실천 차원에 있다.
이이, 『율곡 전서』 권 10 서(序) 2.

조가 지니고 있는 일정한 방향이 함께 제시되어 있다. 그리고 후기 시조를 매개하는 시간과 공간이 함께 하고 있다는 점에서 살펴볼 가치가 있다. 이 작품의 공간적 배경인 고향은 여유와 한가로운 낭만적 공간이다. 이 낭만적 공간은 또한 "저무는 날에도 마음 아니 바빠라"라는 낭만적 시간이 된다. 이러한 시공간 속에 살아가는 사람은 굳이 너와 나를 명확하게 경계 짓지 않고 더불어 숨결을 나눈다. 저녁에 출근하여 기계와 함께 그리고 기계 부속품처럼 숨 가쁘게 움직이는 근대의 공장 노동자들은 상상할 수 없는 세계이다.

이 작품의 낭만적 한가로움이 멋과 미덕일 수만은 없지만 노동자의 손을 멈추지 않게 하는 자본주의 메커니즘 또한 바람직한 것이 아니다. 여기서 이 작품의 자연친화적 상상력은 일정한 방향성이 있을 수 있는데, 그것은 근대가 훼손하고 상처를 낸 원형이다. 이 작품에서는 이러한 세계의 회복을 위하여 구체적으로 치유하고 다시 복원할 대안을 제시하지 않았다. 다만 일상적 사소함을 초월하여 함께 더불어 살아가는 여유와 낭만적 이미지를 그려낼 뿐이다. 이 이미지의 "시간과 공간은 개개인의 행동이나 판단, 경험에 앞서며, 그것을 규정하고 제한하는 선험적 조건이라는"[26] 데에 의미가 있다. 즉 이 이미지는 근대가 훼손한 경험틀을 상상적 공간에서 재조정할 수 있는 선험적 조건이 된다. 이것은 근대성의 타자로서, 근대성이 억압하고 배제하며 어떤 표상체계의 사유구조가 환원한 역사적 선험성을 해체하는 의미가 있다.

「달밤」이나 「살구꽃 핀 마을」의 상상적 이미지는 현실에 닿지 못한 서정적 이미지가 아니라, 사회적 규정성이 약화되었다 하더라도 오히려 타자의 표상체계에 포섭되어 신민화된 주체에 대응되는 원초적 이미지를 제시하는 그 자체가 경직된 현실을 역구성하는 것이다. 이 원초성은 단순히 서정성으로 끝나는 주관성이 아니라 타자의 이미지를 역구성한 이미

---

26) 이진경, 『근대적 시공간의 탄생』, 푸른숲, 1997, p. 59.

지이다. 따라서 이호우가 발견한 '한 갈래'의 전기 시조의 근원성은 사회
적 문제를 간과한 것이 아니라 그 순수성 자체가 정치적 이데올로기의
타자를 역구성하는 근원적인 이미지로 기능하고 있다는 점에서 의미를
가지고 있다.

2.2.2. 동일화의 균열과 현실 비판

이호우는 남로당과의 관계로 인하여 군법회의에서 사형 선고를 받았으
나 당시 대통령 비서실장이던 시인 김광섭의 도움으로 석방되었다. 이러
한 6·25전쟁이라는 역사적 소용돌이를 거치면서 그에게 '먼 것'의 '한
갈래'의 원초적 세계는 사라져 버린다.27) '먼 것'은 앞에서 밝힌 바와 같
이 유년 체험 속에 있는 세계와 자아가 구분되지 않는 원형적 가치를 지
닌 세계다. 또 그것은 「오월」에 드러나는 민족의 순수한 근원적인 심성이
기도 하다. 신화적이고 원초적인 이러한 아우라의 감응은 이데올로기에
상실한 후기 시조가 현실로 옮겨짐은 당연하다. 아우라의 숨결이 느껴지
던 시조는 감응 자체가 행복하게 세계와 자아가 일치하였다. 그러나 소
용돌이치는 역사적 현실에서 자연과 서정이 한 갈래로 숨 쉬는 아우라의
감응은 사라지게 된다.

전기 시조가 연시조 형태인 것은 그를 추천한 이병기의 영향으로 볼
수도 있겠으나, "먼 것"이 나타나는 근원적인 아우라의 파동을 오래도록
지속하려는 심리적 욕망과 무관한 것이 아니다. 그러나 후기 시조는 사라
진 근원적인 세계를 창조하여야 한다는 절박감 때문에 격정적인 단호한
어조의 선언과 같은 단수로 변모되었다고 할 수 있다.

---

27) 이호우는 군법회의에서 사형 언도를 받았고, 대구일보 문화부장과 논설위원·서울지사
장·매일신문 편집국장 등 언론에 종사하다가 필화를 겪었으며, 또 시조 「바람벌」이 반
공법에 저촉되어 고초를 당했다.

일찍이 천 길 불길을
터뜨려도 보았도다

끓는 가슴을 달래어
자듯이 이 날을 견딤은

언젠가 있을 그날을 믿어
함부로치 못함일래

▸▸▸ 「휴화산」 전문

이 작품은 자아와 분리된 세계에 조화로운 '그날'의 확고한 믿음을 '휴
화산'이라는 객관적 상관물을 통하여 형상화한 것이다. 구체적으로 '그날'
이 무엇을 말하는지 드러나 있지 않아 그 내용이 무엇인지 확인할 수 없
다. 그러나 작품은 각기 별개이면서 전체적으로 상호 텍스트성의 연속성
을 갖고 있다. 작품 「실진(失眞)」28)에서 '그날'은 '먼 조상의 그날', 즉 절
기에 맞게 생명체들이 유기적인 조화를 이루며 살아가는, 문명에 오염되
지 않은 순수의 원초적 세계이다. 이 공간은 제목 그대로 진실을 잃어버
리지 않고 함께 더불어 질서를 지키며 사는 순수의 세계이다. 작품 「오늘
에」와 「봄날」에서 '그날'은 현재에 대응되는 미래의 어떤 지점을 가리키
는 세계이다. 그 지점은 자신을 극복하고 그 자리에 나타나는 완성된 자
신과 만나는 세계이다.

그렇다면 「휴화산」에서 '그날'은 문명에 오염되지 않고 주객이 일치되
는 유년의 자연친화적 상상력의 세계이고, 또 자기 극기를 통하여 도달하
는 미래의 당위적 세계이다. 이 세계는 전기 시조에서 핵심이 되는 '한
갈래'의 숨결이 느껴지는 상호주관적 공동목표가 실현되는 그날이다. 그
공간은 외로움이 오히려 충만하고 낯설면서도 친숙하고 무한 광대한 풍

---

28) 거울 없이 얼굴 몰라도 생물들 다 끼리해 사네/ 온도계 역시 없어도 풀과 나무 봄 먼저
아네/ 문명에 실정된 이날이여, 먼 조상의 그날이여.

경이 초당처럼 아늑한 세계이다.

휴화산은 지금 생명의 숨결을 잠시 멈추었지만, 언젠가는 다시 천 길 불길이 치솟을 생명체다. 아우라의 숨결을 느끼던 유년의 신화적 세계와 자기를 극복한 자기가 나타날 그날을 믿고 견디어 낸다. 이러한 강렬한 믿음에도 불구하고 세계와 자아의 구별 없는 '한 갈래'의 숨결을 느낄 수 없는 현실에서 무엇인가 갈망하는 파토스가 있게 된다.

그런데 여기서 중요한 것은 파토스만 있는 것이 아니라 이 파토스를 한 편으로 균형 잡는 극기가 동시적으로 작용하고 있다는 것이다. 그것은 "언젠가 있을 그날을 믿어/ 함부로 하지 못함일래" 구절의 '함부로'가 함축하는 자신의 감정을 균형 잡는 유가적 지성에서 쉽게 알 수 있다. 그러나 "언젠가 있을 그날을 믿어/ 함부로 하지 못함일래"는 다분히 이상주의적이라 현실적 실천을 생략하였다고 비판할 수 있다. 그러나 「바람벌」·「깃발」 등에서 현실적 역사에 자리하고 있는 것들은 결코 이상주의적이지만은 않다.

> 그 눈물고인 눈으로 순아 보질 말라
> 미움이 사랑을 앞선 이 각박한 거리에서
> 꽃같이 살아 보자고 아아 살아 보자고
>
> 욕이 조상에 이르러도 깨달을 줄 모르는 무리
> 차라리 남이었다면, 피를 이은 겨레여
> 오히려 돌아않지 않는 강산이 눈물겹다
>
> 벗이라 너마자 미치고 외로 선 바람벌에
> 찢어진 꿈의 기폭인양 날리는 옷자락
> 더불어 미쳐보지 못함이 내 도리어 섧구나
>
> 단 하나인 목숨과 목숨 바쳤음도 남았음도
> 오직 조국의 밝음을 기약함에 아니던가

일찍이 믿음 아래 가신 이는 복되기도 했어라

▸▸▸「바람벌」 전문

이 작품에서는 '꽃'의 아우라가 사라진 원인을 "욕이 조상에 이르러도 깨달을 줄 모르는 무리"라는 부정적 인간들로 상정된 당시 자유당 위정자에게서 찾고 있다. 그렇다고 위정자들만 비판하는 것이 아니라 아우라가 상실된 속악한 세계에 미쳐버린 벗과 "더불어 미쳐 보지 못함이 내 도리어 섧구나"하는 자기 성찰도 함께 하고 있다. 이 작품은 위정자를 비판하면서도 자신을 다스리는 수기치인(修己治人)의 유가적 질서에서 벗어나지 않는다.

유가적 메커니즘은 다분히 도덕주의·권위주의·보수주의적이다. 그렇다고 하더라도 유가적 정치의 이상은 인치(仁治)를 한가운데 놓고 있다. 『논어』에 민(民)을 위하여 위정자를 질책하는 사상가들의 언행 기록을 한 축으로 엮어 놓고, 그것을 나라를 다스리는 본보기로 삼았다. 유가적 메커니즘이 권위적인 요소가 있다고 하더라도 그 자체를 위함이 아니라 위민(爲民)에 있다고 할 수 있다.29) 작품「바람벌」에서 자유당 독재자들을 비판하는 것은 이러한 유가적 위민 사상에 기초한 것이다. 시적 화자는 사악한 위정자에 의하여 벗이 미치고, 가슴 깊숙이 간직한 꿈마저 찢어져 기폭 마냥 날리는 삭막한 벌판에서 파토스적인 격렬한 어조로 외친다. 파토스적인 격렬함은 위민을 저버린 위정자들을 비판하는 것에 있지만, "더불어 미쳐보지 못함이 내 도리어 섧구나"라고 자괴와 성찰의 자신을 다스리는 수기(修己)도 함께 하고 있다. 이것은 수기치인(修己治人)의 유가적 이상에 충실함이다. 그는 '그날'(꽃같이 살아보자)이라는 사라진 신화적 세계의 회복을 위하여 부단히 자기 극복을 시도한다. 이 방향성은 꽃같이 살 수 있는 세상을 구축하는 것이다.

---

29) 함재봉, 앞의 책, p. 348.

이 작품의 파토스적 격정은 수기(修己)의 극기 차원에서 본다면 매우 이질적인 것이다. 파토스적인 격정은 절제를 떠나 방황하는 마음의 상태이기[30] 때문에 유가에서는 부정적인 정서로 자기 다스림을 통하여 넘어서야 할 대상이다. 그런데 이 작품의 파토스는 절제를 넘어선 격정적인 광기서린 감정이라기보다는 자유당 시대의 왜곡된 정치적 현실의 미메시스가 될 수 있다. 이는 아도르노가 "경험적 현실이 예술적 주체에게 야기시키는 충동, 즉 표현하지 않고는 견딜 수 없는 충동이 바로 미메시스의 본질에 속한다."[31]라고 제시한 특이한 관점에 의해서다. 그에 의한다면 이 작품의 파토스적 격정은 자유당 정치 현실이 주는 그통을 표현하지 않고는 견딜 수 없는 충동이다. 이 충동은 당대 정치 현슽이 주는 고통에서 무엇인가 지향하고 갈망하게 되는데, 그것이 파토스적 격정이다. 따라서 이 작품의 파토스적 격정은 자유당의 정치 현실이 주는 고통의 미메시스라는 의미로 받아들일 수 있다. 이 미메시스의 의미는 다분히 표현적 의미이지만 유가에서 금기시하는 부정적 방향으로서 자기표출의 격정이라고는 할 수 없다. 그러므로 고통의 미메시스인 적대 감정은 그 자체에 중심이 있는 것이 아니라 자신을 다스리는 통로로서 역할을 하는 것이다.

> 꽃이 피네 한 잎 한 잎
> 한 하늘이 열리고 있네
>
> 마침내 남은 한 잎이
> 마지막 떨고 있는 고비
>
> 바람도 햇볕도 숨을 죽이네
> 나도 아려 눈을 감네

▸▸▸「개화」전문

---

30) 김준오, 『시론』, 이우출판사, 1988, p. 30.
31) 윤병호, 『서정시와 문명비판』, 문학과지성사, 1995, p. 44.

이 작품에는 「바람벌」·「깃발」의 파토스적 격정이 말끔히 사라지고 정신과 감정의 떨림까지 섬세하게 감각화되어 있다. 이것은 "정신의 개화로서 '고비'가 눈에 아리는 현상에까지 도달한"[32) 하나의 경지에서 가능한 일이다. 이 경지는 그저 도달되는 것이 아니라 "뼈저리게 우는", 가열차게 자신을 다스리는 것에 의해서 가능한 일인 것이다. 이렇게 자신을 치열하게 다스린 흔적은 개화의 절정에 "나도 아려 눈을 감네"하는 것인데, 이 것은 절정의 순간에 밖으로 터져 나오는 뜨거운 감격을 차분하게 내부로 가라앉히고 숨결까지 멈추어 자기를 다스리는 유가적 지성이다. 이미 "꽃이 피네 한 잎 한 잎/ 한 하늘이 열리고 있네"[33)하는 순차성과 조화는 유가적 질서를 내면으로 육화시킨 오랜 고통의 순간을 거쳐 온 과정에 의해서 가능하다. 이것이 그가 터하고 있던 유가적 수기(修己)의 방식이다.

수기(修己)란 치열하게 자신을 몰아쳐서 자신의 정신을 깎아내는 것이다. 그것은 개화의 절정에서 터져 나오는 감격까지도 숨을 죽이게 자신을 송두리째 사상(捨象)하는 것인데, 즉 「바람벌」의 세속적 격정이나 「삼불야(三弗也)」의 서사적 눈물까지 밖으로 비치거나 흐르지 못하게 자신을 매몰차게 다스리는 유가적 지성에 의해서만 가능한 것이다. 그 도달점은 자신도 자기에게 "함부로치 못함일래"(「휴화산」)라고 완벽하게 자신을 완성하는 것이다.

자신을 완성하기란 역설적으로 자신의 내면을 채우기가 아니라 자신을 자신의 욕망으로부터 밀어내는 혼을 좁히는 것이다. 자신은 격정을 안으로 삭이면서 자신의 욕망으로부터 밀어내는, 혼의 좁힘은 절정의 순간에 "나도 아려 눈을 감네"하는 것이다. 이것은 절정의 순간에 뜨겁게 터져 나오는 감격에 매정스럽게 고개를 돌리는, 자신의 욕망으로부터 자신을 밀어내기 위한 전략이라 할 수 있다. 그는 혼을 좁힘으로써 현실의 문제

32) 김윤식, 『(속)한국근대작가론고』, 일지사, 1981, p. 377.
33) 이것은 자연현상이라기보다는 조선시대에 지조 있게 살아가던 선비의 정신적 알레고리로 생각할 수 있다.

가 무엇인지를 분명히 하였고 또 그것으로 저항하였다. 다라서 이호우의 1960년대 참여시는 4·19의 충격에 사로잡혀 시 이전의 함성으로 그친 수사적 찬탄의 시들과 다른 차원에 있는 것이다.

이러한 혼의 좁힘의 전략은 시조의 형식에도 그대로 나타난다. 그가 가람의 연시조 영향권에서 벗어나 그것을 극복하고 그만의 개성적인 단수로 나아간 것은, 절정의 순간에 터져 나오는 감격을 제압하는 혼의 좁힘 같은 것이다. 이 혼의 좁힘의 전략이 번득이는 탁월한 이미지를 만들어내었을 것인데, 그것은 자기의 혼을 다듬듯이 시조를 다듬은 기예(技藝)의 경지이다.

2.3. 김윤식 : 주변인의 유가적 낭만

2.3.1. 혼의 넓힘과 원근법의 발견

김윤식은 4·19의 최초 도화선이 된 2·28 대구학생운동 현장 시 「아직도 체념할 수 없는 까닭」으로 주목받으며 4·19를 전후하여 활발하게 활동한 시인이다. 수유리 4·19 묘지에 가면 그의 작품 「합장」이 새겨져 있는 것을 볼 수 있다. 그러나 그는 널리 알려진 시인이 아니다. 그는 일본에서 법학을 공부하고 국내에서 국문학을 전공하였지만 이 세상을 떠날 때까지 향리에서 농사를 지으면서 시를 쓴 농민시인이다. 그가 시를 쓰던 정치적·사회적 환경은 이호우와 다를 바 없는 6·25 전쟁, 전후 문단의 재편, 민족분단의 고착, 자유당 정권의 독재, 유신 시대라는 타자가 주체를 동일자로 환원하는 정치적 현실이 개인을 몰각하게 하던 이데올로기의 시대였다.

김윤식의 필명은 '서지(西芝)'이다. 동양적 사유에서 서쪽은 동쪽의 주변이고 잡초는 꽃에 비하여 의미를 두지 않는 식물이다. 이렇듯이 서지란 필명은 자신을 주변인(marginal man)으로 규정한 것이다. 즈변인이란 시적 저열함이나 중앙 문단과의 거리와 심리적 소외감을 말하는 것이 아니다. 그는 중앙 문단과 또 당대 중심에 있던 문학적 풍조와 거리를 좁히려하지도 않고 오히려 주변인으로 당당하게 자신의 작업을 치열하게 하였다. 지식인으로서 현실적 유혹을 뿌리치고 농사를 지으며 시를 쓴 그의 생애와 같은, 즉 그것은 무위(無爲)의 현실 초월이 아니라 또 다른 현실의 집착이라 할 수 있다.

그의 주변인으로서의 모습은 등단에서도 찾을 수 있다. 대부분의 시인은 잡지의 추천에 의해서 시인으로 등단한다. 추천은 엄정한 심사과정을 거친다고 하더라도 특정 잡지가 갖고 있는 이념으로부터 자유로울 수 없다. 잡지를 통한 등단이란 그 잡지의 이데올로기 호명에 대해 응답하는 방식이다. 응답이란 특정 매체가 갖고 있는 이념에 시인의 동일화를 말하는 것이다. 그는 유치환과의 관계 속에서 잡지의 추천을 거칠 수 있는 여건이었는데도 불구하고 특정 매체의 담론을 재생산하는 등단 방식을 거부하고 독자적인 시집을 통하여 등단하였다. 시집을 통한 등단은 잡지 추천이나 신춘문예 제도가 갖고 있는 이데올로기의 호명이나, 문학적 학연·지연·혈연에 의한 기존의 재생산적인 문학적 주체를 역동적으로 구성하는 방식이다. 그것은 문학 권력에 대한 저항이라는 의미를 함축하는 것이다.

김윤식은 첫 시집 첫 행에서 "넓고 넓은 길을 골라서 걸어가겠다"고 하였다. 그가 말하는 '넓은 길'의 은유는 일상의 '안일함'이거나 유유자적하는 현실 초월이 아니라 그것은 선험적인 개념을 전도한 또 다른 현실 집착이다. 당대 지식인으로서 현실의 유혹을 접고 한평생 농사를 지으며 제도권 밖에서 작품만을 치열하게 쓴 그의 생애를 현실 초월적이라 할 수 있다. 그렇지만 앞서 말한 바와 같이 그러한 생애 자체가 또 다른 현실 집착이다. 그것은 이데올로기 재생산이라는 호명 이론을 뒤집어 구성하는 방식이다. 그의 생애와 마찬가지로 시도 이데올로기 호명이라는 단선

적인 선험적 개념으로 설명할 수 없다. 이 점이 그의 시의 핵심이라 할
수 있다.

김윤식 시의 출발점은 『청맥』 동인이다. 『청맥』 동인은 경주에서 유치
환·전상렬 등을 중심으로 경주지역 시인들이 시적 탁마를 위하여 결성
한 동인이다. 이 동인 활동을 통하여 그가 유치환에게 경향을 받았음은
도도한 남성적 어조와 생명에의 의지와 같은 유치환의 기풍이 그의 시에
깃들여 있음에서 알 수 있다. 그는 『청맥』 동인으로 활동하며 "일기장 구
석구석에 써 버려둔"[34] 시들을 묶어 『오늘』을 출간하면서 시단에 본격적
으로 등단하였다. 이후 그는 『아직은 체념할 수 없는 까닭』·『산촌 근일
초』·『하늘이여 너에게』 등의 시집을 상재하였다.

첫 시집은 경주 생활을 소재로 하여 내면의 고뇌를 자유로이 표현한
낭만적 시들이다. 제 2시집은 경주 생활을 청산하고 경산 용성에 정착한
후, 사회 현실을 격렬하게 비판한 시편들이다. 제 3시집과 4시집은 경산
용성의 생활을 소재로 흙과 더불어 살아가는 농촌 현실 체험의 시이다.
이러한 시집에 나타나는 시적 변화는 주관적 관념적 내면 공간에서 현실
의 구체적 공간으로 점차 이동하였다고 할 수 있다. 그러나 이러한 변화
는 시적 대상이나 공간의 변화일 뿐 자신의 심경을 고백하는, 그가 말하
는 "일기장 구석에 쓴" 자전적 형식의 고백적 시라는 점에서는 동일하다.

제 1시집에서 제 4시집까지 사적이고 그 전언이 시적 주체에 있다는
점에서 쉽게 확인된다. 지식인으로 농사를 지으며 자신의 생활을 소박하
게 고백하는 시는 대부분 「일기를 적으면서」·「생활기」 등과 같은 계열
의 자전적 형식이다.[35] 그의 시가 자전적 형식이라고 하여 생애를 연대

---

34) 김윤식, 『오늘』, 장문사, 1957, p. 2.
35) 이 점은 스스로 자신의 시를 일관되게 고백적이라고 규정하는 것에서 드러난다. 시집 1
　　에서 그는 자신의 시를 "떳떳하게 남들에게 보였다거나 발표한 적이 없고 일기장 구석에
　　써버려둔" 것이라고 일기와 시를 동일한 차원에 두고 있다. 시집 2에서는 "생활기 …
　　(중략)…이름 그대로 생활의 기록"이고, "태양을 위한 잡기는 내 농촌 생활의 소묘"라며
　　그의 시가 비망록 형식임을 고백했다. 시집 3에서는 시를 "그동안 가끔 일기를 쓰고, 일

기적으로 직접 서술한 시는 아니다. 다만 자전적 요소를 전경화한 시이
다. 그렇다고 개인사적인 흥미를 한가운데 놓은 것도 아니다. 자신이 자
신을 시적 대상으로 삼고 자신의 생활을 텍스트 밖에서 이야기하는 시적
형식이다.36) 이러한 방식은 현실을 등지고 앉아서 현실에 대하여 이야
기하기이다. 이것은 혼을 좁히는 것이 아니라 혼을 극대화함으로써 가능
할 것이다.

　　① 어제—.

　　　　큰 놈의 주먹만한 눈덩이가
　　　　어쩔려고
　　　　휘휘 바람이 눈(目)에 보였다.

　　　　어둠은 희어 어둡고
　　　　보얀 길은 어두워 보이얗고
　　　　막걸리 빛처럼
　　　　흐이무레한 내가
　　　　걸었다.

　　　　가다가 엎어져도
　　　　눈사람은 되지 않으리!

　　　　거친 호흡의 벌판에서
　　　　벗들은 엎어져 흙처럼 눈이 덮혔고

──────────

기장 뒷구석에 또한 생각나듯 몇 줄 시구를 적(은)"것이라 했다. 시집 4에서는 "이 졸집
의 시편들이 한결 감상에 젖고 체념의 늪에서 빠져 시를 쓴답네 하는 자, 제 혼자 도도
한 타령이라고 할지 모른다."고 했다. 자신의 시에 대한 이러한 관점을 종합한다면 그는
시를 하나의 정직한 인간으로서 자신의 모든 것을 숨김 없이 기록하는 일기와 같은 고
백록의 차원으로 여긴 것이다. 이것은 담론구성체로부터 자유롭게 주체를 구성하려는
전략이며 동시에 자신을 자신에게 고백함으로써 심리적 안정을 얻기 위함일 수도 있다.
36) 그의 시는 대부분 자전적 이야기시의 유형에 속한다. 그 대표적인 작품이 「당마을 장터
　　의 풍경」·「당마을 장터 1」·「당마을 장터 2」 등이다.

부르다 부르다가 난
눈사람이 되어버렸다.

오늘

찾아 올 사람은 없어도
찾아 가얄 사람과
생각할 이들이 너무나 많다

낯을 씻질 않아도
머리는 빗었고
굳어버린 손가락에 연필을 꽂고
미리 오늘의
일장을 쓰고 있는 것이다

내일

눈 녹은 화원에
절사한 아내의 동상이 세워지는 날
고층건물의 석냥가비 진애 속에서
시장(時糀)에 중독된 엉덩이를 놀리며
교성을 울리고 있을 첫사랑을 찾는다

슬퍼 목 놓아 울 일이 있었담은
이미 잊어버린 오늘
낯설은 사람처럼 인사를 하자

늘 우리들은
고독할 겨를이 없었기에
잊어버린 것이다.

▶▶▶「시제(時制)」전문

② 생업에 따라 오늘도 보리밭 김을 맨다.
　나릿한 피로와 권태,
　내 머리통처럼 둔해진 호미끝으로
　봄이 데려다 준 사념을 낙서한다.
　(중략)
　설령 우리 살아온 어제와 오늘에
　떳떳하니 내어걸 자랑은 없다쳐도
　부정과 악됨이 없도록, 뉘우치는
　얼마나 마음 넉넉한 생활이었던가.

▸▸▸「생활기」부분

　①은 관념적 초기 시이고 ②는 생활이 구체적으로 형상화된 후기 시에 해당한다. 앞의 시는 젊은 날 내면에 자리하는 고독한 '나'에 대한 진술이고 뒤의 시는 고향에서 농사를 지으며 생활하는 '나'에 대한 진술이다. 그런데 이 진술을 하는 시적 화자인 '나'는 이중적인 주체이다. 고독을 품고 있는 내면적 주체와 그를 대상으로 하여 서술하는 주체, 그리고 보리밭을 매고 있는 주체와 보리밭을 매고 있는 그를 서술하는 겹쳐진 두 주체가 바로 그것이다. 이처럼 대상으로서의 그의 시 쓰기 원리는 나와 그것을 서술하는 나의 분열에 의하여 자신을 탐색하는 자전적 시 쓰기라 할 수 있다. 이렇듯이 그의 자전적 시는 주체의 타자성에서 출발된다. 주체의 타자성이란 주체를 객관화하여 전기적으로 구성하는 자신에 비판적 주체를 말한다.

　위의 두 작품은 긴장미가 없다고 하더라도 독자에게 진실한 감동을 주는 것은 사실이다. 그 감동은 다름 아닌, 주체가 자신의 내면과 생활을 또 다른 서술자가 기술하는 은밀한 고백에 있다. 이 타자화된 주체는 자신이 자신의 왜곡된 욕망으로부터 벗어나게 할 뿐만 아니라 자신이 타자의 담론으로부터 동일화된 오인을 깨닫게 한다.37) 앞에서도 말했지만 그가 살아간 시대는 주체가 주체를 온전하고 바르게 구성할 수 없는, 타자가 주체를 억압하거나 그들의 논리에 주체를 종속시키던 돌주체적 시대였다. 그런데 「시제」에서 '어둠', '굳어버린 손가락'이 함축하는 것, 즉 타자가 은폐하거나 배제한 문제의 근원을 시적 주체는 알고 있다. 여기에 시적 주체는 타자에 동일화하는 것이 아니라 "가다가 엎어져도/ 눈사람은 되지 않으리!"라는 다짐으로 자신을 역동적으로 구성하는 주체이다. 그 역동성은 과거와 현재의 자신을 탐색하여 미래의 주체를 구성하는 변증법이다. 이와 같은 그의 자전적 시는 타자에 동일화한 과거의 주체에 대한 비판적 성찰을 통하여 미래의 이상적 주체를 구성하는 것이다. 작품 「생활기」는 현재의 농촌 생활을 통하여 과거의 삶을 되돌아보며 이상적인 주체를 구성하는 변증법적 과정의 자전적 시라는 점에서 동일하다.

이처럼 그의 시는 타자화된 주체가 자신을 구성하는 자전적 기록이다. 그의 자전적 시에서 중요한 점은 자신이 자신을 대상으로 시를 쓰면서 "찾아가야 할 사람으로" 상징되는 완결된 인물에 대한 집착이다. 다시 말한다면 그의 자전적 시가 자신에 대한 이야기이기 때문에 현실 초월로 볼 수 있지만 사실 그것은 완결된 인물이라는 당위적 인물에 대한 집착이라는 것이다. 그 "찾아가야 할 사람"은 내적 주체를 구성하는 자신이면서 다시 당위적 현실을 구성하는 타자이기 때문이다. 이 점은 유가적 가문에서 성장한 김윤식의 수기치인의 아비투스로 이해될 수 있는 것이다. 유가에서 자신을 다스리는 수기는 치인으로 연결되는 다음 단계의 현실을 전제로 한 것이다. 따라서 김윤식의 자전적 시는 자신과 마주하는 순간의 시공간의 좌표 위에 배치해 놓고 "찾아가야 할 사람"으로 구성하는 시공간의 원근법의 전략이라 할 수 있다.

2.3.2. 시중적 합리성과 현실 비판

김윤식이 시인으로 자리를 확고하게 굳힌 것은 앞서 말한 바처럼 4 ·

---

37) 자크 라캉, 권택영 외 역, 『욕망의 이론』, 문예출판사, 1994, p. 20.

19 혁명의 도화선이 된 2·28 대구 학생의거 현장시 『아직은 체념할 수 없는 까닭』에 의해서다. 그는 어느 누구도 자유당의 정치적 이데올로기에 대한 저항을 상상할 수 없었던 시대에 독재 정권을 학생 시위 현장시를 통하여 정면으로 비판하였다.38) 그 의미는 유치환이 "모든 사정이 달라진 오늘에야 문학의 사회참여니 무어니 장담들을 하지만, 지난 날 독재의 하늘 아래서는 민주주의를 표방하면서도 자유를 액살(縊殺)하던 그 놀라운 허위와 공포적인 포학(暴虐)에 대하여 진정으로 자유와 진실을 생명으로 하는 시인, 이 땅에 백을 넘게 산(算)하는 시인들 가운데 그 권력에 꼬리를 쳤을망정 누구 한 사람 감히 질타하고 증언인들 하였던가."39)라고 한 문맥 속에서 드러난다. 이러한 의미는 2·28이 4·19의 단초가 되었듯이 4·19 참여시의 단초가 되었다는 점에서 더 분명하다.

김윤식의 시에서 4·19가 문제되는 것은 이러한 혁명적 열정을 어느 시인보다 독자적으로 표출하였다는 점에 있다. 그러므로 4·19에서 촉발된 1960년대의 참여시인 김수영·신동엽과 김윤식의 의미는 시간적 선후에 있는 것이 아니다. 정확하게 말하여 김윤식의 참여시는 4·19에 의하여 촉발된 것이 아니라 4·19를 촉발할 수 있는 계기가 되었다는 점에서 그의 자리가 있다. 즉 그는 정치적 분위기에 의한 참여시를 쓴 시인이 아니라 정치적 분위기 이전에 내발된 정의감에 의하여 혁명적 열정을 뿜어내었던 것이다. 문학사에서 4·19 열기에 의하여 태동된 4·19 문학에만 의미를 두었지, 그것의 단초가 되는 2·28 문학의 의미는 간과하여 왔다. 그러나 4·19 문학은 대구의 2·28, 그리고 마산의 3·15의 연속선상에서 파악되어야 할 것이 마땅하다. 그것은 사회 전반을 개혁하려는 4·19로 나아가는 동기가 되었다는 점 때문이다.

---

38) 전상렬, 「서지를 추도하면서」, 『경산문학』 12집, p. 116.
39) 유치환, 「자유와 진실을 위해 감히 질타하고 증언한 시인의 모습」, 『경향신문』, 1960. 10. 19.

설령 우리들의 머리 위에서
먹장같은 구름이 해를 가리고 있다 쳐도
아직은 체념할 수 없는 까닭은
앓고 있는 하늘
구름장 위에서
우리들의 태양이 작열하고 있기 때문

학자와 시인, 누구보다 굳건해얄
인간의 입들이 붓끝들이
안이한 타협으로 그 심장이 멈춰지고
또는
얍사하니 關外에 遁走한 채 헤헤닥거리는,
꼭두각시춤으로 놀고 있는─이리도
악이 고읍게 화장된 거리에
창백한 고적으로 하여
〈참〉이 오히려 곰팡이 피는데,

그 흥겨울 〈토끼사냥〉을
그 자미있을 〈영화구경〉을 팽개치고,

보라, 스크렘의 행진!
의를 위하여 두려움이 없는 10대의 모습,
쌓이고 쌓인 해묵은 치정 같은 구토의 고함소리.

허옇게 뿌려진 책들이 짓밟히고
그 깨끗한 지성을 간직한 머리에선 피가 흘러내리고
불행한 일요일, 구름이 선데이에 오른
불꽃
불꽃!

빛 좋은 개살구로 익어가는
이 땅의 민주주의에

아아 우리들의 태양이 이글거리는 모습.

하필 손뼉을 쳐야만 소리가 나는 것인가
소리 뒤의 소리,
표정 뒤의 표정으로
우레 같은 박수소리,
터져나는 환호성,
뿌려지는 꽃다발!

1960년 2월 28일
우리들 오래 잊지 못할 날로,
너희들
고운 지성이사
썩어가는 겨레의 가슴속에서
한 송이 꽃으로 향기로울 것이니.

이를 미워하는 자 누구냐,
이를 두려워하는 자 누구냐,
치희로 비웃는 자 누구냐,
그들을 괴롭히지 말라,
그들의 앞날을 축복하라.

지금은 봄
옥매화 하얀 송이 대한의 강산에서
3월의 초하루를 추모하는
너희들 학생의 날!

아아 아직은 체념할 수 없는 까닭은
저리 우리들의 태양이 이글거리기 때문.

▸▸▸「아직은 체념할 수 없는 까닭」 전문

이 작품은 김윤식이 농사지은 농산물을 팔기 위해 대구 칠성시장을 찾았다가 법원거리(지금의 시립도서관)에서 2·28 학생 시위를 목격하고 현장에서 완성한 현장시이다. 『대구일보』 당시 문화부장이었던 이근우에 의하여 이 작품은 이튿날인 3월 1일 『대구일보』에 발표되었다. 이에 당시 경찰국에서는 김윤식과 이근우를 국가보안법으로 다루었다.

대구 2·28 학생시위의 배경은 이렇다. 1960년 2월 28일이 일요일인데도 불구하고 당시 야당이었던 민주당의 정부통령 후보의 수성천변 유세에 학생들이 참가하는 것을 막기 위하여 토끼 사냥, 영화 감상의 구실로 고교생을 강제로 등교시킨 것에서 발단되었다. 정치적 집회에 학생들의 참석을 막기 위한 일요일 학생 등교 조치는 정치적으로 학생들을 분리하려는 것이 아니라 정치적 동일화를 강요하는 것이다. 이에 경북고등학교·대구고등학교를 필두로 대구시내 고교생이 "학생을 정치에 이용하지 말라"고 외치며 거리로 뛰쳐나왔다. 이것이 도화선이 되어 3월 1일 서울·대전·수원에서, 8일 대전, 12일 부산 서울에서 계속적인 학생 시위가 일어났다. 학생들의 구호도 처음에는 "학생들을 정치 도구화하지 마라" "구속 학생 석방하라" 등이었으나 점차 정치적인 구호로 바뀌어 갔다.

이러한 배경을 갖고 있는 이 작품은 정의로운 젊은이들에 의하여 새로운 역사의 장이 열릴 것이라는 믿음이 강렬하다. 그 믿음은 각 연마다 대응되는, 먹장구름과 태양, 꼭두각시 춤과 참(眞), 치정(癡情)과 의(義) 등의 팽팽한 긴장에 의하여 갈등이 고조되어 내면의 승리를 확신하기 때문이다. 당대 정치적 현실의 부정적 지배 이데올로기가 지식인들의 '심장을 멈추고', 꼭두각시 춤을 추게 하는, 그것은 주체를 일방적으로 구성하는 정치적 타자이다.

이러한 강력한 정치적 동일자의 논리에 시적 화자는 태양이 표상하는 젊음의 열정이 있기에 체념할 수 없다고 전망을 과장한다. 전망을 과장하는 원인은 '구름'과 '태양'처럼 서로 대응되는 쌍들의 은유적 관계에 있는 자연의 순환적 질서를 믿고 있기 때문이다. 그 믿음이 강렬한 만큼 전망은 과장되고 시적 리얼리티를 잃어버리게 된다. 이러한 문제는 '아직은 체념할 수 없는 까닭'이 주체의 내적 동기에 의한 것이 아니라 '태양'으로 표상되는 '의'를 위하여 두려움이 독재 정권에 저항하는 10대들의 격렬한 시위에 의하여 촉발되었기 때문이기도 하다. 그래서 이 작품은 주체가 역동적으로 현실의 부조리와 모순을 제기하고 해결하려는 대안은 생략된 채 학생들의 시위현장의 분위기만 고조되어 있다. 이러한 점은 저항적 낭만시의 한 속성이기도 하지만 또 다른 동일자의 논리에 동일화라는 점에서 문제가 있다.

이 작품이 이러한 문제점을 지니고 있다 하더라도 시적 화자의 진정성이 있다는 데서 그러한 문제를 넘어선다고 할 수 있다. 이 작품은 표면적으로 전언의 중심이 청자에게 있다고 할 수 있으나 사실은 화자 내면과 내면의 소통을 전제로 하고 있다. 시적 화자가 자신을 지향하는 것은 자유당 정치적 이데올로기를 복제하는 종속적인 자신을 포함한 지식인들을 비판하기 위한 것이다. 지식인들이 정치적 꼭두각시 노릇을 하는 것에 대한 비판은 결국 자신을 향한 비판이다.

여기서 김윤식의 2·28 계열의 파토스적인 저항시가 초기나 후기의 자전적 사유구조와 다르지 않다는 것이 확실하게 된다. 다시 말한다면 2·28 학생 시위현장에 지식인으로서 자신을 배치해 놓고 자신을 구성하는 방식이라는 것이다. 이미 앞에서 말했듯이 그는 한평생 농사를 지으며 자전적 농민시를 쓴 대표적인 현대의 농부시인이다. 따라서 그의 2·28 시는 실학파들의 한시에서 단초로 하여 식민지 시대의 토지 수탈과 궁핍의 현실을 비판하는 유가적 농민시40)의 계열로 이어져 있는 참여시다. 김윤식은 농민의 역사적 지위와 역할을 인식하고 실천하는 농민운동

---

40) 대구·경북 시인들 가운데 이병각의 「봄의 레포」, 조세림의 「고향」, 이병철의 「낙향 소식」 등이 이러한 예에 속한다.

으로서 농민시를 쓴 것은 아니다. 그의 농민시는 비판적 리얼리즘의 농민
시나 계몽적 농민시가 아니다. 그는 앞에서 살펴본 바와 같이 농사를 지
으며 바르게 세상을 보고 바르게 살려는 자신의 농촌 생활을 서정적으로
기록하였을 뿐이다. 그는 보리타작을 하며 보리막걸리를 마시고, 새벽부
터 내리는 비를 맞으면서 모내기를 하며, 폭우에 삽질을 하는 자신의 살
결에 소름이 돋는 자전적 시를 썼다.

> 요즘 적는 일기는
> 모두가 사과밭에 머물고 있다.
> 인도와 복사꽃이 질 무렵이면
> 국광이 연이어 피어난다.
> 이 동안 한 스무날은
> 화분을 접분하는 일을 하거나
> 힘겹도록 많이 핀 꽃송이를 따낸다.
> 꽃바람에 저려버린 내 몸에선
> 향긋한 꿀내음이 풍기기도 하고
> 꽃과 나비가 주고받는
> 대화도 조금은 알게 된다.
> 내 나이 스무 살에 저려 있을 때
> 이생에서 최고로
> 아름답게 보였던 동갑 가시내.
> 우리들이 주고받은
> 그 대화가.

▸▸▸ 「사과꽃」 전문

이처럼 그는 농사를 지으면서 농촌 현장에서 느껴지는 서정을 일기 쓰
듯이 썼다. 이 작품은 봄날 과수원에서 화분을 접분하거나 꽃송이를 따내
는 작업을 하면서 젊은 날의 연인을 생각하는 단순한 서정적 낭만시이다.
그러나 단순하게만 볼 수 없는 것은, 시적 화자가 동갑내기와의 사랑이라

는 자전적 사실을 환기함으로써, 꽃이 피고 지며 "꽃과 나비가 주고받는 대화"로 상징되는 자연의 오묘한 질서를 느낄 수 있기 때문이다. 이것은 과거와 현재를, 아득한 그곳과 여기를, 자연과 인간을 하나로 이어주는 숨결이 느껴진다.

이러한 자연과 자신이 하나 되는 근원적인 질서에 균열이 가면 그는 가차 없이 파토스적인 저항을 하게 된다. 이것이 유가적 시중성이다. 유가에서 합리성은 현실 상황에 기초한다. 자신의 행위가 합리적인가의 여부는 외부에서 주어지는 불변의 절대적인 기준에 의해서 판단되는 것이 아니라 주어진 상황에 직면하여 열려져 있는 가변적인 것이다. 5·16을 보내면서 "4월에도 말이 없는/ 녹슬었구나/ 종이여"라고 노래하는 것도 그 시중성이라 할 수 있다.

그 시중성은 이렇게 설명될 수 있는 것이다. 파토스적인 현실 참여시를 쓰면서 또 다른 한편으로 서정시를 쓰는 것은, 시의에 따른 변도로서의 자신의 주체 세우기 방식이라 할 수 있다. 세속적인 앙금을 해소하는 그의 삶의 방식이 시적으로 연결된 것이 시중성이다. 그는 자신이 하고자 하는 대로 하여도 자연의 질서를 깨뜨리지 않는 그러한 사람이 되기를 반성하며 시를 썼다. 그 시적 원리는 주변인에 함축되어 있는데, 그것은 권도를 역구성하는 시중성의 원리이다.

2.4. 결 론

1960년을 전후하여 한국 사회는 정치적 이데올로기가 압도하던 시대였다. 대부분 시인들은 정치적 이데올로기 호명에 응답하던 정치적 동일화 시대였다. 그러나 이호우와 김윤식은 그 호명에 일어서지도 않았으며 그러한 정치적 현실에 "아직은 체념할 수 없는 까닭"을 조목조목 거명하며 맞섰다. 시적 문제의 본질은 이러한 정치적 권력에 저항하는 자체가 아니라 정치적 권력에 맞서 시적 주체를 어떻게 구성하느냐 하는 것이다.

이호우에게 지금 여기 마땅히 이루어져야 할 당위적 세계는 유년기 아우라와 감응하는 유가적 질서였고, 김윤식에게 그것은 현실 밖에서 현실의 넓은 길을 찾는 유가적 시중성이라는 것을 지금까지 밝혔다. 이 당위를 위하여 이호우는 현실을 자신의 내면에 배치하였고, 김윤식은 자신의 내면을 현실에 배치하였다. 이호우에게 그것은 한 갈래로 느끼고 자신을 정화하는 매개였고 김윤식에게는 그 시중성은 자신의 길을 찾아가는 나침반이었다. 이호우는 근원적 세계와 감응하기 위하여 혼을 좁혔고, 김윤식은 세상 밖에서 세상 안에 있는 자신을 발견하기 위하여 혼을 넓혔다. 그래서 이호우 시는 맑고 정갈하고 김윤식 시는 일상생활 감정이 툭툭 튀어나오고 소박하다.

세계와 자아가 감응하는 아우라와 시중적 합리성이 사라진 시대에 이호우와 김윤식은 현실에 맞서서 현실을 비판하였기에 감시와 처벌의 대상이었다. 감시와 처벌이 시적 우수성을 담보하는 것이 아니라 할지라도, 정치적 이데올로기의 호명을 역구성하는 당대 새로운 주체가 가지고 있는 의미만은 간과해서는 안 될 것이다. 그것은 4·19 후 아주 짧은 기간이었지만 자유로운 분위기에서 자유당 정치적 이데올로기를 비판하던 시와는 구별되는 정치적 이데올로기에 저항한 이호우의 시와 김윤식의 2·28 시의 시사적 의미이다.

이호우와 김윤식 시에서 중요한 점은 그들이 말하는 인간과 인간의 숨결을 서로 느끼는 유가적 질서의 세계 복원이 아니라는 것이다. 그와 같은 세계의 복원은 자신의 욕망에 의하여 타자를 배제하거나 다시 타자를 자신에 귀속시키는 것이다. 이호우에게 그 근본은 자아와 세계의 상호관계의 회복이고, 김윤식에게 그것은 시중적 합리성을 실천하는 것이다. 이것은 정치적 이데올로기에 저항하는 그들의 시적 전략이었으며 동시에 그들의 삶의 방식이었다. 이것은 타자의 욕망에 야합하거나 타협하는 것이 아니라 감응의 깨달음이고 시중성의 실천이다. 이를 위하여 이호우는 자신의 혼의 결정체가 보이도록 시조를 다듬었고, 김윤식은 현실 밖에서 현실 속의 자신을 발견하듯 시중적 합리성으로 시를 다스렸다. 이호우는 현실 안에서 현실 밖의 고고한 자신을 다듬었고, 김윤식은 현실 밖에서 현실 안의 자신을 치열하게 내려쳤다. 이것은 유가적 지식인이 1960년대 서구 근대적 담론의 동일화를 새롭게 구성하는 두 가지의 서로 다른 시적 방식이라 할 수 있다.

다양한 시적 스펙트럼의 양극

탈지역파

다양한 시적 스펙트럼의 양극

1. 박목월의 입호기내(入乎其內)와 출호기외(出乎其外)의 시학

1.1. 문제의 제기

박목월은 죽어서도 행복한 담론 속에 묻혀 있다. 그러나 그 담론 속에는 동일자의 경계 바깥에 있는 타자의 담론도 함께 섞여 있다. 그렇다고 하더라도 그는 지금까지 어떤 저울로도 그 무게를 다 가늠할 수 없는 서정시인이다. 그 서정은 "배꽃가지/ 반쯤 가리고/ 달이 가네// 경주군 내동면/ 혹은 외동면/ 불국사 터를 잡은/ 그 언저리로" 딛이 가는 듯한 나직한 소리이고 옷자락에 묻어나는 달빛이다. 이것은 우리 민족어의 울림이거나 민족혼의 빛이기도 하다. 흔히 규범적인 담론으로 그의 시가 빚어내는 소리와 빛을 자연성·향토성·3음보 율격의 서정성이라고 말한다. 그러나 이러한 도식적인 말로 그의 시 울림과 빛을 다 설명할 수 없다.

랩과 힙합의 숨 가쁜 호흡과 맥박이 요동치는 신세대라 할지라도 그의 시구 "구름에 달 가듯이/ 가는 나그네"를 읊조리며 한번쯤 마음 달래지 않은 이가 누가 있을까. 이것은 그의 시에 우리 가슴 가장 깊숙한 촉수를 건드리는 원초적 서정성이 있기 때문일 것이다. 그러나 그는 자신을 "내사 애달픈 꿈꾸는 사람/ 내사 어리석은 꿈꾸는 사람"이라고 아주 나직하게 낮추어 말했다. 사실 "어리석은 꿈꾸는 사람", 즉 세계와 자아가 구별되지 않는 꿈 같은 유합의 세계가 서정성의 본질이다.

그런데 문제는 그의 서정시의 실체를 어떻게 밝히느냐 하는 것이다. 서정시에 대한 논의는 고전적인 아리스토텔레스의 『시학』, 헤겔의 『미학 강의』에서부터 새로이 에밀 슈타이거의 『시학』, 케테함부르거의 『문학의 논리』, 프리드리히의 『현대서정시의 구조』에 이르기까지 다양하게 논의되었다. 그러나 르네 웰렉은 이들의 반대편에서 극단적으로 서정시의 종결까지 요구했다. 여기서 이런 논란의 틈새를 엿보며 서정시의 본질을 논하자는 것은 아니다. 다만 박목월 시의 서정성을 밝히려는 의도만 있을 뿐이다.

박목월은 초기 자연시에서 후기 종교시에 이르기까지 다양하게, 그리고 어느 시인보다 그 윤곽이 뚜렷하게 변모하여 왔다. 그렇기 때문에 대부분 그의 시적 변화에 관심을 갖고 단계적으로 구별지우며 별개의 미학으로 설명하여 왔다. 그러나 그의 시에서 변화한 것은 서정성이 아니라 서정적 담론뿐이다.

그는 브레히트가 '서정시를 쓰기 힘든 시대'라고 노래한 것과 같은, 문화적 암흑기인 식민지 말기와 우리 나라의 정치적 격변과 사회적 혼란, 그리고 경제적으로 곤궁스러운 시대의 한가운데를 지나갔다. 그런데도 그는 줄기차게 서정시를 썼다. 브레히트는 덴마크의 퓌넨 섬과 타징에 섬 사이의 스벤보르 해협을 바라보며 "해협을 떠다니는 산뜻한 보트와 즐거운 돛단배들이/ 내게는 보이지 않는다. 무엇보다도/ 어부들의 찢어진 어망이 눈에 들어올 뿐이다."라고 노래했다. 이 노래의 핵심은 고통스런 일상적 삶을 극복하는 현실 문제다. 그러나 이 노래를 역으로 생각한다면 바람에 날리는 찢어진 어망의 그물코에 걸린 어부들의 고통스러운 현실은 결국 즐거운 돛단배들이 노니는 꿈 같은 당위적 세계를 소망하는 것이기도 하다.

문제는 박목월 서정 미학의 핵심이 무엇인가 하는 것이다. 이것을 그의 시구로 말한다면 "내사 애달픈 꿈꾸는 사람/ 내사 어리석은 꿈꾸는 사람"의 세계와 융합의 미학이다. 꿈이란 성취되지 않은, 그러나 그에게 꿈이란 이와 같은 과거 지향적인 것이 아니라 "기인 한밤을/ 눈물로 가는 바위가 있기로// 어느날에사/ 어둡고 아득한 바위에/ 겔로 임과 하늘이 비치(는)" 미래로 향한 것이다. 미래로 행하는 꿈은 보다 나은 세계를 추적하는 것이다. 이러한 경향은 낭만주의 시인들에게서 흔히 나타나는 것이기도 하다. 이러한 사정으로 본다면 그의 서정시의 미학이 꿈이라는, 즉 세계를 내부로 당겨서 하나가 되게 하는 동일성에 있는 것이다.

1.2. 김소월과 정지용의 사이

박목월은 1916년 1월 6일 경북 경주군 건천읍 모량에서 박준필의 장남으로 출생하였다. 대구계성중학교 2학년 때인 1933년 동시 「통딱딱 통딱딱」이 『어린이』지에, 「제비 맞이」가 『신가정』에 당선되었다. 경주 금융조합에 재직중이던 1939년 『문장』에 「길처럼」·「그것은 연륜이다」·「산그늘」이 추천되었고 이듬해 1940년 「가을 어스름」으로 추천이 완료되어 시단에 등단하였다. 해방 후 대구계성중학교와 이화여고 교사를 거쳐 한양대학교 교수가 되었다. 그는 후진을 양성하는 한편 조선청년문학가협회 준비위원·한국문학가협회 사무국장·한국시인협회장 등의 각종 문학적인 협회에서 중심적인 활동을 하였다.

이러한 단편적인 이력만으로는 앞 항에서 제기한 그의 서정적 세계관을 알 수 없다. 이 점은 그가 스스로 자신을 어리석은 사람[1], 어린 사람2), 꿈꾸는 사람이라고 말한 것에서 찾을 수 있다. 이 세 가지 말의 외연적 의미가 다르다 할지라도, 내포적 의미는 세계와 자아를 구별 못하는 사람이라는 점에서 동일하다. 이 세 가지를 포괄하여 대신할 수 있는 시학 용어가 바로 '서정성'이라 할 수 있다. 서정성이란 세계와 자아의 구별이 없는 일체의 정서이다. 어린 사람이나 꿈꾸는 사람은 이성보다는 상상력으로 세계와 자아의 관계를 연관시켜 그것을 하나로 생각한다. 그러므로 서정성은 "내 슬픔이나 꿈의 모습이나 아름다움에 대한 신앙을 표현해 보려고 노력하였다.3)"는 그의 고백에서 알 수 있듯이 인간의 원초적인 정서다.

문제는 이 원초적 서정성을 그가 "어리석은 사람의 꿈꾸기"라 한 점에 있다. '꿈'은 외적 세계와 내적 세계를 이어주는 매개고리이고, 두 세계를 넘나들 수 있는 구름다리이다. 이것을 건너가고 건너오는 꿈은, 세계의 자아화라는 점에서 프로이트가 말하는 억압된 심리체험의 꿈과 다르다. 프로이트의 꿈은 억압된 심리체험이 내면으로 되돌아가지만, 목월이 "어리석은 사람의 꿈"이라고 말한 서정성은 외적 세계와 자아의 교섭 작용에 의하여 일체감을 이루는 것이다. 이 일체감을 이루는 서정성, 즉 '꿈꾸기'는 외적 세계와 내적 세계의 단순한 교섭이 아니라 전략적인 교섭이다.

목월의 서정적 전략인 꿈꾸기는 "산지기 외딴 집/ 눈 먼 처녀사// 문설주에 귀 대이고/ 엿듣고 있다."는 말로 대신할 수 있다. 이 긴장된 꿈꾸기는 '산지기 눈 먼 처녀'가 가슴 속에 등불을 켜느냐, 아니면 그가 눈을 뜨고 세상의 거울을 만들어 내느냐 하는 것이다. 이것은 세계의 자아화냐 자아의 세계화냐 하는 표현과 반영이라는 관점이다. 그런데 그의 시적 전략이 꿈꾸기라는 데서 그의 시가 특징지워진다. 꿈꾸기는 외적 세계를 자

---

1) 그의 생활 신조는 "어수룩한 나무처럼 수굿하게"이다.
   박목월, 『보랏빛 소묘』, 삼중당, 1976, p. 2.
2) 김종길, 『시에 대하여』, 민음사, 1986, p. 229.
3) 박목월, 앞의 책, p. 24.

아가 받아들여 자아의 미적 인식으로 재창조하는 것이다. 그러므로 세계
는 그의 내부에 존재하게 된다.

목월은 이러한 서정성을 그의 갈증4)에서 시작되었다고 했다. 그러나
이 갈증은 그를 『문장』에 추천한 정지용의 영향에 의하여 굴절된다. 그것
은 "요적(謠的) 수사를 충분히 정리하고 나면 목월의 시가 바로 조선시
다."5)라는 것이다. 그는 이 추천자의 지적에 집착하면서 시적 기교에 매
달리게 된다. 그 극단이 "흰 달빛/ 자하문// 달안개/ 물소리// 대웅전/
큰 보살"과 같은 서술어가 제거되고 이미지만 제시하는 시다. 그러나 그
는 생래적인 요적 수사를 버린 것이 아니라, 요적 수사와 기교의 두 방식
을 체득한 것이다.

그러므로 그의 시는 요적(謠的) 수사의 계열과 "겉으로 서늘하고 안으
로 열해야 한다."는 정지용이 지적한 요적 수사를 제거한 계열로 나누어
진다. 전자가 소월적이었다면, 후자는 지용적인 것이다. 이 두 틈 사이에
그의 꿈꾸기가 있다. 그의 꿈은 꿈이 아니라 고도화된 서정적 전략이다.
그 전략은 "불완전한 인간과 인간 사이에서 벌어지는 틈바구니 속에서 몸
부림"6)으로 사람이 되기 위한 것이다.

1.3. 자연의 음영과 삶의 가락

박목월은 생전에 『청록집』(1946) · 『산도화』(1954) · 『난 · 기타』(1959) ·
『청담(晴曇)』(1964) · 『경상도의 가랑잎』(1968) · 『무순(無順)』(1976) 등의
시집을 간행하였으며, 부인 유익순 여사에 의하여 그의 신앙시만을 모은
『크고 부드러운 손』이 사후에 간행되었다. 이러한 그의 시집의 시 특징은
앞에서도 말하였거니와 요적(謠的) 계열과 감각적인 이미지 계열로 나누

---

4) 박목월. 「목마른 역정」, 『밤에 쓴 인생론』, 삼중당, 1974. p. 328.
5) 정지용, 「추천 후기」, 『문장』 2권 7호, p. 94.
6) 박목월, 앞의 책, p. 329.

어진다. 이것은 그의 생리적인 갈증과 정지용의 역학 관계에 있는 것이다. 그는 생래적으로 넘쳐나는 가락을 안으로 감추려다가 고도의 기교를 발견했고, 이를 다스리다가 다시 가락에 빠졌다. 이것이 그의 생래적인 기질과 정지용의 역학관계 구조 속에서 있는 시적 현상이다.

그의 시의 출발점이라 할 수 있는 『문장』지에의 추천된 작품 「길처럼」·「그것은 연륜이다」·「산그늘」·「가을 어스름」 등은 가락이 반이고 감각적 이미지가 반이다. 문제는 서로 공존하기 힘든 가락과 감각적 이미지를 어떻게 함께 살려내었느냐 하는 점이다. 이 점을 「그것은 연륜이다」에서 살펴보기로 한다.

> 어릴적 하찮은 사랑이나
> 가슴에 백여서 자랐다.
>
> 질 곱은 나무에는 자주 빛 연륜이
> 몇 차례나 몇 차례나 감기었다.
>
> 새벽 꿈이나 달 그림자처럼
> 젊음과 보람이 멀리 간 뒤
> …… 나는 자라서 늙었다.
>
> 마치 세월도 사랑도
> 그것은 애달픈 연륜이다.

▸▸▸「그것은 연륜이다」 전문

이 작품은 서정적 주체를 3인칭으로 객관화하여 사랑하는 여인이 떠나버렸다는 서사적 내용을 객관화한 것이다. 그런데 객관화된 내용은 후렴구에 의하여 다시 1인칭으로 주관화된다. 여기서 이 작품이 객관화된 층위가 주관화된 층위와 서로 상호 작용을 한다는 것을 알 수 있다. 객관적인 내용은 후렴구에 의하여 주관화되고 다시 객관화와 주관화가 반복된다. 이러한 내용의 변화는 서술된 내용이 후렴구에 의하여 리듬화되면서 시 전체를 울려내는 것과도 같다. 그의 초기시에 감각적인 이미지와 가락이 공존하는 것은 이러한 장치에 의해서다.

이러한 역할을 하는 것이 "가시내사 가시내사 가시내사": (「그것은 연륜이다」), "워어어임아 워어임"(「산그늘」), "구구구 저녁 비둘기"(「가을 어스름」) 등과 같은 후렴구이다. 이러한 후렴구는 고려가요나 민요에서 흔히 찾아볼 수 있는 장치이다. 그러나 그것들과 다른 점은 후렴구의 역할이다. 고려가요나 민요의 후렴구는 창자가 이끌어 가는 내용을 다함께 이어받아서 힘을 모으는 역할을 하는 데 있다. 목월이 사용한 후렴구는 그러한 역할이 아니라 메마른 이미지를 주관 속으로 끌어들여 측촉히 젖게 하는 역동적인 역할을 한다. 이 점은 정지용이 「산그늘」을 추천하면서 "민요에서 떨어지기 쉬운 시가 시의 지위에서 전락되지 않았습니다."하는 말로 대신할 수 있다. 그의 시가 민요적이면서도 시적이라는 것은 주지적인 정지용에게는 만족스러움일 수 없다.

이 불만은 정지용이 목월을 마지막으로 추천하면서 그에게 "요적 수사를 충분히 정리하고 나면 목월의 시가 바로 조선 시다."라는 온곡한 당부로 이어진다. 목월은 이 당부의 말에 집착하면서 요적 수사를 안으로 감추고 감각적 이미지를 전면에 내세운다. 그 극단이 「불극사」같은 서술어를 생략한 불연속적 이미지 자체만의 시라 할 수 있다. 이처럼 그는 요적 수사를 정리하기 위하여 철저하게 서술어를 생략하였다. 추천기의 「길처럼」·「그것은 연륜이다」·「산그늘」·「가을 어스름」 등의 작품과 추천 후의 「청노루」·「나그네」·「윤사월」 등의 작품을 비교하여 보면, 전자는 서술어에 의존하였고 후자는 명사나 명사형어미에 의존하였다는 차이가 있다. 그러나 오히려 추천 후의 작품들은 7·5조라는 정형화된 음수율에 가깝게 다가갔다. 그러므로 그는 요적 수사를 정리한 것이 아니라 오히려 요적 수사의 기교를 획득하였다고 할 수 있다.

그가 획득한 "청노루/ 맑은 눈에// 도는/ 구름" 같은 감각적 기교는 정지용의 작품 「비」의 범주 내에 있는 안으로 뜨겁고 겉으로 서늘한 것이다. 그의 추천기의 감각적인 이미지가 강조된 작품에도 주관적 정서가 흥건하게 개입되었다. 그런데 「청노루」·「3월」·「나그네」 등의 작품은 주관적인 정서가 철저하게 배제된 몰개성적인 시다. 이것이 목월의 초기시의 "어리석은 자의 꿈꾸기"의 미학이다. 그는 어리석게 자기를 꿈 밖으로 몰아내고 꿈을 꾼다. 그렇기 때문에 그의 초기 자연시는 맑고 투명하지만 사람의 체취를 느끼지 못한다.7) 이것은 전통적인 자연시와 다른 면이라 할 수 있다.

전통적인 자연시는 자연에 조화·합일하는 의식에서 출발한다. 유가에서는 자연을 윤리적 전거로 삼고, 도가에서는 자연에의 복귀를 염원한다. 그러므로 인간과 자연은 서로 융합되어, 인간과 자연 사이에는 간극이 없다. 그런데 목월에게 자연은 윤리적 전가나 도법(道法) 대상이 아니라 다만 "문설주에 귀 대이고/ 엿듣"는 관찰의 대상이다. 이것은 유가와 도가에서 자연을 도의 근본으로 삼아 윤리와 미학의 근원으로 보는 태도와 다른 것이다. 그는 자연을 자신의 거울에 비출 뿐 자신의 흔적을, 더구나 거울까지 은밀하게 숨겨 놓았다.

그러면 거울로 비유되는 꿈꾸기란 무엇인가 하는 것이다. 이 거울의 반쪽은 목월의 천부적인 재질이고 다른 반쪽은 정지용의 이미지즘의 영향이라 할 수 있는데, 이것이 1920년대 낭만적 자연시와 구분되는 점이다. 이 점은 오히려 사물 자체에 내재하는 운동의 동격화 사고로 본다면 동양적 자연관에 더 가까울 수 있다. 이것은 내적 세계와 외적 세계가 어느 한 쪽에 포섭되는 것이 아니라 동일한 패턴 속에 나란히 놓여 있다8)

---

7) 김종길, 앞의 책, p. 236.
8) J. 니담, 이석호·이철수·임정대 역, 『중국의 과학과 문명 2』, 을유문화사, 1986. p. 389.

는 것이다. 그러나 그의 시는 경계(境界)의 상호작용인 감응으로도 설명하기 어렵다는 점에서 다시 전통적인 자연시와 다르다.

그의 자연시의 핵심은 미세한 움직임을 포착하는 렌즈르서의 자연이라는 점이다. 여기서 목월의 초기 자연시의 정체는 자명하게 된다. 그의 자연시는 유가적 · 도가적 · 형이상학적인 정신 세계에 자리한 것이 아니라 오직 자연의 섬세한 감각 그 자체를 목적으로 한 것이다. 그러므로 목월의 자연시는 정신적 차원이라기보다는 기교적 차원이게 된다. 이 기교는 요적 수사를 정리하라는 정지용의 당부에 집착한 결과이다. 정지용이 말한 요적 수사란 수사적 차원이라 할 수 있겠으나, 그보다 소월류의 정한으로 볼 수 있다. 그러므로 그가 버린 것은 시의 리듬이 아니라 소월류의 정한이다. 이 정한을 극복할 수 있는 길을 자연의 섬세한 감각에서 발견한 것이다. 그러므로 자연은 그가 정한을 숨겨놓은 공간이며 감각적 이미지를 실험한 공간이다. 이 실험을 그는 역설적으로 "어리석은 자의 꿈꾸기"라고 했다. 다시 역설적으로 어리석은 자의 꿈은, 꿈꾸는 자의 관념이 배제되거나 판단이 중지된 이미지만 선명한 것이다. 여기서 그의 초기 서정 미학의 전략이 있다. 그 전략은 자신의 가치판단을 보류한 채 투명하게 세상을 바르게 읽으려는 것이다.

그러나 목월은 시집 『난 · 기타』 이후부터는 자연에서 현실로, 그가 살고 있는 '원효로 전차 종점'에서 가정으로 눈을 돌린다. 그러면서 그는 『청록집』· 『산도화』까지의 섬세한 감각적 기교의 언어를 정리하고 현실의 언어로 생활을 담백하게 노래한다. 이것은 어리석은 자의 꿈이 아니다. 시적 화자 '나'가 전면에 나타나서 시 쓰는 이야기, 가정에 대한 이야기, 지우를 만난 이야기를 꺼내놓고 담담하게 일상사를 논한다. 이런 일상사를 앞에 놓은 것은 아직 의식되지 않은 것을 상상력을 통해 발견하는 낮꿈을 꾸기 위함이다. 블로흐는 낮꿈이 갈망이라는 능동적 의지에서 출발되며, 반드시 자아가 현존하고, 우리의 일상 삶이 보다 낫게 되기를 바란다는 점을 특징으로 잡고 있다.9) 이처럼 그는 영탄조로 "나이 오십 가까우면/ 기운 내의는 안 입어야지" 하며 지극히 작은 소망을 노래한다. 여기서 그의 '낮꿈'이 '어리석은 자의 꿈꾸기'의 범주에 있음을 알 수 있다. 그것은 꿈꾸는 자의 열광이 담겨져 있지 않다는 점이다.

그는 『경상도 가랑잎』에 와서 다시 초기 요적 수사를 다시 되살린다. 그 울림은 "가시내사 가시내사"하는 후렴구가 아니라 "아배요 아배요/ 내 눈이 티눈인 걸/ 아배도 알지러요/ 등장불도 없는 제삿상에/ 축문이 당한기요/ 눌러 눌러/ 소금에 밥이나마 많이 묵고 가이소."하는 호곡의 내용이다. 이런 육성은 내용이 가락을 띠고 있는 것이 아니라 가락 자체가 내용을 압도한 것이다.10) 다시 말하면 가락만으로 시를 쓴 것이 『경상도 가랑잎』이다. 여기서 초기 감각적 이미지 시와 후기 가락 시의 차이를 발견하게 된다. 이것은 자연과 일상이라는 소재적 차이와 이미지와 리듬이라는 기교적 차이에도 불구하고 동일한 점은 자신의 판단을 묶어 두었다는 점이다. 초기 시는 이미지를 전면에 내세워 리듬 자체가 한 편의 시가 되게 하였고, 후기 시는 리듬을 전면에 내세워 리듬 자체가 한 편의 시가 되게 하였다. 후기 시를 대표할 수 있는 「이별가」의 한 대목, "뭐라카노, 저 편 강기슭에서/ 니 뭐라카노, 바람에 불려서// 이승 아니믄 저승으로 떠나는 뱃머리에서/ 나의 목소리도 바람에 날려서"처럼 그의 시는 바람에 날리는 목소리만 있고 그의 육신은 찾을 수 없다.

이것은 그의 고도의 서정적 전략이다. 이러한 가락의 서정적 전략은 김영랑에 의하여 이미 실험된 바 있다. 그 전략은 목월이 가락으로 생활의 무게를 들어내려 했다는 점에서 김영랑과 차이가 있다. 다시 말하면 김영랑은 가락으로 가락을 즐긴 데 비하여, 목월은 가락으로 세속의 중압을 무화시키려 했다. 이것은 현실 도피나 초월이 아니라 어디까지나 고통

---

9) Ernst Bloch, 박설호 역, 『희망의 원리』, 솔, 1993, p. 315.
10) 김윤식, 『속 한국근대문학사상』, 서문당, 1978, p. 155.

을 동반한 세계와 자아의 힘 겨루기다. 이 극점이 죽음과 마주한 자리의
호곡 형식의 시다.

1.4. 결 론

　지금까지 목월의 서정성의 핵심이 무엇인가 하는 것에 주목하였다. 사
실 목월이 "내 시에서 밀도 깊은 질량감을 구하려는 그것부터 무리한 요
구다."라고 말하였듯이 그의 시의 핵심은 메시지 자체에 있는 것이 아니
라 서정성에 있다. 그의 서정시는 식민지 말기부터 분단시대에 어떻게 하
면 바르게 사는 것인가 하는 물음과도 같은 것이다. 그 물음에 대한 답은
정신적 차원이라기보다는 오히려 기교적 차원에서 구할 수 있다는 데서
그의 독창성이 드러난다.

　그의 전기 자연시와 후기 생활시는 자연과 생활이라는 소재적 차이에
도 불구하고 동일한 점은 서정적 전략이다. 그 전략은 전기 자연시가 윤
리적 전거나 도법(道法) 대상으로서의 자연이 아니라는 게 있다. 이것은
유가와 도가에서 자연을 도의 근본으로 삼아 윤리와 미학의 근원으로 보
는 태도와 다른 것이다.

　그의 초기 자연시의 핵심은 미세한 움직임을 포착하는 렌즈로서의 자
연이라는 점이다. 이것은 유가적 시학의 하나인 정경 교융의 감응구조로
서의 자연도 아니다. 다만 목월의 초기 자연시의 정체는 경중지상(鏡中之
象)이라는 비유로 설명할 수 있다. 이것은 한순간에 느껴지는 숨결과 같
은 아우라(Aura)이다. 그의 아우라의 서정적 전략은 자연과 이미지 사이
의 상징적 관계에 있다. 그 관계는 "아무리 가까이 있다고 느껴지더라도
먼 것의 일회적 나타남"이라는 벤야민의 말로 대신할 수 있다. 즉 그의
자연시의 자연은 인간의 논리적 사고나 언어로써 붙잡을 수 없는 순수한
내면의 상징이다.

그러나 목월은 시집 『난·기타』·『경상도 가랑잎』 이후부터 그가 살고 있는 '원효로 전차 종점'과 같은 일상 속으로 눈을 돌린다. 그리고 다시 초기 요적 수사를 되살린다. 다시 말하면 가락만으로 시 쓰기를 시도한다. 이것은 자연의 신비적 아우라를 상실한 시대의 서정적 전략으로 생각할 수 있다. 가락이란 단순한 리듬 자체만을 의미하는 것이 아니라 한국적인 정한의 가락이다. 우리 가락 속에는 숨결과 같이 한 순간에 아우라를 느낄 수 있다. 같은 이치로 후기 시의 가락도 순수한 내면의 상징적 관계로 파악할 수 있다. 이것이 그의 후기 시의 서정적 전략이다.

이것은 역으로 생각한다면 역사의식이나 사회의식이 부족하거나 현실적 리얼리티를 저버렸다는 문제점으로 지적될 수 있다. 그러나 그는 역사적 현실을 외면한 것이 아니라 자연과 인간의 순수한 내면성을 분명하게 제시하였다는 데 오히려 현실적 의미가 있다. 진실에 대한 확고한 믿음 없이는 그것을 드러낼 수 없기 때문이다.

그는 우리 자연의 아우라와 가락의 아우라를 가슴 속에 한 순간 느끼게 했다. 이것의 의미를 왕국유의 말로 한다면 입호기내(入乎其內)와 출호기외(出乎其外)라고 할 수 있다. 즉 그의 시는 우리를 자연과 가락 속으로 안내하면서도 그 속에 머무르게 하지 않고 한 걸음 밖으로 나와 본질을 객관적으로 조망하게 한다.

2. 하종오의 다시 당김의 주체 미학과 송재학의 기리 당김의 타자 미학

2.1. 진단과 모색

시가 우리의 육신을 뜨겁게 달아오르게 하던, 또 영혼을 반짝이게 하던, 우리의 힘과 길잡이가 되던 지난 시대는 얼마나 행복했던가. 이것은 뜨거운 눈물 한 방울도 가슴의 중심을 타고 흘러가지 않는 오늘날 우리의 넋두리다. 그러나 그 넋두리도 뒤집어놓고 보면 시 동네에 떠도는 불길한 소문이 소문으로 끝나기를 바라는, 시의 슬픈 고행의 입구를 더듬는 것이나 다르지 않다. 또 그것은 새로운 좌표를, 깃발을 올리지 못하는 고통스런 자의 비명일 수 있다.

문제는 이미지가 현란한 후기 자본주의의 몸 가벼운 논리에 대응하여 시가 그 정체성을 어떻게 모색하여야 할까 하는 데 있다. 시도 이미 아우라의 그윽함이 사라진 지 오래라는 것을, 동일자가 아니라 타자로 다가섰다는 것에 대하여 우리는 너무나 잘 알고 있다. 이런 현대성의 담론이 우리 시 동네에 나날이 전하는 전갈은 음울하다. 시가 새로운 담론을 탐색하는, 머뭇거리는 사이에 시 동네를 드나드는 독자들은 시적 담론의 회로를 비껴가는 시의 위기에 봉착해 있다. 더 심각하게 말하면 소문 없이 시는 매장되어 가고 있다. 아직도 우리 시인들의 가슴에 시가 시퍼렇게 살아서 퍼덕이고 있는데, 시 동네를 찾아오는 사람들의 발자국은 점점 뜸해지고 있다. 이렇게 궁색하고 암담한 목소리를 내어야 하는 시대, 그렇다. 우리 시사에 이렇게 깊은 침묵이 어느 날 있었던가. 우리가 어떤 것을 말할 수 있고 어떤 것을 말할 수 없게 만드는 담론을 앞세워 성급하게 시의 문을 열고 닫았을 뿐이다.

중요한 것은 오늘날 우리를 매혹적으로 압도하는, 폭발하는 영상매체

의 이미지, 그 중심에서 시적인 담론이 옛 영광을 다시 찾을 수 있나 하
는 것이 아니다. 이것은 시 동네 사람들의 아득한 하나의 소망일 수 있지
만, 어쩌면 시의 객사를 재촉하는 빌미가 될 수 있기 때문이다. 그러나
우리는 우리 귀에 놓인 타자의 음성이 시의 명민한 육신을 더 생기 돌게
할 수 있다는, 현실과의 타협이 아니라 역동적인 탐색이 필요하다는 것을
알아야 한다. 그러나 역동적인 탐색은 시의 장엄한 종언을 고할 그날의
비장함을 전제로 하여야 한다.

　문제는 바로 이것이다. 이 비장함은 시란 '무엇이다' 하는 절대자의 근
엄한 목소리가 아니다. 다만 시란 '무엇이다' 하는 우리 안의 타자의 영혼
을 우리 밖으로 끌어내어 우리와 마주 서는 순간 나타나는 울림이 소중
한 것이다. 이것은 문화산업의 광채들이 시의 육신을 쇠약하게 하는, 그
들의 이미지가 시의 기를 빼앗아 가는 것에 대한 저항의 주술이 아니다.
시의 기를 빼앗는 것은 따지고 보면 문화산업만이 아니라 시 동네 사람
들의 성찰의 격렬한 극(極)의 부족함 때문이다. 그 성찰의 극에서 시인의
칼날은 시의 육신을 향할 것이며, 시의 영혼이 우리의 가슴에 복수할 것
이 아닌가. 이렇게 시인의 칼날이 시의 육신을 향하는 섬뜩한 시집 두
권이 있다. 하종오의 『사물의 운명』과 송재학의 『그가 내 얼굴을 만지네』
이다. 이들 시집을 주목하는 것은 시의 위기에 대한 불안 때문만이 아니
라, 주체를 재건하는, 언어를 상처 내어 그 피로 언어를 다스리는, 자신
을 테러하여 시를 다시 굳건히 세우려는 시인들의 한 경지의 징후를 읽
었기 때문이다. 시인의 한 경지의 징후란 시의 부활의 다른 이름이다.

2.2. 진보적 이념과 내면의 규율

　　　시 쓰고 나면 오른쪽 어깨가 결린다.
　　　왼손을 쓰지 않고서도 썩어지는
　　　시를 고치면 고칠수록 오른쪽 어깨에

통증이 커진다. 비월하는 것들은
좌우 날개 다 상쾌하게 상하 날개짓하는데
작금 오른쪽 어깨가 나를 부린다.
결리지 않는 왼쪽 어깨는 날 놔두고
오른쪽 어깨에게 자꾸 건너가려 한다.
그 사이에서 내 머리통은 모가지 비틀고
(신새벽 오래 터오면 먼동 못 잊는가?)
신음하고, 가슴패기가 따라서 뒤틀린다.

▸▸▸「오른쪽 어깨가 결린다」에서

　인간의 운명은 '시였던가 비시였던가.' 이런 화두를 던지면서 '신새벽
오래 터오던 먼동 못 잊는' 하종오의 시집 『사물의 운명』의 시편들을 도
식적으로 말한다면 '다시 당김'의 깨닫기 미학이라 할 수 있다. 그러나 이
전의 시집 『벼는 벼끼리 피는 피끼리』・『사월에서 오월토』로 한때 우리
육신의 고통의 맥박을, 피로한 호흡을 싱싱하게 했던 그의 시에 대한 기
억과는 다르다. 그의 열정의 들판을 거쳐, '쥐똥나무 울타리' 안에서, '쥐
똥나무 울타리' 밖을 관조하고 있다.
　그의 시에서 새로운 점은 '쥐똥나무 울타리'가 담론구성체의 경계선이
고 시의 경계선이라는 점이다. 이러한 그의 시를 미셸 페쇠의 말로 한다
면 담론구성체의 안팎을 함께 말하는 비동일화의 지점에 다다른 것이 된
다. 비동일화란 다름 아닌 균형감인데, 즉 이육사가 '한발 재겨디딜 수
없는' 벼랑에서, '겨울'의 매서운 서릿발에 '여름'의 황홀한 무지개를 치환
하여 그 경계에서 고뇌했듯이, 그도 '섬 안에서 휘몰아쳐 나오는' 눈보라
와 '섬 밖에서 휘몰아쳐 들어오는' 눈보라의 경계에서, '섬 안의 길'과 '섬
밖의 길'의 경계에 눈보라를 맞으며 눈물겹게 한때 서 있었다.
　이 균형을 잡으려는 고뇌가 그의 이전 시집 『쥐똥나무 울타리』의 시편
들이다. 이것을 주체 재건이라 하든지, 아니면 내면 투쟁이라 하든지, 다
원적 상상력이라 하든지, 그의 시의 빛남은 지난 시대의 고통과 상처의

치유로 상징되는 바다의 떠남과 섬의 머무름 사이 갈등에서 길 찾기의 절실성에 있다. 그것은 '이 섬 안에서 보니 해는 산 위로 떠올랐다'는 반성에서 '낮이 짧아서 나는 방황중이다' 하는 그의 자기 고문에 가까운, 영혼과 육신을 뒤집어 살피는 자기 검열에서 찾을 수 있다. 그러나 그의 시의 살결은 신들의 창을 관조하는 한량들의 언어보다 더 서정적이다.

시집 『사물의 운명』도 『쥐똥나무 울타리』의 연속성산에 있는 것으로 '울타리 안팎', 즉 담론 안팎의 성찰과 관조라는 점에서는 다르지 않다. 그러나 그 변별점은 진정성의 방향에 있다. 『쥐똥나무 울타리』에서 그의 섬이라는 공간에서의 물과 산, 인간과 가축, 마음의 등불과 어둠 사이의 이분법적인 사물들은 어느 편에도 등을 기대려 하지 않는다. 그것은 "전등사 것은 전등사 것이고 내 것은 내게 있도다."라는 구절이 말해 준다. 현상학자들이 말하는 판단중지가 아니라 '쥐똥나무 울타리' 안팎을 동시에 조망하며, 마음의 불을 켜는 중심 잡기이다. 그러나 시집 『사물의 운명』은 안팎을, 대응되는 점을 넘나드는, 경계의 무화를 시도하는, 그가 잡은 중심도 오류일 수 있다는 강한 회의에서 출발한다는 점에서 차이가 있다.

이것은 장자나 데리다의 논리도 중심을 잡을 수 없다는 절망을 앞세운, 결국 중심 잡기의 한 방식처럼, 동일한 배경은 아니지만 발상의 연계성을 찾을 수 있다. 그러므로 전자가 이념의 울타리 안팎을 바라보기라고 할 수 있다면, 후자는 사물의 운명을 뒤집어보기라고 할 수 있다. '꽃이 나를 주무르고' 다시 '내가 꽃을 주무르는' 운명의 경계의 무화, 이것은 배회하는 시인의 영혼과 육신의 망막함의 극한이고, 그 극에서 스스로 생체실험을 시도하는 작업이 아닌가. 그의 망막함이, 주저와 번민이, 이 시대의 좌표를 잃은 우리의 솔직함일 수 있다. 그는 이분된 운명을 통합하여 새로운 테제를 제시하지도 않는다. 다만 그의 '흙이 흔들린다'는 반어를 오류하고 심각하게 말할 뿐이다.

　운명을 뒤집어보는 시집 『사물의 운명』의 메인스트림이자 도처에서 발견되는 '서쪽'의 의미망은 무엇인가. 그것은 '오래 비워든 서쪽 집에 돌아왔다'는 시편의 알레고리에 있다. 그 알레고리를 그는 다주 편안하게, 서쪽은 '하루 중에 가장 오래 해를 기다려야 하는' 깨달음이며 '불귀'이고, '홍분에 산속이 툭 트인' 희망의, 그러나 '서쪽은 필생으 안 보이는 길뿐'인 다시 출발해야 할 출발점이라고 말한다. 그리고 '인간에게는 왜 길이 필요한지?'라고 되묻는 원초적 물음이기도 하다. 그러나 그 알레고리는 그렇게 쉽지 않다. 일단 우리가 그의 말을 받아들인다면, '서쪽'은 '지난 한때의 허구와 다가올 미래의 희망을 적막하게 바라보는' 운명을 뒤집어 바라볼, 지난 시집의 '쥐똥나무 울타리'와 같은 경계, 즉 운명의 경계가 된다. 여기서 중요한 점은 '쥐똥나무 울타리'가 공간적·이념적 경계라면 '서쪽'은 시간적·운명적 경계라는 점에서 차이가 난다는 것이다. 이 차이는 그의 사색의 깊이와 높이에서 온 것이다. 그렇지만 '서쪽'은 그가 또다시 '오류'를 범할 수 있는 곳일 수도 있다.

　'오류'를 범하지 않기 위하여 그는 철저하게 그가 중심에 두었던 민중적 삶을 다시 당긴다. 그는 '비워둔 서쪽 집'에 다시 돌아와서 물이 소리를 바꾸듯이 사물의 운명을 바꾸어본다. 그러므로 이번 시집의 기저가 되는 것은 '비워둔 빈 집'이다. 그 빈 집을 다시 당겨, 그 집에서 '비월하는 것들'처럼 '좌우 날개 다 상쾌하게 날개짓'하려 한다. 그러나 아직도 그는 '시 쓰고 나면 오른쪽 어깨가 결린다.' 어깨가 결리는 이 알레고리, 그래서 쓸쓸하고 착잡한 심경으로 '저 강물을 휘어잡고 땅을 한 번 치고 싶다'는 깊은 고뇌로 운명을 뒤집으려 한다.

　그가 사물의 운명을 바꾸어보는 서쪽의 빈 집은 우리가 우리의 고통과 희망의 지평을 융합할 수 있는, 아니면 그의 텍스트에 저항할 수 있는 명민한 정신의 좌표를 세울 수 있는, 운명과 대결할 수 있는 우리 시의 새로운 처소이다. 그러므로 이 깊은 사색의 서쪽 처소는 발빠른 이 시대의 사람들이 한 순간 멈추어 거듭날 수 있는 동굴이다. 그러나 이 시집에서 의존하고 있는 알레고리란, 미적 가치보다 깨달음의 산문적 가치에 무거운 무게를 둔 것이 아닌가. 깨달음이란 지난날 그의 시에서 응축된 미적 가치를, 절창의 서정성을 의도적으로, 그의 말대로 '내팽개치'고 깊고 오랜 사색의 결과로 얻어진 삶의 논리다. 그러므로 이 시집의 산문적 알레고리는 그의 시적 빛남이었던 서정의, 율격의 다른 경계다. 이것이 『사물의 운명』의 생체실험이다. 그 실험은 그의 '꽃 피는 철로 알았던 봄에 꽃이 진다'는 선적 깨달음의 한 경지에서, 즉 비시가 시이고 시가 비시인 경지에서, 그의 과제는 사물의 운명을 뒤집어 노래가 되게 하는 것이다. 그러나 그의 시는 쓸쓸히 떠도는 이 시대의 우리 영혼이 부활을 꿈꾸는 서쪽의 빈 집, 부활의 동굴이다.

2.3. 이미지 쌓기와 이미지 허물기

마흔 나이의 네 출가 소식으로
내 등뒤 문이 삐걱거림을 안다
때마침 해국 화분에서
생게망게하게 하늘매발톱이 슬며시 솟아오른다
네 갠지스강 엽서가
아픈 몸 곳곳의 빈틈을 찾아온다
범람하는 갠지스강과 같은 방향이다
하늘매발톱이 보랏빛 꽃을 피울 땐
금은이 부딪치는 소리 들었느냐
아니면 극락왕생 극락왕생 중얼거리는
네 梵語와 비슷하지 않느냐

▸▸▸「빈틈」에서

송재학의 시집 『그가 내 얼굴을 만지네』의 시들은 그의 시로 말한다면

'뻗치는 힘을 새겨가는 목판본'처럼 꿈틀거린다. 그 꿈틀거림은 '고요가 붙잡은 정지의 힘'이라는, 그의 시적 활달한 재기(才氣)에, 우리는 그의 시의 수직의 가파름에 놀란다. 이미지의 굴절과 가파름, 그것이 그의 시의 현묘한 비의다. 그러나 그의 "나 할 말조차 앗기면 모슬포에 누우리라" 하는 속삭임에 다시 한 번 놀란다. 할 말조차 앗긴, 그 순간은 죽음의 순간이 아닌가. 이 죽음의 순간에 깊은 사색에 잠기는 그 앞에서 우리는 그의 시를 이해하는 데 길이 끊어진 절벽에 서 있음을 느낀다. 왜냐하면 모슬포 이미지는 고요와 비명이 서로 충돌하는 경계이기 때문이다. 고요와 비명은 그의 시처럼 '흰색과 분홍색의 차이'처럼 아득하다.

　그러나 그는 아득함을 분명하게 "흰색은 햇빛을 따라간 질서이고 분홍은 흰색을 벗어나려는 격렬함"이라고 말한다. 그렇다. 그의 시는 고요와 격렬함, 고요와 비명, 생명과 죽음이 엉킨 실타래와 같다. 이 비밀을 그는 좀처럼 풀어내지 않는다. 어쩌면 이런 모습이 그의 독창적인 기표가 될 수 있다. 그러나 "분홍은 병의 깊이"라는 구절에 오면 그의 시에 길이 있음을 알게 된다. 그의 시는 다가올 죽음을 앞당겨 그 순간에 실존적 문제를 떠올리고 있음을 알게 된다.

　송재학의 시에서 죽음은 삶의 소멸이 아니라 내 안의 타자를 발견하는, 즉 "격렬비도의 상처까지 생각하는" 순간이다. 또 죽음은 "젊은 여자는 자신의 울음이 저 무덤 안을 끝없이 넓히고 있음을 아는지 모르는지" 하는 의문으로 타자를 관찰하는 눈이기도 하다. 이것은 지난 날 그의 시가 가족 서사를 후경으로 하고 서정을 전경으로 하여 자신의 고통을 들추어내던 방식과는 다르다. 이제 그는 죽음을 미리 당겨 삶의 중심에 올려놓고 상처의 젖은 몸을 서풍에 말리며, 타자가 죽음의 색깔을 고르는 것을 응시하고 있다. 이처럼 죽음은 그에게 자기 파괴의 희생의 형식이 아니라, 그렇다고 그리스 신화의 경우처럼 밤의 딸이나 잠의 누이도 아니라, 단지 죽음은 지성적 요소와 관련되며 흰색과 분홍에 걸쳐 존재하는 것이다.

죽음을 미리 당기는 그 극점에서 언어들은 서로 뒤엉켜 힘 겨루기를 한다. 혈투는, 서로 물로 당기는 메타포는 어느 한 쪽도 숨을 끊어놓지 않는다. 그러나 언어들의 혈투는 막장까지 가는, 입구가 출구인 막장은 모두 봉인되어 캄캄하다. 그 캄캄함에 "첩첩 연잎 속에 들어앉은 금곡사는 그 짐승이 키운 배내 새끼다"처럼 우리를 낯설게 한다.

그의 이러한 치환형식의 병치적 메타포는, 물론 이미지의 중층구조를 생성하게 하는 효과가 크다. 그러나 그보다 그가 노리는 더 큰 효과는 다른 데 있는 것 같다. 그것은 그의 시와 대면하는 순간 우리의 숨결을 멈추게 하는, 사고를 정지하게 하는 힘에 있다. 즉 그의 시 메타포는 마치 호출에 응답함으로써 주체가 된다는 식의, 알튀세의 이론을 전이시켜 이해하는 방식도 된다. 비유란 '거기 당신' 하는 호출에 대한 사물의 응답과 다르지 않기 때문이다. 그러므로 비유의 원관념은 보조관념이 호출한 범주 그 이상이 되지 못하는 것이다.

중요한 점은 그의 시의 원관념이 호출하는 순간에 응답하는 보조관념이 상호간에 동일화를 이루는 것이 아니라 푸코식의 역담론 관계에 있다는 점이다. 이것이 언어에, 그리고 일상의 통념에 저항하는 그의 내면의 한 형식이다. 그러나 이런 비유는 지난 날의 시들에 비해서 격렬함이 약화되었지만 "원래 그 빛 덩어리는 죽기 위해 바다에 갔던 여자의 눈빛"처럼 아직도 도처에 강렬하다. 그의 시 메타포의 구조가 역담론 관계라는 점은, 이미지가 형태적 이미지가 아니라 물질적 이미지의 기능을 하는 것과 같다. 그러므로 그의 비유적 이미지는 대상에 의해서 이미지가 결정되는 것이 아니라, 즉 현실의 대상의 모습에 자유롭지 못한 것이 아니라, 대상을 해방시킨다. 그렇기 때문에 그의 시가 극단으로 나아가 이미지를 가지지 않는 상상력으로 확산되는 경우에 우리는 난처하게 된다. 이 난처한 역담론이 빚어내는 물질적 이미지는, 그의 시를 지탱하는 척추이며 심장이다. 이 힘이 우리를 언어에 저항케 하고 정신에 저항하여 경직된 관념을 자유롭게 한다. 그 자유로움은 불규칙적이라 상상력의 진폭은 그가 찾아나서는 삼천포·안강·청량산·모슬포·애월·해평·해남, 그곳의 풍광처럼 싱싱한 푸른 상승과 하강하는 이미지들이 예측할 수 없는 방향으로 퉁겨나온다. 이처럼 돌출하는 이미지, 불균형의 역담론의 비유가 그의 시의 독창적인 기표이고 힘이다.

시집 『그가 내 얼굴을 만지네』는 이처럼 비유의 구조가 역담론 형식이라는 것을 알았다. 문제는 이 불균형의 형식이 생상해 내는 것이 무엇인가 하는 것이다. 그것은 죽음 이미지로, 그에게 죽음 이기지는 욕망을 충족시킬 수 있는 유일한 행위의 죽음이 아니라, '고요가 쿨잠는 정지의 힘'의 순간에 나타나는 환유다. 이 환유는 일상에서 억압될 욕망이 기회를 노리며 의식의 영역을 뚫고 나오는 타자의 모습이다. 그러나 그의 시에 있어서 타자는 욕망을 충족시켜 주는 타자가 아니라 오히려 '그는 돌아올 수 있는 사람이 아닌' 욕망을 촉발시키는 타자다. 그러드로 그의 시의 타자는 "그 여자가 도망간 뒤 그는 제 눈이 없어진 것을 알았다"는 것처럼 결핍을 드러내지만 바로, 또 하나의 '나'로, 실존의 '나'를 바라보는 응시하는 자이다. 이에 그의 시의 미덕은 "가끔 포구에 밀려드는 눈설레 앞세워 격렬비도의 상처까지 생각하리라"는 바라봄과 보여짐의 중층구조에 있다. 이런 바라봄과 보여짐의 중층구조는 '흰색과 분홍색의 차이'에서 잘 드러난다.

그 개인의 트라우마가 오늘 우리의 상처가 될 수 있는 것이기에, 그의 시는 고요의 극점에서 죽음의 순간을 당겨 치유하려 한다. 그러나 욕망은 환유라는 것을 그는 잘 알고 있기에, 그의 역담론의 이미지는 활달하다.

이러한 송재학의 시는 고요한 가운데 비명이 있고, 비명 가운데 고요함이 있다. 이 욕망의 돌기의 상처를, 고요함으로 비명을 다스리고 비명으로 고요함을 치유하려 한다. 그러나 그는 고요함으로 비명을, 비명으로 고요함을 전복하려 하지 않는다. 흰색과 분홍색의 차이라는 그의 놀라운 깨달음, 이것으로 응답되는 그의 시는 돌출하는 이미지처럼 빛난다. 이제 '말조차 앗기면' 하는 섬뜩함으로 죽음을 당겨놓은 자리에서 어떻게 죽음 위에 높게 우리의 삶을 올려놓을지 아니면 죽음을 깊게 후벼파 넬지, 그 감각의 깊이와 높이에 어떻게 도달할지는 그의 몫이다. 그러나 송재학의 시는 김소월의 유일한 시론 「시혼」의 "삶을 멀리한 죽음에 가까운 산마루 에 서서야 비로소 삶의 아름다운 빨래한 옷이 생명의 봄두덩에 나부끼는 것을 볼 수 있습니다"하는 구절처럼 한 경지를 향하고 있다. 그의 변신은 시집 『푸른 빛과 싸우다』에서 절망의 푸른 심연에 빠져 비명을 지르는 소리가 절로 철아쟁의 노래가 되던 시에서, 분홍의 홑치마 같은 풋잠이 서린 고요가 '두 눈이 있어야 할 자리에 등불을 거는' 엄숙한 의식 앞인 『그가 내 얼굴을 만지네』로 왔다. 이 지점에 그는 "내가 알아야 할 것은 집으로 가는 길이 아니라 비를 오게 하는 왕국의 슬픔이다" 하는 과제를 스스로 마련해 놓았다. 그 과제는 푸른빛과 분홍빛이 해내지 못한 타자 의 눈물을 씻어내는 것이 한 방법이 아니겠는가.

하종오가 다시 세우는 주체는, 송재학이 고요로 붙잡아놓은 타자는, 오늘날 마구 뜀박질하는 우리 영혼의 고삐를 잡을 수 있게 하는 포충망 이 될 것이다. 이렇게 엄청난 일을 저지르지 않더라도 그들의 시는 자신 을 전복하기 위해 자신을 해체하는, 즉 주체의 미학과 타자의 미학이라는 문제틀을 새롭게 마련하였다는 데 의미가 있다. 그들이 시의 육신을 향하 여 던진 칼날의 깊이가 얼마나 깊고 처절할지는 우리 가슴을 향하여 울 부짖는 그들 시 영혼의 비명 소리의 높이와 격렬함에 있을 것이다. 이 문 제적 상황이 시의 죽음의 시대에 시의 부활이 아닌가 한다.

지역 시문학의 현장

지역 시문학의 현장

1. 유가적 사유와 반유가적 사유

대구 시문학 90년을 통시적으로 조망하는 것은 쉽지 않다. 흔히 하는 연대기적 나열이나 도식적 해설은 별반 의미가 없기 때문이다. 그렇다면 하나의 방향부터 설정하고 조망해야 할 것이다. 그 방향은 여러 가지가 있을 수 있겠으나, 한 세기 동안 일관되게 지속되는 시적 사유가 무엇이냐 하는 것과 새롭게 변화를 추동하는 힘이 무엇이냐 하는 것에서 찾아야 할 것이다. 즉 지속과 변화의 두 축을 살펴봐야 한다는 것이다. 이 지속과 변화의 두 축은, 지금까지 일본유학파 · 가문파 · 토박이파 · 탈지역파를 통하여 밝힌 바와 같이 그 한 축이 유가적 사유이고 다른 한 축은 반유가적 사유이다. 여기서 말하는 유가적 사유는 재도(載道)적 관점이 아니다.

대구 지역 시인들은, 이상화가 그랬듯이 자신이 진보적이고 체제 저항적이라고 규정하지만 자신들이 유가적 질서에 포섭되어 있다는 것을 인식하지 못하고 있다. 자신을 진보적이고 체제 저항적이라고 하는 것은 반

유가적 인식이지만, 실제로 유가적 규율에 포섭되어 있는 내재화된 규율
은 유가적 사유이다. 이런 관점에서 이상화·백기만의 시를 다시 눈여겨
봐야 할 것이다.

 이상화 시를 데카당스적이고 저항적이라 하지만 실제로 그것은 데카당
스가 아니라 유가적 초월의식(儀式)이다. 유가적 초월은 상징주의적 형이
상학적 초월이 아니라 현실을 공유한 초월이다. 그의 말로 한다면 그것은
현실을 떠났다가 다시 현실로 돌아오는 '혼합과 이존'[1] 이다. 혼합은 "소
아에서 대아로 옮김을 의미하는 것이고", 이존은 "대아에서 소아로 옮김
을 의미함이다."[2] 혼합과 이존은 결국 '융화'에 귀결된다. 그 융화의 "진
실한 미묘(美妙)는 혼합과 이존(離存)이 되어야만 비로소 그 약동을 볼 수
있는"[3] 것이다. 따라서 이상화가 말하는 '융화'는 어느 한 편이 다른 한
편에 대한 폭력적 지배를 정당시하는 서구의 근대적 이성주의적 사유가
아니라, 유가의 간주관적 인식론에 닿아 있는 주체와 타자의 조화이다.
이처럼 자신을 진보적이고 체제 저항적이라고 규정하는 반유가적 사유와
자신을 지배하는 내재화된 규율로서 유가적 사유의 이 두 힘이 밀고 당
기는 그 역학적 관계가 대구 시문학의 한 특징이라 할 수 있다.

 대구 시문학은 1917년 『거화』에서 잉태되어[4] 1920년대 이상화·백
기만·이장희·이근상[5]·최해종·오일도·윤복진[6]에 의하여 발아되었

---

1) 이상화, 「방백」, 『개벽』 63호, 1925. 11.
2) 위의 글.
3) 위의 글.
4) 대구 시문학의 근원은 신라 향가에서 찾아진다. 그 맥은 권근·조용·윤상·서거정·변
   계량·전영백·백인관·박익·정수충·도하·송질·양희지·전연·김종직·김굉필·정
   여창·조위·김일손·김맹성·유호인·표연말·강백진·이종준·곽승화·박한주·이
   황·조식·이언적·유성룡·김성일·이현보·배삼익·김윤안·구봉령·정유일·김부
   인·이시명·조목·정구·장흥효·이현일·이재도·손처눌·서사원·정사철·곽재겸·
   조임·유요신·조전·채몽연·이숙량·조인석·조헌영 등의 한시와 이황의 「도산십이곡」,
   이현보의 「효빈가」·「농암가」·「어부가」·「생일가」 등의 시조, 부녀자들의 규방가사에
   이어져 있다.
5) 이근상은 잘 알려진 시인은 아니다. 그는 이상화·백기만·이장희·최해종·이상백과 함

다. 그것은 소수 엘리트들의 인문학적 지성 차원의 '신명'이었으며 그 '신명'은 문학적 순사였다. 그들이 새로운 상징주의와 아나키즘을 한다고 들떠 있었던 것은 반유가적 인식이었고 그들이 '대동사회'를 꿈꾸고 있었다는 것은 유가적 사유였다.

1930년대는 대구 시단이 지역을 벗어나 『무명탄』[7], 『시원』으로 넓혀가던 모색기이다. 그러나 영역을 넓혀갔지만 문학적 성과는 1920년대에 미치지 못하였다. 즉 1920년대는 지역문단이 중앙문단 중심에 있었지만 1930년대는 지역문단이 주변으로 밀려난 시대였다.

1940년대는 좌익 문인들이 조선문학건설 경북지부를 결성하고 다음해 조선문학가동맹 대구 지부로 개편하자, 우익 문인들은 경북문예동인회를 결성하여 이에 대응하였다. 이 시기는 문단이 조직되었ᄃ는 점에서 앞의

께 활동하다가 32세에 요절한 시인다. 그는 일본청산학원 유학체험이 있는데도 불구하고 26편의 작품 가운데 반 정도가 한시이다. 이로 미루어 본다면 1920년대 대구 시단은 전통장르 한시와 신흥장르 자유시가 함께 창작되던 시기였다고 할 수 있다. 이근상의 자리가 이상화 · 백기만 · 이장희와 다르다는 점을 주목하면 대구 시단의 형성과정을 알 수 있게 된다. 당시 대구시단은 『백조』파의 이상화 · 현진건과 『금성』파의 백기만 · 이장희로 나누어지는 구도 속에서, 이 두 동인을 중심으로 그 주변에 이상백 · 이근상 등의 일군의 습작 시인들에 의하여 자연스럽게 문단이 형성되어 가는 시기라 할 수 있다. 그 한편에 서병오 · 최해종 · 이종면 등의 한시를 창작하는 일군의 시인과 윤복진 등과 같은 동시를 창작하는 시인이 있었다.

6) 월북하여 북한에서도 활발하게 활동한 윤복진은 계성학교 재학 시절부터 평론가 김문집 · 화가 이인성 · 정치인 정경모 등과 함께 대구 소년회를 조직하여 일찍부터 대구문화에 이바지한 동시인이다. 그는 1925년 『어린이』지에 방정환으로부터 추천을 받고 그 후 동아일보 · 조선일보 등의 주요 일간지 신춘문예에 거듭 당선되면ᄉ 윤석중과 함께 한국 동시단에 하나의 이정표를 세운 동시인이다. 그의 작품은 대부분ᄋ 박태준에 의하여 곡이 붙여져 노래로 불리워졌다. 그의 작품 경향은 초기 전원적인 서정시와 후기 리얼리즘적인 생활시로 나누어진다. 해방이 되자 그는 조선문학가동맹 중앙집행위원회 서기국 아동문학부 사무장과 경상북도 지부 부위원장으로 임화 · 이원조 등과 함께 작품 창작보다 문학운동에 전념하다가 6 · 25 혼란기에 월북하였다. 월북하여 북한에서 남로당 숙청 고비를 넘기고 왕성하게 작품 활동을 하다가 1991년 사망하였다.

7) 『무명탄』은 1930년 김천에서 진록성이 기성 문단에 도전하며 발행한 신진 동인지다. 김천에서 발행되었지만 동인은 전국적으로 분포되어 있다. 당시 문단의 중심에 있던 카프 계열의 계급주의자들을 비판하며 기성 문단에 패기로 도전하였지ᄀ 창간호가 종간호가 되었다. 동인에는 김천 출신의 예종환과 포항 출신의 최정숙이 있다.

304 대구 · 경북 현대 시인의 생태학

시기에서 한 발자국 나갔다고 할 수 있겠으나, 그 조직이 이데올로기에 종속되어 조직의 이데올로기가 문학을 추동하는 본말이 전도된 시기이다, 『죽순』·『건국공론』·『민고』·『무궁화』 등 진보적 동인지와 보수적 동인지가 이념적으로 대립한 것도 그러한 맥락에 있는 것이다.

　좌우익이 대립하던 이 시기에 주목할 시인은 이병철이다. 그는 계급주의를 한다고 하였지만 그가 하고자 하는 계급주의는 그 자체가 아니라 조화로운 공동체인 대동사회를 구현하는 것이다. 반유가적 사유와 유가적 사유의 팽팽한 긴장이 한 편에 쏠렸을 때 시가 정치에 종속되고 이데올로기화 되는 예를 이병철에서 찾아볼 수 있다.

　1950년대는 지역 토박이 지역시인들과 피란시인들이 함께 하던 전시 문단기이다.8) 그러나 실제로 지역시인들과 피란시인들과 함께 한 것이 아니다. 피난시인들은 육군종군작가단이나 공군작가단에 소속되었지만 토박이 지역시인들은 이 두 종군작가단에 참여하지 않았다. 전시 대구문단이 이렇게 두 층위로 나눠진 현상은 여러 가지로 설명될 수 있다. 그 가운데 하나가 대구지역 시인들을 지배하는 내재화된 규율이 유가적 보수성이다. 지역토박이 시인들은 전쟁의 비참함과 국군의 용감함과 인민군에 대한 적대감을 노래하면서도 종군작가단원으로 활동하지 않았다. 그것은 이념의 진보성과 삶의 보수성으로 설명할 수 있는 것이다.9)

　1960년대는 6 · 25와 4 · 19 후 지역 문단이 재편되고 또 한국문인협회 대구지회가 조직되어 자립을 모색하던 시기였다.10) 1970년대는 새

---

8) 육군 종군 작가단원은 김송 · 박영준 · 김팔봉 · 구상 · 정비석 · 최태응 · 손소희 · 김영수 · 박귀송 · 장덕조 등이다. 공군 작가단원은 마해송 · 조지훈 · 최인욱 · 최정희 · 곽하신 · 박두진 · 박목월 · 김윤성 · 유주현 · 이한직 · 이상로 · 방기환 · 황순원 · 김동리 · 전숙희 · 박훈산 등이다. 이러한 피란문인들과 다르게 활동한 지역 토박이 시인들은 윤운강 · 박양균 · 전상렬 · 김종길 · 여영택 · 홍성문 · 허만하 · 박지수 · 이민영 · 윤혜승 · 정석모 · 최선영 · 최광열 · 김상화 · 김경환 · 석용원 · 안영호 등이다.

9) 임지현, 「이념의 진보성과 삶의 보수성」, 『한국 좌파의 목소리』, 현대사상, 1998, p. 102.

10) 이 시기에 예종숙 · 이재철 · 권기호 · 정재호 · 권국명 · 금동식 · 이성수 · 전재수 · 김원중 ·

로 등단한 신인들이 지역과 중앙문단을 넘나들며 개성적인 작업을 활발
하게 하던 대구문학 부흥기라 할 수 있다.11) 1980년대는 서정시·민중
시·모더니즘시로 분화되고 문학적 수준이 어느 때보다 심화되던 문학적
도약기이다.12) 1990년대는 등단 환경의 변화로 시인 등단의 양적 팽창
을 가져왔으며13), 2000년대는 다원화기이다. 이러한 통시적 조망은 너
무 도식화되어 있다. 따라서 대구 시단의 내적 계보를 조성하는 것이 마
땅할 것이다.

식민지 시대 대구 시인의 계보는 다음 두 가지 유형으로 나누어진다.

도광의·이재행·이정우·박주일·민경철 등이 등단하여 지역시단에 새바람을 불어넣
었다.

11) 이진홍·이하석·정추식·이태수·박해수·손병현·강현국·최석하·하종오·박정남·
윤태혁·권택명·이동순·이완·구석본·이현우·서종택·김원도·이기철·이경록·
이옥희·하청호·박소연·이재훈·박곤걸·김재진·이성복·류후기·서원동·남재
만·양치상·송진환·조행자·이구락·이상규·김기현·김호영·조욱현·권석창·송
재학 등이 등단하여 지역시단의 세대교체가 이루어졌다.

12) 1980년대 대구시단은 순수 서정시·민중시·모더니즘시 등으로 분화되며 다양한 층위
에 심화된 작업으로 중앙문단에 등가하는 지역시단의 독자적 모색기라 할 수 있다. 이
시기에 새롭게 등단한 시인은 박중해·이문길·김세웅·배창환·김상환·이숙희·권운
지·백미혜·김선굉·김주완·서정윤·김용락·장정일·정대호·문인수·박방희·윤
성도·박진형·서지월·구광본·정화식·김숙영·성기열·장옥관·최재목·손진은·
유정자·조예근·백종식·김윤현·김두환·서대현·박소유·황명자·임무웅·김연
대·정재숙·문태영·김세현·송종규·김상연·박윤배 등이다.

13) 1990년대에는 노태맹·문차숙·김기진·박창기·권국현·허홍구·김소운·이정화·김
병준·강해림·강문숙·윤희수·박기동·김정신·신기훈·김은철·김경호·정용암·
김철규·최우석·최영조·박영호·김황희·정지강·김유정·이명주·김상홍·김미영·
박지영·이진엽·문수영·박상옥·황인동·윤창현·정숙·최동룡·김옅근·서림·이
극로·성명희·김기연·정해경·신구자·정훈·김분옥·함명숙·김호진·이규리·윤
일현·김지우·김동원·이승주·이정애·박주영·김민정·황영희·송곳순·전성미·
홍승우·류시원·권영호·배정미·박미영·정태일·정혜랑·공영구·이순옥·이동
백·김미지·정이랑·최재현·이명숙·이해리·강초선·이계희·장하변·권길자·이
은림·김종태·권화송·최남잘·노정분·안유하·박숙이·김윤곤·김은령·서하·이
행우·손남주·김경윤·변형규·김안려·김창제·고희림·박국현·김영·김주곤·안
낙원·안용태·김숙자·박재희·류인서·이채운·김찬일·남금희·이별리 등이 대거 등
단하였다.

제1계보는 일본유학파이다. 이상화 · 백기만 · 이장희 · 이근상 · 이상백이 여기에 속한다. 중산층 가정의 도시적 감각을 가진 이들은 초기 한국시를 개척하는 데 선구자적 역할을 하였다는 점에서 한국문학사에서 이들의 자리는 확고하다. 일본 유학파의 내부는 다시 『백조』의 이상화와 『금성』 의 백기만 · 이장희로, 그리고 한시와 자유시를 병행하여 창작하던 중도 파의 이근상 · 최해종 · 이종면으로 분화된다. 백조파의 이상화가 당시 지역시단의 우이(牛耳)를 잡았지만, 금성파의 백기만과 대대적(待對的) 관계에 있었다. 백조파와 금성파의 중도에 있던 중도파의 의미는 문학적 성취보다 당대 대구시단이 있게 한 버팀목이 되었다는 점에서 찾아야 할 것이다. 일본 유학파들은 표면적으로 반유가적이었지만, 그 내면에 그들을 지배하는 내재화된 규율은 유가적 사유에 바탕을 두고 있었다.

제2계보는 가문파이다. 가문파란 가문의 인문학적 내재화된 규율이 문학적 소인으로 기능하는 시인들이다. 가문의 인문학적 교양과 직접 연결된 이황과 이육사 · 이원조, 이현일과 이병각 · 이병철, 조인석과 조세림 · 조지훈 등이 여기에 속한다. 이들은 식민지 시대 일본 유학파가 아니다. 이들은 경북 북부 지역 유가적 가문 출신의 시인들로서 이들의 시에 유가적 고고한 기품이 서려 있다는 데서 일본유학파들과 구별된다. 이 계보의 내부 또한 세 파로 나누어진다. 조지훈 · 조세림 · 오일도의 순수 서정시파와 이병각 · 이병철의 계급주의적 리얼리즘시, 이 중간에 이육사의 정신주의적 시가 있다. 가문파를 큰 범주에서 본다면 이들은 모두 유가적 사유에 바탕을 두었다는 점에서 표면과 이면이 다르지 않다. 그러나 그 내부에서는 차이가 있다. 조지훈 · 조세림 · 오일도의 순수 서정시파는 시의 표면과 이면이 동일하다. 이병각 · 이병철의 계급주의적 리얼리즘 시인들은 표면은 반유가적이었지만 그 내면은 유가적 질서에 포섭되어 있었다. 이육사의 정신주의적 시는 다면적이라는 점에도 불구하고 담론구성체가 유가적 사유라는 점에서는 순수 서정시파와 동일하다.

식민지시대 제1계보 시인들과 제2계보 시인들이 도시적 감각과 유가적 정신주의라는 점에서 차이가 있음에도 모두 저항적 시인이었다는 점, 그 저항이 유가적 규율이었다는 점, 한국 시사를 빛낸 시인이라는 점에서 공통점이 있다.

해방 후 대구 시인의 계보는 식민지 시대처럼 일본유학파와 가문파로 확연하게 구별되는 것은 아니다. 그 내부는 아주 다기하고 복잡하다. 등단을 기준으로 하면 신춘문예파(A) · 추천파(B) · 시집파(C)로, 상호관계성을 기준으로 하면 학연파(D)14)와 자립파(E)로 나누어진다. 또 활동 유형을 기준으로 하면 동인지파(F)와 독자적 활동파(G)로, 활동 거점을 기준으로 하면 중앙지파(H)와 지역파(I)로 나누어진다.

A의 시인이 전상렬 · 여영택 · 이진홍 · 서종택 · 이동순 등이고, B의 시인이 권기호 · 권국명 · 도광의 · 이하석 · 이태수 · 이성복 · 문인수 · 하종오 · 박진형 · 서정윤 · 서지월 등이며, C의 시인이 김춘수 · 신동집 · 김윤식 · 조기섭 등이다. 대구에는 A보다 C의 수가 많고 B보다도 C의 수가 더 많다. D와 E의 구별은 모호하고 실제로 존재하지 않지만 문단의 권력 구도 속에서 작용하는 구분이다. 대부분 시인들이 E에 속하지만 문단 권력을 잡고 있는 것은 D이다. 1980년대까지는 F가 G보다 많았지만 1990년대부터는 그 반대다. F 가운데 시적 성취가 뛰어난 그룹은 『자유시』 · 『형상』 · 『분단시대』 · 『오늘의 시』 동인이다. G로서 대중적 독자가 가장 많은 시인은 서정윤 · 하종오 · 정호승 · 이성복이다. H의 시인이 김춘수 · 신동집 · 이하석 · 이태수 · 이동순 · 이성복 · 하종오 · 정호승 · 송재학 · 문인수 · 김용락 등이고, I의 시인이 백기만 · 이호우 · 박훈상 · 전상렬 · 조기섭 · 여영택 · 김윤식 · 도광의 · 박곤걸 · 서종택 등이다. A파들은 변화의 축이라면, B파들은 중간축이고, C파들은 유가적 지성과 관련된

---

14) 여기서 말하는 학연이란 단순히 출신학교만을 의미하는 것이 아니다. 출신학교, 등단지, 출신지역 등을 포괄하는 넓은 의미이다.

축이라 할 수 있다. 등단 후 A파보다 B파들의 활동이 적극적이어서 더 두드러진다. 한편 D·I파들이 유가적 상호관계성을 중시하는 그룹이라면, E·G파들은 새로운 시도를 하는 변화의 그룹이다. 이렇게 다양한 그룹을 단순화하면 지역문단을 지킨 토박이파와 지역을 떠났거나 지역에 몸담고 있으면서도 중앙문에서 활동하는 탈지역파로 나누어 볼 수 있다.

이처럼 대구 시단은 도시적 감각의 세련된 일본유학파와 탈지역파가 원심력으로 작용하고 고고한 정신적 기품을 지닌 가문파와 토박이파가 구심력으로 작용함으로써, 이러한 대대(待對)적 관계 속에서 한국 시문학사에 의미 있는 자리를 가질 수 있게 되었다고 할 수 있다. 해방 후 대구 시인들은 식민지 시대 지역시인들과 무관한 것이 아니다. 지역시인들은 지역의 인식 지평을 벗어나 있으면서도 지역을 벗어나지 못하고 있다.

이상화·백기만·이육사·이병각·조지훈·이병철·이호우·김윤식이 그렇게 하였듯이 대구 지역 시인들은 진보적이고 체제 저항적이다. 그러나 그들은 내제화된 유가적 사유에 포섭되어 있다. 이 양면성은 마르크스의 말로 대신 이해할 수 있다. "모든 죽은 세대들의 전통은 악몽과도 같이 살아 있는 사람들의 머리를 짓누른다."는 그의 말이 그것이다. 그러나 그 반대편의 어떤 이념적 경향이나 편견으로부터 자유로운 반유가적 사유의 계보가 없는 것은 아니다. 이장희로부터 시작되어 김춘수로 다시 송재학에 이르는 그 계보가 지역 시문학에 존재하고 있다.

2. 대구 시의 현장

2006년 1월까지 대구 시인협회에 등록된 회원은 202명이다. 대구 시인협회에 가입하지 않은 시인을 포함한다면 그 이상일 것이다. 다음 몇가지 사항을 유의하면서 통시적으로 대구 시인을 정리하였다.

첫째, 1960년대 이전까지 경북 시인을 대구 시인에 포함하였다. 둘째, 1910년대부터 2000년까지 등단한 시인을 대상으로 하였다. 셋째, 대구 시인협회에서 2001년도에 간행한 『대구의 시문학 80년』을 텍스트로 삼았다. 일부 누락된 시인을 찾아 정리하였으나 연락이 닿지 않는 시인은 어쩔 수 없이 제외하였다. 넷째, 문학사적 자료를 정리하는 의미에서 시인의 외적 자료는 떼어 내고 등단지와 시집, 그리고 작품을 간략하게 정리하였다. 긴 작품은 전재할 수 없어 특징적인 부분을 게재하였다. 이러한 원칙에 의하여 정리된 자료는 다음과 같다.

1 9 0 0 ~ 1 9 5 0	
▶ 이종면(1870~1932) 두어 칸 선실이 바위 사이에 자리 잡고 있는데/ 염불 소리 낭랑한데 한가로운 분위기로다./ 숲 속 새들은 수다스럽게 재잘거려도 태양은 꼼짝도 안 하는구나/ 골짜기 구름 흩어지니 푸른 산 다시 새로워/ 경해 스승 소식을 그 누구에게 물어볼꼬?/ 강가의 나그네 괴나리봇짐으로 마음대로 돌아가네/ 어디에서 진리 찾다가 돌아오지 못하신가?/ 지상에 그윽한 연꽃 펼쳤는데 사립짝은 굳게 닫혔네. 「癸巳仲夏遊北山過中岩訪敬海不遇」 전문	대구 중구 서성로에서 출생. 필명 오정. 한시집 『오정시집』이 있음. 한시 385수가 전함.
▶ 이상화(1901~1943) 어제나 오늘 보이는 사람마다 숨결이 막힌다./	대구 중구 서문로에서 출생. 1917년 현진건 ·

오래간만에 만나는 반가움도 없이/ 참외꽃 같은 얼굴에 선웃음이 집을 짓더라./ 눈보라 몰아치는 겨울 맛도 없이/ 고사리 같은 주먹에 진땀물이 굽이치더라./ 저 하늘에다 봉창이나 뚫으랴 숨결이 막힌다. 「조선병」 전문

▶ **백기만**(1902~1967)

훌륭한 그이가 우리 집을 찾아왔을 때/ 이상하게도 두 뺨이 타오르고 가슴은 두근거렸어요/ 하지만, 나는 아무 말도 없이 바느질만 하였어요/ 훌륭한 그이가 우리 집을 떠날 때에도/ 여전히 그저 바느질만 하였어요/ 하지만, 어머니, 제가 무엇을 그이에게 선물하였는지 아십니까?// 나는 그이가 돌아간 뒤에 뜰 앞 은행나무 그늘에서/ 달콤하고도 부드러운 노래를 불렀어요/ 우리집 작은 고양이는 봄볕을 흠뻑 안고 나무가리 옆에 앉아/ 눈을 반만 감고 내 노래 소리를 듣고 있었어요/ 하지만, 어머니, 내 노래가 무엇을 말하였는지 누가 아시겠습니까? 「은행나무 그늘」에서

▶ **이장희**(1900~1929)

고마워라/ 눈은 땅 위에 아낌없이 오도다./ 배꽃보다 희도다./ 너무나 아름다운 눈이길래/ 멀리 신성한 것을 이마에 느끼노라/ 아아 더러운 이 몸을 어이하랴/ 고요 속에/ 뉘우침만 타오르다 타오르다. 「눈」 전문

▶ **이상백**(1904~1966)

어떤 날/ 넓고 넓은 하늘가에서/ 한 개의 별이 떨어졌습니다. 별은 빛을 잃고/ 시계의 밖, 가

백기만·이상백 등과 프린트 판『거화』를 펴내고 백기만·허범 등과 대구 3·1학생운동 모의에 참여. 1922년『백조』 동인으로 나도향·홍사용·박종화 등과 교우하며『백조』 창간호에 「말세의 희탄」을 비롯하여 「단조」, 「가을의 풍경」 등을 발표. 「백조」 동인에서 「파스큘라」로, 그리고 카프에서 활동.

대구 중구 남산동에서 출생. 호는 목우. 대구 3·1학생운동을 주도. 1923년 『개벽』에 「가엾슨 청춘」, 「예술」, 「고별」 등을 발표. 양주동·유엽·손진태 등과 『금성』을 창간. 이돈화·현진건·정우영(본명 정태신. 안동소학교 출신으로 아나키스트에서 후일 사회주의자로 활동. 공산주의 단체인 북성회 대표로 베르흐네우진스코의 고려공산당 대회에 참여함)과 웅변협회를 조직. 고월 이장희 유작 시화전 개최. 『상화와 고월』(1951), 『씨 뿌리는 사람들』(1959) 등을 간행.

대구 중구 서성로에서 출생. 호는 고월. 1924년 백기만의 권유로『금성』 동인이 되어 청천의 유방」, 「실바람 지나간 뒤」 등을 발표. 이광수·주요한·이상화·김소월 등과 함께 한국 최초의 『조선시인선집』에 작품을 수록. 시 35편을 남기고 1929년 대구시 서성로 본가 행랑채에서 11월 3일 오후 음독자살. 생전에 사진 한 장 남기지 않음. 그의 장지는 신암동 선영이라 하나 찾을 수 없음.

대구 중구 서문로에서 출생. 필명 상백(想白). 1924년 백기만·이장희와 함께 『금성』 동인으

없은 공간으로 흘러 가버렸습니다./ 사람들은 '아, 오늘도 별 한 개가 없어지는구나'하고 한숨을 쉽니다. 「어떤 날」에서	로 활동.
▶ **오일도**(1901~1946) 밤새껏 저 바람 하늘에 높으니/ 뒷산에 우수수 감나무 잎 하나도 안 남았겠다// 계절의 조락. 잎 잎마다 새빨간 정열의 피를/ 마을 아이 다 모여서 무참히 밟았겠구나. 「노변의 애가」에서	경북 영양 감천에서 출생. 본명 병회. 1925년 『조선문단』에 「한가람 백사장에서」를 발표하면서 등단. 『대중공론』에 「꺼졌다 밝았다」 발표. 1935년 시전문지 『시원』 창간. 자신이 경영하던 시원사에서 『을해 명시선집』을 엮고, 요절한 동향의 시인 세림 조동진의 유고 시집 『세림시집』을 간행. 유고시집 『저녁놀』이 있음.
▶ **윤복진**(1907~1991) 봉사나무/ 씨나 하나/ 꽃밭에 묻고,// 하루 해도/ 다 못 가/ 파내 보지요.// 아침결에/ 묻은 걸/ 파내 보지요. 「씨 하나 묻고」 전문	대구 중구 사일동 출생. 본명 윤복술(『대구 경북 근대문인연구』 참조). 1925년 『어린이』지에 「별 따러 가세」를 방정환이 추천. 박태준이 그의 시에다 곡을 붙여 노래로 불려짐. 1946년 조선문학가동맹 중앙집행위원회 사무도 아동문학부 사무장. 6·25 때 월북하여 북한에서 임화·이원조 등의 남로당 숙청 고비를 넘고 북한 체제 내에서 시인으로 작품 활동을 계속하였음.
▶ **이근상**(1903~1934) 해님의 이름을 용사로 고칠까 부다/ 분노의 눈을 부름뜸에 세상이 남김없이/ 타오르고/ 비애의 한숨을 지으매 만상이 모다 소름 끼치누나/ 조선아 이 같은 용사를 왜 낳지 못했나. 「삼위예찬」에서	대구 중구 동성로에서 출생. 1929년 동아일보에 「장한」을 발표. 시 「군소리」, 「삼위예찬」 등 20여 편과 시조와 한시 작품 다수 있음.
▶ **이육사**(1904~1944) 한 개의 별을 노래하자 꼭 한 개의 별을/ 십이 성좌 그 숫한 별을 어쩌나 노래하겠느냐//(……)/ 한 개의 별을 가지는 건 한 개의 지구를 갖는 것/ 아롱진 서러움 밖에 잃을 것도 없는 낡은 이 땅에서/ 한 개의 새로운 지구를 차지할 오는 날의 기쁜 노래를/ 목 안에 핏대를	경북 안동군 도산면 원촌에서 출생. 본명 이원록. 1927년 대구 조선은행지점 폭탄사건에 연루되어 구속. 1930년 조선일보에 「말」을 발표. 1931년 대구 불온 격문사건에 관계되어 구속. 1932년 난징 탕산 조선혁명군사정치간부학교 1기생으로 입교하여 다음해 졸업. 1934년 경

울려가며 마음껏 불러보자. 「한 개의 별을 노래 하자」에서

기도 경찰부에 체포. 1935년 신석초와 교우하며 본격적으로 시를 발표. 1944년 베이징에서 옥사.(2005년 발굴된 육당 최남선의 「조선사상범 취조 기록」에 이육사의 심문조사서 3개의 문건에 있다. 지금까지 불분명한 그의 중국에서의 활동이 이 문건에 드러나 있음.)

▶ **예종환**(? ～ ?)

청로 옥어진데 초생달 밝아 잇고/ 고성에 부는 바람 녯 기억 자아낸다/ 아마도 이내 세상은 꿈 이런가 하노라. 「초추 잡영」에서

경북 김천 출생. 1930년 『무명탄』으로 등단. 조선문예가 협회 기관지 『무명탄』 편집.

▶ **최정숙**(? ～ ?)

언젠가 이 몸이 잠들기 전엔/ 동쪽 하늘만 치여다 보고/ 그대가 속히 도라오기를/ 손이 달토록 기도하오니/ 님이여 잇지 못할 그대여. 「님이여 속히 오소서」에서

경북 포항 출생. 1930년 『무명탄』으로 등단.

▶ **이설주**(1908～2000)

파닥거리는 인생/ 삶의 절벽을 향해 휘청거리며 건너는// 실의의 몸부림이/ 긴 이빨로 울부짖는/ 개울을 뜯고 있다. 「금호강」에서

대구 출생. 1932년 『신일본민요』에 시를 발표하여 등단. 시집 『세기의 거화』, 『들국화』, 『방랑기』, 『잠자리』, 『미륵』, 『잃어버린 세월』 등이 있음.

▶ **이병각**(1910～1942)

이태리의 아들! 용감한 젊은이들아!/ 때는 왔다. 조국을 위해 싸우러 나가자./ 이태리는 지금 그대를 ～ 8백만 파시스트/ 젊은이들에게 요구한다./아드와의 복수를!/ 상기하라 1896년 6월! 동아(東亞)의 야만국 ～ 에티오피아의 북방/ '아드와'에서/ 우리들의 영웅 '바라테리' 장군과/그가 인솔한 3만의 이태리의 용사가/ '깜둥이'의 총에 쓰러지고/포로가 되어 그들 야만인의 밥이 되었다./ 험한 산 바위와 절벽으로 말미암아/ 보잘것없는 야만종에게 패배를 당하고/ 뜻하지 못하고 조국의 역사에 먹물을 엎쳐트리었으니/ 그때 우리의 용사들의 부르던 비장

경북 영양 석보에서 출생. 필명 몽구. 1925년 보성학교 학생운동으로 검거. 청년운동으로 재검거. 1933년 조선일보에 「시대의 총아」 발표로 등단. 1934년 조선일보 기자. 1935년부터 시와 논쟁적인 평론을 활발히 발표. 해체된 카프 재건에 전력. 1937년 서정주·윤곤강·유치환·오장환 등과 『시학』 동인으로 활동.

한 노래를 들어보아라. 「아드와의 원수를」에서

▶ **김동리**(1913~1995) 형제와 원수가 등을 스치며/ 명동 거리에서 오늘도 나는/ 또 하루의 피곤한 황혼에 불을 켜야만 한다/ 세월이여 사양 없이 흐르라/ 참과 거짓이 자리를 뒤바꾸고/ 옳고 그름의 길이 도시 헷갈리지 않으리니/ 개와 취객이 나란히 더불어 오줌을 갈기는/ 내 조국 내 수도의 허물어진 벽돌담에/ 회한 같은 창백한 웃음을 칠해주는/ 머리 위에 높이 뜬 오오 쓸개 빠진 달이여. 「명동의 달」 전문	경북 경주 출생. 1934년 조선일보 신춘문예 시 「백로」가 입선. 1935년 중앙일보 신춘문예에 소설 「화랑의 후예」가 당선.
▶ **이효상**(1906~1989) 예리한 가윗날 끝에/ 비춰 구슬이 흐른다.//애욕을 사뿐 끊는 곳/ 희생은 평화를 부르고// 오월의 푸른 바람에/ 과경(果梗)은 순하디 순한데// 높이 사다리를 올라 다시/ 하늘에서 구슬을 딴다. 「적과」 전문	대구 출생. 호는 한솔. 1936년 「카톨릭 청년」에 시를 발표하여 등단. 시집 『산』, 『바다』, 『사랑』, 『안경』, 『나의 강산아』 등 출간. 경상북도 학무국장, 참의원, 국회의원, 국회의장 등 정치인으로 활동함.
▶ **이윤수**(1914~1997) 북방 천리전선에 소리 없이 눈이 나린다/ 초연 포성 천리 함박눈이 나린다// 길 아넌 길을 전우와 더불어 표범처럼 눈 속을 간다/ 길 아넌 길을 군마와 더불어 눈 속을 간다// 어느 전우가 흘리며 갔을 피의 꽃 송이송이/ 손을 닿으면 아직도 체온이 느껴질 것만 같다. 「북방전선(1)」에서	대구 출생. 호는 석우. 1937년 「일본시단」에 시를 발표하여 등단. 1946년 5월 광복 후 최초의 동인지 『죽순』과 1950년 6·25 종군 시집 『전선시첩』을 주관, 시집 『인간 온실』, 『신이 뿌린 어둠』, 『별이 된 단풍잎』 등이 있음.
▶ **조세림**(1917~1937) 불미꼴 골안에 뻐꾸기 애끓게 울어/ 앞개울 버들가지 무료한 하루해도 깊었다.// 허기진 어린 애들 양지쪽에 누워 하늘만 보거니/ 휘늘어진 버들가지 물오름도 부질없어라.// 땅에 붙은 보리 싹 자라기도 전 단지 밑 긁는 살림살이/ 풀뿌리 나무껍질을 젖줄 삼아 부황난 얼굴들이며// 옆집 복순이는 칠백 냥에 몸을 팔아 분 넘친	경북 영양 일월에서 출생. 본명은 동진. 1931년 조지훈과 함께 문집 『꽃탑』을 펴냄. 21세의 나이로 요절. 동향의 선배 시인 오일도가 1936년 자신이 경영하던 시원사에서 유고 시집 『동진시집』 출간.

자동차를 타드니/ 아랫마을 장손네는 머나먼 북
쪽 길 서글픈 쪽박을 차고// 어제는 수동할머니
굶어죽은 송장이 사람을 울리드니/ 오늘은 마름
집 곡간에 도적이 들었다는 소문이 돈다. 「실춘
보」 전문

▶ **조지훈(1920~1968)**

무르익은 과실이/ 가지에서 떨어지듯이 종소리 | 경북 영양 일월에서 출생. 본명은 동탁. 1931
는/ 허공에 떨어진다. 떨어진 그 자리에서/ 종 | 년 형 세림과 함께 문집 『꽃탑』을 펴냄. 1939
소리는 터져서 빛이 되고 향기가 되고/ 다시 엉 | 년 조선어학회에 관여하며 습작. 1939년 『문장』
키고 맴돌아/ 귓가에 가슴 속에 메아리치며 종 | 에 「고풍의상」 추천받음. 1942년 조선어학회
소리는/ 웅 웅 웅 웅 웅……/삼십 삼천을 날아 | 『큰사전』 편찬. 1945년 조선문화건설협회 조
오른다./ 아득한 것. 종소리 위에 꽃방석을/ 깔 | 직, 1946년 박두진·박목월과 3인 공저 『청록
고 앉아 웃음 짓는 사람아/ 죽은 자가 깨어서 | 집』 간행. 1950년 문총구국대를 조직하고, 종
말하는 시간/ 산 자는 죽음의 신비에 젖은/ 이 | 군하여 평양에 다녀옴. 시집 『풀잎 단장』, 『조
텅하니 비인 새벽의/ 공간을/ 조용히 흔드는/ | 지훈 시선』, 『역사 앞에서』, 『여운』 등이 있음.
종소리/ 너 향기로운/ 과실이여. 「범종」 전문 | 서울 남산에 '조지훈 시비', 향리인 영양 주곡리
 | 에 '지훈 조동탁 시비'가 있음.

▶ **박목월(1916~1978)**

배꽃가지/ 반쯤 가리고/ 달이 가네.// 경주군 | 경북 경주 출생. 본명은 영종. 1933년 『어린
내동면/ 혹은 외동면/ 불국사 터를 잡은/ 그 언 | 이』와 『신가정』에 동시 당선. 1939년 『문장』에
저리로// 배꽃 가지/ 반쯤 가리고/ 달이 가네. | 「길처럼」, 「그것은 연륜이다」가 추천됨. 1940
「달」 전문 | 년 추천 완료. 조지훈·박두진과 함께 『청록집』
 | 간행. 6·25 종군. 시집 『산도화』, 『난 기타』,
 | 『청담』, 『무순』 간행. 신앙시집 『크고 부드러운
 | 손』 출간.

▶ **윤 백(1918~?)**

저만큼/ 토라진 것이/ 흡사 나를 닮았기/ 나는 | 대구 출생. 본명 윤계현. 1939년 조지훈 등과
너를 주워들었다// 체온이 네게도 있구나// 너 | 「백지」 동인. 박목월·김성도·황윤섭과 4인 시
를 쥔 나는 아무런 두려움이 없어졌다// 뒤를 | 집 『청과집』(1948)으로 등단. 시집 『무제』
향해/ 너를 던질꼬// 덜덜덜 떠는 친구는/ 아마 | (1978)가 있음.
빗나겠지/ 꺼지라고 땅만 보는 위인은/ 얼굴을
쳐들어줘야/ 맞히겠고// 아무렇다/ 돌다가/ 휙
던지거든/ 던져진 너나/ 슬기로워야 한다// 착
한 사람들이 비켜선/ 궤적을 돌면서// 고작/ 미

움만이 솟아나는 정수리만을 가려 맞추다// 울지 못해 응결한/ 내 돌아. 「모일」 전문	
▶ **이호우**(1912~1970) 꽃이 피네 한 잎 한 잎/ 한 하늘이 열리고 있네// 마침내 남은 한 잎이/ 마지막 떨고 있는 고비// 바람도 햇빛도 숨을 죽이네/ 나도 아려 눈을 감네. 「개화」 전문	경북 청도읍 내호리에서 출생. 1939년 동아일보 시조 「영춘송」 가작 입선. 다음해 『문장』에 「달밤」이 추천됨. 시조집 『이호우 시조집』, 『휴화산』. 시조전집 『차라리 절망을 배워』가 있음.
▶ **이병철**(1921~1994) 은하수 푸른 물에 머리 좀 감아 빗고/ 달 뜨걸랑 나는 가련다/ 목숨 '수(壽)'자 박힌 정한 그릇으로/ 체할라 버들잎 띄워 물 좀 먹고/ 달 뜨걸랑 나는 가련다/ 삽살개 앞세우곤 좀 쓸쓸하다만/ 고운 밤에 딸그락 딸그락/ 달 뜨걸랑 나는 가련다. 「나막신」 전문	경북 영양 입암면 병옥리 출생. 1935년 만주에서 노동을 하며 계급 사상을 학습. 1940년 귀국하여 혜화전문학교 입학. 동급생 조연현과 함께 시를 습작하며 이원조·이병각으로부터 지도 받음. 1943년 이원조의 추천으로 『조광』에 「낙향 소식」 발표로 등단. 해방 후 조선문학가 동맹 서울시지부 서기국 총무원으로 이용악과 함께 활동. 김상훈·상민·유진오·김광현·박운산 등과 합동시집 『전위시인집』을 출간하여 주목받음. 이화여자중학교 고사로 근무하면서 문학가동맹 최후의 조직 책임자였던 평론가 배호와 이용악으로부터 지시를 받고 선동적인 작품을 발표. 남로당 서울시문련예술사건에 연루되어 서대문형무소에 수감되겠으나 6·25 혼란한 와중에 의용군 선동 연설을 하고 월북. 월북 직후 다시 남으로 동부전선을 따라 종군. 북에서 남로당 숙청의 고비를 넘기고 활발하게 청진에서 작품 활동. 시집 『천리마의 노래』, 『내 삶의 한생은』이 있음.
▶ **박훈산**(1919~1985) 오늘 아아/ 나는 거짓 살아온 것만 같구나/ 구김살 없이 왔노라 스스로 일러 왔거늘/ 거짓말이다/ 잘못 나는 나를 속여왔노라. 「나의 별이 있다면」에서	경북 청도 출생. 1946년 예술신문으로 등단. 6·25 종군 문인. 시집 『날이 갈수록』, 『박훈산 시선집』 등이 있음.

▶ **김동사(1920~)**

스산하다. 7백리가 떴다 가라앉았다가 눈물이 통곡이 맺힐 때만 얼굴을 보이는 황토와 촌가가 얼룩진 누우런 강, 거기서도 가시내는 컸다.// 우우(愚愚) 미로와 나그네가 앞섰다 쳐졌다 하는 푸른 사상이 없는 공기에 디스토마가 둥지를 트는 독성 속에서도 선비들은 자꾸 나왔다. 「낙동강」에서

대구 출생. 1946년 이윤수 등과 함께 「죽순」 동인으로 활동. 종군 문인. 시와 소설을 창작.

▶ **김홍섭(1917~ ?)**

빛도 소리도 없는 현실이다/ 오직 돌 틈 배어 물만 흐르는 거다// 차가운 물이 배어설랑· 험진 솟에 고여선 흘렀을 거다// 몇 세대 이 낡은 되풀이가/ 길게 누운 한 촉루 위로 지났을/ 다만 그 머리맡엔 믿음 안은/ 큰 활과 장검이 서 있을 거다// 이미 석문의 돌쩌귀도 녹이 슬어/ 선도(羨道)를 숨죽여 거니는 행유 가진 여인도 없는데/ 주야로 현실은 내 마음에서 열리는 거다/ 목내이의 바시시 옷 구기는 소리/ 오오랜 날 두고두고 귀에 눈에 아른거리며// 천개(天蓋)돌 위엔/ 돌옷만이 가난하게 살고 있는 거다. 「고분」 전문

대구 출생. 대구농림학교를 졸업하고 일본대학 문과에 입학하였으나 적성이 맞지 않아 법정대 정치경제학과로 전과하여 졸업. 1946년 박목월·김진태 등과 〈조선아동회〉를 조직하고, 아동월간지 『새싹』을 편집. 1950년 서울신문 신춘문예로 등단. 6·25 직후에 기관원에 잡혀간 뒤 행방불명. 육필 유고 시집 『고분』이 있음.

▶ **황윤섭(1916~1951)**

나래 없는 가슴에/ 날고 싶은 마음 솟느뇨?// 솟아도 솟아도 보람 없이/ 떨어져 떨어져 눈물 지는 양// 꿈이 궂은 비 넋이 되어/ 분수는 서럽다 머리를 푼다. 「분수」 전문

경북 영주 출생. 1948년 박목월·김성도·윤백과 함께 4인 시집 『청과집』으로 등단. 1954년 『규포시집』 출간.

▶ **김춘수(1922~2004)**

남자와 여자의/ 아랫도리가 젖어 있다./ 밤에 보는 오갈피나무,/ 오갈피나무의 아랫도리가 젖어 있다./ 맨발로 바다를 밟고 간 사람은/ 새가 외였다고 한다./ 발바닥만 젖어 있었다고 한다. 「눈물」 전문

경남 통영 출생. 1948년 시집 『구름과 장미』출간으로 등단. 시집 『늪』, 『꽃의 소묘』, 『타령조 기타』, 『처용단장』, 『남천』, 『비에 젖은 달』, 『의자와 계단』, 『거울속의 천사』 등 20여권 출간.

▶ 신동집(1924~2004) 아침노을을 안고/ 새벽녘의 사람들은 서 있다/ 누구인지 나도 잘 모르는데/ 지평선에 한 발을 걸치고/ 뒷모양은 여전 움쩍도 않는다./ 이대로 언제까지?// 한 번은 그도 몸을 일으켜/ 해 짧은 날의 들판을 건너가리라./ 새벽녘의 사람은 빨리도/ 해지는 기슭의 사람이 되는가./ 아침을 닮은 저녁노을의/ 불의 흔적도 마저 거두며. 「새벽녘의 사람」 전문	대구 출생. 1948년 시집『대낮』을 출간하여 등단. 시집으로『서정의 유형』,『제2의 서시』,『모순의 물』,『들끓는 모음』,『빈 콜라병』,『귀환』『송신』,『그리고 숲이여』등 24권 출간.
▶ 박양균(1924~1990) 하늘은/ 세찬 바람 소리를 지르고 있었다/ 옛 그림자처럼/ 저녁연기는/ 빈 가지의 손목을 잡고 있는데/ 서녘 햇살이/ 마구 복사꽃을 날리고 있다. 「겨울의 복사꽃」에서	경북 영주 출생. 1950년『문예』지로 등단. 시집『두고 온 지표』,『빙하』,『일어서는 빛』출간.
▶ 정석모(1922~1987) 예감-/ 꼭 무슨 기별이 올 것만 같은/마리아의/ 그 때의 그 두 볼. 「능금 두 벌 꽃」에서	경북 경산 출생. 1950년『문예』, 1958년『현대문학』으로 등단. 시집『목화』,『고엽』출간.
▶ 윤운강(1921~2003) 새벽녘/ 잠자리에서 듣는/ 참새 소리는/ 밝아서 좋다/ 이 천지현황한/ 가운데// 나와/ 참새들이/ 아직은 살아있다는 게/ 참 신기해서 좋다//새벽은/ 내/ 고단한 삶의/ 황금빛 날개다. 「새벽」 전문	경북 상주 출생. 1950년 서울신문 신춘문예「산맥아」로 등단.

1951 ~ 1960

▶ 최광렬(1925~1995) 최후의 방위도시/ 그런 1950년~/ 나는 어느 로타리에/ 나의 군번을 읽었다. 「0142289」에서	경북 포항 출생. 호는 은석. 1951년『전선시초』에 시를 발표하며 등단. 종군시인. 개인 잡지 발간.
▶ 조기섭(1930~) 휘어진 한 평생/ 소망에 여윈 가지를/ 새들은 철따라 놀다 가고/ 대롱대는 식민의 아이들의/	경남 창녕 출생. 1953년『석탑문학』동인으로 등단. 1971년 시집『바람의 연가』출간.

노란 기침.// 그대는 나의 별/ 나의 노래여/ 거부하는 봉창에 불을 밝히면/ 한철을 지붕 끝에 눈비도 차리라. 「바람의 연가」에서	
▶권오택(1934~1999) 꽃향기 무거운/ 푸른 밀림 속에서/ 기적의 탄생을 기다린다. 「꿈속에 길을 잃고」	경북 안동 출생. 1953년 『문학예술』로 등단. 시집 『눈내린 새벽』(1975), 『해동』(1980), 『초록빛 바람이 불면』(1991), 『백원짜리 행복』(1992) 등 출간.
▶김상화(1928~) 봄의 비 한 방울/ 꽃잎 하나에 떨어져 봄이 지는 소리/ 아쉬움과 아픔에 빛 방울은 울음이 되어/ 방울방울 꽃물이 오월을 적시다/ 봄을 잃은 가슴에 꽃물이 고여/ 타다 남은 불티가 뜨겁게 끓어올라/ 그 옛날 에덴동산의 남자처럼/ 부끄러운 마음 꽃잎으로 가리고/ 살며시 꽃가루를 어루만지다. 「꽃물」에서	대구 출생. 1952년 경향신문에 「이방인」으로 등단. 시집 『계산기가 놓여있는 진찰실』 출간.
▶홍성문(1930~) 그렇게 서 있었다// 피안을 부르는 그 끝에/ 덩실/ 춤이라도 흘리고 싶은/ 형자(形姿)// 一몇 사람이나/ 그 문을 뚜드렸을까// 두 개의/ 두리 기둥으로 고인 하늘은/ 매양 그 하늘인데. 「자하문-직지사에서-」에서	경북 금릉 출생. 1954년 『문학세계』에 시 「부엉이」 당선으로 등단. 시집 『문』, 『꽃과 철조망』, 『얼굴』 등 출간.
▶김정옥(1930~) 무엇인가 가득 차고 넘치는 듯/ 마음 조금도 쓸쓸함을 모르겠다// 오늘도 내일도 그만/ 도시 시간이 느껴지지 않는/ 이끼 푸른 산문(山門)// 먼 여로에 무너지는 육신보다/ 먼저 얼마쯤 범속한 부끄럼을 알겠다. 「산사」에서	대구 출생. 1954년 『문화세계』에 시 「범어사」 당선으로 등단. 시집 『불 없는 향로』 출간.
▶서계향(1919~) 나비가 추억을 저으면서/ 청무우 잎사귀에/ 내려앉을 때/ 나는/ 햇살을 얼굴에 안고/ 새하얀 행렬이/ 멀어만 가는 길가에/ 외로이 서있었	대구 출생. 1954년 시집 『기억의 단면』으로 등단.

다.// 봄의 옷깃인양/ 나래치는/ 나비의 요동 속에서/ 내가 느끼는 따뜻한 온도// 그것은 너와 내가 갖고 싶은 마음의/ 사랑들이었다.「청무우 밭에서」에서	
▶**전상렬**(1923~2000) 강 따라 물이 흐르고/ 물 따라 강이 흐른다/ 물 흐르듯 흐르는 세월 기슭에/ 저만치 고목이 서 있고/ 바람 따라 세월이 가고/ 세월 따라 바람이 흐른다.「고목과 강물」에서	경북 경산 출생. 1955년 조선일브 신춘문예로 등단. 시집『피리 소리』,『백의제』,『하오의 일시』,『생성의 의미』,『수묵화 연습』,『아직도 나는』등 출간.
▶**여영택**(1923~　) 아지랑이에 어리어/ 애드발루운이 뜬다.// 염불암에 불 붙을라/ 진달래가 한창 탄다.// 잡목숲 겨우살이 뿌르는 날다람쥐 한 쌍/ 아기 받을 방을 꾸미느라 똥을 싼다.「팔공산1」에서	경북 성주 출생. 1956년 동아일보 신춘문예로 등단. 시집『담향』등 14권 출간.
▶**금동식**(1931~　) 휘날리듯/ 활활 나부끼는/ 희디흰 꽃// 받들겠어요/ 눈빛보다 순백한/ 고귀한 꽃// 흰빛이 넘쳐/ 눈부시도록 황홀한/ 이름 모를 꽃이여// 아직도 꺼지지 않고/ 환하게 밝혀주는/ 명백한 꽃이여.「이름 모를 꽃이여」전문	경북 청도 출생. 1956년 시집『수변』으로 등단.
▶**석용원**(1931~1994) 누군가 내 안에서 숨 쉬고 있다/ 큰 바다를 가슴에 포게고 걸어왔지만/ 걸어온 자국마다 나를 떨구었는데/ 종탑에서 울려 퍼지는 성가에 맞춰/ 택시의 물결이 시대처럼 흘러간다.「누군가 내 안에」에서	경북 영주 출생. 1957년『문학예술』에「배회」 발표로 등단. 시집『종려』,『밤이 주는 가슴』등 출간.
▶**김윤식**(1927~1996) 설령 우리들 머리 위에서/ 먹장 같은 구름이 해를 가리고 있다 쳐도/ 아직은 체념할 수 없는 까닭은/ 앓고 있는 하늘/ 구름장 위에서/ 우리들의 태양이 작열하고 있기 때문.「아직은 체념할 수 없는 까닭」	경북 경산 출생. 1957년 시집『오늘』출간으로 등단.『아직도 체념할 수 없는 까닭』,『산촌 근일초』,『하늘이여 너에게』등 출간.

▶ 윤혜승(1928~2000) 강곽한 속눈에 물기가 돌면/ 드디어는 치솟아 올 새싹을 지키고/ 너나 하염 아지 못할 그런 빛깔의/ 열매가 맺힐 날을 기다립니다. 「대춘부」 에서	경북 안동 출생. 1957년 『현대문학』으로 등단. 시집 『애가』, 『무고지민』, 『사랑이야기 그리고 찬가들』 출간.
▶ 김경환(1935~1992) 빈 잔엔/ 빈 마음, 갈아 앉은 가슴앓이/ 빛 바 랜 바람의 내음으로 자욱한/ 세월의 꽃가루// 빈 잔엔/ 빈 마음, 기도의 마지막 떨림 같은/ 씌어지지 않는, 젖어버린 시/ 나래 젖은, 덩어 리가 춥다. 「빈 잔에 빈 마음」에서	대구 출생. 1957년 『자유문학』으로 등단. 유고 시집 『보름달은 무겁다』가 있음.
▶ 박지수(1924~1973) 교수대 앞 뜰 복숭아꽃이/ 바람에 파닥거린다/ 붉은 복숭아꽃의 피리가락은 파아란/ 바람 속으 로 녹아들었다/ 눈부신 대낮 부러진 가지서 새 떼들이/ 바람에 파닥거린다. 「풍경A」에서	대구 출생. 1958년 『자유문학』으로 등단. 시집 『삶의 노래』 출간.
▶ 허만하(1932~) 짙푸른 북극의 밤바다 쪽으로/ 아우성치며 밀치 락거리며 떠나가는/ 이 수많은 20세기의 호머 사피엔스/ 누억의 갈매기떼 같은 군집 속에서/ 농무같이 절실히 다가오는 적료에/ 고개 들은 한 마리 말 없는 짐승/ 홍적세의 빙괴 끝에 어 쩌다 살아남은/ 아, 나는 외로운 네안델타인. 「네안델타인」에서	대구 출생. 1957년 『문학예술』에 「과실」로 등 단. 1969년에 시집 『해조』 출간.
▶ 이민영(1928~) 어두운 밤/ 먼 앞길에 불이 켜지듯/ 내 가는 어 느 길목/ 세월의 모퉁이에서/ 당신의 얼굴은 떠 오를 것인가// 그 때 나는 속으로 놀라며/ 주름 살을 엿보고· 눈과 눈으로/ 기막히던 젊은 날을 한 숨 진 뒤// 아유—. 「불이 켜지듯」에서	경북 김천 출생. 1959년 『사상계』로 등단. 시 집 『잃어버린 체온』, 『바람으로 왔다』, 『해와 달 사이』 등 출간.
▶ 최선영(1933~) 무너진 돌담 틈으로/ 금빛 거미줄을 펴는/ 어린	경북 영천 출생. 1959년 『자유문학』으로 등단.

태양/ 거미줄에 걸려 반짝이는 것은/ (……)/ 엿장수의 가위소리/ 지상으로 내민 곤충류의 촉 각/ 종달새는 과거형으로 울지 않는다. 「봄 풍 경」에서	시집 『램프를 끌 무렵』(1964), 『나목의 시』 (1977), 『다리를 건널 때』(1985), 『벽과 나비』 (1988), 『잃어버린 시간』(1996), 『오래 전 그 꽃밭은』(2001) 등을 출간.
▶ **김원중**(1936~) 요즈음은 만세 부를 시대도 아닌데/ 시인만이 만세를 부른다/ 얼마나 만세 부를 사람이 없기 에/ 시인이 만세를 부르나/ (……)/ 시인이 시 를 쓰면서/ 조용히 살아가지 못하고/ 극장 안에 서 백화점 옥상에서 만세를 불러야 하는 시대 여! 「시인 만세 시대」에서	일본 교토(京都) 출생. 경북 안동에서 성장. 1959년 2인 시집 『별과 야학』으로 등단. 시집 『별』, 『과실 속의 아가씨』 출간. 수필집 『별을 쳐다보며 살자』, 『하늘 만병 사뒀더니』 등 다수 펴냄.
▶ **이재철**(1931~) 언제나 한 발자국씩/ 다가오고 있는/ 나의 사랑 아/ 너는 참 멀리도 가는구나./(……)/ 언제나 한 발자국씩/ 떠나고만 있는/ 아 나의 사랑은. 「탁상시계」에서	1931년 경북 청도 출생. 1950년 동인시집 『풍 선』, 1960년 『자유문학』으로 등단. 시집 『석상 의 노래』(1961), 『비상, 그 이후』(1971), 『나 목의 고향』(1985) 등 출간.
▶ **예종숙**(1935~) 마른 가슴으로/ 홀로 맞는 노을/ 오랜 미움이 눈비처럼 뜨겁다./ 용서는 죽음보다 과장에 빠 져/ 세상을 넉넉히 포용하고/ 다시 세월 가서/ 꽃다운 사랑가를 부르며/ 별빛 아래 서고/ 감정 을 뿌리며 그대는/ 차가운 눈물을 명상한다. 「그리움」에서	경북 청도 출생. 1960년 『자유문학』으로 등단. 시집 『형상』, 『예종숙 시집』, 『빗 속의 안개』, 『앞산을 바라보며』, 『쓸쓸한 느낌』, 『보랏빛 노 을』, 산문집 『나 홀로 걸어가며 휘청거리며』 출 간.

1 9 6 1 ~ 1 9 7 0

▶ **권기호**(1937~) 바다에는/ 늘 쓰지 못한/ 시간이 존재해 있다// 가파른 비지너스의 삶을/ 증기 기관선처럼/ 헉 헉 거리며 온 사나이에게는// 젊은 한 때/ 맨발 이었던 사람과 함께/ 쏟아질 은하를 바라고/ 겨 누어 본 그 화살의 시간을// 「바다에서」	대구 출생. 1962년 『자유문학』으로 등단. 1964년 『현대문학』평론 추천, 시집 『서쪽의 풍 경』(1969) 출간.

▶ **민경철**(1938~) 눈이 온다. 상록수 가지들이 가늘게 떤다./의식 이 동사한 이 한밤을/ 무변으로 출발한/ 나의 노래는 얼마나 떨고 있을까. 「노래여 나의 노래 여」	경북 김천 출생. 1962년도 제1회 신라문화제 시부 장원. 1963년 매일신문 신춘문예, 같은 해 한국일보 신춘문예 당선으로 등단. 『칡넝쿨』 문학동인. 시집 『과실 속의 아가씨』 출간
▶ **남용술**(1934~) 아직 그 곳에/ 숨 쉬는 태고가/ 때 묻은 문명에 시달리면서/ 타관살이 고달픈/ 나처럼 있었다.// 게거품 토하는/ 고향은. 「고향은」에서	경남 창녕 출생. 1963년 매일신문 신춘문예로 등단. 시집 『가락에서』 외 4권 출간.
▶ **이성수**(1928~) 목마는 연방 꽃을 피우고/ 목마는 연방 낙엽을 뿌리고/ 원 속의 원이 되는/ 유원지에서 회전목 마를 보았다. 「목마」에서	경북 영천에서 출생. 1964년 시집 『나목의 장』 으로 등단. 『후조』, 『입동 주변』 등 출간.
▶ **박곤걸**(1935~) 그 하늘 아래/ 그는 남았고 나는 떠났다./ 어느 봄날,/ 아무 상관 없는 체하고/ 그 하늘 아래 다시 돌아오니/ 왕관을 쓰고 행차하시는 선덕여 왕보다도/ 내가 훨씬 늙어 있었다./ 토함산은 젊어 있었고/ 나이를 셈하다 잊어버리고. 「그 하늘」에서	경북 경주 출생. 1964년 매일신문 신춘문예, 1975년 『현대시학』으로 등단. 시집 『환절기』, 『숨결』, 『빛에게 어둠에게』, 『가을산에 버리는 이야기』, 『딸들의 시대』, 『화천리』 출간.
▶ **권국명**(1942~) 마른 하늘에/ 누가 와서 봄 우레를 치나./ 오월 모래밭에서/ 문득 쏟아지는 기침./ 먼 우레의 어느 끝이/ 모란 밭에 와서/ 내 몸을 이리 어지 럽게 흔드나. 「봄 우레」 전문	경북 고령 출생. 1964년 『현대문학』으로 등단. 시집 『그리운 사랑이 돌아와 있으리라』, 『권국 명 시선』, 『으능나무 금빛 몸』 출간.
▶ **이창윤**(1939~)	1964년 『현대문학』 추천으로 등단. 에스프리 동인. 미국 거주.
▶ **전재수**(1940~1986) 은행마다 가득히 쌓인 휴지/ 보석들은 돌로 구 운 것이다. 「너의 서울」에서	일본 출생. 1966년 『현대문학』으로 등단. 1976년 시집 『생활 탄주』 발간.

▶ 도광의(1940~) 우마차 바퀴에/ 옛날이 실려가면/ 함안여고/ 백양나무 교정에선/ 사십대 노총각 한선생의/ 유년의 여선생을 생각이라도 하는 걸까./ 벼익은 하늘의/ 먼 황소 울음에 젖다가도/ 삼천포 앞바다의/ 편 구름을 바라본다. 「갑골길」에서	경북 경산 출생. 1966년 『대일신문』 신춘문예로 등단. 1978년 『현대문학』으로 등단. 1982년 『갑골길』 출간.
▶ 박주일(1925~) 바람도 그 길로 길 내고/ 나뭇가지도 쉴 새 없이 그 편으로/ 휘어지고/ 꽃도 그 쪽으로 얼굴 내밀고. 「간절함에 메아리 있다」에서	경북 경주 출생. 1967년 『현대문학』으로 등단. 시집 『미간』, 『모양성』, 『신라유물시초』, 『바람아 문둥아』, 『제비풀들이』, 『논개 그리고 달빛』, 『박주일시선집』, 『물빛, 그 영원』 등 출간.
▶ 이재행(1946~1996) 생솔가지 울타리 너머 그 너머로 달아난 아침 이슬을 쪼개어 환희를 느끼던 순간부터 하도 네가 그리워// 이승에서 제일 아름다운 풀잎을 흔들었다. 수억 개나 쏟아져 내리는 금의 가루가 아지랑 되어 봄은 남도에서 오고 있나니// ~너도 몸살도 이제 병이 아니로다. 「몸살」	대구 출생. 1968년 매일신구 신춘문예로 등단. 시집 『꽃의 언어』(1964) 『형용사의 가을』(1977), 『허공의 손장난』(1984), 『그리운 절망』(1988) 등 출간.
▶ 이정우(1946~) 그대 나의 하느님, 오늘은/ 저 깊은 곳으로 가서/ 그물을 치라시니/ 그대로 하겠습니다./ 이 세상 영영 캄캄한 바람그늘 속의/ 제자리걸음마다/ 나는 한 개비의 성냥불을 켜 들고/ 노래를 부르겠습니다// 저 바깥 어두운 곳에서는 새롭거나 오래인/ 많은 길들이 뻗어 있고, 나의 길을 끝까지 가고 가다가/ 저문 날의 하늘 그 푸른 노을 속에/ 노래만 남기고……. 「노래1」에서	경북 경산 자인 출생. 1969년 매일신문 신춘문예로 등단. 시집 『그 노래만이 나의 뽐낼 하늘이로다』, 『앉은 뱅이꽃의 노래』, 『사람의 길』 『울지 않는 마돈나』 등 시선집 『하나의 꿈』
▶ 서정희(1924~1967) 훌훌 타는 목숨의 물가에/ 바람은 여기서만 흔한 것이 되었나/ 푸른 언덕은 상기 시원하다.// 강을 따라가다 멎는 거기/ 더 없이 순후한 고향이 있다면/ 굳이 여기서는 울지 않으리,// 즐거움이 내 먼 뜰에서 잠시나마 나를 기다렸다면/	경기 양주 출생. 1950년대부터 대구 거주. 시집 『배암』(1961) 출간.

가을은 이대도록 차겁지 않으리라.// 어제는 친구라 이르던 사람이여/ 오늘은 낙엽이라 하지 않으냐. 「바람 부는 지역 1」 전문	
▶ 이진흥(1945~) 깊은 밤, 반딧불만한 것을 켠다/ 불빛의 가장자리가 젖는다/ 창문을 연다/ 먼 곳에서 누군가 못을 박는다/ 쩡,쩡,쩡, 산이 울린다/ 별들이 왈칵 흐려진다/ 알 수 없는 것에 목이 메인다/ 번쩍 칼날 같은 게 지나간다//(……)/ 오, 나는 빛나는 고통, 나는 반딧불. 「나는 반딧불」	서울 출생. 1970년 매일신문 신춘문예 시 당선. 1972년 중앙일보 신춘문예 시 입선. 1978년『현대문학』으로 등단. 시집『별빛 헤치고 낙타는 걸어서 어디로 가나』,『칼 같은 기쁨』 출간.
▶ 이옥회(1946~) 눈에 그리던 해와 달/ 풀리지 않는 정의/ 올을 빼어/ 하늘 문 열고 피우는 향인가// 종소리만 얼굴이/ 먼 바다 끝의/ 바람을 안고 서서/ 안개 풀리듯/ 빈 뜨락을 다스리는 꽃의 무게. 「목련」	서울 출생. 1970년 매일신문 신춘문예 당선. 1974년『현대시학』으로 등단.

1971 ~ 1980

▶ 이 완(1946~1998) 가고 없구나/ 만나는 사람 하나/ 입을 열지 않는 구나/ 간밤 뒤숭숭한 꿈길 밟고/ 가고 없구나/ 해 뜨면 괜찮으리라 생각했던/ 너의 일이/ 어디까지가 잘못인 줄 모르면서/ 너는 가고/ 샛강에 지는 해 그름에 앉아/물었던 담배 떼지 않아도/ 물결에 흐르는 별 하나 볼 수 없고/ 그냥 죽은/ 친구 하나 만나지 못했다. 「해 그름에 앉아」 전문	경북 성주 출생. 1971년 매일신문 신춘문예로 등단. 시집『우리의 희망은 꼭 같다』(1989) 출간.
▶ 이하석(1948~) 나의, 내 시란 뭔가/ 토함산 골짝에 봄을 여는/ 노루귀꽃 같은 걸까// 아니면 방금 먹은 저녁밥의/ 흰 그늘 같은 걸까./ 그래, 서로 부르는 것, 그러나// 시가 그렇듯/ 사랑도 언제 어디서나/ 인적이 없는 곳, 바로 내 안에/ 함정이 있다. 시집『금요일은 먼 데를 본다』 후기에서	경북 고령 출생. 1971년『현대시학』으로 등단. 시집『투명한 속』,『김씨의 옆얼굴』,『우리 낯선 사람들』,『측백나무 울타리』,『금요일엔 먼 데를 본다』,『녹』,『고령을 그리다』 등 출간.

▶**이기철**(1943~) 질경이도 피고 배암풀도 돋고 노루귀꽃도 피고 애기똥풀도 돋고/ 돌멩이도 구르고 나비도 날고 여치도 숨고 라일락도 피고/ 능금나무도 크고 모래도 구르고 구름그림자도 내리고 앉은뱅이꽃 도 피고. 「길」에서	경남 거창 출생. 1972년 『현대문학』으로 등단. 시집 『낱말 추적』, 『청산행』, 『지상에서 부르고 싶은 노래』, 『유리의 나늘』, 『내가 만난 사람은 모두 아름답다』 등 출간.
▶**이경록**(1948~1977) 밤이 되면 내 몸에서 피가 빠져 나갑니다. 피는 어디로 가나. 피는 공중으로 공중으로 흘러서 하늘로 갑니다. 하늘나라. 피가 가는 그곳으로 언제나 내 죽음의 집입니다. 「빈혈」에서	경북 월성 출생. 1974년 『월간문학』 신인상 당 선으로 등단. 백혈병으로 30세에 요절.
▶**하청호**(1943~) 아침에 한 마리 새소리가/ 내 눈속에 반짝이더 니/ 끝내는 바다 물살로 져갔다//(……)/ 그러 던 어느 날/ 부채살로 퍼지는/ 새소리 그림자/ 연잎으로 떠오르고 있었다. 「새의 말」에서	경북 영천 출생. 1976년 『현대시학』으로 등단. 시집 『새소리 그림자는 연잎으로 뜨고』 등 출 간.
▶**박정남**(1951~) 변기는 물이 새어나오는 샘이다/ (……)/ 그 샘 에서는 잠시 물 마시러 내려온 숲의 사슴 한 마 리, 맑은 눈이라도/ 빠져 있는 듯하다. 「변기를 샘이라고 명명하지 않더라도」에서	경북 구미 출생. 1973년 『현대시학』으로 등단. 시집 『숯검정이 여자』, 『길은 붉고 따뜻하다』, 『이팝나무 길을 가다』 출간.
▶**윤태혁**(1935~) 첫눈이 오는 날/ 만나자는 친구의 전화가 왔다 // 전화통 안에도 눈이 내리는지/ 서걱거리는 목소리로/ (……)/ 아기의 여린 덧가 하늘에 서/ 싸락싸락, 눈처럼/ 뿌려지고 있었다. 「첫눈 오는 날」에서	대구 출생. 1974년 『현대시학』으로 등단. 시집 『서정시대』, 『우리는 우리』, 『아, 내가 낸가』, 『해 저무는 쪽의 식물원』, 『모반의 화살』, 『또 다시 서정시대』(상·하) 출간.
▶**이태수**(1947~) 꿈속에서 사닥다리를 오르고 있었다./ 폭포를 배경으로 비스듬히/ 바위에 기대어 서 있는 사 닥다리./ 뛰어내리는 물과는 반대로/ 사닥다리	경북 의성 출생. 1974년 『현대문학』으로 등단. 시집 『그림자의 그늘』, 『우유 빛 비상의 꿈』, 『물속의 푸른 방』, 『안 보이는 너의 손바닥 위

를 오르고 있는 나를/ 보았다. 그러다가 다시 갑자기 반대로/ 폭포와 함께 뛰어내리는 나와/ 사닥다리를 타고 천천히 올라가고 있는/ 물을 보았다. 「꿈속의 사닥다리」에서

에』, 『꿈속의 사닥다리』, 『그의 집은 둥글다』, 『안동시편』, 『내 마음의 풍란』 등 출간.

▶ **박해수**(1948~)
꿈속, 꿈을 싣고 잠드니/ 비몽사몽, 바람 눈 감고/ 바람 눈감은 산이/ 눈으로 덮여 흰 눈으로 덮여/ 한 뜸 한 뜸 묵혀 울고 가는/ 반음표, 더욱 쓸쓸한 가슴은/ 바람으로 쌓여 겹겹/ 싱싱한 사랑을 피우기 위해. 「지하철에서」에서

대구 출생. 1974년 『한국문학』 신인상으로 등단. 시집 『바다에 누워』, 『서 있는 바다』, 『걸어서 하늘까지』, 『스물의 화약 냄새』, 『자유꽃』, 『별 속에 사람이 산다』, 『사람이 아름다워』 등 출간.

▶ **이동순**(1950~)
밥 한 덩이와/ 물 한 사발과/ 간장 한 종지와/ (……)/ 이 세상에서 홀로 된 사람의/ 그 말할 수 없이 서글픈 조석 끼때의 심정을/ 혼자 밥을 먹어보고서야/ 겨우 조금은 알겠다. 「혼자 먹는 아침」에서

경북 김천 출생. 1974년 동아일보 신춘문예로 등단. 1989년 동아일보에 평론 당선. 시집 『개 밥풀』, 『물의 노래』, 『지금 그리운 사람은』, 『가시연꽃』, 『기차는 달린다』 등 출간.

▶ **김원도**(1950~1975)
빈 마을에 내리는 비/ 화가 루오의 손은/ 저 혼자 울고 있다/ 창 앞에 뚝/ 뚝 뚝 떨어지는 어둠을 보고 있다. 「루오의 손」

서울 출생. 1975년 매일신문 신춘문예로 등단. 유고시집 『김원도시집』 있음.

▶ **하종오**(1954~)
시 쓰고 나면 오른쪽 어깨가 결린다./ 왼손을 쓰지 않고서도 씌어지는/ 시를 고치면 고칠수록 오른쪽 어깨에/ 통증이 커진다. 비월하는 것들은/ 좌우 날개 다 상쾌하게 상하 날갯짓하는데,/ 지금 오른쪽 어깨가 나를 부른다. 결리지 않는 왼쪽 어깨는 날 놔두고/ 오른쪽 어깨에게 자꾸 건너가려 한다./ 그 사이에서 내 머리통은 모가지 비틀고/(신새벽 오래 터져오는 먼동 못 잊는가?) 「오른쪽 어깨가 결린다」에서

경북 의성 출생. 1975년 『현대문학』 추천으로 등단. 시집 『벼는 벼끼리 피는 피끼리』, 『사월에서 오월로』, 『분단동이 아비들하고 통일동이 아들들하고』, 『꽃들은 우리들을 봐야 핀다』 등 출간.

▶ **최석하**(1941~)
물구나무서서 멀리 바라보는 세상은/ 참으로 아

경북 포항 출신. 본명 최주립(崔柱立). 1975년

늑하고 평화롭기도 해라/ 나는 오늘도 목장갑 낀 채/ 앞산 중턱에서 한참을 거꾸로 서서 온 세상 내려다본다네/ 아득한 시가지는 환상과 동심의 세계. 「물구나무서기」에서	『문학과 지성』으로 등단. 시집 『바람이 바람을 불러 바람 불게 하고』(1981), 『물구나무서기』(1987), 『회귀식물 엄지호』(1996) 출간.

▶ **구석본**(1949~)
기차를 타고 세상 풍경을 스쳐 지나가면/ 먼 풍경은 천천히 자신을 뒤집으며/ 은밀한 몸을 보여 주지만/ 가까운 풍경일수록 빠르게 스치며/ 허공으로 사라지는 것을 보게 된다//사랑하는 이여, 언제가 그대 옆에서 나도/ 몸 아닌 관념으로 잠시 출렁이다가/ 허공으로 지워질 것이다. 「기차를 타고」에서

경북 칠곡 출생. 1975년 『시문학』으로 등단. 시집 『지상의 그리운 섬』, 『노을 앞에 서면 땅끝이 보인다』, 『쓸쓸함에 관해서』 출간.

▶ **서종택**(1948~)
어젯밤 폭우가 쏟아졌는데/ 비 구경 한참 하다가/ 또 혹시나 싶어서/ 전화 저편/ 불 꺼진 덤불 속/ 쓸데없는 줄 알면서도/ 잡초처럼 뿌리를 뻗어봅니다/ 제가 참, 그런 사람입니다. 「덤불」

경북 군위 출생. 1976년 서울신문 신춘문예로 등단. 시집 『보물찾기』(2000) 출간.

▶ **김재진**(1955~)
우리는 혹시/ 잠과 잠 사이에서 살아가는 것이 아닐까?// 낮이 지나면 밤이 오는게 아니라/ 밤과 밤사이에 낮이 있는 건 아닐까. 「잠자지 않는 사람은 없다」에서

대구 출생. 1976년 영남일보 신춘문예로 등단. 시집 1985년 『누가 살아 노래하나』, 1990년 『실연가』, 1997년 『누구나 혼자이지 않은 사람은 없다』 출간.

▶ **박재열**(1949~)
가을 귀뚜라미 온몸이 유리질이다/ 또 하나의 야채 쟁반/ 가을 바다를 비스듬히 썰어가는/ 은제 나이프, 하늘을 비끼고/ 데깔 데깔/ 창유리를 두들기는 낮 달./ 가을 바다로 쫓아가는 사람들이/ 예사로/ 유리질이다. 「맥주」에서

대구 출생. 1976년 매일신문 신춘문예로 등단. 시집 『은유를 떼기치다』, 『꽃의 빠롤』 출간.

▶ **강현국**(1949~)
떡갈나무 그늘을 빠져나온 길은/ 황토 산비탈로 자지러진다/ 차돌처럼 희고 단단한 고요/ 오직 고요의 남쪽만 방석만큼 비어 있다/ 길은 또 한

경북 상주 출생. 1976년 『현대문학』으로 등단. 시집 『봄은 가고 또 봄은 가고』, 『절망의 이삭』, 『견인차는 멀리 있다』 등과 『너에게로 가는 길』

번 황토 산비탈로 자지러진다/ 온몸에 고추장을 뒤집어쓴 어떤 애잔함이, 출렁/ 섬진강 옆구리를 스치는 듯도 하였다. 「고요의 남쪽」	등 출간.
▶ 이성복(1952~) 저 꽃들은 회음부로 앉아서/ 스치는 잿빛 새의 그림자에도/ 어두워진다// 살아가는 징역의 슬픔으로/ 가득한 것들// 나는 꽃나무 앞으로 조용히 걸어나간다/ 소금밭을 종종걸음 치는 갈매기 발이/ 이렇게 따가울 것이다// 아, 입이 없는 것들. 「아, 입이 없는 것들」	경북 상주 출생. 1977년 겨울『문학과 지성』으로 등단. 시집『뒹구는 돌은 언제 잠 깨는가』,『남해금산』,『그 여름의 끝』,『호랑가시나무의 기억』등 출간.
▶ 이한호(1936~) 석벽의 맑은 냇물 고을을 안고 돌아/ 다시 선 새 누각 눈이 번쩍 뜨이네 주남들이 일렁이는 황곡의 이랑 무르익은 계절을 알려주고/ 서산의 상쾌한 기운 아침을 깨닫는다/ 멋을 지닌 태수는 이천석인데 친구를 반기니 술만 삼백배로다. 「황운가」에서	경북 영천 출생. 1977년『시문학』으로 등단.
▶ 서원동(1950~) 생각하건대 비어있는 모든 것은 아름답다/ 무심코 버린 휴지처럼/ 겨울 공원엔 아무 것도 남지 않았다/ 길은 어디서부터/ 시작되어 어느 곳에서 끝날 것인지/ 눈발이 퍼부을 때마다 새의 소리는 들리는데/ 새의 모습은 보이지 않는다/ 유심히 보라./ 우리는 손도 어깨도/ 가슴도 영혼도 보이지 않는다. 「겨울 공원에서」에서	경남 창녕 출생. 1977년『문학과지성』으로 등단. 시집『우리들의 왕』,『꿈속에 꾸는 꿈』출간.
▶ 송재학(1955~) 겨울 노루귀 안에 몇 개의 방이 준비되어 있음을 아는지 흰색은 햇빛을 따라간 질서이지만 그 무채색마저 분홍과의 망설임에 속한다 분홍은 흰색을 벗어나려는 격렬함이다 노루귀는 흰 꽃잎에 무거운 추를 달았던 것, 분홍이 아니더라도 무엇인가 노루귀를 건드렸다면 노루귀는 몇 세대를 거듭해서 다른 꽃을 피웠을 것이다 더욱	경북 영천 출생. 1977년 매일신문 신춘문예, 1986년『세계의 문학』으로 등단. 시집『얼음시집』,『살레시오네 집』,『푸른 빛과 싸우다』,『그가 내 얼굴을 만지네』,『기억들』출간.

이 분홍이라니! 분홍은 병(病)의 깊이, 분홍은 육체가 생기기 시작한 겨울 숲이 울고 있는 흔적, 분홍은 또 다른 감각에 도달하고픈 노루귀의 비밀이다. 「흰색과 분홍의 차이」

▶ 권석창(1951~) 당신은 까닭 모르게 슬퍼져서/ 유리창에 가만히 머리를 대고/ 울어본 적이 있나요/ 울면서 몰래 옥상에 올라가/ 바람에 눈물을 말려본 적이 있나요/ 보이지도 않은 바람이 당신에게로 와서/ 소리가 되고 몸짓이 되어/ 당신의 부질없는 물기만 데리고/ 바람은 떠나고 눈물만 짙어져/ 슬픈 암호처럼 소금만 남아/ 이제 다시는 울지 않겠다고 하고/ 한 계단 두 계단 옥상을 내려오며/ 참으로 소리 죽여 울어본 적이 있나요. 「눈물 반응」	경북 영주 출생. 1977년 조선일보 신춘문예 당선으로 등단. 시집『눈물 반응』,『쥐뿔의 노래』출간.
▶ 조욱현(1952~) 너는 정말 나를 빨아들이고 있다./ 같은 시간과 공간을 공유하는 기쁨은 다시 태어남과도 같은 무게로 끈끈하게 온몸을 번져 간다. 「꽃」에서	충북 황간 추풍령 출생. 1977년『세계의 문학』으로 등단』.
▶ 김호영(1938~) 또 한 번 머물러/ 꽃이 되고 싶은/ 그런 날을 기다리며/ 회오리로/ 맴돌고 싶다. 「바람에게」에서	경남 진주 출생. 1978년『시와 의식』신인상으로 등단. 시집『빛과 뿌리』(1986),『길 없는 길에 어둠을 벗고』(1998),『어항 속 금붕어』(1998) 출간.
▶ 양치상(1941~) 램프의 가스가/ 떨어져 가고 있다./ 혈관을 쪼아대던 새, 돌아오지 않는다.// 술에 젖은 가로수에/ 노시인의 기침소리. 「슈바빈 거리」에서	중국 만주 출생. 1978년『현대시학』으로 등단. 1981년 시집『저녁 점묘』출간.
▶ 송진환(1948~) 노을 떠난 강가에/ 빈 깡통 하나/ 어둠을/ 채워 가고 있었다/ 달은 뜨지 않았다// 들어가는 강물 저편에/ 그리움이 묻어나도/ 끝내 떠나지 않	경북 고령 출생. 1978년『현대시학』으로 등단. 2001년『매일신문』신춘문예 시조 당선. 시집『바람의 행방』(1978),『잡풀의 노래』(2000)

는 절망이/ 바람으로 서성인다// 아침이 와/ 햇살이 빛날 때에도/ 빈 깡통은/ 어둠을 떨쳐내지 못하고/ 마냥, 어둠인 채 섰다. 「흘러가는 것들 속에서」에서	출간.
▶ 조두섭(1948~) 고요의 전신이 우레다/ 바다 벼랑 소나무여/ 초록별 심장이여/ (……)/ 우리 육신이 저렇게/ 순금의 광채를 뿜어내는 것을 누가 알까. 「노래」에서	경북 예천 출생. 1978년 매일신문 신춘문예, 1979년 동아일보 신춘문예 당선, 『시와 시학』 신인상으로 등단. 시집 『눈 내리는 밤에도 대숲은 파랗다』(1982), 『강물이 깊어 건너지 못하고』(1985), 『망치로 고요를 펴다』(2004) 출간.
▶ 이상규(1953~) 방과 방을 잇는 마루와/ 그 위로 지나가는 들보가 있는 공간/ 밑으로 가라앉아 있는/ 일상의 뒤얽힌 미로의 길이 존재한다/(……)/ 그 황량한 콘크리트 넓은 바다/ 그 한가운데 나의 집이 서 있다. 「거대한 집」에서	경북 영천 출생. 1978년 『현대시학』으로 등단. 시집 『종이 나발』, 『대답 없는 질문』, 『거대한 집을 나서며』 출간.
▶ 엄원태(1955~) 조용히 기다리고 있는 듯한 몸짓에/ 집요한 추궁./ 뜨거운 궁구가 있었던 것/ 갯우렁의 먹이 사냥에는/ 가차 없는 집중력이 숨겨져 있다// 너에 대한 내 이 물컹한 그리움에도, 어디엔가 숨겨진 송곳, 숨겨진 드릴이 있을 게다// 내 속에 너무 깊어 꺼내볼 수 없는 그대여, 내 슬픔의 뻘판, 어딘가에/ 이 앙다문 견고함이 숨어 있음을 기억하라. 「갯우렁」에서	대구 출생. 1978년 『시문학』과 『세계의 문학』, 1990년 『문학과 사회』로 등단. 시집 『침엽수림에서』(1991), 『소읍에 대한 보고』(1995) 출간.
▶ 남재만(1937~) 뉘/ 날 분실하고도/ 여태 찾질 않을까. //(……)/ 언젠가/ 암자 다시 찾으면/ 뭐라고 말할꼬. 「어느 날 문득」에서	대구 출생. 1979년 『시문학』으로 등단. 시집 『까치 소리』, 『아스팔트에 고인 빗물』, 『아직도 하늘은』, 『하느님전상서』, 『꽃은 어디에 피는가』 출간.

▶ **조행자**(1941~) 영하의 추위 속에 버려져 있었네/ 눈 덮인 들판 위에 버려져 있었네/ 가장 낮게 혹은 가장 높게 솟아 올랐다/ 가라앉았네// 그리고 다시 떠 오르는 것을 보지 못했네/ 푸른 노을 속에 칵칵 쏟아낸/ 검붉은 달. 「기침」에서	대구 출생. 1979년『현대시학』으로 등단. 시집『영혼의 집, 별의 집』,『이상한 날의 기억』출간.
▶ **이구락**(1950~) 분천을 지나다 보면/ 퍼렇게 멍들어 저 혼자 깊어가는/ 강을 만나게 되리라/ 이따금 물가에 나와 선 춘양목/ 팔짱끼고 생각에 잠겨/ 강물 굽어보는 모습도 만나게 되리라/ 기차를 타고 분천 지나다 보면/ 이땅의 멍든 속살/ 서럽게 서럽게 여물어 가는/ 모습이나, 물이 어떻게 세상을/ 다스리는지를 보게 되리라. 「분천을 지나며」에서	경북 의성 출생. 1979년『현대문학』으로 등단. 시집『서쪽 마을의 불빛』출간.
▶ **박종해**(1942~) 혼자서 아지랑이 속에 몸이 달아/ 자글자글 끓어오르다가/ 저 푸른 하늘로 날아오르는/ 황홀한 승천. 「봄에는 외로운 것이 좋다」에서	경남 울산 출생. 1980년『세계의 문학』으로 등단. 시집『산정에서』,『풍매』,『이 강산 녹음방초』,『고로쇠나무 아래서』등 출간.

1 9 8 1 ~ 1 9 9 0

▶ **이문길**(1939~) 아아 알고 보니/ 이 적막도 주인이 있어/ 내 것이 아니고 하늘의 것이구나. 「적막」	대구 출생. 1981년 시집『허생의 살구나무』출간으로 등단. 시집『불 끄는 산』,『헌 다리』등 출간.
▶ **김세웅**(1953~) 오늘은 비가 내리고,/ 일을 마치고 문을 나서면/ 비로소 그날의 하늘이 몸을 여는/ 나에게/ 시란 없는가, 있는 것인가. 「시?」	대구 출생. 1981년『시문학』으로 등단. 시집『삼중주』,『날이 갈수록 별은 보다 높이 뜨고』,『돌아가는 길』출간.
▶ **배창환**(1955~) 그 남자 한 손에 정을 들고/ 한 손에 햄머 들고/ 눈 덮인 산으로 올라갔네/ (……)/ 그 남자	경북 성주 출생. 1981년『세계의 문학』으로 등단. 시집『잠든 그대』,『다시 사랑하는 제자에

하늘 가는 길/ 홀로 뚫고 있네. 「외딴 산」에서	게』, 『백두산 놀러가자』, 『흔들림에 대한 작은 생각』, 『국어 시간에 시 읽기』 출간.
▶ **김상환**(1957~) 마침내 꽃은 피고 나는 울었다/ 내 울음의 물방울 같은 아이를/ 차가운 산 땅에 묻고/ 그 깊이도 모를 땅 끝의 끝에서 삼동을 지나고도/ 나의 슬픔은 죽지 않고 되살아나/ 한 떨기 꽃으로 피어나고/ 그리고 나는 울었다/ (……)/ 내가 사는 목조 건물은 지금/ 그 가슴속 지울 수 없는/ 상처의 꽃으로 눈이 부시다. 「꽃·동백」에서	경북 영주 출생. 1981년『월간문학』으로 등단. 1990년 시집『영혼의 닻』 출간.
▶ **이숙희**(1950~) 바늘 뜸을 빠져나온 실오리 하나가 문득/ 슬픔의 눈처럼 희다. 「실오리 하나가 문득」에서	경북 안동 출생. 1982년『현대시학』으로 등단. 시집『내가 낙엽 되어 그대 호주머니 채우리』(1986) 출간.
▶ **권운지**(1951~) 죽은 나무의 혈액이 아침에 넘기는 책장에 묻어 있다. 나는 본다. 은폐된 봄을. 「봄에 쓰는 시」에서	경북 문경 출생. 1982년『현대시학』으로 등단. 시집『소작인의 가을』(1982), 『빈집의 나날』(1990), 4인시선『쥐똥나무가 수상하다』 출간.
▶ **백미혜**(1953~) 속옷인 걸, 하며/ 버티고 있던 것/ 그래, 그것을 벗었다. 「깊은 호흡」에서	대구 출생. 1982년『심상』으로 등단. 시집『토마토 씨앗을 심은 후부터』(1986), 『에로스의 반지』(1995), 『별의 집』(2001) 출간.
▶ **김선굉**(1954~) 종교를 갖는 대신에 나는 푸른 하늘을 보겠다//(……)/ 그 풍경 속으로 걸어들어가 풍경의 일부가 되겠다. 「아주 가벼운 철학」에서	경북 영양 출생. 1982년『심상』 신인상으로 등단. 시집『장주네를 생각함』(1985), 『아픈 섬을 거느리고』(1988), 『밖을 내다보는 남자』(1995), 『철학하는 엘리베이터』(2003) 출간.
▶ **김주완**(1949~) 버리고 갔으면 좋겠다/ 길섶에,/ 구름처럼/ 후둑후둑 비로 뿌리고. 「나무」에서	경북 칠곡 출생. 1984년『현대시학』으로 등단. 시집『구름 꽃』(1986), 『어머니』(1988), 『엘리베이터 안의 20초』(1994) 출간.

▶ 서정윤(1957~) 기다림은/ 만남을 목적으로 하지 않아도/ 좋다/ 가슴이 아프면/ 아픈 채로, 바람이 불면/ 고개를 높이 쳐들면서, 날리는/ 아득한 미소.// 어디엔가 있을 나의 한 쪽을 위해/ 헤매이던 숱한 방황의 날들.「홀로서기」에서	대구 출생. 1984년 『현대문학』으로 등단. 시집 『홀로서기』1~5권, 『가끔 절망하면 황홀하다』, 『슬픈 사랑』, 『따옴표 속에』 등 출간.
▶ 김용락(1959~) 가끔씩 바람 드센 날/ 국기 게양대의 태극기와 새마을기가 찢어지고/ 밤새 눈이 한길이 넘게 내려/ 힘이 부친 측백나무 가지가 부러지고.「단촌역」에서	경북 의성 출생. 1984년 『창작과 비평사』 신작 시집 『마침내 시인이여』로 등단. 시집 『푸른 별』, 『기차 소리를 듣고 싶다』, 『시간의 흰 길』 출간.
▶ 장정일(1962~) 열다섯 살/ 하면 금세 떠오르는 삼중당 문고/ 150원 했던 삼중당 문고/ 수업시간에 선생님 몰래, 두터운 교과서 사이에 끼워 읽었던 삼중당 문고/ 특히 수학시간에 꺼내 읽은 아슬한 삼중당 문고.「삼중당 문고」에서	대구 달성 출생. 1984년 무크 『언어의 세계』에 시 발표. 1987년 동아일보 신춘문예 희곡 당선. 시집 『성·아침』, 『햄버거에 대한 명상』, 『상복을 입은 시집』, 『길안에서의 택시 잡기』 등 출간.
▶ 정대호(1958~) 내가 찾는 별은/ 아름답고 큰 북두성이나 왕자성이 아니라/ 하늘 한 구석 어디쯤에/ 강아지풀이나 망초대쯤 되는/ 작지만 바람이 불면 흔들리고/ 바람이 지나가면 제자리쯤에 설 수 있는 별.「내가 찾는 별」에서	경북 청송 출생. 1984년 『분단시대』 동인. 1985년 시집 『다시 봄을 위하여』로 등단. 시집 『겨울산을 오르며』 출간.
▶ 문인수(1945~) 지리산 앉고/ 섬진강은 참 긴 소리다./ 저녁노을 시뻘건 것 물에 씻고서// 저 달, 소리북 하나 또 중천 높이 걸린다.「채와 북 사이, 동백 진다」에서	경북 성주 출생. 1985년 『심상』 신인상으로 등단. 시집 『늪이 늪에 젖듯이』, 『세상 모든 길은 집으로 간다』, 『뿔』, 『휘치는 산』, 『동강의 높은 새』 등 출간.
▶ 박방희(1946~) 내가 가마/ 아무도 없는 들판에/ 내가 거기 있기 위하여/ 천지가 회색빛인 세상/ 혼자서는 푸르마.「겨울 보리」에서	경북 성주 출생. 1985년 무크지 『일꾼의 땅』, 『민의』, 『실천문학』에 시를 발표하면서 등단. 시집 『불빛 하나』(1987) 출간.

▶ 윤성도(1946~) 우는 구나/ 여인이 우는구나/ 죄는 내려놓고/ 간음한 여인이 우는구나.「신청산별곡」에서	대구 출생. 1985년『시문학』으로 등단. 시집 『시인은 나귀를 타고』,『주인 없는 망치』, 수필 집『간지럼 타지 않는 여자』출간.
▶ 박진형(1954~) 너를 내 안에 구겨 넣고/ 부시럭거린다 한 백년 쯤 부시럭거린다/ 내어놓으니 내 몸이 유등연지 다.「몸 경(經)인 너」에서	경북 경주 출생. 본명 박진환. 1985년 매일신 문 신춘문예, 1989년『현대시학』에 '시를 찾아 서'로 등단. 시집『몸나무의 추억』,『풀밭의 담 론』,『머리를 구름에 밀어 넣자』,『너를 숨 쉰 다』등 출간.
▶ 서지월(1955~) 흑룡강 흑룡강/ 손뻗으면 닿을 것만 같은/ (……)/ 아아, 미치고 환장할 것만 같은/ 눈은 펑펑 내려! 흰 눈은/ 펑펑 내려!「흑룡강 연가」 에서	대구 달성 출생. 본명 서석행. 1985년『심상』, 『한국문학』신인상으로 등단. 시집『꽃이 되었 나』,『별이 되었나』(1988),『강물과 빨래줄』 (1989),『소월의 산새는 지금도 우는가』(1994), 『팔조령에서의 별 보기』(1996), 시선집『가난 한 꽃』출간.
▶ 손남천(1955~) 얼굴도 없이/ 한 사람이 내 곁에 눕는다/ 이름 모르는/ 어둠도 따라와 눕고/ 캄캄한 침대에서/ 이윽고 잠이 든다/ 잠의 살갗에서 피가 흐르고/ 흐르는 피에 젖어/ 별들은 붉게 취한다.「잠의 마을·9」전문	경북 상주 출생. 1986년『심상』추천으로 등 단.
▶ 구광본(1965~) 늦은 밤에 모여 앉았습니다/수박이 하나 놓여 있고요/어둠속에서 뒤척이는 잎사귀,/잠 못드는 우리 영혼입니다/발갛게 익은 속살을 베어물 때 마다/흰 이빨이 무거워지는 여름밤.「식구」에서	대구 출생, 1986년『소설문학』신인상 당선, 1987년『세계의 문학』오늘의 작가상 수상. 시집『강』출간.
▶ 정화식(1934~) 나는 민원대기실에 앉아 있다/ 어둔 밤은 저 혼 자 등피를 닦고 있다.「민원대기실에 앉아서」에 서	경남 함양 출생. 1986년『죽순』으로 등단.

▶ 김숙영(1936~) 아무도 내 이름 불러주지 않지만/(……)/ 질경이 노란 꽃 몇 점으로/ 다시 피어나리라. 「잡초」에서	경남 진주 출생. 1986년 『시와 의식』으로 등단. 시집 『아베나라 아베망』, 『억새는 바람에도 눕지 않는다』, 『그런 날은 비가 오더라』, 『빙하를 건너온 바람』 출간.
▶ 성기열(1942~) 구름은 본래 희지만/ 땅에서 쳐다본 구름은 때로/ 검고/ 붉다. 「구름」에서	경북 영천 출생. 1987년 『시문학』으로 등단. 시집 『당신이 주신 두 손 고이 모으고』(1991), 『은행나무 이파리 그게 그거다』 출간.
▶ 장옥관(1955~) 한 우주가 열리고 닫히는 그 순간/ 배추흰나비 분가루 같은/ 네 입김은 어디에 머물렀던가? 「나비 키스」에서	경북 선산 출생. 1987년 『세계의 문학』으로 등단. 시집 『황금 연못』(1992), 『바퀴 소리를 듣는다』(1995) 출간.
▶ 최재목(1960~) 사람이 사는 마을로 가리라/ 모르는 길 물으리/ 풀꽃 꽃 피는 길바닥/ 푸르러/ 가리키는/ 손가락 닮은 아름다운 길 하나. 「아름다운 길」 전문	경북 상주 출생. 1987년 매일신문신춘문예 당선으로 등단. 시집 『나는 폐차가 되고 싶다』 출간.
▶ 손진은(1959~) 잎파랑처럼 알 수 없는 느낌으로 떠는 모든/ 육체들/ 그 힘으로 구름은 하늘에 천천히 흐르고/ 그 힘으로 가볍게 떠 있는 공중의 새들. 「숲」에서	경북 경주 안강 출생. 1987년 동아일보 신춘문예로 등단. 1995년 매일신문 신춘문예에 문학평론 당선. 시집 『두 힘이 숲을 설레게 한다』, 『눈 먼 새를 다른 세상으로 풀어놓다』 출간.
▶ 유정자(1942~) 가부좌를 튼 바다의 아침햇살을 받고 서있었다/ 옷깃은 해풍에 날리고/ 갈매기들은 선(禪)에 들었는가/ 고요했다. 「그해, 여름 바다의 기억 · 3」에서	강원 동해 출생. 1988년 『현대시학』으로 등단. 시집 『징소리에 실려 올 꽃의 숨소리』, 『그해 여름 바다의 기억』 출간.
▶ 조예근(1947~) 산정을 출발할 때의 비장한 각오로는/ 이 맑은 영혼으로 누더기 같은 육신 흘러가는 것. 「강」	경북 영천 출생. 1988년 『죽순』으로 등단. 시집 『봄을 위한 서곡』(1996), 『하얀 날개』(2000) 출간.

▶ **백종식**(1950~) 그 개만도 못한……!/ 믿었던 개의 배신마저 죄 없는 자식이 뒤집어쓰게 한……!「삐삐로 데이 의 어린 죽음 앞에」에서	대구 출생. 1988년『시문학』으로 등단. 시집 『록키산맥의 국어 선생』(1991) 출간.
▶ **김윤현**(1955~) 세상을 아름답게 하는 일이라면/ 나지막하게라 도 꽃을 피우겠습니다.「채송화」에서	경북 의성 출생. 1988년 시집『창문 너머로』으 로 등단.『사람들이 다시 그리워질까』(1996), 『적천사에는 목어가 없다』(2000) 출간.
▶ **김두한**(1956~) 길이 끝나는 곳에서 나의 길은 언제나 시작되고 있었다. 그리하여 때로는 절벽, 때로는 폭포, 때로는 유채꽃, 때로는 바위 속에서 나의 길은 시작되고 있었다.「숨소리」에서	경북 군위 출생. 1988년『현대시학』으로 등단. 시집『슬플 때는 거미를 보자』(1993) 출간.
▶ **서대현**(1956~) 초저녁 별빛 아래/ 옷을 입는다/ 南無/ 나무 나 무들은/ 초록을 벗어버리고/ 암흑으로 옷을 입 는다.「외도 1」에서	대구 출생. 1988년『불교문학』으로 등단. 시집 『액땜』 출간.
▶ **박소유**(1961~) 오래 전 골목길에서 보았던 뒷모습이 오도가도 못하고 걸려 있다 차라리 오동나무에 걸렸으면 보랏빛 오동꽃에 얼굴이나 묻지.「걸려 있다」에 서	서울 출생. 1988년 부산일보 신춘문예 당선. 1990년『현대시학』으로 등단. 시집『사랑 모르 는 사람처럼』(1997) 출간.
▶ **황명자**(1962~) 방바닥에 누워 그의 시를 더듬었다 귓볼과 입 술, 젖꽃판을 거쳐서 허벅지까지 만지는데 나는 한 번도 흥분하지 않았다.「검은 수풀을 향해」 에서	경북 영양 출생. 1989년『문학정신』제 1회 신 인문학상에「귀단지」외 4편 당선으로 등단. 시 집『귀단지』(2004) 출간.
▶ **임무웅**(1940~2002) 언제나 제한된 한계를 넘지 못하고/ 저만치서 멈춘 한을 파묻는 모래톱.「해안선」에서	경남 함양 출생. 1989년『동양문학』으로 등단.

▶ **김연대**(1941~)	경북 안동 출생. 1989년『예술세계』신인상으
그대 떨어뜨리고 간/ 불면의 머리카락 한 올/	로 등단. 시집『꿈의 가출』,『꿈의 해후』,『꿈
해어나 눈을 틔울까/ 내 정수리에 심어봅니다.	의 회향』출간.
「그대 눈썹 하나도」에서	
▶ **정재숙**(1946~)	경북 영양 출생. 1989년 시집『네 시린 발목
동해 감포 바다가 거기/ 바람보다 더 큰 손짓으	덮어』출간으로 등단.
로 부르는데/ 때가 되면/ 같이 떠나주지 않을래	
요?「바다 깊은 마음으로 오다」에서	
▶ **문태영**(1947~)	대구 출생. 1989년 시집 ˝너랑 나랑˝ 출간으로
기다림이 있다는 것, 그리움이 있다는 것/ 우리	등단.『오솔길 연가』(2000) 출간.
아직 살아 있다는 우리 아직 할 수 있다는/ 얼	
마나 아름다운 사실입니까?「오솔길 연가」에서	
▶ **김세현**(1951~)	대구 출생. 1989년『죽순』, 2000년『월간문학』
그대 살 속에 파고 들던/ 감미로운 가시/ 격한	신인상으로 등단.
파도가 지나면서/ 죽창으로 내리 꽂히는.「폭우」	
▶ **송종규**(1952~)	경북 안동 출생. 1989년『심상』으로 등단. 시
호박덩굴 만치 긴 여름의 끝에/ 봉숭아가 피었	집『그대에게 가는 길처럼』(1990),『고요한 입
습니다/ 돌아 앉아 꽃잎 찧으시는 어머니 먼 그	술』(1997) 출간.
림자// 행간마다 비가 내렸습니다.「여름」	
▶ **김상연**(1963~)	경북 경산 출생. 1989년『우리문학』으로 등단.
칸딘스키나/ 몬드리안이 보았다면/ 무릎을 쳤으	사화집『청개구리 푸른 웃음』출간.
/ 조각보에 곱게 싸/ 이불 속에 묻어둔 밥사발/	
그 밥사발에 담긴/ 너의 온기로/ (……)/ 나는	
세상의 강을 건넌다.「화엄」에서	
▶ **박윤배**(1962~)	강원 평창 출생. 1989년 매일신문 신춘문예 당
그대 마음 깊어지기 전에/ 그물을 던져야 하는	선.『시와 시학』신인상 당선. 시집『쑥의 비밀』,
것/ 벚나무, 느티나무, 이팝나무, 개나리/ 알	『얼룩』출간.
수 없던 마음 깊이조차.「수성못 연가」에서	
▶ **최재명**(1940~)	대구 출생. 1990년『시와 의식』으로 등단.
돌은 껍질 속에 껍질 있는 척박한 바람의 집이	

지만 밤마다 귀뚜라미 울음소리를 밟으며 날개를 접고 아스트라의 돌기둥이 된다. 「아스트라의 기둥」에서	
▶ 임병기(1947~) 처음 보는 수줍음으로/ 서서히 꽃 피우는 침묵의 노래여. 「설중화」에서	경북 문경 출생. 1990년『문학세계』신인상으로 등단. 시집『귀향』, 『산하는 날마다 기쁨』, 『난을 닮은 여자』, 『밤바다의 그리움』, 시조집 『맑은 물소리 누굴 찾아 떠나는고』출간
▶ 김용주(1949~) 내 안에 있던 그대였을까/ 그대 안에 있던 나였을까. 「그림자」에서	경북 군위 의흥 출생. 1990년『한국시』신인상으로 등단. 시집『목숨에게』, 『바다로 난 길』, 『느티나무 숲』출간.
▶ 황영숙(1953~) 건너편에서 설핏 당신이 나를 보았습니다/ 나도 그 순간 세상의 가장 짧은 예감으로/ 당신을 알아보았습니다. 「건널목」에서	경북 경산 출생. 1990년『우리문학』으로 등단.
▶ 김복연(1960~) 수액 뽑아낸 군데군데 칼자국/ 그 중에서 제일 깊게 넓게 패인 상처가/ 문이 되었다/ 안과 밖의 경계/ 용서와 소통의 꼭지점. 「문」에서	경북 포항 출생. 1990년『한국문학』신인상으로 등단. 시집『봄비 내리는 나라』(1991), 『집이 멀었으면 좋겠다』(2000) 출간.
▶ 노태맹(1962~) ~불행한 기계/ 망가진/ 어두운 숲 속에서 놀라 튀어 나오는/ 저 구불구불한 새떼들처럼. 「붉은색 빛으로 날아오르다~넷째날」에서	경남 창녕 출생. 1990년『문예중앙』신인상으로 등단. 시집『유리에 가서 불탄다』(1995) 출간.
▶ 문차숙(1963~) 저 작은 빗방울이/ 출렁, 출렁이는 강물이 되듯/ 사랑도/ 그렇게 작은 빗물 하나로 시작하여/ 감당 못할 강물로 흐르는 것을. 「강물과 나」에서	경북 성주 출생. 1990년『시문학』으로 등단. 시집『사랑은 저지르는 자의 몫이다』, 『앞지르기』출간.

▶ 김기진(1947~)	
청대 잎 소리에/ 죽매차 우러나고// 날마다 부처 죽이고/ 조사 죽이다는데/ 요사채에 곡소리가 없다.// 노자는 면벽구년 안 해도/물 같은 하심 깨달아/ 지금도 장경각에 걸려 있다.// 구름 묻은 옷 벗어두고/ 싸리비로 흙 마당 쓸면/ 설산 고행 안 해도/ 설연이 피겠지.「구름 묻은 옷」에서	경북 영주 출생. 1990년『문학세계』로 등단. 시집『그리움은 창가에 성에 되어』,『애월충』발간.
▶ 박창기(1946~)	
그 곳을 지나간 사람들/ 그 누구도 눈감고 가진 않았어/ 장님조차 눈뜨고 걸었다고 했어/ 우리 우리는 늘 보면서/ 눈으로 눈으로만 사랑했었지/ 마음속 깊이 끌어와/ 함께 나누기엔/ 언제나 인색했었지.「안개사랑 1」에서	경북 포항 출생. 1990년 시집『열림을 위한 넋두리』로 등단. 시집『또 다른 나를 찾아서』(1992),『창밖에 내리는 별빛』,『나무가 쓴 편지』,『아직도 못다한 무념의 그리움』

1991 ~ 2000

▶ 권국현(1942~)	
역풍을 안고 급회전하는/ 비상에 대한 나의 꿈을/ 당신들은 모를 것이다./ 아, 이러한 날개짓을/ 당신들은 모를 것이다.「날개」에서	경북 안동 출생. 1991년『한국시』신인상으로 등단.
▶ 허홍구(1946~)	
얼마나 더 품고 있어야/ 너를 풀어줄 수 있을까/ 내 속 뜨거운 악마여.「활화산」에서	대구 출생. 1991년『문학공간』으로 등단. 시집『사랑 하나에 지옥 하나』,『네 눈으로 나를 본다』출간.
▶ 김소운(1949~)	
아, 잘 잤다/ 한 소녀가 기지개를 켜자/ 앞섶이 들렸다.「분홍꽃 피는 노루귀」에서	경북 경주 출생. 1991년『죽순문학』, 1997년『시대문학』으로 등단.
▶ 이정화(1952~)	
달아나지마/ 내 사랑, 끝까지/ 쫓아갈 거야/ 이미 청맹의 사랑/ 컹컹 개떼로 풀어/ 온 산과 계곡 그 물빛까지 뒤지어/ 하루 25km 혹은 그보	경남 충무 출생. 1991년『시와 시학』신인상으로 등단. 1993년 시집『포도주를 뜨며』출간.

다 빠른 속도로/ 저 남쪽/ 마라도 끝까지라도. 「단풍」에서	
▶ 김병준(1953~) 햇살 아래 드러난 「뷔페」의 그림 한 장/ 꽃잎들 화장 지울 때/ 거리로 나와 하얗게/ 돌이 된 사람들을 보아라. 「정오」에서	경북 예천 출생. 1991년 시집 『포구의 불빛』을 출간하여 등단.
▶ 강해림(1954~) 만경창파, 저 응답 없는 메아리/ 어둠 속을/ 너무 오래 응시한. 「소금」에서	대구 출생. 1991년 『민족과 문학』, 1999년 『현대시』로 등단. 시집 『구름사원』 출간.
▶ 강문숙(1955~) 세상 바라보는 일/ 한쪽을 포기하지 않으면/ 전부가 무너지는 것,// 그 엄격함으로, 새는/ 투명한 정신의 깃을 세운다. 「저문 들녘에서」	경북 안동 출생. 1991년 매일신문 신춘문예 당선. 1993년 『작가세계』 신인상으로 등단. 시집 『잠그는 것들의 방향은』 출간.
▶ 윤희수(1955~) 낡고 긴 뚝방을, 따라 안개가 허적허적/ 걷다가/ 길 끝난 부근 강 밑 수맥을 허적허적 걷다가. 「끈」에서	경북 상주 출생. 1991년 『현대시학』으로 등단. 시집 『드라이플라워』 출간.
▶ 박기동(1956~) 그대 먼 섬으로 낮달 보러가자/ 파도소리, 바람소리 외롭게 웅크리고 있어/ 비상의 꿈 한 가닥 풀어/ 내 사유의 날개라도 그 섬에 달아주고 싶다. 「다도해」에서	경북 예천 출생. 1991년 제6회 『대구문학』신인상으로 등단. 1996년 시집 『사랑무늬로 엮는 사계』 출간.
▶ 김정신(1961~) 빨간색은 그녀가 거녀야 할 자존심이다 신호가 오면 그녀는 빨간 옷을 입고 거리를 활보한다/ (……)/ 아, 운명 속에는 빨간 색조가 몇 퍼센트나 들어 있을까. 「그녀의 신호등」에서	제주 출생. 1991년 『시세계』 겨울 호로 등단. 시집 『묘비묘비묘비』(1992), 『기억 속 줄무늬』 출간.
▶ 신기훈(1968~) 탯줄, 연근이여/ 너를 씹고 휘청이던 유년/ 아버지의 가슴에는 산성비가 잦았지만/ 와촌 너른	경북 의성 출생. 1991년 『심상』 신인상으로 등단.

들녘/ 연잎은 푸득이며 번져갔다. 「빗물은 연잎을 빗겨간다」에서	
▶김은철(1958~) 그해 여름/ 발가락이 찢어진 사나이는/ 낙동강 백사장에서 물새를 쫓다가/ 날개 짓이 하얀/ 물새가 되었다고 하더니/ 이윽고 바다로 통한 강이 눈뜨고/ 하늘이 조심조심 기지개 켜는 날/ 은빛으로 승천하였다 하더니. 「승천 1」	경북 선산 출생. 1992년『창조문학』으로 등단. 시집『콤마의 추억』출간
▶김경호(1931~) 어젯밤 비에/ 파랗게 씻긴 산은/ 도시의 심장으로 솟아오르고/ 어깨 높이로 분주한 제비들은/ 생기찬 아침 햇살로 퍼지네. 「무언의 사랑」에서	경북 청송 출생. 1992년『문학공간』으로 등단. 시집『무언의 사랑』(1998) 출간.
▶정용암(1956~) 바람이 산자락을 후려친다/ 중턱 이끼 낀 암벽들이/ 암갈색 피막을 떨어내며/ 어두워진다// 몇 점 불빛에 이마를 다치며/ 바삐 오는 사람들// 빈 손 위에 뻗친/ 끝없는 안개 기둥들/ 짐승의 울음 끊긴 산자락 끝/ 붉은 여음 속으로/ 소리 없이 소리 없이 눈이 내린다. 「눈」전문	경남 진양 출생. 본명 정상섭. 1992년『심상』으로 등단. 시집『아침 해와 눈을 맞추다』출간.
▶김철규(1961~1994) 몇몇은 밤길에 채여 떨어져도/ 단칸방 구겨진 살림은 여전하고/ 겨우 젖 떨어진 아이 울며불며/ 파 쫑다리 오를 때까지/ 허리 꺾이도록 세상을 배운다. 「파」에서	경북 성주 출생. 1992년『시세계』 신인상으로 등단. 유고시집『꽃잎 지는 식물들』(1996)이 있음.
▶최우석(1942~) 왜 생각이 나지 않을까/(……)주춤 주춤 다가와 손을 내밀며/ 얼굴 붉히던/ 이제는 꽃이 된 사람이여. 「그대 꽃이 되어」에서	대구 출생. 1992년『문예한국』으로 등단. 시집『길·인간·새』(1995), 『입춘 이후』(2001) 출간.
▶최영조(1943~) 옷깃에 묻어나는 바람처럼/ 늘 아름다운 사람/(……)/ 하늘 멀리 구름처럼 살아가는/ 그대는	경북 의성 출생. 1992년『문예한국』으로 등단.

아름다운 사람. 「아름다운 사람」에서	
▶ 박영호(1947~) 사람들이 무덤 쪽으로 걸어간다/ 길이 끝나는 곳에 무덤이 있다/ 저녁 햇살이 사람들의 그림자를 길게 끌고/ 무덤 속으로 들어간다. 「경주에 가다·2~고분」에서	대구 출생. 1992년 『시와 시학』으로 등단. 시집 『산길에서 중얼거리다』(1996) 출간.
▶ 김황회(1948~) 외박한 사내의/ 헝크러진 매무새마저/ 고쳐 앉히는/ 그 뜻 누가 알랴. 「동백꽃」에서	충남 예산 출생. 1992년 『심상』으로 등단. 시집 『먼 그리운 그날』, 『뻐꾹새』, 『하늘에 심는 마음』, 『채송화 꽃씨의 눈물』, 『하얀 공의 연가』 등 출간.
▶ 정지강(1948~) 삼거리 주막집 늙은 주모로 남아 에끼 데끼 걸 걸거리고 살고 싶다. 「수성못·5」에서	충북 청원 출생. 1992년 『문학세계』 신인상으로 등단. 시집 『양달이 짙어지면 지워질 자죽』, 『사랑의 빛』 출간.
▶ 정유정(1951~) 아무에게도 내가 잠자고 깨어나는 걸 보여준 적 없다/ 달빛 부드럽게 비치는 바다를 헤엄치는 인어인 듯/ 꿈속에서만 누군가를 그리는. 「자폐·4」에서	경북 영일 구룡포 출생. 1992년 『현대문학』으로 등단.
▶ 이명주(1952~) 대로변/ 자동차 바퀴에 밟히는 햇살은 서럽다/ 목 가냘픈/ 몇 잎의 코스모스에 흔들리는 햇살은 서럽다. 「늦가을 햇살」에서	대구 출생. 1992년 『시문학』으로 등단. 시집 『집은 상처를 만들지 않는다』 출간.
▶ 김상홍(1953~) 채석장은 오늘도 휴일이다/(……)/ 눈은 내려 버려진 목장갑과 콤푸레샤 위에/쌓이고, 현장은 오늘도 쉰다/(……)/ 묶인 소의 눈망울 같은 눈송이들이 풀풀 내려와 쌓인다. 「우께야마의 노래」에서	경북 청송 출생. 1992년 『심상』으로 등단.

▶ 김미영(1956~)	
알몸 부벼대는/ 댓잎 사이로/ 봄비 다녀간 뒤로// 아!//(……)/ 푸르디 푸른/ 그리움이여. 「입춘」에서	경북 경산 출생. 1992년 『문학세계』, 『해동문학』으로 등단.
▶ 박지영(1956~)	
앉아보세요./ 언제부터인가 내 안에서 강이 흘러요./ (……)// 들여다보고 있으면/ 깊고 푸른 거울을 보는 것 같아요./ 강바닥에 누가 엎드려 울고 있어요./ 당신인가 봐요. 앉아 보세요./ 언제부터인가 내 눈속으로 흐르고 있어요. 「강·1」에서	경북 의성 출생. 1992년 『심상』 신인상으로 등단. 시집 『서랍 속의 여자』(1995), 『귀갑문 유리컵』 출간.
▶ 이진엽(1956~)	
새들은 서쪽으로 날아가고/ 회색의 능선위로 노을이 물들고 있다./ 빛에 휩싸인 저녁구름/ 어떤 신비가 성냥을 그으며/ 내 가슴을 불태웠다. 「황혼의 명상」에서	경북 구미 출생. 1992년 『시와 시학』 신인상으로 등단. 1998년 매일신문 신춘문예 문학평론 당선. 시집 『아직은 불꽃으로』(1995), 『낯선 벌판의 종소리』 출간.
▶ 문수영(1957~)	
잎사귀에 구르는 물방울./ 그대에게로 가는 징검다리라면……. 「비슬산에서 는개를 만나다」에서	경북 금릉 출생. 1992년 「서세르」 신인상으로 등단.
▶ 박상옥(1945~)	
나비는 날아오르는 순간 집을 버린다./ (……)/ 나비는 길 위에서 길을 묻지 않는다. 「나비가 사는 법」에서	대구 출생. 본명 박상순. 1993년 『심상』으로 등단. 시집 『내 영혼의 경작지』 출간.
▶ 황인동(1946~)	
담배는 피우다 끊었습니다// 이제 하나 남은// 님과의 인연마저 끊어지면/ 나는 돌이됩니다. 「인연」에서	경북 경주 출생. 1993년 『대구군학』 신인상으로 등단. 시집 『작은 들창의 따스한 등불 하나』 출간.
▶ 윤창환(1948~)	
내일이 오늘과 같으랴/ 동인로터리 핏빛 분수대	경남 합천 출생. 1993년 『죽순』으로 등단. 시

야.「오늘 하루」에서	집『인생 나그네』(1999) 출간.
▶ 정 숙(1948~　) 한 생애/ 제 빛깔, 제 소리 다 지우고/ 하늘 그 늘 뒤 그림자로 숨어서/ 늘 머뭇거리던 내 / 어 머니.「낮달」에서	경북 경산 자인 출생. 1993년『시와 시학』 신 인상으로 등단. 시집『신처용가』,『위기의 여자』 출간.
▶ 최동룡(1951~　) 자정의/ 이마를/ 바윗돌에 간다// 흰 피를 다스 려/ 맑아지는/ 물그릇을 본다.「바다·11~ 큰 그릇」에서	경북 구미 출생. 1993년『시와 시학』으로 등 단. 시집『슬픔의 현』,『울릉도로 갈이거나』 출 간.
▶ 김영근(1954~　) 강물 흘러가니 내가 멈춰라/ 비 와 세천리 흘러 가니 내가 멈춰라/ 해오라비 홀로 아득하니 내 가 멈춰라.「세천리에서」에서	대구 출생. 1993년『시와 반시』로 등단. 시집 『행복한 감옥』 출간.
▶ 서 림(1956~　) 청도역전 국밥장사 서씨, / (……)/ 땅 밑에 묻 혀 있는 긴 울음 들으며/ 한숨 내뱉자, 서씨는 신기하게도/ 삶이 가뜬해졌다.「이서국으로 들 어가다 3」에서	경북 청도 출생. 본명 최승호. 1993년『현대시』 로 등단. 시집『이서국으로 들어가다』,『유토피 아 없이 사는 법』,『세상의 가시를 더듬다』 출 간.
▶ 이극로(1957~　) 세월은 양손에 실리/ 삶의 무게와/ 육신의 무게 가/ 존재의 저울에 서로 앉아 있다.「세월의 공 평서」에서	경남 합천 출신. 1993년『우리문학』으로 등단. 시집『태종대의 겨울나기』(1993),『주인 없는 바람처럼 탈춤을 추자』(2000) 출간.
▶ 성명회(1961~　) 머리속에서 녹던 레몬사탕은/ 이젠 입 속에서도 녹고 있다/ 사랑중이다.「비밀번호」에서	대구 출생. 1993년『대구문학』신인상으로 등 단.
▶ 김기연(1964~　) 수평선은 바다의 둑이다/ (……)/ 내 마음의 둑 터져/ 네게로만 달려가는 / 저 그리움.「둑」에 서	경북 의성 출생. 1993년『한국시』로 등단. 시 집『노을은 그리움을 핀다』(2001), 21인 공동 시집『작은 새가 잠긴 늪』 출간.

▶정해경(1935~) 그 여명의 새벽은 잠시/ 차디찬 온몸의 무게를 싣고/ 덜컹거리며 달리는 그 요란한 바퀴들의/ 소리, 소리. 「레일의 슬픈 혼적」에서	대구 출생. 1994년『한국문학』신인상으로 등 단.
▶신구자(1940~) 목숨이란, 단지 들숨과 날 숨./ 그 사이와 사이 에 있을 뿐 인 것을. 「사이와 사이」에서	경북 칠곡 약목 출생. 1994년『대구문학』신인 상. 1999년『불교문예』신인상으로 등단.
▶정 훈(1947~) 철쭉은 왜 이리 붉노// (……)/ 민들레 홀씨 발 길질하니/ 빈, 산울림. 「남한산성」에서	경북 상주 우산 출생. 1994년『심상』으로 등 단.
▶김분옥(1944~) 부재가 심장을 찌른다/ 거듭되는 내 오관의 일 실/ 숨통을 죄는 검붉은 발열. 「부재」에서	대구 출생. 1994년『문예한국』신인상으로 등 단.
▶함명숙(1949~) 안개비 숨죽이고 엎드린 산사에/ (……)/ 목탁 소리 떨리는 현음/ 수국빛 꿈을 들추인다. 「나 를 찾아서 (2)」에서	경북 안동 출생. 1994년『문예사조』로 등단.
▶김호진(1955~) 생강나무 잎을 문지르면 생강냄새가 난다/ (……)/ 지나가던 바람이 내 가슴을 문지른다/ 화근내 진동을 한다. 「생강나무」	대구 출생. 1994년『심상』으로 등단.
▶이규리(1955~) 서로의 이름을 굳이 알려하지 않는 최후는/ 고 요하다/ 발끝으로 툭 차니 동시에 힘을 푼다/ 한 인연이 살다가 저렇게 가도 좋겠다. 「소설 (小雪)」에서	경북 문경 출생. 1994년『현대시학』으로 등단.
▶윤일현(1956~) 콜록콜록 기침에 손끝 찔리면서도/ 사슴 한 마 리 수틀 안에 정성껏 기르더니/ (……)/ 그 사 슴을 데리고 영영 먼 길을 떠났다. 「누님과 사	대구 출생. 1994년 시집『낙동강』으로 등단.

슴」에서	
▶김지우(1960~) 기억은 고대의 사막이다 낙타를 타고 헉헉거리 며/ 찾아 헤매는 오아시스 금줄을 목에 두른 푸 른 눈의/ 아라비아 여인이여 「수성못~환에 대 하여」	대구 출생. 본명 김정협. 1994년 『문학세계』, 2000년 『문학과 의식』으로 등단. 시집 『흐르 는 시간마다 그대가 있다』, 『하얀 지평선』 출간.
▶김동원(1962~) 비는 왠지, 종일 모로 누워 우는 듯했다./ 손 베개를 팬 채 시달린 병에 지친 여인처럼,/ 비 는, 눈가에 눈물이 번져오고 있었다. 「꽃과 여 인」에서	경북 영덕 출생. 1994년 『문학세계』로 등단. 시집 『시가 걸리는 저녁 풍경』, 『구멍』, 『처녀와 바다』 출간.
▶이승주(1961~) 화대로는 청춘이나마 주었으므로/ 돌아오지 못 하는 것들이여./ 눈 속에 다 담고 가라. 「다시 봄날에」	대구출생. 1995년 『시와 시학』 신인상 당선으 로 등단. 시집 『꽃의 마음 나무의 마음』 출간.
▶이정애(1939~) 너로 인해/ 내 기도가/ 하늘을 연다. 「아가」에 서	경남 합천 출생. 1995년 『한맥문학』으로 등단.
▶박주영(1951~) 가을 정선을 온통 화근내다/ 누가 이 골짜기 불 다 질러 놓았나/ (……)/ 기어이 푸른 속살까지 다 내 주고/ 소리 내어 앓고 있다. 「가을 정선」 에서	대구 출생. 1995년 『심상』 신인상으로 등단. 시집 『나의 유배지에는 그가 있다』 출간.
▶김민정(1954~) 악궁은/ 무한의 굴대를 겨냥하지 않고 아르페지 오……아르페지오……로/ 건드릴 뿐이네. 「악궁」 에서	부산 출생. 1995년 『한국여성문학상』 대상으로 등단. 21인 공동시집 『작은 새가 잠긴 늪』 (2001) 출간.
▶황영희(1954~) 갑자기 날이 저물었다/ 누군가 먼저 떠나자/ 지 빠귀새가 찌이익 한 번 울었다. 「공원 A」에서	대구 출생. 1995년 대구일보 신춘문예, 1998 년 『심상』 신인상으로 등단.

▶ 송광순(1955~) 그대/ 누워있는 당신은 누구인가// (……)/ 문득 고개를 드니/ 창문 새 햇살을 타고/ 새하얀 영혼이 외출하고 있다. 「수술실에서」에서	경북 칠곡 출생. 1955년『심상』신인상으로 등단.
▶ 전성미(1955~) 봄은 만화경에 비치지만/ 그에게로 가는 나의 봄은/ 난시가 되어 색색으로 흔들린다. 「봄날, 흔들린다」에서	경북 문경 출생. 1955년『시문학』으로 등단.
▶ 홍승우(1955~) 내가 사는 세상/ 그 곳에/ 그 자리에/ 그 시간에 내가 없어도/ 미루나무는 흔들리고 버짐은 핀다. 「내가 사는 세상」에서	경북 경주 안강 출생. 본명 홍성백. 1995년『동서문학』신인상으로 등단.
▶ 류시원(1958~) 잎을 파먹으며 지나간/ 저 벌레의 길/ 길이란/ 자신을 파먹으며 지나간/ 마음의 흔적이구나. 「길」에서	경북 경주 출생. 1995 영남일보 신춘문예, 1996년『현대시학』으로 등단.
▶ 권영호(1961~) 몇 번의 대패질로 깎아지지 않는/ 허세의 원목으로 빚은/ 사람의 탈/ 모두가 각각이다. 「탈」에서	경북 군위 출생. 1995년『문예한국』으로 등단. 시집『바람은 속도계가 없다』출간.
▶ 배정미(1961~) 나는 밤마다 죽어/ 수천 년 죽어 내린 썩은 향기다// 이 바위 풍화되는 날/ 불꽃처럼 솟아날 혁명이다. 「이끼」에서	경북 김천 출생. 1995년『시문학』으로 등단. 3인 시집『목관악기의 꿈』, 부부시집『망울』출간.
▶ 박미영(1963~) 누군가 저 밑바닥에서 나 때문에 울고 있는 것 같아 어두운 계단 아래 누가 웅크리고 앉아 내가 벗어 던진 것들 움켜쥐고 누가 울고 있는 것 같아 썩어서 흙이 된 엉겅퀴 가시나물. 「너는 도대체 밑바닥에 있는 무엇을 본 거니」	대구 출생. 1995년『시와 반시』로 등단. 시집『비열한 거리』출간.

▶**정태일**(1942~) 늦여름/ 비/ 비에 젖고 몸 불어/ 지퍼가 내려가 지 않은 여자. 「석류」에서	경북 영천 출생. 1996년 『열린시』, 1999년 『현대시』로 등단. 시집 『옛집에 뜬 달』, 『굴참 나무』 출간.
▶**장혜랑**(1946~) 아무도 없는 집/ 누구 없소 물으니/ 조는 듯 눈 감은 듯 서 있는 복사꽃. 「누구 없소 물으니」에 서	대구 출생. 1996년 『현대문학』으로 등단.
▶**공영구**(1950~) 사내대장부가/ 산등성이 푸른 소나무를 좋아하 지 않고/ 물기 축축한 개울가 수양버들 좋아하 는 것은/ 마음 읽어주는 맑은 물 때문일까. 「여 자가 거울을 보는 것은」에서	경북 영천 출생. 1996년 『우리문학』으로 등단. 1998년 시집 『엄마의 땅』 출간.
▶**이순옥**(1950~) 바늘 끝에/ 당신의/ 숨결이 모입니다.// 정체된/ 피를 돌게하는/ 생과 사가 교체되는 정점. 「침」 에서	서울 출생. 1996년 『대구문학』 신인상으로 등 단. 『밤에 쓴 편지』(1987), 『님과 함께 걷는 길』(1994) 출간.
▶**이동백**(1955~) 굽은 길이 마음을 편다면/ 운문사 가는 길 잡겠 네/ 가난한 물줄기들/ 골짝마다 떠나와/ 잔기침 한 번 없이 내를 이뤄 모여드네. 「운문사 가는 길」에서	경북 경산 출생. 1996년 『현대시』로 등단.
▶**김미지**(1960~) 비가 내리면 가출하는 아이들, 나의 아이들/ 언 젠가 내가 낳아서 키웠던 아이들/ 여전히 낳아 서 키우는 아이들. 「비의 아이들」에서	대구 출생. 1996년 『월간문학』 신인상으로 등 단.
▶**정이랑**(1969~) 길을 잃어버리고 싶었다/ (……)/ 강물처럼 출 렁이는 푸른 목소리로 살아나/ 말라버린 행인의 빈 가슴에 젖어들까 보다. 「겨울 은해사」에서	경북 의성 출생. 1996년 한국여성문학상, 불교 문학상 시 당선, 1997년 문학사상』으로 등단.

▶ **최재현**(1947~) 한 번쯤 일월의 문을 열어/ 내 속의 나를 비추어 보고 싶다.// 생은 둥지 틀지 못하고 떠도는 새일지라도……. 「생은 둥지 틀지 못하는 새일지라도」에서	대구 출생. 1997년『문예한국』으로 등단.
▶ **이명숙**(1949~) 회전문은 나의 갈등과는 아무런 상관없이/ 정확하게 한 치 오차 없이 날 밀어낸다. 「회전문」에서	경북 영덕 출생. 1997년『월간문학』신인상으로 등단.
▶ **이해리**(1954~) 빗다 만 머리카락처럼 부스스한 그것에게 내가/ 날마다 물 조리개 기울여 뿌린 것은 물이 아니라 무관심이었음을. 「도꾸리란」에서	경북 칠곡 출생. 1997년『시대문학』신인상으로 등단.
▶ **강초선**(1955~) 신발은 기억한다/ 베고니아, 원추리, 앵초가/ 발끝으로 손가락으로/ 혹은 온몸으로 말하는/ 문자 이전의 언어를……. 「신발은 기억한다」에서	경남 밀양 출생. 1997년『심상』신인상으로 등단.『구멍』출간.
▶ **이계희**(1956~) 흐르는 물속에 겹겹이 드러누운 은행잎들 도착한 순서대로 서로를 다독이며 따뜻이 껴안고 있다(……) 가끔 물 잔등에 아가미 내보이며 섬처럼 떠 있다. 「부력」에서	경북 포항 출생. 1997년『신세대문학』신인상 등단.
▶ **장하빈**(1957~) 깊은 밤 하얗게 뜬눈으로 뒤척이는/ 그대가/ 아름다운 해안선과 따스한 불빛 거느린/ 밤바다라면/ (……)/ 그대 심장 한가운데로 내리꽂히는/ 나는/ 푸른 별똥입니다. 「연인에게」에서	경북 김천 출생. 본명 장지현. 1997년『시와 시학』으로 등단. 시집『ㅂ, 혹은 얼룩말』출간
▶ **권길자**(1958~) 그래요/ 아직도 남아 있는/ 내 안의 불씨// 지울 수가 없었습니다/ 오래전 부서진/ 그 이름이	일본 시모노세키 출생. 1997년『시대문학』으로 등단.

지만. 「기다림」에서	
▶ 이은림(1973~) 무덤 하나 더 생기고/ 그렇게 봄은 왔습니다/ 제비꽃 얹은 무덤 하나 더 만들며/ 그렇게 봄은 와서 웅크리고 앉았습니다. 「기일」에서	경남 양산 출생. 1997년 영남일보 「영일 문학상」 당선. 2001년 『작가세계』 신인상으로 등단.
▶ 김종태(1931~) 그대 끝닿지 않은 강물 되어 흐를 적에/ 하나의 돛배되어 그대 물살에 실리어/ 유연한 몸짓 따라 한 몸 되어 흐르리라. 「동반자」에서	경북 경산 출생. 1998년 『문예한국』 신인상으로 등단. 시집 『그리움은 강물처럼』(1998), 『바람이 엮은 세월』(2001) 출간.
▶ 권화송(1936~) 후미진 그믐밤 같은 골짜기를 지나서/ (……)/ 어두운 내 몸 속/ 허물없이/ 예리한 바늘하나/ 눈 뜨고 있다. 「바늘」에서	경북 영천 출생. 1998년 『불교문예』로 등단.
▶ 최남잘(1937~) 누에는 명주실을 뽑고 누이는 무명실을 뽑는다/ (……) 내림굿 맞이굿 춤사위 소매부리에 잇대일 수건 한 장 짜고 풀기를/ 누이야, 내 집을 풀어 씨줄 날줄 보태마. 「수건을 한 올 한 올 풀어, 손으로 다시 짜는 누이」에서	경북 군위 출생. 1993년 경주문협 「신라문학대상」시 부문 당선. 1998년 『작가세계』 신인상으로 등단.
▶ 노정분(1938~) 오월의 햇살은 더욱 낮은 곳으로 은혜를 내리고/ 사는 것은 떠나는 것임을 그도 아는 듯 「고목」에서	경남 합천 출생. 1998년 『시대문학』 신인상으로 등단.
▶ 안윤하(1953~) 벗어나고 싶어/ 떠나면// 이내/ 돌아가고/ 싶은// 또/ 다른/ 내 눈물의/ 내 사랑의/ 감옥// 수인번호 : 540721~2691815. 「집」 전문	대구 출생. 1998년 『시와 시학』 신인상으로 등단.
▶ 박숙이(1955~) 내가 만일/ 한 번의 프로포즈를 받는다고 치면/ 루사 같은 태풍이거나/ 그 이상이거나,/ (……)/	경북 의성 출생. 1998년 매일신문 신춘문예 동시 당선, 1999 『시안』으로 등단.

너로 인해 내 축대가, 어이없이 폭삭 한 번 주저앉아 봤으면. 「태풍」에서	
▶ 김윤곤(1960~) 동으로 가면 사기 벌치고/ 서로 가면 독기 넘치니/ 새도록 사막이 우는 밤/ 문밖 새장을 들고/ 낙타를 맨 채 기다리던 여인과/ 전갈 숨은 모래 산은/ 십리 밖으로 사라졌다. 「동서서독 내공편」에서	경북 경산 출생. 1998년 『현대시학』으로 등단.
▶ 김은령(1961~) 벚꽃보다 조금 더 붉은/ 내 울대를 지키는 목젖 빛깔/ 사랑아/ 그리움이란 깜깜함을 보았다면/ 더는 아무 말 마라. 「꽃에 걸다」에서	경북 고령 출생. 1998년 『불교문예』로 등단.
▶ 서 하(1961~) 뱁새는 둥지 트는데/ 나뭇가지 하나면 된다는데/ 생각해 보니 술잔 들고/ 너무 많은 말을 하지 않았나. 「말」 중에서	경북 영천 출생. 본명 서정례. 1998년 『대구문학』 신인상. 1999년 『시안』 신인상으로 등단.
▶ 이행우(1961~) 아직 깨닫지 못한 삶은/ 부서지는 황혼 속에/ 다시 별이 들어야 새겨지는/ 서녘 어딘가에 숨겨진 그림자. 「빈자리」에서	경북 청도 출생. 1998년 『대구문학』 신인상으로 등단.
▶ 손남주(1934~) 산다는 건,/ 어느 외진 들녘/ 이름 없는 풀에서도/ 여리게 여리게 피워내는/ 한 생애의 꽃밭인가. 「꽃빛」에서	경북 예천 출생. 1999년 『해동문학』으로 등단. 시집 『억새꽃 필 때까지』(1999), 『날개, 파란 금을 긋다』 출간.
▶ 김경윤(1945~) 낡은 외투에 붙은 단추를 바라본다(……)무거운 짐들 젖은 별처럼 투둑 떨어진다 흙길 발목께 풀어헤친 풀숲 개망초 이파리 온몸 흔든다. 「개망초꽃이 있는 풍경」에서	경북 경산 출생. 본명 김위숙. 1999년 『불교문학』 신인상으로 등단.

▶ **변형규**(1952~) 인적 뜨음한 산길에서/ 너에게 전화를 건다/ 무 지개를 타고/ 천상에서 굴러오는 소리/ 찌릿찌 릿 감전된 산과/ 소름 돋는 엽록소들이/ 일제히 고개를 들고 귀를 모은다. 「휴대폰」에서	경남 거창 출생. 1999년『대구문학』신인상 등 단. 2003년『월간문학』신인상. 시집『솔방울 박새』 출간.
▶ **김안려**(1957~) 구불구불하게 패여 있는 길 하나 보인다/ 가고 있는 길 어딘지 모른 채/ 우주의 한가운데을 열 심히 기어가고 있다. 「복숭아에 난 벌레의 길」 에서	경북 김천 출생. 1999년『심상』으로 등단.
▶ **김창제**(1960~) 녹슨 체구는/ 전장의 병사다/ 지친 모습으로 웅 크린 너는/ 뜨거운 포옹으로 녹아질/ 생명의 윤 회다. 「고물장수 6~고철」에서	경남 거창 출생. 1999년『대구문학』으로 등단. 시집『고물장수』(1997),『고철에게 묻다』(2002) 출간.
▶ **고희림**(1960~) 오오 저 바다의 베일을 삼키는 싯누런 약탈자/ 저 빛줄기와 번개와 천둥으로 말하는 저 권의의 언어/ 아 저 소리 저 소리 없이 저질러놓은 것 들의 모든 한 개의 배후. 「아아 저 햇살」에서	대구 출생. 1999년『작가세계』신인상으로 등 단. 21인 공동시집『작은 새가 잠긴 늪』출간.
▶ **박국현**(1961~) 동백가지 끝에 앉은 어듬 한 점/ 물어가는 물총 새 한 마리/ 자목련 봉오리를 한 겹 두 겹 비집 고/ 부스스 기어 나오는 아침의 선혈. 「아침 풍 경」에서	경북 청도 출생. 1999년『다층』으로 등단.
▶ **김 영**(1933 ~) 얼마나 많은 날들을 함께/ 새의 무리들과 지저 귀었는가/ 이 밝은 공간을 향해 퍼덕이는 날개 짓/ 아직 푸르다는 것을 안/ 황홀한 기쁨. 「먼 지 새」에서	경북 상주 출생. 2000년『대구문학』신인상으 로 등단.
▶ **김주곤**(1934~) 집착하지 말자// 허공은 비어야 한다/ 빈곳에	경북 청도 출생. 2000년『문예한국』으로 등단.

묘유가 있다// 물에 젖지 않는 연잎 같이. 「집착」에서	시집 『시들지 않는 또 하나의 시간』, 『색깔 없는 무지개』 출간.
▶ **안낙원**(1938~) 오래 전 그때 우리 엄마/ 폭우에도 폭풍에도 견뎌내셨고/ 가뭄에도 목마르셨지만/ (……)/ 알뜰한 모정이여. 「가지 많은 엄마 나무」에서	경북 안동 출생. 본명 안완호. 2000년 『문학세계』로 등단.
▶ **안용태**(1952~) 오지 않는 사람은 오지 않는데/ 공연히 명징한 수면만 깨뜨려 놓고/ 수습할 수 없는 파문위로/ 비상하는 물새를 바라보고 있다. 「물새를 기다리며」에서	경북 성주 출생. 2000년 『해동문학』으로 등단.
▶ **김숙자**(1953~) 문풍지 소리가 요란하다. 아이 입 안 가득 열꽃이 피더니 열꽃은 온몸으로 번졌다 홍역 앓는 봄, 바람타고 손님은 그렇게 찾아왔다. 「벚꽃 지는 날」에서	경북 상주 출생. 2000년 『현대시』로 등단.
▶ **박재회**(1956~) 끝나지 않은 노동이 헛간에 걸려/ 먼지 쌓인 시간을 갈고 있다/ 우직한 황소의 붉은 근육이 비틀리던/ 저 군살 박힌 삶들. 「쟁기」에서	대구 달성 출생. 2000년 『대구문학』 신인상으로 등단.
▶ **류인서**(1961~) 톡톡, 메밀밭 메밀꽃 하얗게 귀 트이는 소리/ 톡톡, 호박잎 위에서 배꼽달팽이 발가락 펴는 소리/ 톡톡톡, 등 푸른 오이가 칼날 위를 튀어가는 소리/ 톡톡, 끝 여름밤 귀뚜라미 망치로 휘어 사라져가는 철길 두드리는 소리. 「톡톡」에서	대구 출생. 2000년 『시오·사람』 신인상, 2001년 『시와 시학』으로 등단
▶ **이채운**(1965~) 오늘은 상추쌈을 먹고 싶다/ (……)/ 온 세상 푸르른 마음의 살로 포옥 싸서/ 한 입 그득한 비밀경을 만나고 싶다. 「상추쌈」에서	경북 성주 출생. 본명 이향희. 1996년 신라문학대상 시 대상. 2000년 영남일보 신춘문예로 등단.

▶**김찬일**(1949~) 진눈깨비 내리는 숲 속에/ 산새 우는 소리가 잔 물결을 만들었다/ 걸어온 산길은 하얀 눈에 덮 여 사라지고 있었다/ 어딘가 귀에 익은 산새 울 음에 공명하는/ 칠십사 세의 아버지 얼굴/ 긴 주름으로 남아 있는/ 산새 울음이 내 손에서 슬 프게 만져졌다.「상원사 가는 길」에서	경북 문경 출생. 2000년 시집『진눈깨비 내리 는 날, 아버지』로 등단. 시집『남이섬, 꿈꾸는 겨울새』출간.
▶**남금희**(1956~) 슬픔을 던져라/ 너의 갈망, 휘어진 목숨의 때를 / 내게 배설해라/ 지금은 세기 말/ 너는 와서 길길이 뛰며/ 한없이 추한 나를 보아라// 썩어 문드러진 몸뚱이/ 나는 아무래도 괜찮다/ 천만 년 누워 응얼거리는/ 저주 받은 내게/ 너는 텅 비도록, 통곡해라/ 텅 비도록, 귀 기울여라.「늪」 에서	대구 출생. 2000년『기독신춘문예』시 당선으 로 등단. 시집『외다리 물새처럼』출간.
▶**이별리**(1970~) 꽃이 물속을 들여다보면 세상은 밤이 되고/ 물 이 꽃을 올려다보면 세상은 낮이 된다/ 저 병과 물과 꽃의 관계처럼 나도 그렇게만/ 살고 싶을 때가 있다.「물 먹는 꽃」에서	경북 의성 출생. 본명 이은숙(李恩淑). 2000년 대구일보 신춘문예로 등단. 2001년『환경과 조 경』문예 예술상과『다윗』문학상 수상.

진보적 이념과 보수적 규율

결 론

진보적 이념과 보수적 규율

이 책은 대구·경북지역 시인들의 주체 형태를 탐색하여 지역 시문학의 생태학적 지형도를 작성하려는 의도에서 출발하였다. 그 의도는 한국 시문학의 문법에 따라서 지역 시문학을 읽자는 것이 아니라, 그 반대로 지역 시문학의 생태학적 지형도를 마련하여 한국 시문학을 읽을 수 있는 문법을 발견하자는 데 있었다. 그것은 궁극적으로 우리가 지금까지 문학이라고 믿고 있는 서구문학과 다른 우리 문학의 고유한 층위를 밝혀보려는 의도이기도 하였다. 그것은 당대 문화 한가운데 있던 지역의 일본유학파 시인과 그 반대편에 있던 가문파의 시인을 발견함으로써 가능하였다. 여기서 다시 발견한 것이 토박이파 시인과 탈지역파 시인이었다.

우리는 자신의 의지대로 사고하고 행동한다고 하지만 사실 눈에 보이지 않는 문법에 따라, 아니면 그것을 역동적으로 구성하여 사고하고 행동한다. 그 문법을 재생산하는 주체형태의 관계가 문학적 생태학이다. 따라서 문학적 생태학이란 타자의 문법에 의하여 구성되어지고 또 타자의 문법을 역동적으로 구성하는 주체형태의 관계이다. 그러한 주체를 구성하는 담론구성체는 일본유학파의 서구 근대성, 가문파의 가문의 규율, 지역파의 지역문화, 탈지역파의 중앙문화로 구분할 수 있다. 이러한 지역 시인의 주체 형태를 생태학적으로 살펴본 결과는 다음과 같이 정리된다.

첫째, 일본유학파이다. 일본유학파의 주체를 구성하는 담론은 서구 근대성이다. 당대 사회의 인식 지평을 벗어난 서구 근대성 담론은 기존 질서 속에서 제 자리를 찾지 못하는 시인들에게 자유·개성·열정·욕망을 담보하는 하나의 타자였다. 그것은 문학적 상징주의였고 신사조의 아나키즘이기도 하였다. 이러한 담론은 시인들에게 신명과 열정을 부여하였다. 그래서 그들은 문학에 신명을 다했고 자신의 신념에 열정을 바쳤다. 그 신명과 열정을 우리는 일탈과 방탕이라 했다. 그러나 그것은 현실도피의 방탕도 일탈도 아니다. 음탕한 판소리의 한 대목을 걸쭉하게 뽑아 올리는 신명과 같은, 그것은 자신을 타자로 바라보는 유가적 초월의식(儀式)과 결코 무관한 것이 아니다. 유가적 초월은 제 자리로 되돌아감을 전제로 현실을 공유하는 초월이다. 우리가 지금까지 데카당스라고 하는 그것은 자신을 자신으로부터 이탈시켜 자신을 한 단계 새롭게 구성하는 신명의 의식(儀式)과 다르지 않은 것이다. 이상화가 빼앗긴 들판을 신들린 듯이 헤매는 신명이나 백기만이 예찬하는 '꿈'은 서구적 의미의 데카당스가 아니라 판소리나 탈춤의 신명과 같은, 그렇게 자신을 새롭게 구성하는 유가적 초월의식(儀式)과도 같은 것이다.

일본유학파 이상화와 백기만은 서구 근대적 타자에 도취되었고, 그들도 그렇게 믿고 그것에 한 생애를 바쳤지만 사실 그들은 그들의 내면에 구조화된 과거의 문화유산으로 자유롭지 않았다. 이 점은, 그들도 자각하지 못한 서구문학과의 간극이다. 이 간극은 서구 문예사조를 바르게 수용하지 못한 잘못이 아니라 한국 초기시의 고유한 층위이다. 한국 초기 시는 서구 문예사조를 일방적으로 재생산한 것이 아니다. 무의식과 같이 내재화된 규율로 서구 사조를 격의(格義)했을 뿐이다.

일본유학파 가운데 백기만의 저항적 열정이나 이상화의 신명과는 다른 모습의 시인이 이장희이다. 그에게 시는 신명이나 저항적 열정, 진정성의 탐구가 아니라 자신만의 독특한 상상적 공간 속에 존재하는 명징한 이미지 그 자체였다. 그것은 유가적 사유의 반대편에 있는 도가적 사유의 한 모습으로 생각할 수 있는 것이다. 그러나 그 명징한 이미지는 현실로부터 탈주가 아니라 그 이미지 자체가 현실을 재구성하는 또 다른 강렬한 욕망일 수 있을 것이다.

둘째, 가문파이다. 가문파의 담론구성체는 가문의 내재화된 인문학적 법도이다. 경북 북부지역의 이육사·이병각·이병철·조지훈·조세림 등의 가문을 중심으로 하는 군집의 시인은 다른 지역에서는 찾아볼 수 없는 문학 생태학적인 모습을 잘 보여주는 경우이다. 이들 가운데 이육사의 담론 지형도는 매우 다층위적이다. 이육사의 시가 현실을 매개하지 않았기 때문에 사회주의와 무관하다거나, 민족운동의 구체적인 현장이 매개되지 않았기 때문에 의열단과 무관한 것으로 생각할 수 있다. 그러나 이것은 잘못이다. 그의 시에서 계급주의적 현실 통찰이, 의열단의 민족운동 현장성이 유가적 담론에 의하여 관념화되었기 때문이다. 그러므로 그의 시에는 구체적 현실이 매개될 자리가 없게 되고 단지 유가적 엄숙한 인간의 모습만이 있게 된다.

이병각과 이병철은 모두 퇴계학파의 중심인물인 이현일의 직계 후손으로 전통적인 유가적 가문의 시인이다. 이병각은 1930년대 후반 카프 해산 이후 카프 시인들이 붕괴된 자신의 내면과 주체성을 재건하려고 하면서도 시를 포기하는 상황에서 새로운 리얼리즘을 주장하였다. 그에게 계급주의는 유가의 위민사상을 담보하는 하나의 시중적 선택이었다. 그의 시를 관통하는 '고향'은 유가적 위민사상을 실현할 수 있는 공간이며 동시에 계급주의적 이상을 실천하는 공간이었다. 이러한 두 층위의 '고향'이 가부장제 질서로 환원되기 때문에 그의 주장과 시적 형상화 사이에는 균열이 있게 되었다. 사회주의 리얼리즘을 주장하고 있으면서도 그는 정작 현실의 다양성을 역동적으로 형상화하지 못하였다. 그것은 그가 계급주의 이데올로기를 유가적 담론 안에 배치하였기 때문이다.

이병철은 해방공간의 역사적 격랑에서 자신의 주체를 바르게 세워 새로운 나라를 만들기 위하여 계급주의를 선택했고 그 정치적 실천으로 남로당 외곽단체인 조선문학가동맹 안동지부를 결성하고 차츰 자리를 굳히면서 서울시지부에서 활동하며 당대 주목받던 시인이다. 그를 호명한 담론은 진보적 리얼리즘의 인민성이다. 그 인민성이 매우 이질적인 유가적 담론과 상호구성적이라는 데서 이육사와 또 다른 모습을 보여준다. 이육사는 다양한 담론을 최종심급에서 구성하는 것이 유가적인 초담론인데 비하여 이병철는 계급주의와 유가적 담론을 함께 구성한다는 점에서 이 둘은 구별된다. 그렇기 때문에 이병철 시는 이념을 우위에 놓은 유진오·김광현과 또 다른 균형 감각이 있게 된다. 이들, 즉 이념을 우위에 놓은 시인들이 자신을 추동하는 이념을 통어하지 못하지만, 이병철은 자신의 감정을 유가적 규율로 재배치하여 균형을 잡았다는 것이다. 김기림이 막연하게 그의 시적 우수성을 이야기한 이미지의 선명함은 진보적 인민성을 통어하는 유가적 담론의 효과이다.

조선문학가동맹이 호출한 이데올로기와 유가적 담론을 매개하는 것은 인간의 기본 질서가 부정될 때 인간 또한 부정되기 때문에, 인간 자체를 보존하고 존중하는 유가적 상호관계성이다. 다시 말한다면 유가적 질서가 인간을 보호하는 장치로서 진보적 계급주의 담론과 함께 할 수 있다는 것이다. 이병철 시의 특징은 여기서 비롯되는데, 그것은 시적 화자가 절대 개인으로 존재하는 것이 아니라 자아와 타인과의 관계 속에 있는 간주관적(間主觀的)인 존재다. 이 간주관적인 '가족' 이미지는 타자와 조화를 이루며 살아가는 유가의 상생의 원리이다. 그렇기 때문에 이병철 시의 시적 화자는 투쟁의 대열에서 혼자 앞서서 영웅적 목소리로 외치는 자가 아니라 타자와 목소리를 가지런히 하는 간주관적 존재이다.

경북 북부지방의 유가적 시인들에게 계급주의는 이데올로기 자체가 아니라 당대 역사적 과제를 해결하는 하나의 문제틀로서 기능하였다. 그 정당성을 담보하는 것이 유가적 위민사상의 도덕성이다. 이것이 기능하는 방향에 따라서 시적 구조가 달라지는데, 이병각의 경우 위민의 정당성 자체가 낭만적 전망이었다면, 이병철에게는 위민의 정당성 자체가 자신을 극도로 통어하는 냉정한 내적 타자였다. 여기서 이 책은 의미를 갖게 된다. 그것은 지금까지 연구자들이 계급주의 시에서 간과한 유가적 이미지를 밝혔다는 것보다 일방적으로 이데올로기 호출로 규정하던 계급주의 시에서 유가적 담론이 기능하는 방향에 따라서 계급주의 시의 구조가 다름을 밝혔다는 데 있다.

가문파 가운데 가문의 법도를 전형적으로 재생산한 시인이 조지훈이다. 그렇기 때문에 그의 서정시관 자체도 유가적 사유의 원형을 그대로 재생산한다. "대상을 자기화하고 자기를 대상화하는 곳에 생기는 통일체 정신"이 서정시라는 그 자체가 『주역』에서 말하는 감응과 다르지 않다. 이 감응의 교변은 세계와 자아의 어느 한 쪽이 다른 한 쪽을 억압하는 것이 아니라, 폐쇄가 말하는 타자와 주체를 역동적으로 구성하는 비동일화다. 이것은 이육사의 다층위적인 담론을 유가적 담론으로 구성하는 균형감과 또 다른 가문의 법도가 기능하는 균형감이다.

셋째, 토박이파다. 이호우·김윤식은 중앙문단을 넘보지도 않고 오직 지역을 지켜온 토박이파로 문학적 성과를 거둔 시인이다. 1960년을 전후하여 한국 사회는 정치적 권력이 압도하던 시대였다. 대부분 시인들이 침묵하거나 정치적 권력에 동일화하였지만 이호우와 김윤식은 그에 맞서 저항했다. 문제는 정치적 권력에 저항하는 그 자체가 중요한 것이 아니라 정치적 권력에 맞서 주체를 어떻게 구성하느냐 하는 것이다.

이호우에게 지금 여기서 마땅히 이루어져야 할 당위적 세계는 유년기

신화적 세계의 유가적 질서였고, 김윤식에게 그것은 현실적 시중성의 유
가적 실천이었다. 이호우는 현실을 자신의 내면에 배치하였고, 김윤식은
자신의 내면을 현실에 배치하였다. 이호우는 자신의 내면에 배치한 현실
과 일치하기 위하여 혼을 좁혔고, 김윤식은 세상 밖에서 세상 안에 있는
자신을 발견하기 위하여 혼을 넓혔다. 그래서 이호우 시는 맑고 정갈하고
김윤식 시는 일상생활 감정 그대로 소박하다. 세계와 자아가 교감하는 조
화로운 세계가 사라진 시대에 이호우와 김윤식은 현실에 맞서서 현실을
비판하였기에 감시와 처벌의 대상이었다. 감시와 처벌이 시적 우수성을
담보하는 것이 아니라 할지라도, 정치적 권력을 역구성하는 당대 새로운
주체가 가지고 있는 의미만은 간과해서는 안 될 것이다. 그것은 4·19
후 아주 짧은 기간이었지만 자유로운 분위기에서 자유당 정치적 권력을
비판하던 시와는 구별되는, 그에 앞서 정치적 권력에 저항한 시사적 의미
를 가지게 되었다. 이것은 일본유학파나 가문파와 달리 중앙문단에 초연
하게 지역시단만을 지킨 토박이파의 시사적 성과로 볼 수 있다.

넷째, 탈지역파 시인의 문제다. 탈지역파 시인은 지역 시인으로서 중
앙문단에서 주목받는 시인과 지역 출신으로서 중앙문단에서 활동하고 있
는 시인이다. 권국명·박곤걸·이정우·이진홍·이기철·이하석·이태수·
이동순·정호승·박해수·이성복·박정남·구석본·송진환·하종오·송
재학·서지월·장옥관·문인수·김용락·박진형·엄원태·서정윤·배창
환·강문숙·박소유·김윤현·장하빈·박미영·강초선·강해림·이규
리·문성해·류인서 등이 그들이라 할 수 있다. 오늘날은 시가 우리의 영
혼과 육신을 뜨겁게 달아오르게 하는 시대가 아니다. 그런데도 이들은 치
열하게 그리고 묵묵히 시 작업하고 있는 지역시인이다.

그 가운데 이 책에서는 하종오의『사물의 운명』과 송재학의『그가 내
얼굴을 만지네』를 주목하였다. 대구 시문학의 근원을 거슬러 올라가면
현실을 담보한 서정시의 이상화와 상상력을 극대화한 선명한 이미지의

이장희와 마주하게 된다. 이 두 시인의 오늘날 모습을 찾는다면 하종오와 송재학이 여기에 해당한다고 할 수 있다. 하종오 시가 일상적인 영역 속에 있고, 송재학 시가 일상이 아닌 상상력의 독특한 공간 속에 존재하는 것이 그들의 모습과 흡사하다. 따라서 하종오는 사회를 통찰하여 그 질서를 따르고, 송재학은 사회보다 시 자체의 잠재력을 극대화하여 그 속에 스스로 몰입한다. 하종오는 부정한다 하더라도 그가 관심을 갖고 탐색하는 민중의 진정성은 마땅히 그렇게 하여야만 하는 인간의 당위를 함축한 유가적 경의(經義)의 형이상 범주를 크게 벗어난 것이 아니다. 한편 송재학이 탐색하는 것은 어떤 이념의 진정성이 아니라 파도처럼 충돌하고 뒤집히고 유리조각처럼 산산이 부서지는 섬뜩한 이미지의 음영이다. 그런 면에서 그는 고도의 시적 기술을 갖고 있는 장인이다.

중요한 점은 하종오는 탈지역 시인으로 현실적 서정시의 성과를 거둔 시인인데도 지역성을 규정하는 유가적 사유로부터 자유롭지 않다는 것이다. 그런 점에서 송재학은 유가적 사유로부터 자유롭다고 할 수 있다. 이것은 이미 이장희에서 시작되어 김춘수가 실험한 한 계로이다.

이상에서와 같이 지역 시인들을 일본유학파·가문파·토박이파·탈지역파 등으로 갈래 지워 특징을 구명함으로써 한국시의 새로운 시각을 마련하였다. 이상화·백기만·이육사·이병각·조지훈·이병철·이호우·김윤식·이하석·이동순·하종오·배창환·김용락이 그랬듯이 지역 시인들은 진보적이고 체제 저항적이다. 그러나 지금까지 이 책에서 살펴본 바처럼 진보적 이념 그 자체가 지역시인들을 저항적 시인으로 추동한 것이 아니다. 그 저항은 보수적 유가적 담론 안에 배치된 진보적 담론의 맥락에 있는 것이다. 그래서 그들의 저항은 균형이 잡혀 있다. 또 한편 이장희·오일도·박목월·김춘수·신동집·전상렬·이태수·송재학·문인수·서지월이 그랬듯이 서정시의 한 줄기를 이루었다. 이것들은 유가적 사유와 무관하다고 할 수 있다. 그러나 결코 무관한 것이 아니다. 서정성 그 자체가 세계와 자아의 어느 한 편이 다른 한 편을 자신의 욕망으로 분절하거나 환원하는 것이 아니라 상호 조화롭게 하나 되게 하는 감응이기 때문이다. 이상화의 말로 대신한다면 그것은 '융화'이다. 이처럼 오늘날 지역 시인이 자신을 반유가적 축에 배치하였다고 하더라도 무의식과 같은 유가적 규율로부터 자유로운 것은 아니다. 그것이 지역 시인의 생태학적 한 특징이라 할 수 있다.

| ㄱ |

▌저자 약력

조 두 섭

경북 예천에서 태어나 대구대학교 대학원에서 문학박사 학위를 취득하고, 현재 대구대학교 국어국문학과 교수로 재직하고 있다. 베이징 제2외국어대학 교환교수 (2002-2003)로 파견 근무하였으며, 연구서 『한국근대시의 이념과 형식』, 『대구·경북 근대문인연구』, 『비동일화의 시학』, 『대구·경북 현대 시인의 생태학』 등을 발간하였다. 1978년 매일신문 신춘문예와 1979년 동아일보 신춘문예 당선, 『시와시학』 신인상 당선으로 등단하여 시집 『눈 내리는 날도 대숲은 파랗다』, 『눈물이 강물보다 깊어 건너지 못하고』, 『망치로 고요를 펴다』를 펴냈다.

대구대학교지역문화연구총서 ⑨

대구·경북 현대 시인의 생태학

인 쇄	2006년 2월 16일
발 행	2006년 2월 24일
지 은 이	조두섭
펴 낸 이	이대현
책임편집	이태곤
편 집	권분옥·김보라·박소정
제 작	안현진
펴 낸 곳	**도서출판 역락** / 서울 성동구 성수2가 3동 301-80 지시코 별관 3층(우133-835)
전 화	3409-2058(대표) 3409-2060(편집부) FAX 3409-2059
이 메 일	yk3888@kornet.net / youkrack@hanmail.net
홈페이지	www.youkrack.com
등 록	1999년 4월 19일 제303-2002-000014호

정 가 20,000원
ISBN 89-5556-453-8-93810

* 잘못된 책은 교환해 드립니다.